10|18
12, avenue d'Italie — Paris XIII<sup>e</sup>

## *Sur l'auteur*

Née en 1923 à Springs, dans les environs de Johannesburg, d'un père juif lituanien et d'une mère anglaise, Nadine Gordimer appartient à la minorité anglo-saxonne d'Afrique du Sud. Elle a treize ans quand un journal anglais publie son premier conte et moins de vingt lorsque paraît son premier recueil de récits, *The Lying Days*. C'est à l'université qu'elle découvre l'horreur de la discrimination et sa vocation littéraire. Son premier roman, *Un monde d'étrangers*, publié en Angleterre en 1958, restera interdit pendant près de douze ans en Afrique du Sud. Souvent frappée par la censure, son œuvre, qui compte aujourd'hui une dizaine de romans et plus de deux cents nouvelles, stigmatise le drame historique de l'Afrique du Sud et les contradictions de l'Apartheid. Militante active de l'A.N.C. (African National Congress), non-violente, elle a néanmoins approuvé la lutte armée, au cours du procès d'un réseau clandestin de l'A.N.C., en 1989. « Africaine blanche », comme elle aime à se définir, Nadine Gordimer affirme n'avoir « ni Dieu, ni dogme, rien que des doutes et une conviction : la discrimination raciale est indéfendable ». Elle a reçu le prix Nobel de littérature en 1991.

# L'ARME DOMESTIQUE

PAR

NADINE GORDIMER

Traduit de l'anglais
par Claude WAUTHIER
et Fabienne TEISSEIRE

10|18

*« Domaine étranger »*
*dirigé par Jean-Claude Zylberstein*

FEUX CROISÉS/PLON

*Du même auteur*
*aux Éditions 10/18*

HISTOIRE DE MON FILS, n° 2372
LE SAFARI DE VOTRE VIE, n° 2499
FEU LE MONDE BOURGEOIS, n° 2500
LE CONSERVATEUR, n° 2672
L'ÉTREINTE D'UN SOLDAT, n° 2910
L'ÉCRITURE ET L'EXISTENCE, n° 2923
PERSONNE POUR M'ACCOMPAGNER, n° 3090

Titre original :
*The House Gun*


ISBN 2-264-02913-7

Pour Oriane et Hugo.

« Le crime est le châtiment. »

Amos Oz
*La troisième sphère.*

# PREMIÈRE PARTIE

Quelque chose de terrible est arrivé.

Au moment du café, après le dîner, ils en regardent les images, leur tasse posée près d'eux. C'est la Bosnie ou la Somalie, ou bien une île au Japon, en proie à un tremblement de terre, secouée entre les mâchoires d'un chien d'apocalypse ; un de ces événements qui faisaient alors l'actualité à la rubrique des désastres. Lorsque retentit la sonnerie de l'interphone, ils échangent un regard de réticence complice, c'est à toi d'y aller, c'est ton tour cette fois. C'est un des fondements du pacte de la vie en couple. Il n'y avait pas si longtemps qu'ils avaient pris la décision de quitter leur maison pour venir s'installer ici, dans une des villas de ce complexe résidentiel où les espaces verts sont entretenus, où les accès sont surveillés, ils ne s'y sont pas encore habitués. Ou plutôt, sur le coup, ils ont tendance à oublier que ce ne sont pas les aboiements de Robbie, ni le vieux carillon fêlé de la cloche du portail qui les interpelle. Les animaux domestiques ne sont pas admis dans cette résidence, mais par bonheur ils ont pu confier leur chien à leur fils qui habite un bungalow, construit dans le jardin d'une propriété.

Elle, lui—l'esquisse d'un sourire, il se lève avec une nonchalance ostensible et va décrocher le récepteur le plus proche. Qui, l'entend-elle demander, tout en s'intéressant à la voix qui commente les images, Qui ça. Peut-être un de ces démarcheurs qui veulent vous convertir à une secte, ou quelqu'un qui vient apporter une contravention ; il y a des gens qui font ça, au noir, pour arrondir leurs fins de mois. Il ajouta quelque chose qu'elle ne parvint pas à saisir mais elle entendit clairement le bourdonnement du pêne électronique du portail.

Il dit alors : Sais-tu qui pourrait bien être un Julian quelque chose ? Un ami de Duncan ?

Elle, lui, ils n'en savaient rien, ni l'un ni l'autre. Il n'y avait là rien d'extraordinaire : Duncan, à vingt-sept ans, avait son propre cercle d'amis, tout comme ses parents avaient le leur, et ces deux mondes ne se rencontraient que dans les domaines où, dès son enfance, ceux-ci étaient parvenus à lui faire partager leurs propres centres d'intérêts.

Que veut-il au juste ?

Seulement dit qu'il voulait nous parler.

A cet instant, la même décharge d'inquiétude les traversa. Qu'a-t-on à craindre, pour un jeune homme de vingt-sept ans dans cette ville—un accident de voiture, une agression en pleine rue, un cambriolage qui tourne mal. Ils étaient là tous les deux sur le pas de la porte, à envisager ces hypothèses, à écouter ces pas qui, sous la haie des lames croisées des strelitzias, s'approchaient des dalles de leur jardin, à guetter le déclenchement du second portail, à attendre ce jeune homme qui venait de sa part ? ou bien était-ce pour lui ? Duncan. En entrant chez eux, il garda les yeux rivés au sol de sorte qu'ils ne purent rien déchiffrer de son expression. Il s'assit sans dire un mot.

Elle, lui, à qui le tour.

Il y a eu un accident ?

Elle est médecin, elle sait ce que les ambulances ramènent aux urgences. Lorsqu'il y a des dégâts, elle est capable de jauger si on peut réparer ou non.

Ce Julian-là, il serre les lèvres, il les crispe sur ses dents et sa bouche reste close pendant un moment.

En quelque sorte... Mais ça n'est pas Duncan, non, non ! Quelqu'un a été tué par balle. Il a été arrêté. Duncan.

Ils se lèvent d'un bond, tous les deux.

Pour l'amour du ciel—que voulez-vous dire—de quoi s'agit-il—arrêté, mais comment ça, arrêté pour quelle raison—

Le messager est sous le feu, il se rétracte presque, écrasé par ce qu'il doit révéler. Le mot de l'infamie, il le dit comme on a honte. Pour meurtre.

Tout s'arrête. Sur la liste de ce qu'on peut craindre il y

a un accident de voiture, une agression, un cambriolage avec violence.

Elle / lui. Il se rue sur la télévision et l'éteint. Il expire violemment. Tant que personne n'avait bougé, tant que personne n'avait bronché, le mot et l'action qu'il désigne n'étaient pas parvenus à pénétrer dans la pièce. Mais le simple fait de toucher cet interrupteur et d'exhaler ce souffle ouvre une ère nouvelle. Le vieux calendrier grégorien est impuissant à la dater. Il n'existe pas à cette échelle-là.

Et maintenant ce Julian leur explique qu'un magistrat avait été appelé, « en dehors des heures de service » (ce détail, il le cite pour faire ressortir toute la gravité de la situation, son urgence), et que celui-ci, au commissariat, avait prononcé l'inculpation et refusé la mise en liberté sous caution. C'est précisément le but de sa visite : Duncan dit, Duncan dit, le message que Duncan veut leur faire passer est que ça ne sert à rien qu'ils viennent, que c'est inutile de demander sa mise en liberté sous caution, qu'il passera en jugement lundi. Qu'il a déjà son avocat.

Elle / lui. Elle a inscrit cette date des douzaines de fois sur les ordonnances de ses patients depuis ce matin, mais elle se retourne pour trouver une question qui apporterait un semblant de réponse à ce mot, prononcé par le messager. Elle s'écrie :

*Quel jour sommes-nous ?*

Vendredi.

C'est arrivé un vendredi.

Il est probable qu'auparavant aucun des Lindgard n'avait mis les pieds dans un tribunal. Durant les quarante-huit heures d'attente que leur imposait cette fin de semaine, ils avaient passé en revue toutes les explications possibles, faute de pouvoir lui parler directement à lui, leur fils. L'énormité de l'accusation les avait amenés à respecter ses instructions, cette interdiction de venir le voir ; c'est bien le signe que toute cette affaire est complètement ridicule, c'est bien ça, d'un ridicule atroce, une péripétie ridicule qui ne regarde que lui et qui se désamorcera d'elle-même, et d'autant mieux qu'elle n'aura pas été confirmée par sa prise au tragique, père et mère débarquant à la prison avec leur avocat, dans une débauche d'émotions exacerbées, etc. C'est comme ça qu'ils réussirent à se convaincre d'interpréter ses consignes ; en y lisant un mélange de respect à leur égard—pas la peine de les mêler à cette histoire—et de cette volonté d'indépendance dont il avait fait preuve dès l'adolescence et qu'ils lui avaient reconnue dans un souci de compréhension mutuelle.

Mais l'inconnu est porteur d'angoisse. L'angoisse s'instillait en eux, sans qu'on ait eu à l'extraire d'une de ces substances qu'elle tirait parfois de sa pharmacopée ; ils marchèrent calmement, sans rien trouver à se dire, au long des couloirs du palais de justice, Harald s'effaça avec la galanterie d'un étranger pour laisser passer sa femme Claudia, lorsqu'ils eurent trouvé la bonne porte, lorsqu'ils entrèrent et se glissèrent, gauchement, vers le banc où ils s'assirent enfin.

L'odeur même de cet endroit leur donnait l'impression

d'avoir été déportés en terre étrangère. Ce relent de vernis sur les barrières en bois et de cire sur les planchers polis. Ces fenêtres, au-dessus de leur tête, qui déversaient une lumière crue de projecteurs. Ces uniformes qu'avaient revêtus des hommes interchangeables, dépouillés de leur individualité comme les membres d'une secte. Jusqu'aux silhouettes de quelques personnes assises à proximité, du genre de ceux qui fixent le vide dans les jardins publics ou qui s'allongent à plat ventre sur les pelouses dans les parcs. L'esprit se débat, bute contre la réalité qui l'entoure, tente d'échapper à tout ce qu'il enregistre, comme un oiseau enfermé se jette contre les parois qui le retiennent prisonnier, il doit bien y avoir une issue. Harald se heurte à ses souvenirs d'école, enfouis trop profondément pour être ravivés de manière consciente ; c'est l'odeur de l'institution et la dureté du bois sous ses fesses. Il trébuche même sur le nom d'un de ses professeurs ; aucune réminiscence n'est plus lointaine que ce présent-là. Un sursaut d'attention lui permet d'entrevoir Claudia sortir de sa torpeur pour déconnecter le bip qui permet à son cabinet de la joindre en permanence. Elle a senti qu'elle l'avait distrait et se tourne vers lui pour tenter de décrypter son regard en coin. Rien. Elle lui décoche ce sourire figé qu'on réserve d'habitude aux relations qu'on n'est pas vraiment certain de reconnaître.

Il surgit des profondeurs d'un escalier, encadré par deux policiers. Duncan. Est-ce possible ? Il faut chercher à le retrouver sous les traits d'un personnage qui ne lui appartient pas, du moins pas tel qu'ils le connaissent, tel qu'ils l'ont toujours connu—et ne sont-ils pas les mieux placés pour l'identifier ? Il est vêtu d'un jean et d'un T-shirt noirs. Le genre de vêtements qu'il a l'habitude de porter, mais le col immaculé d'une chemise blanche recouvre l'encolure du T-shirt. Ils le remarquent instantanément, sans se consulter, leur attention converge vers ce point ; c'est ce détail, ce gage d'allégeance aux conventions, à l'étiquette d'un tribunal, qui fait le lien entre celui qu'ils connaissaient, le vrai Duncan, et cet autre, flanqué de deux policiers.

Une bouffée de chaleur assaillit Harald, une confusion comme de l'angoisse ou de la colère, mais qui n'était en fait ni l'une ni l'autre. Une réaction que rien jusqu'alors ne lui avait fait éprouver.

Duncan. C'était bien lui. Il les regarda, il se fit reconnaître. Claudia lui sourit, le visage levé, au vu et au su de tous. Alors, il la salua de la tête. Mais son regard ne s'arrêta plus sur ses parents durant la suite des débats, même lorsqu'il survola des yeux, maître de lui, presque rêveur, les bancs du public, glissant sur les deux jeunes noirs, les jambes nonchalamment déployées, sur le vieillard blanc, penché en avant, la tête dans les mains, et sur cette famille, dont les membres perplexes ne cessaient de chuchoter entre eux, probablement entrés là par hasard, pour tuer le temps en attendant d'être appelés pour une affaire les concernant.

Le magistrat fit son entrée en scène, tout le monde traîna les pieds pour se lever avant de s'affaler pour se rasseoir. Il était grand ou bien petit, chauve ou non... peu importe, son ample robe laissait deviner l'envergure de ses épaules, et, voûté sur les papiers qu'on lui présentait, il émit sèchement quelques commentaires. Ils résonnèrent comme des questions adressées à ceux qui devaient être le procureur et l'avocat de la défense, assis aux tables en contrebas, mais dont le public ne voyait que le dos. Sous les rais de lumière qui plongeaient dans la pièce, des policiers portaient des messages, ils allaient et venaient à tour de rôle et parlaient d'une voix rauque, à peine audible, puis le rituel de la procédure reçut sa conclusion. Duncan Peter Lindgard était inculpé de meurtre. La seconde demande de mise en liberté sous caution était rejetée.

C'était fini. Mais ça n'était que le début. Les parents s'approchèrent de la barrière séparant l'espace réservé au public de l'enceinte des juges, et on ne les empêcha pas d'établir un contact avec le fils. Ils l'étreignirent l'un après l'autre, tandis qu'il détournait son visage.

As-tu besoin de quelque chose ?

Tout n'est pas joué, disait le jeune avocat, j'introduis tout de suite un recours pour contester le refus de mise en liberté, Duncan. On ne va pas laisser le procureur s'en tirer comme ça. Ne vous inquiétez pas.

Cette dernière remarque s'adressait à elle, le docteur, sur le ton qu'elle emploie d'habitude pour rassurer ses patients, lorsque ses doutes sur l'issue de leur maladie sont trop forts.

Le fils semblait s'impatienter, il avait le regard fuyant de ceux que la présence des gens bien intentionnés dérange ; une préoccupation urgente, une affaire qu'il devait régler seul. Ils pouvaient l'interpréter comme de la confiance en soi ; de la confiance dans son innocence—bien sûr ; mais il pouvait aussi s'agir d'une attitude pour camoufler une angoisse qui ressemblait à celle qu'ils avaient ressentie, ou du souci de la cacher, par fierté, mais aussi du refus de s'associer à la leur. Il était à présent dans la peau d'un accusé, enregistré comme tel. L'accusé a le droit d'être angoissé à sa façon, pas vrai ?

Rien ?

Je veillerai à ce que Duncan ne manque de rien—l'avocat serra l'épaule de son client tout en balançant son porte-documents puis il s'éloigna.

Si on ne pouvait rien faire, alors...

*Rien*. Ils ne pouvaient rien lui demander, ni même *à quoi ça rime tout ça*, qu'as-tu donc fait, qu'est-ce qu'on t'accuse d'avoir fait ?

Son père s'enhardit : Est-il vraiment compétent ton avocat ? On pourrait t'obtenir quelqu'un d'autre, n'importe qui.

C'est un de mes amis proches.

Je reprendrai contact avec lui un peu plus tard, pour savoir ce qui s'est vraiment passé avec le procureur.

Le fils saura que son père veut parler d'argent, veut dire qu'il est prêt à se porter garant pour couvrir cet « imprévu » dont on ne parvient pas à croire qu'il puisse être question entre eux, l'argent pour la caution.

Il se retourne—le prisonnier, puisque c'est ce qu'il est désormais—devançant le mouvement que le policier allait faire pour l'y enjoindre, il ne veut pas qu'ils le touchent, il a sa volonté propre, et le geste de sa mère ne rencontre que le bout de ses doigts au moment où il s'en va.

Ils voient qu'on le reconduit par cet escalier qui plonge sous le tribunal, dans l'inconnu. Au moment de quitter la salle d'audience B17, ils s'aperçoivent que l'autre ami, Julian le messager, se tenait debout derrière eux, pour réconforter Duncan de sa présence sans pour autant gêner ceux dont les liens avec lui étaient plus étroits. Ils le saluent et repartent avec lui sans échanger un mot. La mission dont il s'est acquitté l'autre soir lui a laissé un sentiment de culpabilité, il presse le pas et les quitte.

Au moment où le couple débouche dans le hall du palais de justice, haut comme une cathédrale, résonnant du murmure de toutes les suppliques de ses fidèles, Claudia lui fausse brusquement compagnie, et se dirige en hâte vers les toilettes. Harald l'attend au milieu de tous ces gens qui supportent le malheur avec patience, ils n'ont pas le choix, et il est l'un d'eux, il fait partie de ces hommes et de ces femmes qui sont épouses, maris, pères, amants, enfants de faussaires, de bandits, d'assassins. Il regarde sa montre, l'épisode a duré en tout une heure et sept minutes.

Elle est de retour et ils s'en vont.

Allons prendre un café quelque part.

Mais... j'ai des patients qui m'attendent à mon cabinet.

Qu'ils attendent.

Elle n'avait pas eu le temps d'arriver jusqu'aux toilettes, elle avait vomi dans le lavabo. Rien ne l'avait prévenue ; elle marchait vers la sortie au milieu de tous ces autres gens en difficulté, elle allait du même pas apeuré et hébété, lorsqu'elle sentit ce nœud se serrer en elle et sut ce qui allait suivre. Elle ne lui dit rien quand elle le rejoignit, de sorte qu'il devait avoir pensé qu'elle venait d'utiliser les toilettes à leur usage habituel. Sur le plan clinique, on pouvait expliquer un tel malaise survenu sans nausée. Une tension extrême peut déclencher un spasme très violent. « Vomir ses tripes » : c'était ainsi que certains de ses patients décrivaient le symptôme. Elle avait toujours accueilli sèchement cette expression qu'elle trouvait à la fois outrée et impropre.

Qu'ils attendent.

Ce qu'il voulait dire, en fait, c'était qu'ils aillent au diable, les patients, comment leurs souffrances et leurs douleurs et leurs grossesses pouvaient-elles être comparées à cela ? Tout s'était arrêté cette nuit-là, tout s'est arrêté. Dans la salle du café, le serveur androgyne, un catogan retenant ses longs cheveux bouclés, les biceps rebondis comme des balles de tennis, chantonnait de plaisir au rythme de la musique d'ambiance. A la morgue, gisait le corps d'un homme. Ils commandèrent un café filtre (Harald) et un cappuccino (Claudia). Un homme qui avait été atteint d'une balle dans la tête, qu'on avait retrouvé mort. En quoi le fait qu'il s'agisse d'un homme peut-il surprendre ? N'était-ce pas déjà l'ébauche d'une acceptation, venant accréditer le fait que cela pouvait avoir été commis ? Imaginer que le cadavre ait été celui d'une femme, selon les composantes les plus courantes de l'acte, du *crime passionnel*[1] comme disent les journaux du dimanche à la rubrique des scandales, c'était déjà admettre que l'acte avait été commis, qu'il avait pu s'immiscer dans une vie. Dans la sienne. La violence aveugle des agressions nocturnes qu'ils s'étaient attendus un moment à lire sur le visage du messager inconnu, c'était le genre de risque qui faisait partie du contexte, au même titre que les sempiternels risques de maladie, d'échec professionnel, de chagrin d'amour. Voici les dangers répertoriés auxquels on sait qu'on expose toute existence dont on est responsable. Tuer une femme sous l'emprise de la jalousie ; rien que d'y avoir pensé—en se laissant ainsi piteusement influencer par ce qui traîne dans les journaux—c'était déjà admettre que de tels actes, par leur nature même, pouvaient exister et faire voler en éclats les données de cette existence.

On n'est pas tellement avancé.

Elle ne répondit pas. Elle attrapa les sachets de sucre, les sourcils levés. En secret, sa main tremblait encore, légèrement, le contrecoup de la convulsion qui avait secoué son corps. S'il le remarqua, il ne fit aucun commentaire.

Ils parvinrent à comprendre ce qu'ils avaient espéré de *lui* : qu'il dénonce haut et fort cette absurdité, cette accusation portée contre lui. Qu'il s'indigne de sa présence, là, entre deux policiers, devant un magistrat. Ils avaient espéré qu'il s'élancerait vers eux en les voyant, ils s'y étaient préparés, pour leur dire—quoi, en fait ? Ce qu'il pouvait, compte tenu de la promiscuité de cette pièce au milieu des policiers en faction, des huissiers faisant bruisser leurs papiers, des badauds déambulant dans la galerie réservée au public. Leur dire que sa présence ici était de la folie, qu'il fallait le faire sortir de là immédiatement, qu'il fallait faire pression sur les officiels, protester—quoi ? Leur dire. Leur dire. Leur expliquer. Comment parvenir à réaliser qu'une telle situation puisse exister.

Un ami proche.

L'avocat était un de ses amis proches. Point. Son dos quand il redescendait l'escalier, encadré par deux poli-

1. En français dans le texte.

ciers. A l'heure qu'il est, au moment où Harald déplie sa jambe pour attraper des pièces au fond de sa poche, il se trouvait, lui, enfermé dans un endroit qu'ils n'avaient jamais vu, dans une cellule. Le cadavre d'un homme était à la morgue. Harald laissa un pourboire au serveur qui fredonnait toujours. Tout s'est arrêté, mais les petits rituels de la vie masquent cette faille d'une continuité cotonneuse.

J'aurai le fin mot de l'histoire cet après-midi.

Ils revenaient vers leur voiture au milieu de la foule de la ville, séparés puis rapprochés au gré des variations de la largeur des trottoirs, des rencontres avec tous ceux qui vaquaient à leurs occupations et des étalages des vendeurs à la sauvette qui déployaient leurs petites pyramides de légumes, leurs paquets de chewing-gum, leurs lunettes de soleil ou leurs fripes, mais aussi leurs réchauds à gaz où des saucisses grillaient, comme des grappes de tripes humaines.

Qu'ils attendent.

Cet après-midi, elle ne pouvait pas faire attendre les patients. C'était le jour de sa consultation hebdomadaire au dispensaire. On exigeait des médecins du secteur privé, comme elle, qu'ils consacrent une journée par semaine pour répondre aux besoins de certains quartiers et des anciennes banlieues résidentielles réservées autrefois aux blancs, où avait afflué ces dernières années une population nouvelle d'une extrême diversité. Elle avait régulièrement rempli cette obligation ; tout s'est arrêté, certes, mais aujourd'hui l'aiguillon de sa conscience professionnelle a eu le dernier mot ; elle est allée au dispensaire au lieu d'accompagner Harald chez l'avocat. Peut-être s'agissait-il de se convaincre elle-même que ce qui était arrivé ne pouvait être vrai. Mais ce n'était pas le jour à faire de l'introspection ; il n'y avait qu'à se conformer à la routine fixée par le registre des consultations. Elle mit sa blouse blanche (elle est fonctionnaire, comme le juge engoncé dans sa robe) et pénétra dans l'enceinte de cette institution qui lui est familière, où l'étuve stérilise une batterie d'instruments aux formes aussi variées que les fonctions, où évolue avec grâce et professionnalisme la jeune infirmière dont les cheveux tressés sont surmontés d'un bonnet blanc amidonné, pareil à une couronne de poupée. Quelques-uns des patients ne savaient pas expliquer en anglais ce dont ils souffraient. L'infirmière chargée des visites servait d'interprète, quand c'était nécessaire, elle complétait les questions du médecin, passait sans difficulté d'une de ses langues maternelles à l'autre, qu'elle avait en commun avec les patients, et traduisait leurs réponses.

La chair défilait devant le médecin. C'était sa matière première, les femmes qui par pudeur hésitent à écarter leurs cuisses volumineuses (l'infirmière les admonestait, mama, le médecin est une femme tout à fait comme toi), les vieillards aux tétons recouverts de poils blancs qu'il fallait ausculter. Le ventre souple des bébés glissait sous ses doigts, et leurs yeux s'emplissaient de larmes de reproche quand elle devait faire une piqûre dans la chair tendre de leurs bras où les muscles ne s'étaient pas encore développés. Elle accomplissait sa tâche comme toutes celles qui lui paraissaient nécessaires, en mettant toute son habileté à ne pas faire mal.

N'est-ce pas là le but recherché ?

Tant de douleurs proviennent de l'intérieur du corps ; cette femme atteinte d'une tumeur au cou, une boule qui grossit et que des doigts expérimentés palpent, sans parler de l'habituelle procession des retraités entravés par leurs rhumatismes.

Mais la douleur qui vient de l'extérieur—la violence qui agresse la chair, l'eau bouillante d'une casserole renversée qui brûle un enfant, ou une lame de couteau qui entaille. Une balle. Cette perforation de la chair, l'irruption fracassante de la balle qui y pénètre, la violence de cette force, l'ogive de métal qui brise l'os comme on réduit en miettes une tasse à thé—elle n'est pas chirurgien, mais dans cette ville de violence elle a vu comment on incisait, comment on fouillait dans les corps pour en extraire ces pépites sur les tables d'opération : elles ont gardé la forme profilée de leur propre vitesse, à laquelle aucun élément du corps ne peut résister et qu'il ne peut même pas ébrécher. Une balle—ceux qui survivent ont des souvenirs différents de la douleur qu'ils ont ressentie, mais tous gardent la même impression : une irruption de violence. La douleur qui naît dans le corps lui-même ; son mauvais fonctionnement est une partie de soi, un mystère que la science médicale ne peut expliquer, nous en sommes responsables. Mais une balle, c'est l'irruption d'une douleur réifiée.

La vocation du médecin est de défendre le corps contre la violence de la douleur. Claudia est de l'autre côté de la barrière qui sépare ceux qui provoquent la douleur et les autres. La barrière suprême, entre la mort et la vie.

Le corps dont elle explore l'intérieur avec sa main gantée, sa main de sourcier instinctivement attirée par l'eau, la conduit vers une source, il contient un fœtus, une vie de trois mois.

Ah, ça vraiment, je vous le dis. Je n'ai jamais été aussi malade avec les autres. Chaque matin, malade comme une chienne.

A vomir ses tripes.

Est-ce que vous croyez que cela veut dire que c'est un garçon, docteur ? La patiente feint la timidité que les femmes affectent souvent en face d'un médecin, le cabinet de consultation est leur théâtre, où elles ont, c'est si rare, la chance de pouvoir tenir un petit rôle. Ah, mon mari serait fou de joie. Mais je lui dis, si cette fois nous n'y arrivons pas, je ne sais pas ce que tu en penses, mais moi j'abandonne.

Le médecin est obligeant : elle rit avec la patiente.

Nous pouvons faire un test très simple si vous voulez savoir le sexe.

Oh non, c'est la volonté de Dieu.

Puis arrive la succession habituelle de troubles cardiaques et d'affections des bronches. La vie s'obstine cahin-caha dans les soufflets délabrés des poumons des vieillards et dans les battements du cœur qu'on voit palpiter faiblement derrière les côtes d'un petit garçon décharné. Quelques-uns de ceux qui sont venus cette semaine—comme les semaines passées—ont les yeux noyés dans la chair grasse et gonflée de leur visage, tandis que d'autres présentent des infections de la peau caractéristiques de la malnutrition. Ou ils mangent trop ou ils n'ont pas assez à manger. Il est relativement facile de prescrire pour les premiers puisqu'ils ont le remède en eux-mêmes. Pour les seconds, ils sont privés de ce dont ils ont besoin par des circonstances hors de leur contrôle. Des légumes verts et des fruits frais—ils sont trop pauvres pour s'offrir le luxe de tels remèdes, ce qu'ils sont venus chercher au dispensaire, c'est une bouteille de sirop. Le médecin le sait, mais elle a, toute prête, une liste de régimes à base de légumes secs qui sont censés remplacer ce qu'ils devraient manger. Elle tend une liste d'un geste encourageant à la grand-mère qui a amené ses deux petits-enfants à la clinique. Leurs jambes écorchées et grisâtres sont nues, mais malgré la chaleur ils ont gardé leur bonnet de laine épais qui tombe sur les sourcils et cachent les plaies de leur cuir chevelu, et observent le médecin par en dessous. La grand-mère n'a pas besoin que l'infirmière traduise, elle sait lire et tient la liste à bout de bras comme le font les gens âgés atteints de presbytie. Elle la plie soigneusement. Le temps de la consultation est terminé. Elle pilote les enfants vers la porte. Elle remercie le médecin. Je ne sais pas ce que je peux trouver. Peut-être je peux essayer d'acheter quelques-unes de ces choses. Leur père, il est encore en prison. Mon fils.

Procès-verbal du rapport de police. Inculpation. Harald s'efforce de garder la tête froide pour dissocier les faits qui constituent des preuves de l'interprétation de ces preuves. Circonstances : ce jour, durant la nuit du vendredi, 19 janvier 1996, un homme a été trouvé mort dans une maison qu'il partageait avec deux autres hommes. David Baker et Nkululeko « Khulu » Dladla avaient regagné leur domicile à 19 h 15 et avaient trouvé le corps de leur ami Carl Jespersen dans le salon. Sa tête portait la trace d'une blessure par balle. Il était partiellement allongé sur le sofa, comme s'il avait été surpris (interprétation) au moment où l'on avait tiré et avait tenté de se lever. Il portait des sandales, des tongs, dont l'une avait sa lanière tordue, et pendait à son pied. Il n'était vêtu que d'un peignoir en tissu-éponge. Des verres étaient posés sur un tambour africain à côté du divan. L'un contenait un reste de ce qui semblait avoir été un mélange de boissons communément désigné par le terme « Bloody Mary »—il y avait une boîte vide de jus de tomate et une bouteille de vodka sur le poste de télévision. Les autres verres ne semblaient pas avoir été utilisés ; il y avait une bouteille de whisky non ouverte et un seau avec de la glace à moitié fondue sur un plateau posé par terre à côté du tambour (des faits combinés avec leur interprétation). Il n'y avait pas de désordre insolite dans la pièce, s'agissant d'un logement de célibataire (interprétation). La pièce n'était pas éclairée, en dehors du point lumineux d'une platine laser qui s'était arrêtée à la fin d'un CD et n'avait pas été éteinte. La porte d'entrée était fermée à clé, mais les portes vitrées donnant sur le jardin étaient ouvertes, comme elles l'étaient en général en été, même après la tombée de la nuit.

Le jardin de la propriété est de ceux dans lesquels il y a un bungalow. Ce bungalow est occupé par Duncan Lindgard, ami du défunt et des deux hommes qui ont découvert le cadavre, et ces derniers avaient couru le chercher après avoir découvert le corps de Jespersen. Le chien de Lindgard dormait à l'extérieur du bungalow et il n'y avait apparemment personne à l'intérieur. La police est arrivée environ vingt minutes plus tard. Un homme, un aide-plombier, Petrus Ntuli, logé dans un appentis sur la propriété en échange de travaux de jardinage, a été interrogé et a déclaré qu'il avait vu Lindgard sortir par la véranda de la maison et laisser tomber quelque chose en traversant le jardin en direction de son bungalow. Ntuli avait tenté de retrouver l'objet pour le rendre à Lindgard, mais n'avait rien trouvé. Il avait appelé Lindgard, mais celui-ci était déjà entré dans le bungalow. Ntuli n'avait pas de montre. Il ne pouvait pas préciser l'heure à laquelle s'étaient déroulés ces faits, mais le soleil était déjà couché. La police a fouillé le jardin et a trouvé un pistolet dans un massif de fougères. Baker et Dladla l'ont identifié immédiatement comme le pistolet qu'ils conservaient à la maison pour se protéger des voleurs ; lequel des trois était titulaire du permis de port d'arme, ni l'un ni l'autre ne s'en souvenaient. La police s'est rendue au bungalow. Personne n'a répondu quand on a frappé à la porte, mais Ntuli a assuré que Lindgard était à l'intérieur. La police est entrée en forçant la porte de la cuisine et a trouvé Lindgard dans la chambre à coucher. Il semblait hébété. Il a déclaré qu'il était en train de dormir. Quand on lui a demandé s'il savait que son ami Carl Jespersen avait été attaqué, il a pâli (interprétation) et a demandé : Est-il mort ?

Il a alors protesté contre l'intrusion de la police à son domicile et a insisté pour qu'on lui permette de donner plusieurs coups de téléphone, dont l'un à son avocat. L'avocat lui a conseillé de toute évidence de ne pas opposer de résistance à son arrestation et l'a rejoint au poste de police où les relevés d'empreintes digitales n'ont pas permis d'aboutir à une conclusion, étant donné que le massif de fougères avait été arrosé récemment et que les empreintes sur le pistolet avaient été oblitérées par la boue.

Ceci n'est pas un roman policier.

Harald doit admettre que ce qui fait les ingrédients de la littérature policière appartient à la réalité.

Tel est l'enchaînement des faits qui a débouché sur une inculpation de meurtre. Pendant qu'il raconte à Claudia ce qu'il a appris de l'avocat, elle ponctue chaque étape du récit d'un hochement de tête, sans jamais l'interrompre. Il a l'impression qu'elle attend qu'il ait fini ; mais quand il en a terminé, elle ne dit rien. Il comprend, à son silence, qu'il n'a rien dit, qu'il n'a rien ramené qui puisse expliquer. Duncan est sorti de la maison de cet homme et a laissé tomber quelque chose dans le jardin en rentrant à son bungalow. On a trouvé un pistolet. Duncan a dit qu'il dormait et qu'il n'avait entendu ni ses amis ni la police quand ils ont frappé à sa porte. Rien de tout cela n'apporte quoi que ce soit de nouveau, ni ne fournit d'explication supplémentaire par rapport à leur conversation de part et d'autre de la barrière au tribunal. Sa brève étreinte, durant laquelle il avait détourné la tête. Sa réponse à la question de savoir s'il avait besoin de quelque chose : rien. Harald réalise, à l'attitude de Claudia, que ce qu'il a raconté, à lui-même et à elle, est en fait la matière brute d'un polar.

La demande de liberté sous caution demandée par l'ami avocat, si sûr de lui, a été à nouveau refusée.

Mais pourquoi ? Pourquoi ? Tout ce qui lui vient à l'esprit, c'est le principe généralement accepté comme indiscutable, selon lequel tout individu susceptible de commettre un autre crime ne peut être remis en liberté sous la seule garantie d'une somme d'argent. Duncan, un danger pour la société ! Mais, pourquoi, bon Dieu ?

Le procureur a eu vent de l'idée qu'il pourrait disparaître—partir.

Quitter le pays ?

Ils appartiennent maintenant à la catégorie de ceux qui peuvent acheter l'impunité parce qu'ils ont les moyens de fournir une caution et ensuite de s'enfuir. Il ne savait pas si elle comprenait l'implication de ce refus, pour leur fils et pour eux-mêmes.

D'où lui venait cette idée ?

La jeune femme avait été appelée pour un interrogatoire, il semble qu'elle ait dit qu'il avait menacé d'accepter une situation qui lui avait été offerte à Singapour. Je ne sais pas—pour la fuir, on dirait. Quelque chose qu'elle a laissé échapper, peut-être intentionnellement. Qui peut savoir ce qui se passait entre eux.

Si Claudia n'est pas satisfaite du peu d'explications qu'Harald a rapportées, aurait-elle fait mieux ? Eh bien, qu'elle essaie à son tour.

Un détenu qui attend son procès a droit à des visites. C'est son tour à elle : J'aimerais parler à ce Julian avant d'y aller.

Harald sait que tous deux ont une répulsion irrationnelle à tout contact avec ce jeune homme : ne tuez pas le messager, c'est dans le message même qu'il y a la menace.

Claudia n'est pas la seule mère avec un fils en prison. Depuis cet après-midi, elle l'a compris. Elle n'est plus celle qui distribue le réconfort ou ses succédanés pour soulager les autres des désastres qui les accablent, alors qu'elle-même, protégée, intouchable, demeure hors d'atteinte, dans une autre catégorie. Cette forme d'égalité, ce ne sont pas les lois justes qui l'ont introduite ; c'est quelque chose de très différent. Ce qu'elle éprouve n'est pas non plus un élan de sentimentalité, ce qui fait qu'elle ne veut en parler à personne, pas même à celui qui est le père d'un fils en prison ; ça risquerait d'être compris de travers.

Elle téléphona à l'avocat pour obtenir le numéro du messager qui s'était présenté à la grille de sécurité de la résidence et y était entré à l'heure du café, après le dîner. Elle tenait absolument (Harald pouvait l'entendre lorsqu'elle réussit à joindre le messager) à ce qu'il revienne ce soir même. Pas demain. Maintenant.

Cette fois-ci, lorsqu'il ouvrit la porte au messager, Harald lui tendit la main : Julian Verster. Claudia avait pris soin de noter le nom.

De quoi avaient-ils l'air à ses yeux ? Les circonstances ne pouvaient être rattachées à aucun précédent ; une invitation, une inquisition, un appel—de quel genre d'hospitalité s'agit-il, quelles sont les convenances, dans la mesure où le fait de préparer le service à thé ou les boissons, de disposer les cendriers, d'orienter confortablement un siège permet de différencier les autres types de rencontres. Dans la pièce, chaque chose à sa place ; c'est de là que vient cette impression d'inconvenance, voire d'étrangeté.

Leur attitude à son égard avait changé, sous l'emprise du besoin. Ils voyaient dans ce jeune homme la possibilité d'obtenir certaines réponses, ils pourraient peut-être déchiffrer, jusque dans son apparence, certains facteurs du contexte qui avaient rendu possible ce qui venait d'arriver. On porte tous un uniforme, en fonction de ce qu'on veut afficher, ou bien maquiller, de sa personnalité. Des grosses baskets, semelles épaisses, et structure savamment dessinée, comme en portent de nos jours les ministres, les employés, les étudiants, et Harald lui-même lorsqu'il s'habille décontracté ; des cicatrices sur les joues, souvenir laissé par le rite tribal de ses poussées d'acné juvénile, des yeux écartés, et leur couleur, marron, comme ceux d'un chien, assombrie par des sourcils ombrageux qui démentaient péremptoirement les hésitations d'une bouche en perpétuel mouvement, qui n'articulait rien sans l'avoir mâché et remâché. Un visage qui suggère une personnalité à la fois servile et loyale : le candidat idéal pour une cabale. Dans son métier, c'est le genre de choses qu'Harald à l'habitude d'observer, lorsqu'il rencontre d'éventuels associés.

—Je suis désolée d'avoir bousculé, de cette façon, vos plans pour la soirée, mais lorsque vous êtes venu, l'autre soir, nous étions tous... je ne sais pas... nous n'avons pas pu parler. C'était difficile de réaliser ce qui se passait. Comme vous êtes un ami de Duncan, vous avez dû ressentir la même chose—cela a dû vous coûter d'être obligé de venir nous trouver. Nous en sommes conscients.—

D'une moue entendue, le jeune homme accrédite cette façon qu'elle a, à son tour, de lui tendre la main.

—J'ai trouvé ça insupportable—de m'en être si mal sorti—je n'ai pas réussi à m'en sortir autrement. Insupportable. Et il me l'avait demandé, il m'en avait chargé.—

Ils étaient assis tout près les uns des autres, maintenant. Claudia était tournée vers lui, sur le canapé où ils avaient tous les deux pris place, et Harald avaient rapproché une chaise, pour parler.

—Pourquoi ne nous a-t-il pas appelé lui-même.—

Mais cela sonnait plus comme un jugement que comme une question.

—Voyons Harald..., c'est évident.—

—Il était sous le coup d'un choc terrible, vous ne pouvez pas savoir.—

—C'était au commissariat ?—

—Non, chez lui, il m'avait joint sur mon téléphone cellulaire et j'avais juste eu le temps de faire demi-tour sur place, en pleine rue... il était encore à la maison, dans le bungalow, avec la police.—

Les mains sur les genoux ; dans une même crispation, Claudia serrait étroitement ses mains et ses genoux.
—Vous êtes allé dans la maison.—

—Oui. J'ai vu. Je n'arrivais pas à y croire.—

Pour eux, ce qu'il y avait eu à voir, c'était l'homme à la morgue (Claudia connaît la procédure d'une autopsie ; le corps est parfois conservé pendant des jours avant l'opération). Mais—là, sous ses yeux à lui—pour ce Julian Verster, ce qui avait été donné à voir, c'était son ami, au même titre que Duncan était son ami. Cette prise de conscience leur permet de commencer à exprimer ce qu'ils attendent de lui. Par une sorte d'accord tacite, car il n'existe entre eux aucune préséance, ils l'interrogent à tour de rôle ; ils ont trouvé une méthode, ou du moins une certaine forme de structure, qu'ils ont mise au point, entre eux, pour procéder en l'absence de précédent.

—Pourriez-vous nous donner une idée de la façon dont, si c'est le cas, Duncan aurait bien pu se retrouver mêlé à tout ça, de la façon dont sa situation—comment dire ?—plus ou moins de locataire, dont ses relations avec les occupants de la maison—ces hommes, ces amis—auraient pu conduire à faire peser contre lui l'ensemble des *présomptions* qui semblent l'accuser ? Je suis passé chez son avocat aujourd'hui. Vous faites partie de ce groupe d'amis, n'est-ce pas ? Nous n'en connaissons aucun, en réalité—

Claudia se tourna vers Harald, mais l'interrompit en gardant les yeux baissés, lointaine. —Sauf la jeune femme, son amie, il l'avait amenée ici, une ou deux fois. Mais il semble qu'elle n'était pas là, vendredi. Personne ne mentionne sa présence.—

—Pourriez-vous nous parler de cette amitié, ils vivent tous plus ou moins sur la propriété, ils devaient bien s'entendre, pour décider de cohabiter ainsi, dans une telle intimité—qu'est-ce qui a bien pu conduire Duncan à être accusé d'une telle infamie ? Vous devez comprendre que ma femme et moi, notre fils et nous, avons vécu, en tant que parents, comme trois adultes indépendants, nous sommes proches mais nous ne nous attendons pas à tout savoir de sa vie. Les liens sont de nature différente. Nous sommes liés à lui, il est lié à d'autres. Tout allait bien ainsi. Mais quand ce genre de chose vous tombe dessus—nous prenons la mesure de ce que ce... respect, je suppose, que nous avions les uns pour les autres, peut signifier. Nous ne savons rien de ce que nous devrions savoir. Qui était cet homme ? Quels rapports Duncan avait-il avec lui ? Vous devez savoir ! Nous ne pouvons pas, demain, aller trouver Duncan pour lui poser la question, n'est-ce pas ? Dans un parloir, à la prison ? Avec les gardiens, et qui d'autre—

—Nous sommes tous des amis de longue date, du moins Dave, qui a fait ses études d'architecte en même temps que Duncan, comme moi—je travaille dans le même cabinet que Duncan. Mais je ne les ai pas suivis lorsqu'ils ont décidé de prendre la maison et le bungalow. Khulu est journaliste, je pense que Duncan a fait sa connaissance en premier, au moment où Khulu cherchait à venir s'installer en ville pour quitter Tembisa. Carl, Carl Jespersen (c'est difficile de parler, ou d'entendre parler, d'un homme qui est à la morgue, pour échanger à son sujet des informations générales) Jespersen est arrivé il y a deux ans environ, avec une équipe de tournage danoise—ou bien norvégienne—et finalement, il n'est jamais reparti. Il travaille—il travaillait, dans une agence de publicité. Ces trois-là ont pris la villa et Duncan le bungalow. Mais ils gèrent presque tout en commun. Je veux dire, j'y vais souvent, la maison est du genre ouverte, l'ambiance est bonne.—

Il faut tenir compte des inhibitions qu'il va devoir surmonter ; de sa loyauté, de cette incorruptible discrétion que le messager se voit imposer par le fait que quelqu'un, qu'il admire peut-être ou qui réussit mieux que lui professionnellement, lui a accordé le privilège de son amitié. On sent poindre une préoccupation secondaire : la nature de ses relations avec leur fils. Difficile de ne pas perdre patience.

—Donc tout le monde s'entendait bien, vraiment. Vous n'avez pas eu connaissance de dissensions entre eux ? Et il faudrait qu'elles aient été sévères pour qu'on en arrive à croire que Duncan, *Duncan*... ! Qu'importe ce pistolet, qu'importe ce que dit avoir vu l'homme qui se trouvait dans le jardin ! N'y a-t-il pas quelqu'un d'autre, quelqu'un qui, lui, aurait vraiment pu considérer qu'il avait une raison valable d'agresser Jespersen ? Pourquoi Duncan ? Quelqu'un que vous connaîtriez ?—

Le raisonnement qu'elle énonçait recoupa celui que suivait Harald.

—Où était la jeune femme. Où était-elle vendredi ? Avaient-ils rompu, Duncan et elle, étaient-ils toujours amants ?—

Le jeune homme doit rectifier son registre de communication avec ce père qui n'estime pas indispensable d'utiliser l'euphémisme « petite amie » quand on s'adresse à des parents.

—Ils sont toujours ensemble. Bien sûr, vous savez—elle était là. La veille, la nuit de jeudi. Nous avons tous dîné ensemble à la villa. Carl et David avaient fait la cuisine.—

N'y avait-il rien d'autre à dire ? Rien d'autre à tirer de

lui ; il est le messager, il ne doit rien savoir en dehors du texte qui lui a été confié.

Claudia laisse pendre ses mains ; ses doigts s'étirent. —S'il vous plaît, dites-nous.—

Harald se lève.

Le jeune homme les regarde l'un après l'autre, comme s'il demandait grâce, et puis il se met à raconter, de la seule façon qui lui semble possible, de ce ton morne et détaché qu'on emploie pour décrire les circonstances d'un accident de la route qui n'aurait pas fait de blessé : l'émotion contenue par l'objectivité.

—L'année dernière en juin, Carl a trouvé pour elle un emploi à l'agence de publicité, et ils avaient pris l'habitude de faire le trajet ensemble, dans sa voiture à elle. Parfois, ils prenaient celle de Carl. Je ne sais pas comment ils s'organisaient. De sorte que, souvent, ils déjeunaient aussi tous les deux, au restaurant. Mais ça n'était pas un problème.—

—Que voulez-vous dire ?— Harald le regarde de toute sa hauteur.

—Duncan n'y voyait pas d'inconvénient. Il n'avait aucune raison de s'inquiéter.—

—Ne voyait pas d'inconvénient à ce que sa maîtresse passe la journée en compagnie d'un autre homme ?—

—En fait, Carl et David étaient amants. Les trois occupants de la maison sont homosexuels, y compris Khulu. Les homo établissent souvent des liens d'amitié très forts avec des femmes, sans être perçus comme des rivaux par les amants de ces femmes, bien sûr. Carl et Duncan et Natalie sont des amis très proches. Leur amitié tient une place à part dans le groupe qui gravite autour de la maison. Tenait.—

—Je vois.—

Mais Harald, tout en ayant conscience que sa réaction est typiquement celle d'un hétérosexuel, ne voit pas comment Duncan avait pu tolérer que sa compagne, une femme, passe ses journées avec un autre que lui, même si cet homme préférait les partenaires mâles. Sa réponse laconique laisse à nouveau sourdre, en lui comme en Claudia, cette angoisse qui avait accompagné la délivrance du premier message, cette nuit-là ; ce vendredi-là.

—S'il vous plaît, dites-nous.—

Par ces paroles, Claudia sonne un glas.

—Jeudi, nous sommes tous restés très tard à la villa. Il y avait des invités, un couple d'amis de Khulu. Au moment de se quitter, Khulu et sa bande étaient déjà partis de leur côté, et je suis allé avec Duncan jusqu'au bungalow. Natalie s'était portée volontaire pour aider Carl à faire la vaisselle, David avait un peu trop bu et était parti se coucher. Mais apparemment, lorsque tout a été remis en ordre dans la cuisine, Natalie n'est pas rentrée au bungalow. Duncan s'est réveillé vers deux heures du matin et s'est rendu compte qu'elle n'était pas là. Il était inquiet pour elle, au cas où il lui serait arrivé quelque chose en traversant le jardin dans l'obscurité, et il est retourné à la villa. Oui. Carl faisait l'amour à Natalie dans le salon. Vendredi matin, Duncan n'est pas venu au travail et il m'a appelé au bureau. Il m'a raconté. Il m'a dit qu'il les avait trouvés sur le sofa—le sofa, vous savez. Que dire. Ce n'était pas la première fois que Natalie avait une sorte d'aventure avec quelqu'un, en marge—elle en avait eu une, au moins, dont j'étais, dont nous étions tous au courant. C'est dans sa nature, mais je pense qu'elle l'aime lui—Duncan. A sa façon. Et lui, il est d'une fidélité sans faille vis-à-vis d'elle, il est complètement possessif, les autres femmes n'existent pas pour lui. Les reproches et les larmes—le truc classique—et elle revient. Mais cette fois-ci—Carl. Un homme qui n'aime pas les femmes, mais qui s'envoie Natalie. Pour parler crûment. Qui fait une exception pour Natalie, qui laisse dormir son amant dans la chambre et fait l'amour à Natalie sur ce fameux sofa. Duncan était—je ne sais pas comment dire—c'était terrible. Elle n'a pas voulu revenir au bungalow, je suppose qu'elle avait peur de lui. Elle est partie. Montée dans sa voiture et démarré, au beau milieu de la nuit, et elle n'est pas revenue vendredi non plus. Elle n'était pas là. Quand est arrivé... ce qui a bien pu arriver. Voilà, c'est tout ce que je sais, et je ne suis pas en train de dire que Duncan a probablement commis ce dont on l'accuse, je ne fais pas de sous-entendu, je ne voudrais pas que vous pensiez que ce que je vous ai dit permet de tirer des conclusions, je n'y étais pas, je n'ai rien vu, même si je le connais bien Duncan, votre fils, je ne sais pas ce qui a pu se passer en lui—

Les voilà debout tous les trois, comme ressentant l'imminence d'un autre de ces phénomènes auxquels rien ne peut préparer, la pression atmosphérique de cette maison où pénètre Duncan (l'autre homme est seul, sur le sofa, il boit un Bloody Mary), ils la reproduisent, elle les imprègne, comme l'angoisse fait soudain sourdre la sueur. Mais on ne peut pas l'admettre ; il faut rendre cela intelligible, en faire quelque chose de maîtrisable. Le messager est sur le point de tourner bride et de repartir : c'est fini. Il ne peut pas réprimer cette urgence, il a eu sa dose.

—Ne partez pas— plaide Claudia avant même qu'il n'ait fait le moindre mouvement. C'est donc un fait acquis ; la seule chose qui puisse maintenant se passer, c'est qu'il va les abandonner. Elle désigne, paumes offertes, les sièges qu'ils occupaient, et se rassoit à la même place.

Afin de prolonger sa présence, ils orientent la discussion sur les questions pratiques. La possibilité d'introduire une autre demande de mise en liberté sous caution, encore une, à l'issue de la première audience ; les conditions de détention d'un prisonnier en attente de jugement. Il y a tant, ils en sont tous conscients, lui comme eux, de questions qu'ils pourraient encore lui poser, de choses qu'il pourrait leur dire au sujet de cette maison et de son sofa, de ce bungalow, de la façon dont y vivait leur fils. Mais le jeune homme est visiblement aux prises avec un dilemme entre les devoirs qu'il estime avoir, leur semble-t-il, envers eux, et son refus de trahir les règles de l'amitié. Demander si, ces derniers temps, Duncan semblait particulièrement tendu, par exemple, au travail (lieu qui n'est pas du domaine de la vie privée) constitue leur question la plus directe sur le sujet. Cela se remarquait-il, au bureau ? Harald n'a pas pu se résoudre à aller plus loin pour tenter de savoir si, dans ce bungalow, avait pu régner le désarroi.

—Duncan est quelqu'un de fort.—

Cette réponse aurait pu suffire à Harald, mais d'un réflexe, Claudia détourna la tête. —Vous travaillez avec lui dans le même bureau, vous voulez dire qu'en fait il est du genre à cacher ses sentiments, ses états d'âme ? Même à vous ? Il vous a appelé, il vous a parlé au téléphone, vendredi.—

—Quand on a envie de parler de quelque chose, on en parle ; quand l'un d'entre nous n'en a pas envie, on n'en parle pas. On passe.—

—Il a toujours été très réservé. Ça lui aurait peut-être fait du bien de parler d'abord.—

—Comment peux-tu dire ça, Harald—lui qui a toujours été si affectueux et si ouvert—tu ne t'attendais quand même pas à ce qu'il débatte de sa vie amoureuse avec toi ?—

Ils parlaient de leur fils, de l'ami de Julian Verster, comme s'il était mort. Quand on est en prison, on est mort à la conscience du monde, on n'y existe plus qu'au passé. Un silence consterné les interrompit. Harald adressa à Claudia le regard qui signifiait entre eux que le moment était venu de servir un verre au jeune homme. Elle sembla ne pas comprendre ce message, elle paraissait inaccessible. Il rassembla les verres et les bouteilles, les sodas et les jus de fruits, la routine de l'hospitalité. Les verres une fois remplis leur procurèrent de quoi s'occuper les mains ; à défaut de pouvoir parler, ils pouvaient boire.

—Je ne me souviens pas de l'avoir jamais vu prendre un whisky.— Ils suivirent sa pensée : vers la bouteille de whisky, le verre vide, le seau à glace près de ce sofa.

Avant qu'il ne reparte, ils prirent la précaution d'interroger Julian Verster sur ce qu'il pourrait leur suggérer d'apporter à la prison, lors de leur visite du lendemain, lui qui était un ami (un ami visiblement proche).

Rien, bien sûr. Rien.

La nuit, quand on ne dort pas, l'esprit veille et projette ce qui pourrait se passer. L'obscurité ne dresse pas le décor des rêves mais celui de la prison, le lieu, les grilles d'acier, les clés (peut-être qu'ils ont maintenant des systèmes de sécurité électroniques, comme ceux des banques, des contrôles aux portes avec des voyants rouges et verts qui interdisent ou autorisent l'entrée ou la sortie). S'ils n'étaient probablement jamais entrés dans un tribunal, il était certain qu'aucun d'entre eux n'avait jamais mis les pieds dans une prison. La structure des images vient de ces séquences à la télévision où les couloirs étroits délimitent la perspective, où les judas filtrent les regards, où la bande-son est saturée par l'écho, puisque ne restent du murmure de la vie ordinaire (conversations des oiseaux, des gens, des transports) que les cris et le bruit des bottes claquant lourdement sur le béton. Ceux qui ont chaussé ces bottes n'appartiennent pas à l'univers du rêve ; on les a déjà rencontrés au tribunal, salle B17 ; ces hommes jeunes, hâlés, qui montent la garde, impassibles, absorbés par la contemplation sereine de leur propre mode de vie, pendant que sont jugés crimes et châtiments. La cellule—mais les visiteurs n'ont pas accès aux cellules dans les prisons, il y aura un parloir, les cellules resteront l'inconnu, ce vers quoi était descendu le prisonnier, lorsqu'il avait pris cet escalier qui plongeait sous le tribunal. Aucune intimité n'est plus inviolable que celle du prisonnier. Arriver à se représenter cette cellule où il réfléchit, à atteindre ce qu'il est le seul à savoir ; c'est un trou noir dans la nuit.

Toi non plus, tu ne peux pas dormir.

Allongé à côté d'elle, il ne répond pas. Mais elle perçoit au souffle d'Harald—sa respiration n'a pas ce rythme familier—qu'il ne dort pas. Dans le noir, sa concentration est telle qu'il ne peut pas répondre. C'est tout. Lui aussi, il dispose d'un espace d'intimité inviolable : il prie. Harald est ce qu'il est convenu d'appeler un grand lecteur, c'est-à-dire un chercheur à la poursuite de ce qu'on désigne sous le terme ambitieux de vérité ; deux concepts bien relatifs : il serait le premier à l'admettre en riant. Année après année, il a essayé d'expliquer à sa femme ce qu'était la prière, en des termes susceptibles d'être compris par quelqu'un dépourvu de foi religieuse. Il a eu recours à diverses formulations, rencontrées dans ses lectures, mais la définition qu'en donne Simone Weil, la prière comme forme intensive de concentration intelligente, lui a paru la mieux adaptée. Lorsque Claudia a émis des doutes sur le qualificatif « intelligente »—si la concentration n'était pas intelligente que pouvait-elle bien être ?—il les a apaisés en lui rappelant qu'il existe une forme de concentration hypnotique, absorbée par des futilités, qui n'implique pas le recours à l'intelligence, au sens religieux ou philosophique du terme. La prière comme forme de concentration intelligente est devenue une pratique laïque que Claudia a dû finir par accepter. Elle y est parvenue en dissociant la concentration intelligente de ce vers qui ou vers quoi elle était dirigée ; ainsi, il ne s'agit plus de la communication avec un Dieu supposé existant, mais d'une forme intense de communication avec ses propres ressources afin de guider l'individu au travers de ses peurs, de ses échecs et de ses peines.

Harald prie. Sa prière entre dans l'évocation de ce qui se passera demain. Elle est allongée dans l'obscurité, à côté de lui. Quel est l'objet de sa prière ? Prie-t-il pour que leur fils n'ait pas commis ce dont on l'accuse ? Si Harald éprouve ce besoin, cela veut-il dire qu'il pense ce qu'il ne peut pas dire, qu'il croit que son fils a tué un homme ?

Ils s'étaient levés plus tôt qu'ils ne l'auraient fait pour aller au travail. Il fallait tuer le temps jusqu'à l'heure où les visites étaient autorisées. Ils s'échangeaient les pages du journal et lisaient à tour de rôle le développement des événements dont les épisodes précédents figuraient au programme de leur soirée de télévision, lorsque le messager était venu. Pour lui, la photographie d'un enfant étreignant le corps de sa mère morte, le récit d'une nuit de pilonnage au mortier, de la quête d'un abri qui poussait des gens inconnus à se terrer derrière des murs en ruine, dans des caves éventrées, faisaient brutalement irruption dans sa vie, ils ne lui étaient plus étrangers, il avait intégré les paramètres du désastre. L'information était son information. Pour elle, ces événements avaient été mis à distance : ni leur éloignement géographique, ni même leur absence de proximité par rapport à sa vie ne les lui avaient jamais rendus aussi lointains que n'avait pu le faire le message, ce message qui les avait interrompus : un désastre personnel vous fait renoncer au monde.

Il sortit pour flâner dans leur jardin, la parcelle close, entretenue et intégrée aux espaces verts, qui leur avait été attribuée dans la résidence ; il suffisait de quelques pas sur les entrelacs du pavage qui longeait les strelitzias pour rebondir contre le mur. Nulle part où aller. De là où il se tenait, des rayons de soleil enflammaient ces fleurs orange et bleu, des oiseaux de paradis, perchées haut sur leur tige. Elle était dans la cuisine, où elle s'affairait. Quand il fut l'heure de partir, elle apparut avec un bol en plastique recouvert d'une feuille d'aluminium, qu'elle plaça sur le plancher devant le siège du passager. Pendant qu'il conduisait, elle cala le bol entre ses pieds chaussés de sandales.

Je suppose qu'ils n'interdiront pas ça.

Il hocha la tête, dubitatif. En détention préventive, peut-être.

C'est juste une salade et un peu de fromage.

Bien sûr. Les femmes, il n'y a que les femmes pour disposer de ce genre de ressources. Elles cherchent à améliorer. Il eut l'intuition subliminale d'éprouver une tendresse mêlée de mépris, pas tant pour sa femme en particulier que pour elles en général, les pauvres ; de quoi être envieux.

Ils arrivèrent dans ce lieu, la prison, vers lequel ils avaient été inexorablement dirigés. Ils y furent reçus avec la courtoisie caractéristique des formations aux relations publiques que suivent les nouvelles forces de police, celles qui sont censées oblitérer la tradition de racisme et d'autoritarisme brutal de leurs aînées. Quoi qu'il en soit, l'officier de garde est un Afrikaner, il a lui-même atteint la cinquantaine avec son lot d'enfants adultes, de responsabilités parentales, de sentiments familiaux, etc., autant de fardeaux qu'il estimera avoir en commun avec un couple de blancs. Vous pouvez, il parle du bol de nourriture. —Mais pas d'inquiétude, il est bien nourri, et tout. Et vous pouvez prendre son linge sale, ce genre de chose, nê.—

La prison est un lieu comme les autres. Ça, ils ne le savent pas ; l'officier a un ordinateur dans son bureau, ainsi que plusieurs modèles de téléphone, classiques et cellulaires, on y trouve aussi une composition florale dans un pot, décorée de grappes de rubans en plastique, qui a dû marquer un anniversaire ou une occasion quelconque. Les couloirs pleins d'échos qu'avait évoqués l'obscurité de la nuit sont bien là, mais ce trajet-là, ils ne l'emprunteront pas ; ils sont guidés jusqu'à une pièce toute proche par la croupe rebondie d'un jeune policier noir. A juste titre, rien ne caractérise cette pièce, ou alors, ils n'ont pas remarqué. Ils sont dans un espace, retranché de toute forme reconnaissable de vie, où ils s'assoient, sur deux chaises faisant face à une table qui les sépare de leur fils. Duncan. C'est Duncan, venu des couloirs sonores, venu de la cellule, venu de ces pensées qu'il médite, venu de ce qu'il contemple, en lui-même, en ce lieu, il est là. Ses mains déployées se plaquent sur la table à leur entrée, comme on plaque un accord au piano, et il sourit pour les prévenir, pas de sensiblerie. Les signaux fusent dans la pièce comme des chauves-souris. Ne me posez pas de questions. Nous voulons juste savoir ce que nous pouvons faire. J'ai besoin qu'on se voie. Si tu ne nous dis pas. Je ne veux pas qu'on se voie. Qu'importe : savoir. Tu ne peux pas savoir. Au moins comment. Ne vous mêlez pas de ça. Tu ne peux pas nous tenir à l'écart. Ne cherchez pas à savoir ce que vous ne pourrez pas supporter. Venez. Je veux qu'on se voie. Ne venez pas.

Même ici—dans ce lieu impossible pour ces trois-là—il doit bien y avoir une base qui permette à la parole de servir de vecteur à la communication. Il faut parvenir à repousser les chauves-souris vers l'obscurité d'où elles sont sorties, vers la cellule, la nuit sans sommeil. Il ne peut y avoir qu'une hypothèse possible, celle posée par les parents : il ne l'a pas fait. Il est innocent, au sens juridique du terme, même s'ils sont désormais prêts à croire, il faut bien qu'ils le sachent maintenant, qu'il n'est pas innocent du point de vue du contexte de cet événement effroyable, du genre de milieu dans lequel ce malheur a pu arriver. Pour admettre que *cela ait pu se produire,* il leur faut reconsidérer la façon dont ils imaginaient qu'on vivait dans cette maison, dans ce bungalow, parmi ce groupe d'amis, qu'ils redessinent le plan des affinités entre les occupants de ce lieu. Duncan, entouré d'amis avec lesquels il s'entend bien, vivant à deux pas de chez eux, de l'autre côté d'un jardin agréable, avec une jeune femme qui était peut-être destinée à devenir une relation durable, ou peut-être pas.

Duncan n'est pas innocent, mais il ne peut pas être coupable. L'essentiel, dès lors, c'est l'avocat ; encore une fois, il s'agit d'avoir le meilleur avocat possible. Cette décision-là, ils ne sont pas prêts à la lui laisser prendre tout seul, ils seront inflexibles sur ce sujet, le père comme la mère.

L'avocat, son ami fidèle, celui qu'ils avaient rencontré chambre B17, au tribunal, a parlé de l'affaire à un *Senior Counsel*[1], un ténor de la classe de Bizos ou de Chaskalson—Hamilton Motsamaï.

C'est tout ce que dit leur fils, il ne les rassure pas ; il les assure juste du fait qu'il sera défendu, ainsi qu'ils le

1. Titre honorifique conféré à un avocat par ses pairs.

voulaient, par le meilleur spécialiste sur la place. Il ne leur dit pas ; il ne leur dit pas qu'il n'a rien à craindre parce qu'il n'est pas coupable du meurtre de cet homme sur le sofa. Cette question est devenue taboue, on ne peut plus l'évoquer, parce qu'elle est aussi indiscrète qu'une interrogation sur la vie sexuelle d'un fils. Et justement, à propos de la jeune femme, bien sûr, c'est un sujet qu'on ne peut pas aborder, encore qu'on puisse avoir besoin d'elle pour apporter des preuves indispensables, sous une forme ou sous une autre, elle doit savoir qu'elle ne valait pas la peine qu'on tue pour elle, ce genre d'acte est incompatible avec la manière dont ils ont veillé à former le caractère de leur fils, en lui apprenant à maîtriser ses émotions, ainsi qu'avec la morale d'une époque où les hommes ne possèdent pas les femmes. C'est donc que l'acte n'a pas pu être commis. Un pistolet dans la boue. Quelqu'un d'autre le jette là. Un jardinier pense que Duncan a laissé tomber quelque chose, peut-être était-ce un mégot qu'il avait jeté là, et la police tombe sur un pistolet. La question qu'ils brûlent de poser à leur fils, la voici : sait-il pourquoi l'homme a été tué ? Mais ça aussi, c'est impossible, et pour plusieurs raisons : il y a le gardien, le policier, il est là au même titre que les trois chaises et la table, mais on ne doit pas oublier que ce surveillant, lui, entend, malgré l'air absent dont il a empreint son visage, fermé dans une incompréhension maussade : la réponse à cette question pourrait être utilisée comme une preuve à charge, mais il y a aussi la nature de l'engrenage dans lequel leur fils est pris—comment pourraient-ils savoir. Le fait d'être associé à un acte de violence rend tout suspect, tout et n'importe quoi.

Au moins, en tant que médecin, elle a quelque chose à dire.

—Tu arrives à faire assez d'exercice ? Parviens-tu à dormir correctement ?—

Pour les satisfaire ou par crânerie, il fait mine de prendre ces préoccupations à la légère. —Eh bien, ce n'est pas le genre de cinq étoiles que je recommanderais.— Il rit. Cette pièce n'est pas habituée au rire ; il leur revient, répercuté par les murs comme un cri. —Il y a une sorte de cour dont je fais le tour deux fois par jour. Oh—au sujet du chien. Je suppose que Khulu ou un autre lui donne à manger, mais—

—Parce que je peux parler au médecin de la prison et te prescrire un somnifère léger. Et t'obtenir de meilleures facilités pour faire de l'exercice.—

—Non, ne fais rien. Ça n'est pas la peine. Alors, pour le chien ?—

C'est une mission pour son père ; ces parents-là ont besoin de se rendre utiles.

—Je trouverai une solution. J'irai le chercher. Et des livres ?—

—Philip m'en a apporté quelques-uns et je peux acheter les journaux. Mais tu pourrais prendre certains des miens, au bungalow—et des vêtements.—

—Et pour la clé ?—

—Khulu.—

Le temps doit être presque écoulé, et cette perspective creuse encore le malaise que provoque la prise de conscience de trois appréhensions concomitantes : la crainte de le voir redisparaître dans les couloirs de béton et d'acier, l'effroi de devoir l'abandonner là en repartant vers leur voiture, et la honte que fait naître l'impatience de mettre un terme à cette visite.

Le gardien fait un signe. Les parents ne savent pas s'ils doivent s'attarder ou bien s'éclipser ; quel est le protocole pour ce genre de séparation, qu'est-ce qui la rend plus supportable. Ils l'embrassent et son père sent par trois fois la pression d'une main sur son omoplate. Au moment où leur fils est emmené, une dernière remarque lui fait, un bref instant, retarder le gardien qui le raccompagne. —Ne m'apporte rien de ce que j'étais en train de lire.—

Qu'est-ce qu'il va penser de nous !

Penser de nous ?

Vraiment, qu'a-t-on trouver à lui dire ? Nous sommes restés si froids, si pragmatiques.

Il quitta la route des yeux. Il vit les mains de Claudia posées sur ses genoux, et l'ongle de son pouce se glisser sous les ongles courts de son autre main.

Que pouvait-on dire ?

Avec ce gardien en faction. Nous devons chercher à savoir si nous pouvons le rencontrer seul avec son avocat, les avocats ont des prérogatives qui leur donnent le droit de voir leur client en privé.

Il ne s'agit pas de ça.

L'habitacle qui les transporte entre les pôles incompatibles de la vie et de la prison est subitement rempli par leur voix qui se libèrent. La vérité, c'est que nous ne savons pas de quoi nous devrions parler. Nous ne savons pas quelle est son implication dans toute cette satanée—affaire—il ne nous donne aucune indication. Il dit qu'il va avoir un avocat de premier ordre, mais nous n'avons pas la moindre idée de ce qu'il va lui vendre, *à lui* ; sur quelles bases l'avocat va-t-il pouvoir construire sa défense, que va-t-il chercher à prouver, quand il plaidera.

Eh bien quoi, l'avocat.

Ils l'avaient su instantanément, à ce nom qui choquait ; le choix d'un noir. Elle ne fait pas partie de ces médecins qui touchent indifféremment les peaux blanches et les peaux noires, mais conservent une bonne dose de préjugés à l'encontre des capacités intellectuelles des noirs. Et pourtant, elle *est* en train de se poser des questions, et lui aussi ; alors même qu'ils sont dans le pétrin jusqu'au cou, alors même qu'un meurtre a été commis, les vieux préjugés frémissent pour refaire surface. En considérant sous cet angle le choix de quelqu'un qui s'appelle Motsamaï, Harald parvient à trouver une raison pour justifier cette décision, pour l'expliquer dans cet état d'esprit.

Ça pourrait devenir un avantage. Si c'est un des juges noirs qui siège.

Sa voix est sèche : qu'il en soit réduit à penser de la sorte. Honteux. Mais pourquoi ce genre de calcul lui vient-il à l'esprit—qu'un juge noir soit enclin à être plus favorable à un accusé parce que celui-ci a choisi un avocat noir—alors qu'on n'est même pas en train de parler d'un criminel, d'un meurtrier, appelé à comparaître devant lui. D'où peut bien lui venir un tel raisonnement, pour l'amour de Dieu !

Mais que sais-tu de lui ? Peut-être est-ce que ça n'est rien de plus qu'un autre de ses bons copains.

On peut se renseigner. Je parlerai à un des grands pontes, j'ai eu plusieurs fois l'occasion de le rencontrer, il comprendra, même si je suppose que ce n'est pas dans les usages de demander à un avocat d'émettre une opinion sur un de ses confrères.

On s'en fout des usages. J'essaie de réfléchir. Que devrions-nous faire d'autre, Harald ? On est resté là, assis, à bavarder. A papoter. Tu aurais au moins pu lui dire que nous paierions les avocats, tout. Comment pouvons-nous savoir si le montant des honoraires n'a pas joué un rôle dans son choix ? Ces divas du barreau coûtent une fortune à la vacation. S'il pense qu'il va devoir trouver l'argent lui-même, ça risque d'affecter sa décision.

Il sait que ce n'est pas une question d'argent. Il sait qu'il peut compter sur nous. Ça n'était vraiment ni le lieu ni le moment de se lancer dans des déclarations magnanimes.

Je pensais juste que tu lui aurais dit... que son père... bon, d'accord, pas au sujet de l'argent, quelque chose—

Et toi, la seule chose à laquelle tu aies pu penser, c'était à lui prescrire des somnifères.

Je sais. Eh bien, au moins c'était une façon de lui dire que s'il n'était pas bien traité, j'avais le bras assez long pour en parler avec le médecin de la prison, même si je ne sais pas qui c'est. Mais *quelque chose*—

Alors c'est toi qui vas m'expliquer ce qu'on aurait dû lui dire.

Les poings de Claudia frappent ses cuisses.

Que nous le croyons.

Quand il nous dit quoi ? Il n'a rien dit. Nous ne savons rien. J'ai lu le rapport de police, avec tout ce qui étaie les présomptions. Le type est mort. Un pistolet dans la boue. Ça veut dire quoi ?

Pendant qu'il parle, elle martèle entre ses mots. Que nous croyons en lui ! Que nous croyons en lui ! Que rien au monde ne pourra jamais faire que nous cessions de croire en lui ! C'est ça qui manquait, c'est ça qu'on n'a pas dit—

Il a été obligé de s'arrêter pour obéir à un feu rouge. Il est venu poser sa main sur le changement de vitesse pour rétrograder au point mort et, pour éviter le contact avec cette main, la passagère s'est légèrement rétractée. Il a attendu, tant que le feu restait au rouge, puis il a parlé.

Croire ?

Tu sais bien.

Pas de réponse.

Que nous croyons qu'il n'aurait jamais pu faire une chose pareille et que nous avons raison de le croire.

Il était entraîné par le flot de la circulation, comme si la voiture avait pris les commandes. Il se mit à hocher la tête, de plus en plus fort, de droite à gauche, aux prises avec un conflit informulable, sous l'effet d'une insoutenable réticence.

Claudia—il savait qu'il aurait dû tempérer le caractère formel de l'utilisation de son prénom en y associant un qualificatif affectueux, mais ces vieilles épithètes, tous ces « chérie » ou ces « très chère » n'étaient pas à leur place dans ce qu'il fallait affirmer, assener. On recommence.

On ne sait même pas s'il accepte que nous croyions en lui.

Accepter ? Pourquoi non ? Qu'est-ce que l'acceptation peut bien avoir à faire là-dedans ?

Il ne peut pas se résoudre à le leur révéler à tous les deux, en le prononçant, la voix du père l'articulant pour la mère, mais c'est là désormais, au moment où il arrive à la hauteur des grilles de sécurité de la résidence, sécrété par eux deux dans la voiture : Parce qu'il sait que c'est lui qui l'a fait. C'est pour ça que rien n'a été dit durant cette demi-heure au parloir de la prison ; l'hypothèse que nous avions posée en y allant n'est pas fondée. C'est ça que notre fils nous faisait passer comme message. C'est ça qu'il faut croire.

Il presse la commande électronique qui leur permet d'entrer chez eux mais ne leur offre aucun refuge.

Le conseil d'administration de son entreprise fait régulièrement appel aux services d'un célèbre cabinet de conseil, et l'un de ces éminents juristes siège en son sein. Harald consulte ce spécialiste sur toutes les questions légales.

En temps normal. Mais il peut se permettre, en la circonstance, de faire ce qu'il ne jugerait pas convenable en temps normal. Il peut tirer parti du fait qu'il l'a croisé au cours de dîners officiels pour importuner un des hommes de loi les plus prestigieux et obtenir, confidentiellement, son opinion sur la compétence, la réputation et la position hiérarchique de maître Motsamaï, l'avocat. Harald n'a aucun scrupule à se montrer présomptueux. Les conventions qui réglaient sa vie—quelle importance.

Évidemment, son interlocuteur est au courant, tout le monde est au courant, l'histoire a été pain bénit pour les journaux du dimanche. Mais que pense-t-il, alors qu'il écoute le rappel des faits, mon fils est accusé d'un meurtre, la décision a été prise de confier l'affaire à maître Hamilton Motsamaï. Mon épouse et moi-même ne connaissons pas cette personne, nous n'avons pas de préjugé, ni favorable ni défavorable, à son égard, nous cherchons seulement à savoir s'il est le mieux placé, professionnellement, pour aider notre fils.

Il décrypte, il met à profit un de ces silences dont les juristes sont coutumiers pour traduire le code du sous-entendu : cet avocat est noir. C'est ça ?

Mais pour l'instant, il ne serait pas convenable qu'ils abordent ouvertement cette question ; tout d'abord, pour préserver des mauvaises langues l'éthique professionnelle de celui qui parle, il est bon d'émettre un démenti : —Il existe un grand nombre de défenseurs qui pourraient être les « mieux placés ». Vous comprenez. Je ne saurais les départager. Mais Motsamaï est connu pour être extrêmement compétent. Et expérimenté. Cela fait quatre ans qu'il est revenu au pays, et durant cette période, il a gagné plusieurs procès difficiles. Dans le domaine politique, oui—mais pas seulement. Il a cette forme d'agressivité—au service, entendons-nous bien, d'une intelligence acérée—qui en fait quelqu'un de redoutable dans les contre-interrogatoires. Très doué—certains diraient qu'il est exceptionnel.—

Harald n'a pas besoin de savoir ce que dirait l'opinion générale, d'autant qu'il est possible qu'elle ne soit citée ici que par souci d'équité ; il doit parvenir à savoir ce que son interlocuteur pense vraiment. Entre les murs d'une cellule, on n'a pas de temps à perdre « par souci d'équité », pas assez de place, pour se permettre de laisser planer des doutes aussi pernicieux. —Et vous ? Que diriez-vous ?—

A ce moment-là, il doit être impossible de se trouver confronté à Harald Lindgard sans être indigné—et de l'indignation à la peur, il n'y a qu'un pas—par ce qui a pu arriver à un homme comme lui ; comme soi-même. La dernière fois qu'ils s'étaient rencontrés, c'était dans une soirée, et ils avaient, un verre à la main, discuté avec le vice-ministre des Finances des avantages et des inconvénients d'une suppression du contrôle des changes ! Bien que ses relations avec Lindgard n'aient jamais dépassé ce stade, l'homme se résout, malgré tout, à mettre de côté sa déontologie, comme s'il se dépouillait de la robe noire qu'il porte au tribunal. —Écoutez, je ne suis pas du genre à abuser des superlatifs, mais ce type est remarquable. Vous ne savez vraiment rien de son parcours ? Je n'arrive plus à me souvenir de sa province d'origine, mais c'est l'histoire classique, né pauvre, de parents sans instruction, il a réussi à entrer à Fort Hare pour passer sa licence vers la fin des années soixante. Ensuite, il a milité dans des mouvements de jeunes politiquement actifs, ce qui lui a valu la prison. Lorsqu'il a été relâché, il s'est réfugié en Angleterre et il s'est débrouillé—à l'aide de bourses—pour y continuer ses études. Avant son retour en 90, il avait été accepté au barreau de Londres où il avait plaidé aux assises. De telle sorte qu'ici, son inscription au barreau ne pouvait pas rencontrer de sérieux obstacles.

Franchement, vous pouvez sans peine vous l'imaginer, après toutes ces années où, dans les milieux juridiques, on a considéré les noirs comme des incapables, on déploie désormais des efforts considérables pour tâcher de reconnaître les mérites là où ils existent—en fait, Motsamaï est providentiel... on avait besoin d'une étoile et il se pointe à notre firmament. Il est devenu ce que la presse populaire appellerait très recherché. Et on a la chance que ça ne soit pas seulement une opération de discrimination positive. Non, non.—

Ça pourrait être le mot de la fin, la déclaration à ramener chez soi ; mais Harald sent qu'un poids le retient de prendre congé.

—Vous avez des doutes sur le fait que la défense de votre fils soit assurée par un noir.—

Et voilà. C'est étalé, là, devant eux, devant Harald et son mentor si distingué. Mais c'est amené comme il se doit, comme un phénomène de régression tout à fait ordinaire, comme on lâche un rot après un dîner, un de ces dîners dont ils avaient été les hôtes.

—Rien ne nous contraint à mettre ce doute sur le compte des préjugés raciaux, dans la mesure où il est vrai, il est irréfutable que les avocats noirs, à cause de préjugés raciaux des gouvernements précédents, n'avaient pas pu acquérir par le passé autant d'expérience que les avocats blancs, alors que l'expérience est primordiale dans ce métier. Ils n'avaient pas accès aux mêmes opportunités pour faire leurs armes ; c'est un réel handicap et si vous en veniez à considérer que votre cause pourrait en pâtir, dans le cas de la plupart d'entre eux, votre analyse ne reposerait pas sur un préjugé racial. Si vous me disiez, là maintenant, que vous préféreriez quand même confier cette cause à un avocat blanc—ça c'est autre chose. Je ne serais pas en droit de faire de commentaire. C'est sur vous que pèse ce lourd fardeau. Tout ce que je peux vous dire c'est : avec Motsamaï, vous êtes en de bonnes mains. Et s'il y a autre chose que je puisse faire—

Harald éprouve la même sensation que lorsqu'il sort dans la rue, lorsqu'il rejoint le monde après la communion ; une méditation sereine, ou pour le moins une sorte de certitude, qu'il ressent avant de devoir la mettre en pratique.

Il était possible, durant ces premiers jours, de naviguer à vue, en s'absorbant dans la réalisation de projets à court terme. Il y avait le rendez-vous avec l'avocat chargé de défendre cette affaire, maître Hamilton Motsamaï.

Ils avaient rejoint le cabinet de l'avocat séparément ; elle venait de sa consultation, et lui s'était éclipsé d'un comité de direction de sa compagnie d'assurances. Ils se saluèrent du bout des lèvres ; ce n'est que lorsqu'ils se trouvèrent assis côte à côte, face à l'imposant bureau de l'avocat, impressionnant par son envergure et sa profondeur, qu'ils redevinrent le couple, le père et la mère, ce lien qui ressemble à un mauvais présage. Motsamaï était comme son bureau, superbe. Son immense confiance en lui s'exprimait dans la façon qu'il avait de combiner les trophées de sa réussite dans une carrière prestigieuse—interphone pour donner à sa secrétaire l'instruction de filtrer les appels, photos de groupe témoignant de sa présence parmi d'éminents confrères au barreau de Londres, bibliothèque d'ouvrages juridiques truffés de marque-pages attestant d'innombrables prises de références, plaque commémorative posée sur le plateau où était rassemblé son nécessaire de bureau—et son appartenance à un style africain traditionnel ainsi que le revendiquait le toupet de barbe qu'il portait à la pointe du menton, autre symbole de dignité et de distinction. Son débit en anglais était rapide et très rythmé, il avait un fort accent, sa prononciation avait gardé les longues voyelles modulées des langues africaines, et il avait choisi de légitimer l'usage des tonalités sourdes des murmures dont ces parlers résonnent et de bannir de son discours la série des euh, des hein et autres sons de liaisons que les blancs utilisent pour ponctuer leurs phrases. Démonstration d'une nouvelle forme de sophistication nationaliste. Dans son élégant costume gris, voici un homme qui a su tout maîtriser, toutes les contradictions que le passé lui avait imposées. Il feuillette ses papiers (ce doit être les notes qu'il a prises au moment d'accepter l'affaire) et, de temps à autre, il lève son regard vers cet homme et cette femme assis devant lui. Le blanc de ses yeux (un moment, il retire même ses lunettes et les balance du bout des doigts) rappelle celui en pâte de verre des statues antiques tant il contraste vivement dans son petit visage couleur d'acajou. Chez lui, les traits ont été modelés par la discipline de l'esprit, comme verrouillés par la concentration, et même ses lèvres, qui tracent son monologue intérieur lorsqu'il relit ses notes, ont un peu perdu de leur générosité. Ils le regardent intensément ; ce qu'ils ont sous les yeux, cette énigme, c'est ce dont ils dépendent désormais et jamais, lui comme elle, ils n'ont à ce point dépendu de quelqu'un.

Les allers et retours de son attention étaient une façon de préparer le terrain avant d'aborder ce qu'il avait à leur dire. Il avait été informé de cette affaire (et de leurs affaires) par Philip, l'ami fidèle, il savait donc qu'ils n'étaient pas n'importe qui—lui était l'un des dirigeants de cette grande compagnie d'assurances réputée pour avoir une politique d'ouverture pragmatique vis-à-vis des noirs, et sa femme, de toute évidence, médecin. Des gens instruits avec lesquels il pourrait parler simplement pour leur expliquer sa position : les limites de ce qu'il pouvait faire en se chargeant de cette affaire.

—J'ai parlé à votre fils. Évidemment je serai amené à le revoir, souvent. Ah-hêh... Il n'est pas un jeune homme très facile à comprendre... mais je suis sûr que ça vous le savez.—

Le père s'apprêtait à parler mais la mère l'a devancé.
—Non. Nos rapports avec lui ont toujours été excellents.—

—Vous voulez dire, maintenant—il n'est pas facile à comprendre en ce moment ? C'est ça ?—

L'avocat hocha la tête, ses doigts dépliés marquaient légèrement son approbation, au rythme des paroles du père. —Exactement, c'est tout à fait ça. Mais nous n'en sommes encore qu'au début. Il y a souvent—toujours en fait—des difficultés lorsqu'un individu traverse une crise, lorsqu'il est en état de choc. Vous savez (vers elle), c'est comme quand vous traitez un patient après un accident, après un traumatisme, c'est exactement pareil.—

—S'entendre dire qu'un ami est mort et qu'on vous accuse. Oui.—

L'avocat sait que la mère de l'accusé l'accuse *lui* d'être trop sur la réserve. Il a l'habitude de ce genre de réaction, la peur qui se transforme en ressentiment. Et pour elle, le fait qu'elle soit normalement la personne dont le métier, comme il vient de le lui rappeler, est de donner les conseils, et non pas la victime, aggrave encore le phénomène. Il détourne le regard, refoule cette digression.

—Malheureusement, malheureusement—je dois vous dire que, lorsque (large geste) lorsqu'il s'ouvrira, lorsqu'il commencera à coopérer avec moi—à l'heure qu'il est, il est quelque peu hostile, vous savez—c'est à ce moment-là qu'il nous faudra, ensemble, nous attaquer à ce qu'il va falloir affronter.— Il marque un temps d'arrêt, pour évaluer leur degré de préparation. —Je dois vous dire que les preuves sont accablantes. Sans appel. Avec juste un doute sur l'arme, à cause de la boue, vous savez—les empreintes. Mais on attend encore le rapport final, et il est possible que certains tests permettent de prouver que les traces correspondent. Il est gaucher, c'est ça ? Si on trouve des empreintes et qu'elles sont identiques, nous serons dans une situation très délicate. Très, très délicate. Vous comprenez ? Cela permettrait à l'accusation de boucler son dossier. Nous devons prendre comme hypothèse de travail que c'est ce qui va se passer. Son hostilité n'est pas un signe très encourageant. D'après l'expérience que nous en avons, cela signifie qu'il y a quelque chose—tout—à cacher. L'individu ne veut pas coopérer avec son avocat parce qu'il croit que son avocat ne peut rien faire pour lui.—

—Il est coupable.—

Le défenseur reçoit l'exclamation du père comme un maître approuve la réponse d'un élève.

—L'individu croit ou sait qu'il est coupable, c'est ça.—

Ce type et son absurde volubilité ponctuée d'effets de manche grandiloquents, « à l'heure qu'il est » pour dire *maintenant,* ses généralités évasives ; Harald n'accepte pas cette formulation impersonnelle : cet individu, c'est son fils. —Il est coupable. Duncan. C'est ce que vous êtes en train de dire, monsieur Motsamaï.—

—Attendez monsieur, pas si vite. Pas un seul instant je n'ai envisagé cette hypothèse. C'est au tribunal de décider si un accusé est coupable ou non, pas à ses avocats, ni même à ses parents. Ce que je vous demande de bien vouloir comprendre, c'est que moi—nous, son avoué et moi-même—devons intégrer cette éventualité à la préparation de notre défense. Dans cette perspective, toutes les circonstances—depuis l'enfance, mais aussi l'environnement ou le tempérament, le caractère du jeune homme sont d'une importance vitale. Le moindre détail peut nous être utile ; c'est pour cela que si vous pouviez—calmement—désamorcer l'hostilité qu'il manifeste envers moi, je veux dire—je suis sûr qu'il n'est pas comme ça avec vous—si vous pouviez le décider à confier à ses défenseurs tout ce qu'il sait au sujet de lui-même, de ses amis, de tout—c'est essentiel. Il doit comprendre qu'il n'y a rien qu'il ne puisse nous dire.—

—Hostilité—je ne sais pas si vous pouvez dire qu'il ne manifeste aucune hostilité à notre égard. Ce qu'il manifeste... Mais comment son père ou moi pouvons-nous être nous-mêmes, l'approcher comme avant si tout s'est détraqué, alors que nous le voyons dans cette pièce avec un gardien qui entend tout ce que nous pourrions nous dire. Il n'a même pas dit qu'il trouvait ça complètement fou. D'être là, lui. Pas un mot de protestation. Il s'est contenté de faire une vague plaisanterie, presque de l'humour, sur l'endroit où il était enfermé. Nous sommes restés assis là comme si on nous avait coupé la langue. Ç'aurait été impossible qu'il nous parle de ce qui s'est passé. Je ne vois pas comment nous pourrions faire ce que vous nous demandez, pas dans ce genre d'environnement.—

Je comprends bien, je me rends bien compte, l'avocat déclina ce thème et développa ce que les juristes appellent leur argumentation. *Ah-hêh.* Mais il leur serait impossible de voir leur fils seuls à seul ; c'était la loi. Cependant, ils ne pourraient lui causer aucun tort s'ils lui disaient, ouvertement, en présence des gardiens, qu'ils étaient convaincus, *à l'heure qu'il était* et dans son intérêt, que le mieux était d'accorder une confiance absolue à ses défenseurs, de leur dire tout ce qu'il pouvait leur dire. Ses yeux brillèrent encore de leur éclat de pâte de verre, comme s'il y avait à peine besoin d'énoncer ce qui paraissait évident : —De toute façon, il y a de grandes chances que le gardien soit dans l'incapacité la plus totale de comprendre de quoi vous parlez. Ces gars sont pour la plupart des rescapés de l'ancien système. Emploi protégé au profit d'attardés mentaux dont les pères sont des *Boers.*— Il lâche une indiscrétion en sachant qu'ils la partageront. —Notre gouvernement pense qu'on ne peut pas changer le système pénitentiaire du jour au lendemain—même après de nombreux lendemains. Ah-hêh.—

Durant ces premiers jours, ils semblent condamnés à reproduire le même rituel à l'issue de ce genre de rendez-vous : ils en ressortent tous les deux en attendant que l'autre prenne la parole. En même temps, chacun redoute l'interprétation que son partenaire pourrait lui livrer ; cela risquerait de placer l'entretien sur une sorte d'échelle commune, en termes d'utilité, d'espoir. Cette fois-ci, aussi longtemps qu'ils prolongent le silence, ils ne sont pas obligés d'être confrontés dans le regard de l'autre à ce que l'avocat, maître Motsamaï, a dit qu'il fallait affronter. Il vaut mieux briser le silence indirectement, aussi doucement qu'il est possible de le faire au milieu d'un désastre.

Que penses-tu de lui ?

Elle abaisse son menton et le tient un moment tout près de sa poitrine ; elle lève la tête pour parler sous les retombées de l'avalanche qui continuent de s'abattre après l'entretien. Imbu de lui-même. Plutôt arrogant. On est dans un pétrin dont il est supposé nous tirer non sans peine. Je ne sais pas.

Possible que ce qui ressemble à de l'arrogance soit en fait le genre de forte personnalité qui impressionne la cour. Les juges eux-mêmes ont la réputation d'avoir ce type de présence. Je ne l'ai pas beaucoup aimé, moi non plus. Mais ça n'a pas d'importance. Il n'est pas là pour chercher à nous plaire—ça, j'estime tout à fait que c'est son droit le plus strict, mais pour faire son métier.

Et ça, en revanche, il a décrété qu'il savait faire.

C'est pourquoi on lui a confié l'affaire, non ? Pour sa compétence.

Et il a décrété que Duncan avait tué. C'est plus fort que moi, je n'arrive même pas à m'entendre le dire. Je ne peux pas me dire : Duncan a tué, Duncan a commis un acte de démence. Duncan n'est pas un psychopathe, j'ai vu assez de cas d'aliénation mentale, crois-moi, pour savoir de quoi je parle. Et je ne suis pas en train de ramener l'affaire à nous, ce n'est pas par orgueil que je doute en disant que ça ne peut pas être possible puisqu'il est *notre fils*, et que notre fils *à nous* ne pourrait pas l'avoir fait. Je parle de Duncan, pas de *notre fils*. On doit bien pouvoir arriver à expliquer comment ces « présomptions » ont pu être rassemblées. Ce type ne sait rien mais il prépare quoi ?—sa défense, sur la base de ces présomptions qui sont censées démontrer que Duncan a tué. Duncan a tué à cause de cette petite salope qui vivait avec lui, qui n'était pas trop difficile et qui, mais il avait déjà fait preuve de tolérance à ce sujet, s'était laissée culbuter sur un sofa par un des gars de la bande. Je suis certaine qu'elle n'était pas la première fille que Duncan avait dans sa vie. Tu te souviens des autres—Alyse ou quelque chose comme ça, qui était étudiante en médecine et qui était venue travailler avec moi comme assistante, pour se former, il y a deux ans—elle avait été sa régulière pendant un moment.

Pourquoi Duncan ne parle-t-il pas ?

Je ne peux pas te dire, comment le pourrais-je ? Je l'ignore. Peut-être à cause de tous ces avocats qui lui bourrent le crâne avec leurs « présomptions », leurs commencements de preuves au point qu'il a perdu tout espoir que la vérité puisse être découverte, on ne peut pas se battre contre des commencements de preuves, un jardinier te voit traverser la pelouse et jeter quelque chose et peu après la police ramasse un pistolet. Un type qui n'a même pas de montre est incapable de dire à quelle heure ça s'est produit. Si tu ne parviens pas à prouver ton innocence, tu es coupable, c'est bien à cette conclusion que Duncan est arrivé, non.

Pourquoi ne parle-t-il pas ?

En fait, pour moi, c'est bien la seule chose positive que cet avocat nous ait dite. Il faut que nous essayions de le convaincre de se confier à son défenseur, même s'il ne veut pas se confier à nous, ni à toi, ni à moi. Et ne me demande pas pourquoi il refuse.

Elle et lui.

Mais que leur reste-t-il s'il n'a pas besoin d'eux alors qu'il a lui-même sombré dans le besoin. Lui, Harald, il doit garder les yeux rivés sur la route, ne pas les porter sur sa femme, parce qu'ils se noient de larmes, comme si un sphincter avait lâché sous une pression trop forte. Ces trajets en voiture. Ces trajets pour rentrer après le désastre.

Harald était entré dans le bungalow. Il avait commencé par se rendre à l'appentis, au fond du jardin, où vivait l'aide du plombier, ce jardinier à mi-temps. Un cadenas sur une porte à vantaux ; la propriété était vieille, cet homme logeait dans ce qui, autrefois, avait abrité un cheval.

Harald avait tout d'abord contourné la maison, espérant pouvoir envoyer le jardinier chercher la clé du bungalow, bien que la voiture garée dans l'allée eût indiqué que la maison n'était pas vide. Lorsqu'il avait frappé à la porte, un visage qu'il avait à demi reconnu était apparu à une fenêtre et Khulu Dladla était venu lui ouvrir. Plusieurs fois déjà, il avait eu l'occasion de rencontrer Dladla, car il arrivait que Duncan invite ses parents à venir prendre un verre dans le jardin (ils ne s'attendaient pas qu'il se lance pour eux dans la confection d'un repas), et là, souvent, un de ses amis venait se joindre à eux. Khulu, le jeune homme à la carrure épaisse, avait remis la clé à Harald après avoir été la chercher, pieds nus, en faisant résonner le sol à chaque pas ; avant cette interruption, il travaillait sur un traitement de texte et l'écran de l'ordinateur avait continué d'éclairer de son œil vert, fluorescent, le salon ; ce salon, ce sofa. Harald était resté seul, debout face à ce meuble, en l'attendant. Au moment de lui tendre la clé du bungalow, le jeune homme avait semblé bouleversé et l'émotion s'était lue sur son visage, renfrogné dans une expression de concentration douloureuse, comme quand on doit serrer en force des boulons.

—Je peux venir avec vous, si vous voulez.—

Non, Harald avait été touché par la gentillesse un peu

gauche de ce garçon dont il s'était soudain senti très proche, mais l'absence de Duncan et ce qu'elle sous-entendait réclamait qu'il n'y eût pas de témoin.

Harald se tenait dans la pièce où dormait Duncan. Et sa maîtresse. Un pot de crème de beauté était posé au milieu des paquets de cigarettes, sur la table de nuit, à gauche du lit. Il détourna pudiquement le regard pour ne pas avoir à remarquer d'autres détails dans la pièce, et prit dans le placard des chemises, des sous-vêtements et des chaussettes, aveugle à ce qui pouvait être rangé sur les autres étagères, à ce qui ne le regardait pas.

Ne m'apporte rien de ce que j'étais en train de lire.

Les livres étaient empilés sur une table en bambou, bancale, qui se trouvait à droite du lit ; il s'en approcha, prit les livres, lut leurs titres, en découvrit certains, en reconnut d'autres, avec l'impression persistante que la pièce vide tout entière l'observait. De l'étagère intégrée aux pieds de la table, des magazines d'architecture et des journaux avaient basculé jusqu'au sol. Il pensa qu'ils avaient l'air d'avoir été renversés ce jour-là, par celui qui était allongé sur le lit, alors qu'il écoutait les coups retentir à sa porte. Il posa un genou à terre et entreprit de les ranger mais l'étagère s'affaissa et ils s'éparpillèrent de nouveau. Au milieu du tas, il y avait un de ces carnets bon marché à l'usage des écoliers. Il le posa en équilibre sur le dessus de la pile—pourquoi ? Pour que Duncan puisse le retrouver facilement quand il reviendrait dormir dans ce lit ? Comme si on pouvait un seul instant se laisser bercer par l'illusion qu'il reviendrait bientôt.

Il prit le carnet et l'ouvrit. Il sentit s'incruster sur sa nuque la marque de son ignominie à mesure qu'il tournait les pages, qu'il violait les principes qu'il avait inculqués à son fils, tu dois respecter la vie privée des autres, tu ne dois pas ouvrir le courrier des autres, tu ne dois rien lire qui soit personnel sans en être le destinataire. Il n'y avait rien d'extraordinaire, pas de quoi fouetter un chat—la date de la dernière révision de la voiture, des calculs sur des sommes d'argent utiles à divers projets, une adresse notée en travers d'une page, la référence d'un vieux numéro d'un recueil d'architecture ; ce n'était pas un journal mais un pense-bête, utile pour noter les préoccupations qui tiennent parfois, la nuit, l'esprit en éveil. Et puis, griffonné sur la dernière des pages utilisées, comme s'il avait été recopié, il y avait un paragraphe—Harald avait transmis à son fils dès l'enfance son goût pour la lecture. Harald reconnut l'extrait dès les premiers mots, Dostoïevski, oui, Rogojine parlant de Nastassia Philippovna. « Elle se serait jetée à l'eau depuis longtemps si elle ne m'avait pas ; c'est la vérité. Elle ne le fait pas parce que je suis, peut-être, encore plus terrifiant que l'eau. »

Pendant la période qui précède un jugement, la presse à sensation n'a pas le droit d'utiliser les développements d'une enquête criminelle pour satisfaire son public. A l'époque où avaient été publiés les premiers articles relatant l'inculpation pour meurtre du fils Lindgard, un silence se formait sur le passage de ce membre du comité de direction dès qu'il arrivait au bureau. On retournait les journaux de façon à cacher les gros titres, ou bien on évitait de les poser aux endroits où il risquait d'avoir à croiser le regard des autres. Le président du conseil d'administration ne savait pas si, portes closes, dans la salle dédiée à ce type de réunions, il aurait été souhaitable d'exprimer à ce collaborateur tenu en haute estime, ainsi qu'à sa femme, sympathie et soutien dans l'épreuve qu'ils traversaient—selon les mots qu'il aurait employés—ou s'il était plus élégant et plus charitable d'éviter de donner à la chose tout caractère de reconnaissance officielle, de peur qu'elle ne devienne le genre de déclaration dont on se souviendrait même si elle n'était pas consignée dans les minutes de la réunion, une sorte de condamnation pour crime par personne interposée qui poursuivrait Lindgard, du moins en tant que père biologique. Il fut décidé que le conseil s'abstiendrait de toute déclaration. Un à un, les membres de cette assemblée choisirent le moment opportun et vinrent lui parler seul à seul afin d'exprimer leur sympathie brièvement, sans prolonger l'embarras de part et d'autre. Il était de bon ton de déclarer au cours de cet aparté que chacun savait combien toute cette histoire était ridicule, le résultat d'une erreur grossière. Il les remerciait, sans abonder dans leur sens ; ils en déduisirent qu'il préférait simplement ne pas parler de la grossière erreur. La plupart d'entre eux avaient également des fils et des filles qui auraient été tout aussi incapables de commettre un tel acte.

Durant cette période de détention provisoire, Lindgard et ses collègues adoptèrent la seule ligne de conduite à laquelle leur expérience leur permettait de se référer : ils se comportèrent comme s'il s'agissait d'une période de rémission au cours d'une maladie trop grave pour qu'on ose s'informer de son issue. Un jour, dans les toilettes des hommes, un de ses collègues s'adressa à lui. Une de ses vieilles relations, ils avaient été embauchés en même temps, et c'était le genre d'homme à être plus soucieux d'exprimer en toute franchise ses sentiments que de veiller à protéger sa dignité en respectant les conventions. Il dit, tout en urinant, comme s'il parvenait à soulager deux besoins à la fois : —Dès qu'il y a la moindre chose que je peux faire—je n'ai aucune idée de ce que ça pourrait être—tu n'hésites pas, quelle que soit l'heure, quel que soit le motif. Ça doit être l'enfer. Je n'arrive jamais à savoir si je dois t'en parler ou pas, Harald ; à savoir comment tu vas le prendre. Qu'est-ce que c'est que cette magouille—ça doit être complètement angoissant de se retrouver plongé là-dedans, quand on sait que ça n'a pas pu arriver, que c'est tout bonnement hors de question.—

Lindgard avait fini de se laver les mains, avec un air de dégoût, il tirait sur la serviette pour que le dérouleur libère la prochaine surface sèche. Dans cette enclave carrelée, dédiée aux plus humbles fonctions corporelles, il parla :

—Ce n'est pas hors de question.—

Son collègue se redressa, pétrifié. On n'avait rien dit. Certaines confidences, il vaut mieux ne pas les avoir faites, on les regretterait aussitôt. Il se hâta vers la porte, puis fit demi-tour et revint poser sa main sur l'omoplate de Lindgard, à l'endroit même où le fils avait posé la sienne, le jour où son père et sa mère lui avaient rendu visite pour la première fois au parloir de la prison, lorsqu'il avait fait de ce geste son seul acte de communication.

Rares sont les patients du docteur qui aient fait le lien entre leur médecin et cet acte de violence dont ils avaient peut-être lu le récit dans leurs journaux. De la violence, il y en avait tant ; dans une région du pays, un leader politique avait vu son ambition contrée par des assassinats, il avait réagi en organisant de véritables vendettas, et les morts violentes étaient devenues une routine quotidienne, aussi régulière que les rubriques météorologiques ; ailleurs, c'était des chauffeurs de taxi rivaux qui se disputaient les clients l'arme au poing, ou bien des fêtards qui, en guise d'insultes, échangeaient des coups de feu à la sortie des boîtes de nuit. Les gens ne savaient plus qu'on pouvait vivre autrement.

Elle ne faisait pas partie d'une équipe, d'un groupe de collègues qui se seraient vus obligés de se repositionner vis-à-vis d'elle après ce qui venait de la marquer. Il n'y avait que Reine, au dispensaire, l'insolente beauté tout occupée à établir son autorité d'infirmière en chef et, à son cabinet, Mme February—dont les ancêtres avaient reçu le nom du mois de février où ils avaient été achetés sur le marché aux esclaves—assise derrière son bureau de réceptionniste en arborant un regard éploré qui exprimait, à la place du docteur, l'accablement de manière traditionnelle et digne. C'était un témoignage de compassion subtil qui n'avait pas besoin de s'encombrer de mots. Ainsi, pendant ses heures de travail, tant au dispensaire qu'à son cabinet, le docteur vivait en lieu sûr, dans une zone restée intacte ; quand on est aux abois, on ressent parfois, et pour une courte durée, un sentiment de sécurité précaire à l'intérieur d'un périmètre déclaré inviolable par ceux qui ne sont pas concernés par la menace, une sorte de sanctuaire. Cependant, elle avait du mal à continuer à s'intéresser à la vie de ses patients, même si elle avait toujours considéré indissociable de l'acte de soigner cette approche centrée sur l'individu. Tout au début, on commence par se reconnaître dans une femme dont le fils est en prison et puis vite, ce sentiment se dilue et plus rien ne distingue tous ceux que le malheur a frappés ; une fois qu'on est soi-même devenu l'un d'eux, qu'on a vraiment trinqué, on ne peut pas s'empêcher de tous les considérer avec la même arrière-pensée : si tu me racontes tes malheurs, tu vas devoir écouter les miens.

Elle replia les vêtements qu'Harald avait rapportés, les emballa, et ajouta à ce colis de la nourriture qu'elle avait préparée.

Pourquoi n'as-tu pas pris de pyjamas ?

Les jeunes gens n'en portent pas, souviens-toi ! Il n'y en avait pas. Tu ne te rappelles plus la période où il habitait encore à la maison ?

Comment voudrais-tu que je sache ce qu'il portait pour dormir ?

Tu ne te souviens pas de l'avoir vu se promener en caleçon, et l'été descendre prendre le petit déjeuner comme ça ?

Bien sûr qu'elle se souvenait, n'était-ce pas elle qui était chargée de plier le linge après la lessive, de le ranger dans les placards, puisqu'elle était une bonne mère et une bonne épouse dès qu'elle n'était plus un bon médecin.

Je ne passais pas ma vie à m'occuper de ses sous-vêtements.

Me semble qu'il y a des tas de choses. Plein de choses dont on ne se souvenait pas. Dont on ne se souvient pas.

J'aimerais bien que tu t'exprimes clairement quand tu veux dire quelque chose. C'est déjà assez difficile comme ça... de parler, de savoir ce qu'on se dit. J'ai l'impression que, quelque part, tu me soupçonnes. Comme si tu étais en train d'essayer de me piéger, de me faire rendre des comptes ; parce que je suis sa mère, je devrais savoir, je ferais bien de savoir pourquoi.

Et moi, je suis son père ! Je devrais savoir !

Ils veillèrent aussi tard que possible pour raccourcir la nuit qui précédait leur visite à la prison. Il choisit au hasard la cassette d'un film de Woody Allen qu'il chargea dans le magnétoscope. Lorsqu'elle vit apparaître sur l'écran le visage du héros aux airs de chien battu, Claudia fit remarquer que la vidéo appartenait à Duncan et qu'ils avaient oublié de la lui rendre. Peut-être qu'elle essayait, ironique ou pathétique, d'affirmer qu'elle se souvenait de quelque chose, d'une bricole, d'un lien entre leur fils et eux. Chacun entendit l'autre rire à certains passages du film ; la fin venue, la lumière sur l'écran se rétracta, absorbée par les puissances démoniaques de l'obscurité. Dans leur lit, ils gisaient dans cette pénombre. Harald posa son bras sur le dos de Claudia, entoura sa taille, mais laissa sa main reposer, ouverte, sans la refermer sur ses seins. Harald et Claudia n'avaient pas fait l'amour depuis le soir où le messager était venu. Ça leur était impossible. Ça leur aurait peut-être fait du bien, ça les aurait peut-être aidés —après tout, ils avaient bien été capables de rire—mais une vigie, au fond d'une cellule en prison, verrouillait son corps de femme, paralysait sa virilité.

Il pensa un instant profiter de l'obscurité pour lui faire part de ce qu'il avait lu sur la dernière page du cahier. Profiter de l'obscurité : espace propice à la réflexion, qui les aiderait à comprendre ce que Dostoïevski leur apprenait sur leur fils, et qui aiderait leur fils à se comprendre lui-même. Claudia lisait des journaux médicaux, elle n'avait probablement jamais lu Dostoïevski, ce n'est pas qu'il lui en faisait le reproche, elle soignait cependant que lui, il se contentait d'assurer qu'il pourrait procurer—à ses assurés—en guise de compensation à leurs douleurs, à leurs désastres, de l'argent, rien que de l'argent. Mais comment lui demander, à elle, d'être capable d'analyser le fragment d'une œuvre née d'un esprit dont le fonctionnement était si parfaitement étranger au sien.

Dans l'obscurité, il pouvait camoufler la nature de ses réflexions et prétendre s'attacher à des questions pratiques, à la gestion des priorités ; la seule chose qu'il leur était possible d'entreprendre pour l'instant était de rechercher quelle serait la prochaine étape.

Nous sommes en droit d'attendre d'elle qu'elle vienne nous voir. Nous devons voir cette jeune femme.

Harald conserva la clé que Khulu lui avait confiée, il retourna au bungalow, et, dans le silence de la chambre restée déserte, il ramassa le cahier. Il relut le passage que son fils avait trouvé si—quoi, au juste ?—si accablant, un jugement inéluctable ; ou bien était-ce un tel hymne à l'ego, à la puissance, qu'il l'avait adopté, l'avait proclamé, l'avait érigé en règle de vie. En devise pour ses actes.

Harald feuilleta de nouveau les pages. Il remarqua plusieurs lignes qui lui avaient échappé la première fois, au milieu des griffonnages anodins ; une autre citation dont la provenance lui était inconnue. L'écriture était lâche et grande, certaines lettres se chevauchaient, le genre de résultat auquel on arrive quand on écrit de mémoire, à tâtons, dans l'obscurité, en étant à moitié endormi. « Je suis la flamme de la chandelle et tes yeux ne voient pas le vent où je vacille. Sois celui qui me garde et fait brûler ma mèche. » Un tiret puis l'initiale « N ». Un échantillon d'auto-apitoiement typique de l'adolescence, dont l'original avait dû être composé en vers libres, aux césures irrégulières, et qui ne soutenait pas la comparaison avec Dostoïevski. Il prit le cahier et l'enferma dans un de ses tiroirs, au bureau ; c'était confidentiel, un secret partagé avec son fils, dans la mesure où ils étaient les deux littéraires de la famille, où ils étaient tous les deux conscients des libertés que fait prendre la terrible puissance du génie littéraire. Son fils ne savait pas qu'ils partageaient ce secret. Il ignorait que son père s'était introduit dans la vie privée d'un adulte qui avait été son enfant, avec l'intention de le déchiffrer en volant ses notes sibyllines.

Hamilton Motsamaï avait déjà pris contact avec la jeune femme—bien sûr. Il s'étira derrière son bureau et convertit un bâillement étincelant en sourire, preuve de sa patience avec des profanes qui ignoraient que l'anticipation était l'une des règles d'or de tout avocat digne de ce nom. —Nous ne connaissons pas cette demoiselle. Vous l'avez rencontrée à plusieurs reprises ? Les activités auxquelles elle se livrait ce soir-là ne la montrent pas sous son meilleur jour. Je m'attends à rencontrer de sa part une certaine forme de réticence... ah-hêh... (ses mains ouvertes s'abaissèrent plusieurs fois au-dessus de son bureau), à évoquer devant le tribunal sa petite performance, pour autant que nous puissions le prévoir. De sorte que je ne me suis pas du tout inquiété du fait que le ministère public l'ait inscrite sur la liste des témoins à charge. Cela me permettra de procéder à un contre-interrogatoire. Vous me suivez ?—Je ne pourrais pas me le permettre si je l'appelais comme témoin de la défense. Mais j'ai également introduit auprès des autorités une demande qui ne m'a pas été refusée. J'ai un droit d'accès—je peux la voir. Je peux la faire venir ici et l'amener à parler. Pour l'instant, on dirait que le procureur hésite encore pour savoir s'il va la citer ou non, mais je suis certain qu'à la fin il se décidera à la faire comparaître. J'en suis sûr. Alors il me retirera mon autorisation, mais entre-temps je l'aurai vue, donc pas de problème, tout va bien. Pour couvrir ses parties de jambes en l'air, elle risque de tenter de charger Duncan par de graves allégations sur son caractère, ce qui serait bien utile à l'accusation. Mais je compte en tirer tout ce dont j'ai besoin avant de m'en occuper à la barre des témoins. Tout dépend de son attitude vis-à-vis de votre fils. Est-elle toujours attachée à lui ? Ou a-t-elle quelque chose à lui reprocher, lui en veut-elle au point qu'elle va chercher à démontrer—en dépit du sofa—qu'elle n'est à l'origine d'aucune provocation ayant pu conduire Duncan à commettre cet acte. Que savons-nous de son caractère à elle ? Nous n'avons que son nom, Natalie James, elle a travaillé dans un institut de sondage, elle a été hôtesse lors d'une croisière aux îles grecques, elle a été l'assistante d'un professeur d'université je ne sais plus où, et maintenant, elle dit qu'elle a un statut de « travailleur indépendant ». Je ne sais pas dans quoi. Dans quel domaine. Elle écrit également de la poésie. Je lui ai fait savoir que vous souhaitiez la rencontrer. Elle dit qu'elle n'acceptera de vous voir que si c'est ici, en ma présence. Pas chez vous.—

Claudia ne fait pas face à Motsamaï pendant qu'il parle, comme si elle voulait s'abstraire pour mieux se concentrer sur ce qu'il dit.

—Avez-vous parlé d'elle à Duncan ?—

—Il me dit qu'ils étaient amants mais qu'« ils avaient chacun leur vie »—selon sa propre expression.—

On convint d'une date et d'une heure pour la rencontre avec la jeune femme, chez l'avocat. Le matin du rendez-vous, Claudia, de son cabinet, appela Harald. Quand il reçut l'appel, il était dans son bureau avec un représentant du commissariat d'État au Logement et ils négociaient ensemble les modalités d'emprunts à taux préférentiels qui permettraient à des milliers de foyers à faibles revenus d'accéder à la propriété ; c'était une laborieuse négociation, parvenue au point où il faudrait la faire aboutir, ou bien, une fois de plus, reporter sa conclusion.

Harald, je n'y vais pas. On n'a pas besoin de la rencontrer si l'avocat s'en occupe. Je ne veux pas la voir. On devrait le laisser faire.

Il avait l'impression qu'on venait de le tirer brutalement de son sommeil, en plein milieu de la nuit ; sur le coup, il ne parvint pas à voir de quoi il était question, l'effort de compréhension écartelait ses facultés. Le fonctionnaire reprit ses papiers pour montrer qu'il n'écoutait pas. Harald sentit la colère monter, contre elle, Claudia, contre son intrusion, contre le fait qu'elle venait lui parler de l'autre intrusion, l'intrusion majeure qui avait bouleversé leur vie et avait tout éclipsé, ses cinquante ans, le soleil, avait vidé de son sens tout ce qu'il avait appris, tout ce qu'il pensait avoir compris des hommes, sur des usages qu'il avait respectés jusqu'ici, avait gâté la satisfaction du travail accompli et le plaisir des émotions reconnues, l'amour entre un homme et une femme, entre des parents et leur fils, la spontanéité de l'amitié ; une colère qui enflait et qui submergea tout, même son fils Duncan qui n'avait réussi qu'à se faire jeter en prison. Oui ! Des déferlantes le prenaient d'assaut, tourbillonnaient au plus profond de lui, des forces qui, si elles se libéraient, pouvaient devenir violentes. Il ne pouvait pas parler, même pas pour trouver un biais qui lui servirait d'excuse, qui apaiserait celle qui l'appelait, tout en faisant référence à une situation à laquelle l'homme en face de lui échappait complètement, exempt, innocent. Il raccrocha en lui coupant la parole au milieu d'une phrase.

Natalie-Nastassia. Motsamaï lui dit qu'elle était déjà arrivée, qu'elle s'était rendue aux toilettes.

Le regard du père l'accueillit lorsqu'elle entra, et constata qu'elle était bien la jeune femme que Duncan avait fait venir une ou deux fois chez eux à la résidence. C'était bien elle. Elle refermait la porte derrière elle avec un geste gracieux de la main, sous le sourire approbateur de Motsamaï. Alors lui aussi, il était sensible à l'attirance qu'elle semblait dégager aux yeux de certains, de nombreux hommes.

La ligne de ses épaules avait la courbe d'un Modigliani (et dans cette chambre dont il avait violé les secrets, il y avait bien la gravure d'un nu de Modigliani, il s'en souvenait maintenant). Il n'était pas du genre à être très attentif aux vêtements des femmes, il ne regardait en général que l'effet produit, mais il lui sembla qu'elle portait le même style de caleçon de danse qui soulignait ses jambes, avec une chemise ample, déboutonnée dans un décolleté en V plongeant qui dévoilait sa gorge mouchetée de taches de rousseur. Elle avait dû changer l'aspect de ses cheveux—quelle qu'ait été leur couleur à l'époque, ils étaient désormais d'un noir brillant, comme passés au cirage—mais ses yeux, ce regard, étaient reconnaissables entre mille. Il avait peut-être quelque part dans ses souvenirs, même s'il ne servait jamais, une sorte de fichier sommaire des amies de

Duncan. C'était ça le souvenir qu'elle laissait : des yeux sombres, avec des lueurs jaunes (comme le presse-papiers en œil de tigre posé sur le bureau de Motsamaï), pleins de mystère, et des cils ourlant les paupières supérieures et inférieures, si drus qu'ils s'enchevêtraient dans le coin extérieur de ses yeux. Ceux-ci étaient légèrement tombants, soit à cause de la structure de son visage, soit parce qu'elle y avait figé cette expression. Des yeux très éloquents, et le message que ses interlocuteurs étaient invités à y lire variait d'une personne à l'autre : la vulnérabilité d'un appel paresseux ou le froid calcul d'une mise en garde.

Lorsque Duncan amenait des jeunes femmes—ses conquêtes—à la résidence, il ne pouvait pas, véritablement, considérer qu'il les amenait « à la maison », la maison était restée cet endroit où il avait grandi, celle qu'ils avaient vendue, abandonnée comme on se débarrasse d'un poids devenu superflu. Passer déjeuner accompagné d'une jeune personne ne signifiait pas qu'il la présentait à ses parents sur fond d'engagement à long terme, mais indiquait quand même qu'il ne s'agissait pas d'une simple passade ; si ce type de relations éphémères existait, elles ne justifiaient pas le degré d'intimité qu'impliquait le fait d'être admise, même sans protocole, dans l'espace de sa vie qui le rattachait à son passé, qu'il partageait avec Harald et Claudia. Il devait la leur avoir présentée parce qu'il trouvait qu'elle avait au moins une personnalité intéressante ; en y repensant, c'était le critère selon lequel lui, Harald, avait supposé qu'un fils opérerait la sélection des maîtresses à présenter à ses parents. Ce qu'en pensait Claudia — elle avait parlé de la jeune femme comme de « la petite salope qui vivait avec Duncan ». Comment avait-elle pu se forger cette opinion à l'issue des rares apparitions de celle qui venait chez eux pour accompagner Duncan—oh, et il y avait aussi eu la fois où Duncan avait acheté des billets de théâtre et où ils étaient allés tous les quatre voir une pièce, mais ce genre de rencontre n'est pas très propice à l'échange puisqu'on y consacre plus de temps à regarder et à écouter qu'à se parler. Les femmes entre elles ont ces sortes d'antennes, propres à leur sexe, qui leur permettent de s'évaluer les unes les autres, même si leurs conclusions sont loin d'être toujours fondées. Quelle qu'ait pu être sa véritable personnalité, cette jeune femme avait été jugée, par Claudia, qui lui avait imputé les affreuses conséquences que l'implication de Duncan dans sa vie avait entraînées. Mais enfin, Claudia, comment croire à la fois que Duncan aurait été incapable de commettre cet acte, l'acte terminal, irréparable, irréversible, le dernier des actes, et que cette jeune femme, la petite salope, ait pu être assez importante à ses yeux pour qu'il en vienne à être soupçonné d'avoir commis cet acte, à cause de sa conduite à elle ? Cette réflexion qui venait le tourmenter était déplacée, ce n'était ni le lieu ni l'heure : il avait perdu le fil de ce qui se déroulait là, alors qu'ils étaient assis tous les trois, lui, la jeune femme et Motsamaï, dans le bureau du *Senior Counsel*. Que venait au juste de dire Motsamaï ? *M. Lindgard et sa femme sont tout naturellement soucieux d'entendre votre version des faits qui se sont déroulés ce jeudi soir.*

Ses mains fines reposaient calmement, retournées, sur ses cuisses, les doigts entrelacés. —Je vous ai déjà tout raconté. Vous pouvez leur passer cette information.—

Elle répondait à l'avocat mais elle s'adressait au père de Duncan ; sous les mèches de sa frange qui balayaient son front, son regard était fixé sur lui. Si une malédiction devait frapper, elle en serait l'instrument. Il chassa cette pensée. —Votre conduite cette nuit-là n'est pas ce qui nous intéresse. Nous voudrions seulement que vous nous fassiez part de vos observations. Sur l'état d'esprit de Duncan. En amont de cette nuit, quelle était son humeur, ces derniers temps, vous viviez avec lui—quels étaient vos rapports ?—

Et le visage mis à nu de cet homme, sous son regard à elle, lui disait en aparté, qu'êtes-vous donc, que lui avez-vous fait ?

—C'était lui qui m'avait demandé de venir vivre avec lui. Il prenait les décisions.—

—Il faut nous en dire plus. Pourquoi aviez-vous accepté de venir vivre avec lui ?—

—Je ne sais pas. Il m'avait l'air d'être une solution possible. Je suis certaine que l'histoire de ma vie ne vous intéresse pas.—

Là, c'était elle, pas celui qui était dans une cellule, qui se retrouvait en position d'accusée, mais elle parvint à faire cette dernière remarque avec un charme confondant, se ralliant les deux hommes, ceux qui menaient l'interrogatoire.

—Uniquement dans la mesure où cela aiderait maître Motsamaï à construire la défense de Duncan. Ne savez-vous pas que Duncan est en danger—nous sommes en train de parler de lui, là, comme s'il était pour vous un étranger, mais vous viviez avec lui, vous partagiez son lit, pour l'amour du Ciel ! Inutile de tergiverser, vous vivez votre vie, très bien, mais ce que vous avez fait cette nuit-là, vous ne l'avez pas fait par hasard, la nature de vos relations doit avoir joué un rôle—vous avez agi en réaction à quelque chose ? Vous disputiez-vous souvent ? Traversiez-vous une période de crise, ou bien était-ce juste une anicroche comme vous en aviez déjà connu et accepté d'autres auparavant ? Ne voyez-vous pas l'importance que ça a ?—

Elle écoutait attentivement, pensivement, comme si cette voix lui parvenait brouillée, sur une autre longueur d'ondes.

—Duncan domine les gens. Il les force. Il ne peut pas les laisser tranquilles. Il aime manipuler, c'est plus fort que lui. Et si vous lui résistez, il est carrément moche, mais comme ce qu'il fait, ce qu'il a à vous donner, ce n'est pas ce que vous voulez, alors vous ne pouvez pas vous empêcher de résister. Et moins il arrive à ce qu'il veut, plus il devient mauvais. Je pense que vous ne savez pas de quoi il est capable.— Elle mima un frisson d'admiration.

—Mais vous êtes restée. Vous êtes restée avec lui jusqu'à ce que vous montiez dans votre voiture cette nuit-là, et après vous avez démarré, vous l'avez laissé seul, et vous n'êtes pas revenue.—

Elle le regardait toujours droit dans les yeux, ses mains n'avaient pas bougé.

Elle ferma les yeux. Ses longs cils noirs restèrent un instant posés sur ses joues.

—J'étais libre.—

—Ainsi, vous aviez peur de mon fils.—

—Il avait peur de moi.—

Natalie partie, Harald resta assis dans le bureau de Motsamaï, il parcourut des yeux les étagères remplies de livres de droit avec leurs bouts de papier qui marquaient les pages importantes, celles qui permettraient—non pas de rendre la justice—il ne pouvait plus y penser dans ces termes-là désormais—mais de trouver l'échappatoire. Le droit comme un jeu de piste où les indices qui permettront peut-être de traverser la forêt se cachent dans le labyrinthe des clauses annexes. Par l'interphone, Motsamaï demanda deux cafés, puis, sans expliquer pourquoi à son client, les décommanda. Il contourna son bureau et se dirigea vers un meuble orné de poignées en laiton. Lorsqu'on l'ouvrait, celui-ci contenait plusieurs rangées de dossiers, ainsi qu'un compartiment dans lequel des verres étaient suspendus par le pied dans des petites encoches, comme dans un bar élégant. Motsamaï prit une bouteille dans chaque main, une de whisky, l'autre de brandy, sollicitant du regard un choix, et Harald opina en direction du brandy. L'avocat leur versa à chacun une bonne rasade. C'était un geste anodin, plein de tact et de gentillesse, qui surprenait venant d'un homme comme lui. Harald parvint alors à lui dire : —Alors comme ça, elle croit que Duncan a tué celui qu'il avait surpris en train de la baiser sur le sofa.—

—Elle sait ce qu'elle vaut. C'est à nous de savoir nous en servir.—

Motsamaï fit claquer sa langue pour mieux savourer le goût laissé par le brandy ; voilà un homme qui ne dédaigne pas les plaisirs de la bouche, qui a conservé l'avidité du nourrisson avant sa première tétée.

—Nous en servir ?—

—Mon vieux, elle l'a poussé à bout, elle l'a provoqué, elle l'a rendu fou, et pas seulement cette nuit-là, avec cette exhibition, mais régulièrement, pendant l'année ou plus qui a précédé. Ce n'était que l'apothéose.—

—Ce n'est pas ce qu'elle dit. Elle dit que c'était lui. C'était lui qui pouvait devenir, comment a-t-elle dit ça, carrément moche.—

—Mais enfin, vous l'avez dit vous-même—elle est restée. Et vous avez entendu : il avait peur de moi. C'est ce qu'elle vous a répondu lorsque vous lui avez demandé, considérant tous ses reproches, toutes ses allégations, si elle avait peur de votre fils. Elle est restée, elle est restée !—

Parce qu'il était encore plus terrifiant que l'eau, cher maître, éminent *Senior Counsel.* Mais cette autocondamnation émise par l'accusé n'était pas destinée aux oreilles des hommes de loi ; du moins pas encore. Pour bien préparer un dossier, il faut savoir faire la part des choses, et le profane ne sait pas ; Harald avait bien acquis une certaine expérience pour flairer les non-dits, mais dans un contexte très différent, celui des conseils d'administration auxquels il participait et qu'il présidait parfois. Certains faits aideraient l'avocat, d'autres desserviraient son argumentation—comment s'y prendre ?

Motsamaï vint se rasseoir, il se glissa entre son fauteuil majestueux, recouvert de cuir marron, et son bureau. Ce qu'il avait à dire, c'était de là qu'il fallait l'annoncer, le faire autour d'un verre aurait manqué de tenue. —Harald, il n'est plus crucial de savoir si on va ou non trouver des empreintes sur le pistolet malgré la boue. Mon client m'a donné des instructions.—

—Duncan vous l'a dit.—

—C'est ça. Il m'a dit.—

—Il vous a dit. Et il vous a demandé de nous le dire.—

—Oui. Ah-hêh.—

Ce son qui se module du fond de la poitrine peut tout dire, il est la reconnaissance des faits, il est l'expression d'une plainte. Dès qu'il avait entendu l'autre homme l'appeler pour la première fois par son prénom, Harald avait perçu ce que venait d'exprimer cette modulation primitive et universelle.

—C'est fini.—

—Non, ce n'est pas du tout fini. C'est là que notre travail commence.—

—Pour vous et pour son ami, l'avoué.—

Il a la sensation d'avoir des fourmis dans tout le corps, sous l'effet de cette émotion inconnue, de cette drogue qui lui a été injectée dans ce bureau si bien meublé, dans cet élégant cabinet des supplices annoncés qui vient d'occulter le sens de tous ses autres refuges sur cette terre, dans la vie.

—Est-ce qu'un avocat est obligé de prendre la défense de quelqu'un qui s'est reconnu coupable ? Qui s'est déjà jugé. Que reste-t-il à défendre.—

—Mais bien sûr qu'un avocat doit le faire ! Une personne a le droit d'être jugée en tenant compte de toutes les données en relation avec l'acte qu'elle a avoué. Les *circonstances* peuvent influer de façon décisive sur la nature des présomptions, elles peuvent atténuer le poids des charges. L'accusé peut se juger, il ne peut pas rendre la sentence. C'est au juge de condamner. C'est au tribunal de prononcer le verdict. Sous cet angle, sous l'angle du type de peine qui peut être prononcé, c'est le début, voyons ! Nous nous mobilisons maintenant pour que la peine ne soit pas d'un jour trop lourde, pas d'un degré trop sévère, compte tenu des circonstances atténuantes. Il s'est ouvert, Harald—votre fils accepte de me parler maintenant—il y a des aspects de cette affaire que la défense doit approfondir, cette défense existe encore !—

A la prison, visite à un meurtrier.

Lorsqu'il était revenu du cabinet de l'avocat et qu'il l'avait mise au courant, il avait vu son visage s'enflammer instantanément, recouvert de taches écarlates, comme en réaction à une allergie violente, au point que c'en était pénible à voir. Ça avait l'indécence des chairs mises à vif. Il souhaitait anxieusement qu'elle pleure, pour pouvoir la prendre dans ses bras.

Ils passèrent en revue ce que l'avocat avait dit de son dossier, de sa mission, et ce fut fastidieux. Ce principe fondamental du droit, la présomption d'innocence, qu'ils connaissaient comme tous ceux qui sont persuadés qu'ils n'iront pas plus loin que le franchissement d'une ligne blanche en terme de transgression, était bafoué. La stupéfaction provoque un brouillage et isole ; chacun parlait pour lui-même, sans vraiment parvenir à atteindre l'autre.

Une autre femme aurait pleuré, se serait apitoyée sur son fils, elle lui aurait donné l'occasion de se rapprocher d'elle, de l'étreindre. Il se disait à lui-même : Nous en savons encore moins qu'avant. Motsamaï ne lui a pas posé la seule question vraiment importante. A mes—nos yeux. Ce n'est pas de savoir pourquoi—c'est la seule chose qui l'intéresse, Motsamaï, c'est ça l'objet de la défense. Mais c'est aussi comment. Comment a-t-il pu faire ça ? Duncan se mettre à faire ça, prendre une arme et tuer. Il est de nous, de toi, de moi, non, et rien, on ne peut rien savoir, si ? Pas parce qu'il va refuser de le dire, à Motsamaï, à nous, à qui tu veux ; c'est quelque chose qu'on ne « dit » pas. Qu'on a en soi. En lui.

Claudia se rendit à la cuisine pour trouver à manger, ça devait être à peu près l'heure où ils dînaient d'habitude. Il n'était pas le genre d'homme à participer aux travaux ménagers. S'il la suivit, ce fut par courtoisie, le seul lien qui leur restait dans la situation où ils se trouvaient. Tout avait été dit auparavant ; il avait peut-être déjà trop parlé. Il fallut attendre le lendemain pour que Claudia s'exprime, pour qu'elle dise à quoi elle pensait quand elle s'était murée dans le silence de la cuisine. Pour se rendre à la prison, ils étaient allés tous les deux chercher leur voiture sous l'auvent où il l'avait garée. Ils marchaient ensemble lorsque la lame d'une fleur de strelitzia se prit dans les cheveux de Claudia ; elle fit un écart pour se dégager, ce qui les obligea à s'interrompre et il se retourna pour voir ce qui la retardait. Un rictus déformait son visage, elle l'effaça presque aussitôt. L'autre nuit, tu en étais venu à croire qu'il pouvait l'avoir fait, n'est-ce pas ? Tu avais décidé. Tu n'avais pas eu besoin d'attendre qu'un avocat vienne recueillir des aveux.

Après le personnage du prisonnier, de l'autre côté de la table au parloir de la prison, c'était au tour de celui du meurtrier, de celui qui avait avoué, qui s'était défini lui-même dans ces termes. Duncan. Claudia, sa mère, mena les trente minutes de la visite grâce aux réflexes professionnels qu'elle parvint à mobiliser, une sûreté qu'aucune calamité ne pourrait lui aliéner ; une confession de culpabilité vaut un diagnostic. Il y avait la question de l'avocat sur laquelle il fallait revenir. Le patient était-il satisfait de la compétence de celui qui traitait son dossier, Motsamaï l'impressionnait-il assez maintenant qu'il avait pu lui parler ? Aimerait-il avoir recours à l'avis d'un autre expert, les avocats très expérimentés ne manquaient pas, est-ce que ça ne vaudrait pas la peine ? On n'aborde pas la question de la nature même du diagnostic, de la terrible malignité de ce qui a été détecté. Son père confirme : —Moi aussi, j'ai pu parler à Motsamaï. Je pense qu'il est intelligent. Et il sait que tu vas avoir besoin de quelqu'un d'intelligent. Je pense qu'on devrait lui laisser décider s'il veut en appeler à un confrère pour une consultation. S'il pense qu'il y a quelqu'un dont il pourrait vouloir utiliser l'expérience dans un certain type d'affaire.—

Leur fils—dans la peau de ce nouveau personnage, il est là, il porte une des chemises que son père est allé chercher au bungalow, leur fils qui a tué un homme—il n'est pas en train de les observer calmement comme il l'avait fait lors de leur visite précédente, lorsqu'ils étaient venus faire étalage de leurs illusions, de cette hypothèse qui postulait qu'il ne l'avait pas fait, qu'on finirait bien par retrouver celui qui avait jeté le pistolet au pied des fougères. Il est distrait, ses mains et ses yeux ne parviennent pas à se fixer. Elle va même jusqu'à lui demander s'il a de la fièvre—elle ne connaît que ça, cette pauvre petite mère, cette mère qui aime son enfant.

Qu'est-ce qu'elle pourrait bien prescrire contre ce genre de fièvre.

—Motsamaï a un côté vieux schnock un peu grandiloquent, mais il est bien. Je m'entends bien avec lui. Alors vous l'avez vu. Vous savez tout.—

—Non. On ne sait rien. Rien que ta décision. Et le fait qu'il l'accepte. Qu'il n'a pas le choix. Duncan.—

Soudain, Duncan tend la main, c'est la main d'un homme qui se noie, qui leur fait signe depuis les profondeurs, et il saisit la main de son père. Son regard hésite entre Harald et Claudia : —Je vous aurais compris, vous deux, si vous aviez décidé que vous ne vouliez pas revenir, maintenant.—

Rien d'autre pour reconnaître ses torts envers eux. Duncan n'ira pas plus loin.

L'homme sur le sofa n'est pas sa seule victime. Maintenant, Harald et Claudia éprouvent, l'un et l'autre, un sentiment pernicieux de rancœur envers leur fils, en apparence aussi inimaginable, aussi étranger à leur nature qu'une aptitude au meurtre chez lui. La rancune suscite la honte. On ne partage pas la honte. La honte sépare. Mais, chacun d'eux à sa manière trouvera, devra trouver comment surmonter ce ressentiment. Cette rancune leur fait honte : parce qu'ils se demandent ce qu'ils ont bien pu lui faire. Est-ce là que se trouve la réponse—pourquoi ? pourquoi ?—Harald la cherche chez les jésuites, Claudia dans Freud.

Il leur faut re-concevoir, ré-engendrer le fils.

Faire cet enfant avait été jouissif, Harald le sait.

La transformation du moi dans la première relation sexuelle amoureuse est quelque chose dont il est difficile de se souvenir dans toute sa fraîcheur exaltante—ce n'est pas seulement l'hymen qui est percé, mais aussi la chrysalide qui se fend pour permettre aux ailes de l'émotion et de l'identification avec tous les êtres vivants de se déplier. Harald avait été le premier amant de Claudia qui était alors la plus jeune étudiante en médecine de son année, tandis que lui-même se demandait s'il devait quitter la faculté de mécanique pour celle des sciences économiques. L'assurance fanfaronne que lui procura son état amoureux lui donna le courage de décevoir son père et de déserter la lignée d'ingénieurs dont sa famille avait fait une tradition depuis que son arrière-grand-père, un émigrant, était arrivé de Norvège.

Le père de Claudia était cardiologue et ses jeux de petite fille consistaient à jouer au docteur avec un vieux stéthoscope ; elle ne déçut personne, car sa mère était une institutrice qui était incitée, par l'émergence de ses convictions féministes, à souhaiter une carrière plus ambitieuse pour sa fille.

Harald et sa petite amie, Claudia et son copain (c'était ainsi que leurs parents les appelaient, dans les années soixante) étaient trop jeunes pour se marier, mais ils s'épousèrent quand Claudia fut enceinte. Le plaisir qu'ils avaient eu à le faire. Ce qui les captivait dans l'accouplement, ce qui donnait au partenaire cet irrésistible pouvoir d'attraction, c'était ce qui allait changer non seulement le point de vue de l'un sur l'autre tels qu'ils se découvriraient au fil des années, mais allait aussi révéler quelque chose d'autre, qui était là à l'époque, latent, disponible, mais inexploré. Claudia, si jeune, était déjà convaincue que la guérison des corps lui permettrait de s'accomplir et de répondre à tous les devoirs d'un être humain—c'était sa destinée, pour employer une expression démodée et ampoulée. Harald, incapable de s'engager dans une telle définition de lui-même, avait choisi une occupation qui l'intéressait pour son incidence sur sa propre vie, et avait déjà entrepris d'éplucher les potentialités de l'existence comme s'il s'agissait de vieilles couches de peinture. Ni l'un ni l'autre n'avaient envie de se joindre au mouvement hippy qui fleurissait à l'époque. Faire l'amour, faire l'amour était exclusif et sérieux—aucun espoir de comprendre aujourd'hui ce que cela avait pu signifier à leurs yeux—comment auraient-ils pu rester lucides vis-à-vis de ce qui les séparait si irrémédiablement, alors que leurs corps s'accordaient dans un tel sentiment de joie et de révélation. Ils avaient fini par surmonter ces incompatibilités—non, à s'en accommoder—aux différents stades de leur vie en commun, dans le mariage, en s'aimant, et non plus, ce qui est différent, en étant amoureux—des incompatibilités qui étaient ignorées au moment de la conception : mais présentes. Leur fils en était né.

Le frétillement d'un spermatozoïde et sa réception par l'ovule—ce qui s'unit pour concevoir, ce sont les parents eux-mêmes et, en amont, les courants de leur hérédité respective. Mais on pourrait remonter à Adam et Ève pour en retrouver la trace. Hamilton Motsamaï auquel la vie de leur fils est pour ainsi dire confiée—et la leur du même coup—est sans doute capable de retracer son hérédité en la racontant, grâce à la tradition orale, aux chants et aux cérémonies transmises par les générations qui se sont succédé sur sa terre natale. Pour ceux dont les ancêtres ont quitté leur pays pour en conquérir d'autres, ou parce qu'ils en ont été chassés par les persécutions ou la pauvreté, les ancêtres remontent aux grands-pères qui ont émigré. Il y a une Vieille Patrie et une Nouvelle Patrie. L'hérédité de celui qui a été conçu ici commence dans la Nouvelle Patrie, avec ses croisements qui génèrent des bâtards. Le grand-père norvégien d'Harald était protestant, mais le père d'Harald, Peter, se maria avec une catholique d'origine irlandaise. C'est ainsi qu'Harald hérita d'un prénom norvégien, mais fut élevé dans la religion catholique—ce que sa mère considérait comme un devoir selon les préceptes de sa foi. Les parents de Claudia n'étaient allés qu'une seule fois en Écosse, pendant des vacances en Europe, mais son père, le médecin dont elle était le disciple, avait reçu le prénom d'un grand-père écossais qui avait émigré à une date oubliée. C'est pourquoi le fils de Claudia reçut les noms génétiquement codés de Duncan Peter Lindgard.

Un hameçon dans son doigt.

Quand pénètrent donc ces choses qui intègrent l'hérédité, s'y incrustent de manière irréversible ?

Il avait fait plus de choses avec son père, avait partagé avec lui davantage d'activités : elle suppose que c'est naturel, quand l'enfant est un garçon. Donc, le père a une part de responsabilité particulière. Harald l'avait emmené à la pêche, et l'hameçon s'était planté dans la chair tendre de son majeur, il avait environ six ans. Ou moins. Il fut ramené à la maison, à sa mère pour qu'elle extirpe l'hameçon en douceur comme un médecin sait le faire, en lui faisant le moins mal possible. Une leçon à retenir : on ne doit pas faire souffrir le corps humain sans nécessité.

Enfant, il avait l'équilibre parfait d'un oiseau perché sur l'extrémité de la branche la plus élevée d'un arbre.

Cette image était venue à l'esprit d'Harald lorsqu'il l'emmenait observer les oiseaux. Elle trouvait toujours des excuses pour ne pas les accompagner, c'était trop lent pour elle, cette longue attente du moment où l'oiseau se pose, ou du passage de sa silhouette dans le ciel vide à travers les jumelles—et l'enfant consultant d'un air important les illustrations d'un manuel d'ornithologie alors qu'il était trop jeune pour en lire le texte. Une image lui revint, ravivée par sa mémoire comme les jumelles rapprochent un objet éloigné : la lumière du soleil jouant sur les troncs frêles de la forêt (où, quelle année ?) et sa silhouette rayée d'ombre et de lumière, semblable à celle d'un petit animal, quand il se déplaçait précautionneusement, pour ne déranger aucune créature vivante ; un tel respect de la vie.

Quand il fallut piquer le chien—comment ne pouvait-elle pas y repenser, quand elle était seule, elle avait dû le faire elle-même parce qu'il l'avait suppliée de ne pas le laisser faire au vétérinaire. Il avait dix ou onze ans, il voulait que sa mère médecin s'en charge parce qu'il lui faisait confiance, il savait qu'elle ne ferait pas souffrir, qu'elle « endormirait » (un euphémisme qui le protégeait de l'idée de donner la mort) l'animal que le temps avait paralysé, alors que ces mêmes années lui avaient apporté, à lui l'enfant, force et croissance. Elle l'avait fait sans tarder, parce qu'il ne parvenait pas à se résoudre—une indécision douloureuse, quasi adulte—à tuer le vieux chien ; ensuite, la tristesse de son petit visage avait exprimé son remords de leur acte, et le reproche qu'il lui adressait d'avoir été sa complice ; les adultes devraient savoir comment faire vivre pour toujours, comment abolir la mort.

Si Harald et Claudia savent pertinemment qu'ils se livrent chacun de leur côté à cette exploration sentimentale du passé pour savoir qui était leur fils, ce n'est pas par faiblesse, pour puiser un réconfort chez l'autre, mais parce que cette exploration pourrait révéler une faille, qui permettrait d'incriminer l'autre. Il faut trouver quelqu'un à blâmer. Si Duncan dit qu'il est coupable. Parfois, une allusion qui trahit cette exploration leur échappe : en promenant le chien (ils ont décidé d'ignorer le règlement qui interdit la présence d'animaux dans la résidence), elle fait soudainement une remarque sur la manière dont l'enfant s'exprimait, en particulier quand il était intrigué par quelque chose qu'il venait d'apprendre. *Le papier, c'est de l'arbre, la pluie, c'est l'eau qui monte de la terre quand le soleil la réchauffe. Donc chaque chose est quelque chose d'autre. Et les larmes ? Quand je pleure ?*

Je ne me souviens pas qu'il ait jamais eu beaucoup de motifs de pleurer. Un enfant heureux. Jamais vraiment puni.

Elle revit son visage écarlate, les lèvres blêmes, dans un de ces paroxysmes de l'enfance.

Parce que c'était toujours à moi de le faire.

C'est donc toi qui le faisais pleurer.

Répondre, c'était attaquer. Elle laissa le chien en laisse la tirer en avant. Les deux parents se souciaient de préserver la vie. Même lui, le père, à sa manière qui s'assurait (en faisant un bénéfice, certes ; mais elle aussi, elle était payée pour son travail, non ?) que les gens seraient dédommagés en cas de malheur, et, récemment, qui veillait à ce que l'argent permette aux sans-abri de se loger. L'armée—l'armée. C'était *là* que le sens des valeurs inculqué par ses parents avait été inversé. En faisant son service militaire, il avait appris à tuer ; que ce soit à l'exercice, en manœuvre, au tir (on avait déterminé le calibre du pistolet trouvé dans les fougères), ce qu'on y enseignait, c'était le droit de tuer. Il y a bien sûr des circonstances où c'est justifié à la fois par la loi des hommes et celle de Dieu—bien que, chez Duncan, l'idée d'un châtiment censé provenir de Dieu n'ait guère fait son chemin, car si Harald lui avait donné le goût de la lecture, avait-il pour autant réussi à en faire un croyant ?

La guerre, le droit de prendre la vie : un truisme.

Dès qu'Harald avance l'argument, il lui coupe dans le même temps l'herbe sous le pied.

A-t-il vraiment combattu ? Nous savons que non, nous en avons remercié Dieu.

Tu lui avais dit que l'armée serait une expérience abrutissante.

Bon. Quelle alternative aurions-nous pu prendre ? Tu n'avais pas voulu l'envoyer à l'étranger, n'est-ce pas ? Un abrutissement, un gâchis moral ; mais des millions de jeunes gens ont surmonté cette expérience. Il n'a jamais tiré que sur des cibles.

Il nous avait raconté qu'elles avaient la forme de silhouettes humaines.

Quelque chose de terrible est arrivé

*Cher papa, chère maman,*

*Une chose terrible est arrivée. C'était samedi dernier, nous étions en train de jouer au football, la seconde équipe, celle où je joue. Un gamin de l'école des petits est entré dans la salle de gym pour y prendre quelque chose et, tout d'un coup, on a entendu crier, nous l'avons même entendu sur le terrain de foot. Il avait vu quelqu'un qui était pendu à la poutre où est accroché le punching ball. C'était Robertse, de la classe de cinquième. Il était pendu par le cou. Le vieux McLeod et les autres profs sont entrés. Nous avons été tenus à l'écart, mais nous les avons vus sortir de la salle quelque chose qui était enveloppé dans une couverture. Il y avait une ambulance et la police. Mais on nous a dit de rester dans nos chambres ou dans la salle commune.*

La seconde page est perdue, bien qu'elle ait gardé la lettre comme quelque chose dont l'intérêt subsisterait après la fin de sa scolarité et de sa pré-adolescence. Elle était avec la documentation que les parents rassemblent pour protéger l'enfant, des obligations qu'ils assument pour son bien. Les calendriers des rappels pour le vaccin anti-polio, des relevés de soins orthodontiques, des attestations de vaccinations contre le tétanos et l'hépatite faites par précaution quand il était parti pour un camp de vacances scolaires au Zimbabwe. Cette lettre lui était revenue en mémoire et elle la cherchait au milieu de ces autres papiers que, peut-être, il n'y avait pas de raison de garder.

Harald et Claudia avaient été étrangement troublés par cette lettre ; elle comprenait, maintenant, que cela avait été cette *autre fois* oubliée, la première fois où ils avaient été confrontés à un événement qui n'avait pas sa place dans leur mode de vie, le mode de vie qu'ils croyaient avoir assuré pour leur fils. (Une éducation libérale—dont le libéralisme n'allait pas jusqu'à recevoir des noirs, comme Motsamaï, ce qu'ils réalisaient maintenant.) Qu'est-ce qui avait bien pu amener un adolescent, un camarade de leur fils, protégé par le même environnement, par les mêmes expériences soigneusement balisées, par les mêmes règles de vie où la sélection s'opérait de façon parfaitement civilisée—ils n'auraient jamais confié Duncan à une école pratiquant les châtiments corporels—qu'est-ce qui avait bien pu amener un garçon à se mettre une corde autour du cou ? L'imaginer, c'était l'horreur—après, plus rien. Le malaise qu'ils avaient ressenti venait du fait qu'ils réalisaient soudain qu'il y avait des dangers inhérents à la jeunesse ; des dangers à l'intérieur de la vie même. Que rien ne peut écarter. Et personne ne peut savoir, pour un autre, pas même pour son propre enfant, ce que sont ces désespoirs et ces pulsions destructrices, instinctives. Harald et Claudia—ils auraient pu être les parents de ce garçon, ils en étaient les clones, payant les mêmes frais de scolarité, approuvant le système d'éducation éclairé d'un corps professoral averti, ayant choisi une école mixte pour qu'un garçon sans sœurs apprenne à se conduire avec naturel avec l'autre sexe. Ce qu'ils ressentirent, ce fut la peur—la peur de découvrir que des dangers menaçaient leur fils, des dangers qu'ils ne pouvaient connaître, contre lesquels ils ne pouvaient rien. Ils lui avaient écrit—elle lui avait écrit ?—ou ils étaient allés le voir. Elle s'entendait encore disant à Harald, je veux que tu dises à Duncan, que quoi qu'il lui arrive, quoi qu'il ait fait, il pourra toujours venir à nous. *Il n'y a rien que tu ne puisses nous dire. Rien. Nous serons toujours là pour toi. Toujours.* Ils avaient pu croire alors que Duncan était en sécurité. Qu'ils l'avaient protégé.

Tu te souviens de cette affaire avec le petit Robertse, de ce que tu avais dit à Duncan.

Je me rappelle ce que *tu* lui avais dit, nous avions obtenu une autorisation de sortie pour l'emmener déjeuner. Nous avions été dans un restaurant en plein air quelque part—il n'y avait nulle part où aller. L'endroit ne paraissait pas idéal.

Non, non, nous avions examiné et discuté toute l'affaire, décidé que nous devions lui dire quelque chose qu'il ne pourrait oublier, et c'est toi qui avais parlé.

Pourquoi cela aurait-il dû être moi ? C'était venu de sa mère, ce qui était la manière évidente de procéder.

Parce que tu étais l'homme et qu'il était un garçon. Peut-être l'idée que vous auriez—je ne sais pas—une sorte d'expérience commune parce que vous étiez du même sexe, ce qui n'était pas invraisemblable, une expérience que je ne pouvais avoir.

Quelle importance de savoir qui lui a fait cette promesse ; nous l'avons faite tous les deux. La preuve en est ce qu'il nous a dit au parloir de la prison, j'aurais compris si vous n'étiez pas revenus me voir, vous deux.

*Quand vous avez été la victime d'un désastre qui semble dépasser toute mesure, ne faut-il pas le dire, le redire ?*

C'est exactement ce qui advint pour Harald, qui se mit à dépendre de ses lectures, de façon quasi maladive : la substance que l'imagination des écrivains met à leur disposition pour expliquer les mystères de la nature humaine était ce qui lui permettait, après avoir lu tard dans la nuit, de se lever le matin et d'être présent en salle du conseil d'administration. Il choisissait de vieux livres, les relisait ; la *mise en scène*[1] de leur époque lui permettait de s'abstraire du temps présent où son fils attendait son procès pour meurtre. Mais, comme son fils, il tombait parfois sur des passages qu'il s'appropriait, qui l'habitaient, jusqu'à exiger d'être eux aussi recopiés sur le carnet de notes qu'il conservait sous clé au bureau, « ... l'homme était et restait ce qu'il avait voulu être jusqu'à son dernier souffle. Il avait tué, s'en était délecté et le payait de sa vie. Qu'il mourût puisqu'il expiait par là ce qui lui avait apporté son plus profond désir.

« Son plus profond désir ?

« Le plus profond...

« Il est absurde que l'assassin survive à sa victime. Tous les deux auront participé, isolés comme deux êtres qui ne font qu'un—en cette autre circonstance unique et analogue, l'un agissant, l'autre subissant—à un mystère qui les lie pour toujours. Ils s'appartiennent l'un à l'autre. »

Le Naptha de Thomas Mann lui parlait dans le silence qui l'accompagnait partout : les silences accusateurs,

1. En français dans le texte.

d'une hostilité défensive, qui régnaient entre sa femme et lui ; les silences qu'il occupait, alors même qu'il attirait l'attention sur des anomalies dans les décisions prises lors de réunions d'affaires ou lorsqu'il discutait des effets de la nouvelle politique fiscale sur le financement des obligations hypothécaires ; un murmure dans l'esprit comme un bourdonnement d'oreilles. L'air dégagé de la jeune femme, dans le cabinet de l'avocat, quand il lui avait dit : Vous aviez peur de lui et puis cette déclaration, comme une vantardise : Il avait peur de moi. Peur l'un de l'autre ? A coup sûr, pour qu'une situation soit terrifiante, il faut quelqu'un qui menace et quelqu'un qui soit effrayé. Comment répondre à la menace ? C'est l'impasse, fatalement ; c'est exactement ça, une impasse mortelle ; si c'était Natalie / Nastassia que son fils avait tuée, il y aurait eu une réponse ; ils s'appartiennent. Ç'aurait été le revers de la médaille de ce que cette définition romantique de l'amour physique décrit comme une union dans la félicité, et que la bonne vieille bénédiction du mariage consacre, en unissant devant Dieu la chair de ceux qui ne font qu'un. Mais il ne lui avait fait aucun mal, à elle ; il en avait fait à celui qui gisait sur le sofa, une balle dans la tête ; même si, c'était apparemment bien connu de leurs amis, de l'avocat, de tout le monde, cet homme n'avait pas été le premier ni le seul à l'avoir culbutée sur un sofa, n'importe quel autre partenaire aurait pu servir de victime à l'amant auquel elle appartenait dans l'intimité de la menace. Il y avait des moments où Harald avait une envie impulsive de rechercher à nouveau la jeune femme, mais Motsamaï, qui savait où la trouver, l'en découragea.

—Je ne peux me permettre de la braquer d'une manière ou d'une autre, vous voyez ce que je veux dire, Harald, elle a l'impression que vous et votre femme la rendez responsable.—

—Comment pourrions-nous la blâmer. Il a fait ce qu'il a fait.—

—Parce que vous devez blâmer quelqu'un. Votre fils est dans le pétrin. C'est la nature humaine, non ? Parce que *je* dois blâmer quelqu'un. Son avocat doit apporter la preuve que des circonstances causales répartissent la culpabilité de manière qu'elle pèse aussi sur ceux qui ne seront jamais inculpés.—

Dans le silence qui le submerge, ici dans ce bureau qui

lui est devenu familier, où innocence et culpabilité sont annotées par des bouts de papier glissés entre les pages des ouvrages de droit—ce bureau et le parloir des visiteurs à la prison sont maintenant pour lui des annexes de son domicile—Harald a compris : nous. Sur nous. Sur Harald et Claudia, sur nous qui l'avons fait : les oiseaux et les abeilles pour lui expliquer les mystères de la vie, ne chipe pas les jouets des autres, ne lis pas les lettres des autres, tu ne tueras pas.

—J'ai une façon très spéciale de l'approcher. Oui. Ahhêh.— Le mouvement des lèvres de Motsamaï révèle un amusement mêlé de satisfaction —Avec les femmes, vous savez ; elles sont très rusées. Et elle, elle déverse son charme—comme on ouvre un robinet !—quand elle se sent coincée. Il me faut la cajoler, sans qu'elle s'en rende compte, pour qu'elle se condamne elle-même tout en croyant qu'elle me parle de lui. Il faut savoir s'y prendre avec ce genre de femmes. Pour commencer, elles se présentent comme de pauvres petites victimes, et l'instant d'après elles se pavanent en montrant comment elles peuvent dominer n'importe qui et n'importe quelle situation. Le sexe faible, elles nous donnent du fil à retordre, à nous les avocats. Je peux vous le dire.—

Le dégoût qu'il éprouve d'avoir à partager avec l'avocat ce genre de généralisations condescendantes sur les femmes, comme un aparté complice échangé entre hommes sous le sceau du secret, n'est pas un sentiment qu'Harald peut s'autoriser en ce moment. Pour l'instant, peu importe ce que cet homme peut bien penser sur tout ce qui n'est pas la cause qu'il dit défendre. Les préjugés semblent être devenus sans importance. On avait appris à Duncan à rejeter tout préjugé contre les noirs, les juifs, les Indiens, les Afrikaners, les croyants, les non-croyants, tous ces péchés véniels si courants dans le pays où il était né.

—Qu'est-ce qu'elle vous a dit.—

—Ne prenez pas ça trop au sérieux—venant de sa part. Elle dit qu'il est un enfant gâté. Ce sont ses propres mots. Un enfant gâté. Elle utilise aussi des mots savants, nê : « surprotégé », ce qui fait qu'il n'est pas habitué à rencontrer une opposition, rien ne doit venir contrarier sa volonté, contredire sa conception des choses. C'est lui qui fixe les règles—j'ai émis des doutes, j'ai suggéré que le genre de vie que ces jeunes gens mènent ne comporte aucune règle, peut-être excepté les règles les plus élémentaires, vous voyez ce que je veux dire, genre qui a le droit de sortir de la bière du frigo—et bien sûr ils avaient à leur disposition le noir, Petrus Ntuli, pour les décharger des tâches subalternes. Non, dit-elle, il se fixait des règles bien à lui, même si ça ne voulait pas dire qu'elles étaient du genre des règles conventionnelles auxquelles penserait quelqu'un comme moi, un avocat. Alors, quelles étaient ces règles ? Bon, elles avaient trait à qui sort avec qui, et ainsi de suite. Les relations sexuelles, je suppose ; mais aussi l'amitié, a-t-elle insisté, le cercle des jeunes gens vivant sur cette propriété semble avoir compliqué les amitiés, ce que l'on pourrait appeler les loyautés. Il « s'alignait » sur la manière dont chacun vivait sur la propriété, il pensait que cette façon de vivre coïncidait avec ses idées, ses règles, si vous préférez, mais en même temps il demeurait « l'enfant gâté » qui ne pouvait tolérer que ce style de vie—qu'il avait pourtant adopté comme étant le sien, comprenez-moi bien—entre en conflit avec les autres règles, celles dont il s'était affranchi. Celles de la vieille génération. La vôtre. Elle dit que ces règles continuaient à lui dicter sa conduite, même s'il était persuadé du contraire. Elle a dit quelque chose : il est maintenant en prison, mais il n'a jamais été libre. Et, bien entendu, elle veut dire par là qu'*elle* au contraire est *libre*.—

—Cela ne nous apprend pas grand-chose sur ce qui s'est passé entre eux. D'après ce que vous me dites, on penserait qu'elle n'a rien à voir avec ce couple sur le sofa.—

—Vous avez raison. Vous avez raison ! D'une certaine manière, elle se distancie de l'événement, c'est bien ça. Ah-hêh. Et elle semble, bon, n'avoir aucun sentiment pour l'homme qui est mort à la suite de ses agissements avec lui cette nuit-là. Elle ne montre aucun signe particulier de chagrin... pour cette chose terrible. Ce qui bien sûr est très bon, excellent pour mon client. Quand je lui poserai des questions pour le contre-interrogatoire. *Elle* aurait pu être la victime. Pourquoi pas. Elle n'y songe même pas. Il faut être à deux, nê ? Pour commencer... Et pourtant elle ne manifeste aucun remords d'avoir été au moins pour moitié la cause de la mort de cet homme, dans la mesure où nous admettons que, lui, de son côté, se rendait parfaitement compte qu'il copulait avec la maîtresse de son ami. C'est difficile de comprendre son détachement. Comme si elle était convaincue qu'il ne s'agissait pas d'elle. Je sais bien qu'il y a des choses que je ne parviendrai sans doute pas à tirer d'elle—même avec mes méthodes.—

Son éclat de rire trahit la haute idée qu'il se faisait de son habileté, et il reprend immédiatement son sérieux, pour inspirer confiance au père qui a les yeux fixés sur lui.

Pour raconter ce qui s'est passé lors d'un entretien comme celui-là avec l'avocat, il faut qu'Harald, qui en informe Claudia, et que Claudia elle-même, son auditrice, se répètent tous deux, comme ils doivent le faire souvent, plusieurs fois par jour, que Duncan a tué quelqu'un. Qu'ils l'acceptent. L'homme gît à la morgue, on a pratiqué une autopsie qui a confirmé qu'il était mort d'une balle dans la tête, et il a été enterré au cours de funérailles organisées par les amis qui partageaient la maison avec lui ; son corps n'a pas été renvoyé en Norvège, l'homme que Duncan a tué est toujours là, dans le sol du pays natal de Duncan.

Harald trouva Claudia au téléphone, elle posait des questions et faisait des commentaires avec une feinte sollicitude sur la vie de quelqu'un d'autre ; un des amis pleins d'attention qui tiennent à appeler régulièrement pour montrer que les Lindgard font toujours partie de la société bien que quelque chose de terrible leur soit arrivé et les en ait exclus. Elle le regarde fixement tout en continuant à parler avec un sourire comme si l'ami en question pouvait la voir, sans vraiment prêter attention à ce qu'elle disait ; elle veut ce qu'il n'a pas, quelque chose à donner. La contradiction entre son regard fixe et son sourire trahit une angoisse telle qu'il doit se raidir pour l'observer. Il va à la cuisine et contemple l'eau en train de déborder du verre qu'il tient à la main, comme pour mesurer le temps. Quand il revient, elle est sur la terrasse, à l'attendre.

Où en est-il ?

Pourquoi l'agresse-t-elle ; comme si Motsamaï et lui devaient être blâmés parce que l'avocat avait demandé l'ajournement du procès pour rassembler des témoignages.

Nous avons surtout parlé de la fille. Il trouve qu'elle est complexe. Elle ne trouve rien d'aimable à dire de Duncan—c'est un « enfant gâté »—mais Motsamaï semble penser que c'est un avantage. Il nous est difficile de suivre ce genre de raisonnement de juriste. Il pense qu'il va l'amener à se condamner elle-même par ses propres déclarations—quelque chose comme ça.

Se condamner elle-même—ce n'est pas elle qu'on juge ! Il fait de l'épate pour montrer combien il est intelligent. Et tu t'en es contenté ? C'est tout ce qu'il a fait !

C'est seulement parce qu'il la considère comme un témoin clé de l'accusation. Nous devons faire confiance à son jugement, il a cité un tas de précédents pour la défense qu'il est en train de préparer. Toi et moi ne connaissons rien à ce genre de choses. Elles ne font pas partie de notre champ d'expérience, nous ne pouvions que les lire dans les journaux, ou décider d'ignorer qu'elles étaient arrivées... Il est d'accord avec toi, de toute manière, même s'il est plus expéditif. C'est une salope. Plus il l'entraîne à se démasquer, plus il peut plaider des « circonstances atténuantes ». Il dit qu'elle est parfaitement insensible en ce qui concerne l'homme qui est mort, pas de conscience morale, pas même l'idée qu'elle aurait pu être à sa place. Si sûre d'elle-même, sûre qu'elle ne risquait rien, quoi qu'elle ait pu faire. Dieu sait pourquoi.

Parce que Duncan l'aimait.

A ces paroles, Harald sent monter en lui un dégoût, un désarroi qu'il ne peut maîtriser.

Ainsi, tu crois à ce genre d'amour, elle baise avec un autre, et alors son amant le tue ! Une preuve d'amour. Je croyais que tu avais une meilleure opinion de ton propre sexe, vous êtes responsables de vos actes, comme nous le sommes, nous les hommes. Tu appelles ça de l'amour. Où est-il allé le trouver cet amour-là !

J'essaie de comprendre, Harald. N'as-tu pas été amoureux.

Qu'est-ce que c'est que cette question stupide. Que tu la poses, toi. J'étais amoureux de toi. Je pensais que je pourrais mourir pour toi, bien que je suppose que ce soit là une illusion de jeunesse, du genre qui n'engage pas à grand-chose dans la mesure où on sait qu'il est peu probable que l'occasion se présente. Mais imaginer que j'aurais pu tuer quelqu'un. Même pas moi-même. Non ? L'amour, c'est la vie, ce qui crée, ce qui ne peut tuer. Si ça tue, ce n'est pas de l'amour. Cela me dépasse, me dépasse complètement d'imaginer ce qu'il ressentait pour cette femme.

Alors peut-être qu'il la hait. Il l'a punie en éliminant

l'homme qu'elle désirait. Si tu la tues, tu lui épargnes toute souffrance.

Nous ne sommes pas en train de discuter d'euthanasie entre médecins. Comme s'il ne savait pas que, si elle perdait un partenaire, elle pourrait en trouver un autre.

Nous nous aimions, tu m'aimais, plutôt follement, dis-tu—qu'est-ce que tu aurais fait si tu m'avais trouvée, un jour, dans la situation où il l'a trouvée ?

Claudia. Comment pourrais-je savoir. Je ne peux pas reproduire ce que j'aurais éprouvé alors. Je t'aurais quittée, nous ne serions pas là où nous sommes aujourd'hui, Duncan ne serait pas né—voilà ce que je dis maintenant. Oh, mais peut-être que je t'aurais reprise et que je t'aurais baisée moi-même, comment pourrais-je savoir ce que j'aurais fait, amoureux comme je l'étais. Enfant gâté ou non, ce n'est pas de moi que lui vient ce genre d'amour. Je n'aurais jamais attenté à la vie de quelqu'un.

Tu peux le dire maintenant, parce que nous savons qu'il te faut continuer à vivre à travers n'importe quel désastre.

Aurais-tu pu le faire ? Il y a des femmes qui disent qu'elles ont tué « par amour »—quelle question pour toi qui as passé ta vie à préserver celle des autres. Cette question est une insulte.

Mais c'était plutôt une raillerie.

Il y a des femmes qui haussent le ton, qui jettent les mots à la figure quand elles veulent dire quelque chose qui ne devrait jamais être dit, et il y en d'autres qui parlent à mi-voix, comme si elles se parlaient à elles-mêmes et qu'on surprend dans de telles circonstances. Claudia est de ces dernières.

Je réalise maintenant que je n'ai jamais aimé comme ça, follement, comme tu dis. Jamais.

Vous pouvez arrêter les pendules, fermer les portes, chaque nuit d'été continue à se répéter avec son coucher de soleil, et ils avaient l'habitude de sortir de la maison pour le plaisir de voir le ciel s'éclairer des feux du brasier de la journée. Un autre jour ; à attendre. Ils continuent à sortir. En attendant le procès. Ils se passent les journaux comme des gens qui ne s'adressent pas la parole, mais qui prennent acte de la présence de l'autre. C'est là qu'ils sont, il n'y a rien à faire. D'habitude, quand survenaient les déceptions et les échecs qui jalonnent toute existence—minimes, minimes, insignifiants—ils rentraient chez eux et se blottissaient l'un contre l'autre dans leur lit. Il prend sa dose d'alcool de la soirée tandis que les oiseaux (des tisserins noirs, fréquents dans la région) font la conversation comme des étrangers dans un bar.

Enfant gâté.

En l'entendant citer ces mots, elle leva la tête.

Oh, c'est typique de ceux qui se défilent au lieu d'assumer leurs responsabilités d'adultes. Le syndrome de l'apprentissage du pot. Je n'aurais jamais toléré qu'un de mes enfants soit gâté.

« Gâté ». Trop d'indulgence. Des chocolats et des jouets. Mais le mot a un autre sens : gâter quelque chose, c'est l'abîmer pour de bon. Comme ce trou, là où ton tapis a été brûlé.

Toi qui sais tout—qui as tout lu, est-ce qu'il y a des gens qui commettent des crimes par haine de soi-même ? Est-ce vrai ? Est-ce que ça n'est pas un autre type d'explication qu'on donne parfois ? Et pourquoi aurait-il dû se haïr ? Qu'avait-il bien pu faire qui le rende capable de faire ce qu'il a fait.

Il lui passa une autre section du journal et revint aux pages qu'il avait gardées. Penser—être en train de penser—à ce qui normalement ne retenait pratiquement pas leur attention, avant : une personne intelligente lit sélectivement, ne s'encombre pas des aventures amoureuses des vedettes de la chanson ou des crimes sordides qui ne peuvent avoir été commis que par des gens mentalement dérangés ; mais maintenant—cette femme avait attaché ses deux enfants en bas âge sur leur siège de sécurité, était sortie de sa voiture, l'avait fait rouler sur le quai pour la précipiter dans l'eau. Les enfants étaient morts noyés.

Les autres ! Les autres ! Ces choses horribles n'arrivent qu'aux autres.

Peu importe que ces pensées soient celles de Claudia ou d'Harald ; elles imprégnaient l'air du soir sur la terrasse et les chambres de la maison comme l'odeur persistante de la cigarette dans les rideaux et les tapisseries des sièges.

Il réalisait que lui et elle y pensaient par rapport à celui qui les avait perpétrées, et non par rapport à celui qui en avait été la victime ; comme si le motif, la volonté, venait de l'extérieur. Mais ils venaient de l'intérieur. « L'homme était et restait ce qu'il avait voulu être, il a accompli ce qui lui avait apporté son plus profond désir. »

Claudia alla seule à la prison. Harald participait à une conférence de banquiers et de courtiers en assurances convoquée par le ministre du Développement économique ; il ne pouvait pas continuer à subordonner tous les rendez-vous inscrits sur son agenda au murmure qui bourdonnait dans sa tête : il ne pouvait assurer son existence, ne serait-ce que matériellement, sans se plier, au moins en apparence, à ses obligations courantes. L'avocat Hamilton Motsamaï, l'étranger auquel il était lié par une procédure légale, lui coûterait six mille rands par jour d'audience, et la moitié pour le temps consacré à l'affaire dans son cabinet.

Claudia se surprit à réfléchir à ce qu'elle devait porter ; comme si, sans Harald, le regard devait se concentrer sur sa présence et que son habillement devait révéler une attitude, son attitude—envers son fils. En hiver, elle portait un pantalon, une chemise et un pull-over sous sa blouse blanche les jours de travail, en été une jupe de coton assortie à ce qui était en vogue cette année-là, elle aimait être à la mode même si elle exerçait un métier qui remontait à l'aube de l'humanité. Le guérisseur n'a pas à négliger son apparence ; ceux d'autrefois, comme les sorciers et les chamans d'aujourd'hui, arboraient des colliers de perles et des plumes. Si elle allait à la prison dans ses vêtements des jours de travail, cela passerait, en un sens, pour un déguisement ; elle ne donnerait pas de consultation à son cabinet ce matin-là. Si elle mettait le genre de vêtements qu'elle portait quand elle participait à une conférence médicale (comme Harald choisissait un costume sombre pour ses propres réunions), ou qu'elle était invitée au restaurant avec Harald par un de ses collègues, cela ressemblerait à une sorte de respect indûment rendu à l'autorité dont était investi cet endroit sinistre qui détenait son fils. Les jeans des week-ends de loisir (un euphémisme, le signal de son bip pouvait la rappeler à n'importe quel moment de la journée et de la nuit auprès de ses patients) pourraient apparaître comme une maladresse, le rappel que là, à l'extérieur des murs et des miradors où des gardiens armés faisaient le guet, des gens se promenaient dans les prés à l'ombre des arbres, des strelitzias épanouis se dressaient au-dessus de la terrasse de la maison où ses parents venaient s'asseoir en été, le jardinier Petrus Ntuli arrosait des fougères. Pour finir, elle s'habilla, sans en être consciente, de manière à lui plaire. Pour être le genre de mère qu'il aimerait ; ni conforme à l'image conventionnelle de sa génération de parents, ni à celle d'une mère qui voudrait se projeter dans sa génération à lui, tentant de se rapprocher de lui en essayant de paraître jeune—elle savait qu'elle abusait parfois du fait qu'elle paraissait moins que ses quarante-sept ans pour choisir des vêtements pour femmes plus jeunes. Ce qu'elle porterait devrait confirmer : quoiqu'il arrive, quoi que tu fasses, tu peux toujours venir vers moi.

Duncan ne fit aucune remarque sur l'absence d'Harald ; comme s'il n'attendait qu'elle. Ce fut elle qui mentionna que son père avait été obligé de répondre à une invitation d'un ministère. Il t'embrasse. C'était comme la phrase griffonnée après coup à la fin d'une lettre, même si en fait personne n'avait demandé de transmettre cet hypothétique message.

Il dit qu'il avait entendu parler de cette conférence à la radio. Ce lien ténu la bouleversa quelque peu, comme s'il évoquait une voix venue de la terre, faiblement entendue par un passager attaché à son siège dans un vaisseau spatial. Elle ne parvenait pas à imaginer comment on pouvait s'asseoir—il n'y a pas de chaise dans une cellule—s'allonger sur un matelas à même le sol et écouter la *vie* qui continuait. Au-dehors.

Elle n'avait pas remarqué, lors de ses précédentes visites, que Duncan levait et abaissait ses paupières, lentement, quand les autres—elle et Harald—lui parlaient. Ce n'était pas tout à fait un clignement d'yeux. C'était un mouvement patient, distant, un va-et-vient stoïque. Elle l'observait bien plus intensément et plus clairement cette fois qu'elle ne l'avait fait jusque-là. Quand Harald était là, une sorte de courant invisible passait entre elle et Harald, comme s'ils étaient équipés de capteurs ultra-sensibles, à la manière de certains animaux dont le poil se hérisse pour recueillir les influx de leurs congénères, et ce courant invisible perturbait leur contact avec leur fils. Chacun était sur le qui-vive, et guettait les réactions de l'autre envers Duncan ; une sorte d'interférence statique brouillait la réception des signaux envoyés par le fils.

Harald n'était pas là ; après un certain nombre de visites, cela se passait comme Motsamaï l'avait dit, la présence du gardien ne comptait pas plus que celle du bois éraflé et écorné de la table. Sur cette table, elle put soudain prendre les deux mains de Duncan dans les siennes. Elle avait toujours admiré ses mains, si différentes des siennes avec leurs articulations noueuses, comme seules peuvent l'être celles des médecins et des lavandières ; quand il était enfant, elle avait l'habitude d'étirer ses doigts et ses longs pouces et de les montrer à Harald, regarde, il a tes mains (et elle riait crânement), j'ai fait en sorte qu'il ne prenne pas les miennes, n'est-ce pas ? Aujourd'hui, elle refit ce geste et les retourna paumes en l'air, mais il les retira et ferma les poings sur la table, rejetant sa tête en arrière.

Claudia fut consternée. Qu'il ait pu penser que son geste était une manière de rappeler ce qu'il avait fait avec ces mains. Ici, face à lui, vous ne pouviez lui expliquer que c'était l'un de ces souvenirs de femme, sentimental, complaisant, que les enfants devenus adultes repoussent à juste titre comme une tutelle malvenue et ennuyeuse. Là, on a envie de se lever et de s'enfuir de la pièce. Mais on ne s'enfuyait pas de cette pièce-là. Si vous en sortiez, vous ne pouviez plus revenir jusqu'à la date de la prochaine visite. Elle n'était pas chez elle, là où on veillait toujours à dissiper les malentendus.

L'irréparable la rendit téméraire.

—Tu as dit que tu étais coupable. A l'avocat. Je ne peux pas te croire.—

—Je sais que tu ne peux pas.— Il hoche la tête de droite à gauche, de gauche à droite, il mesure l'espace entre les quatre murs, il s'enferme dans les murs du parloir des détenus. Elle n'a jamais vu la cellule où il est enfermé, mais sa contenance exprime ses dimensions.

—Tu veux que je te croie.—

—Quelquefois, oui. Mais je sais que c'est impossible. A d'autres moments, je n'y pense pas, que tu l'acceptes ou non—

Quelque chose de terrible est arrivé. Elle ne peut pas lui rappeler la lettre qu'il a écrite il y a si longtemps, et la promesse qu'elle—et son père ?—lui avaient faite.

—Ne serait-ce pas mieux si tu essayais de me dire quelque chose, maintenant, au lieu qu'Harald et moi nous les entendions—ces choses—quand tu auras à répondre au tribunal—

Il continue à hocher la tête de la même manière, c'est insupportable pour elle.

—bon, je pourrais te dire maintenant, je te dis maintenant que ce qui est arrivé est sans importance, quoi que tu aies fait, tu peux venir à nous.—

Il la regarda avec une expression de profonde détresse qui altéra ses traits devant elle, le nez pincé par les sillons qui creusaient ses joues de chaque côté du visage, jusqu'à la bouche. Il vaut mieux, ma mère, que tu ne me revendiques pas.

Il n'avait pas besoin de le dire.

Lentement, avec précaution, elle reprit une de ses mains. —Souviens-t'en, tant que tu es enfermé ici. Tout le temps.—

Il ne retira pas sa main.

—Tu dois bien t'imaginer que nous avons tant de questions à te poser, Harald et moi. —Elle évita de dire « ton père » ; tout rappel de cette identité avec ses connotations autoritaires, péremptoires—Harald avec son Notre Père qui êtes aux cieux—pourrait détruire ce fragile contact. —Est-ce que je peux dire quelque chose à propos de la jeune femme ?—

—Natalie.— Il prononça son nom comme s'il ne lui avait pas été suggéré. Comme pour dire, c'est ainsi qu'on la nomme ; qu'est-ce que cela peut avoir à faire avec ce qu'elle est.

—Je n'ai pas eu l'impression que ta liaison avec elle était particulièrement sérieuse, je veux dire, les rares fois où je l'ai vue avec toi. Et je peux te dire que je ne l'appréciais pas outre mesure. Mais tu l'as probablement senti. Maman faisant l'effort de paraître très aimable alors qu'en réalité elle désapprouvait. Bien sûr.— Le mince sourire qu'ils échangèrent leur permit de se détendre. —Je pensais que l'autre, celle d'avant, était un choix plus vraisemblable pour une vie en commun. Celle-là. Je l'observais à son insu et je voyais bien qu'elle avait les manières enfantines qu'ont beaucoup de femmes faciles. Ce sont des chasseresses—comment pourrait-on dire, des prédatrices qui ont l'air d'être des proies. J'en vois des tas dans ma profession, noires et blanches, elles ont les mêmes manières. Je ne la désapprouve pas à cause de ses coucheries, tu le sais. Ma seule objection provient de ce que ce genre de conduite peut provoquer dans les corps dont j'ai à m'occuper. J'ai toujours supposé que tu avais eu des tas d'expériences. Quand Harald et moi étions jeunes, il n'existait que des maladies qu'on pouvait guérir avec quelques piqûres. Maintenant, il en est une que je ne peux guérir avec quoi que ce soit. Au dispensaire, on m'amène des bébés qui ont commencé à en mourir dès qu'ils sont nés. Mais je pensais—oh, je suppose que tous les bourgeois comme Harald et moi ont la même attitude prétentieuse—que tu fréquenterais le genre de femmes qui seraient, disons, aussi difficiles que toi. Difficiles quant au choix de leurs partenaires. Ce n'était pas le fait d'avoir des mœurs faciles qui me gênait, c'était la manière, cette façon de faire semblant, la pose enfantine. Mon expérience m'a appris qu'il y a toujours quelque chose de très différent sous la surface. Et je dois te dire autre chose. Harald l'a rencontrée au cabinet de Motsamaï, et cela sautait aux yeux. Elle n'avait vraiment rien d'enfantin.—

—Qu'est-ce que tu veux savoir à son sujet.—

—Tout ce que tu peux m'en dire.—

—Natalie a eu un enfant—pas de moi—qu'elle a fait adopter immédiatement, et puis elle a essayé en vain de le reprendre et elle a fait une dépression nerveuse. C'est à ce moment que je l'ai rencontrée. Elle s'est remise, elle était tout entière à la joie de vivre, à son retour à la vie. Elle est venue habiter le bungalow avec moi. Elle a une énergie qu'elle ne peut contenir, elle n'essaie même pas.—

—Tu le savais ?

—Je suppose. Je le savais sans le savoir. Mais si tu poses des questions sur elle, tu dois en poser sur moi aussi.—

Le gardien remua comme un chien de garde endormi. Agitée, elle leva sa main pour regarder sa montre. Avait-on le temps, avait-on jamais le temps, pour ça ; des années avaient passé qui avaient séparé les deux êtres qu'ils étaient, le sang ne compte pour rien.

—Tu as dit à l'avocat que tu étais coupable.—

—Peux-tu m'apporter d'autres livres. Demande à Harald. Inutile d'attendre la semaine prochaine, tu peux les remettre au bureau du surveillant.—

Mais il l'embrassa, par-dessus la table, elle garda sur la joue l'éraflure de ce qui devait être une barbe de plusieurs jours ; enfermé comme il l'était, il faisait ce qu'elle savait que faisaient les hommes pour changer leur apparence, il laissait pousser les poils sur son visage. Il n'y a pas de miroir en prison, les éclats de verre sont une arme, mais il pouvait passer la main sur son visage et sentir sous ses doigts l'image qu'il se donnait.

Au volant, sur le chemin du retour, elle était tourmentée par ce qu'elle avait omis de lui dire. Par cette impression d'avoir perdu une occasion qui ne se représenterait peut-être pas d'être seule avec lui ; d'avoir laisser s'interrompre un contact qui avait été bref, certes, mais qui avait été noué, irrésistiblement, sans aucun doute. Avait-il songé—n'avait-il *pas* songé—aux conséquences ? Comment avait-il pu ignorer qu'il échouerait là où il était ?

Peut-être avait-il voulu se tuer, après ce qu'il avait fait. Personne n'y avait songé. Il était allongé sur son lit dans le bungalow et attendait qu'ils viennent le chercher. Sa seule résistance avait été de dormir, ou de feindre de dormir et de ne pas les avoir entendus quand ils martelaient sa porte. N'avait-il pas songé à ce qui *lui* arriverait ? A ce qui lui arriverait à elle. A Harald.

En attendant le procès. Maintenant qu'il a été reporté.

Quand Harald dit à sa secrétaire qu'il ne sera pas là cet après-midi, tout le monde dans la société sait que ce doit être le jour des visites à la prison. Si son absence doit être remarquée par ses collègues—les excuses des absents sont lues lors des formalités d'usage aux réunions du conseil d'administration—les visages prennent un air solennel comme lorsqu'on observe respectueusement une minute de silence ; les secrétaires devant leur ordinateur et les employés devant leurs dossiers échangent le mot dans le sens compris par tous dans le pays, qui exprime la sympathie en cas de malheur : *shame.* Il a pris la signification exactement opposée à celle du dictionnaire, personne ne sait comment cela s'est produit[1]. Et en l'occurrence, le renversement du sens du mot est singulièrement fort : personne ne montre M. Lindgard du doigt pour l'acte criminel de son fils ; ce qu'ils expriment mêle la commisération et une grogne contre un sort injuste qui a fait que pareilles choses puissent arriver à un monsieur si bien et si haut placé comme lui.

Avant, Harald et Claudia avait des amis très proches. Bien que ceux-ci soient désireux d'aider, de réconforter, ils ne le peuvent pas. Harald et Claudia savent qu'ils ont désormais peu de choses en commun avec eux. Elle supporte avec patience les appels téléphoniques ; sans en avoir discuté, tous deux déclinent les invitations, qui sont animées des meilleures intentions : ces quelques amis vraiment proches, bouleversés et sincèrement concernés par

1. En anglais, *shame* veut dire « honte ».

ce qui est arrivé, se sentent privés de leurs responsabilités envers l'humanité vulnérable. Ils ne peuvent exercer cet instinct qui pousse les hommes à se protéger en se blottissant les uns contre les autres dans des sortes d'abris construits en commun, des abris où l'on se réfugie quand vous frappent ces obus de la vie, au cours de ces guerres d'un autre type.

La seule personne avec laquelle ils aient quelque chose en commun est maître Motsamaï ; Hamilton. Sans prendre la peine de les consulter sur ce point, il a instauré entre eux la règle de s'appeler par les prénoms. Le fait que lui-même était disposé à le faire avec Harald valait autorisation. Il détient l'autorité. Installé dans l'espace défini par leur situation, il y exerce une autorité absolue. Motsamaï, l'étranger venu de l'Autre Côté du passé déchiré. Ils sont entre les paumes roses de ses mains noires.

Les Lindgard n'étaient pas racistes, si racisme signifie avoir de la répugnance pour les peaux d'une autre couleur, croire ou vouloir croire que tous ceux qui n'ont pas la même couleur, la même religion ou la même nationalité, sont intellectuellement ou moralement inférieurs. Pour sûr, son métier avait apporté à Claudia la preuve que la chair, le sang et la souffrance sont les mêmes sous toutes les peaux. Harald aussi sûrement avait trouvé la même preuve dans sa religion qui affirmait que tous les hommes sont des créatures de Dieu, à l'image du Christ, tous égaux. Pour autant, ni l'un ni l'autre n'avaient participé aux mouvements, n'avaient protesté, n'avaient pris part aux manifestations de rue, n'avaient pris la parole pour défendre leur opinion. Ils estimaient simplement que ce n'était pas leur genre ; comme s'il s'agissait d'un facteur irréversiblement prédéterminé, comme le groupe sanguin, et non pas d'un manque de courage. Il n'avait pas pris de risques vis-à-vis des membres influents de sa corporation.

Claudia travaillait dans des centres de soins à panser les plaies ouvertes par le racisme ; elle ne risquait pas sa propre peau par des contacts, en dehors des contacts professionnels, avec les hommes et les femmes noirs qu'elle soignait, ni en leur offrant une cachette quand elle avait deviné qu'ils étaient des militants fuyant la police, ni en servant d'intermédiaire entre eux comme ses allées et venues dans les différentes communautés raciales le lui auraient permis. Ce que ces gens appelaient la lutte—elle en reconnaissait la nécessité, appréciait leur courage, à la lecture de leurs activités dans les journaux ; elle les évitait en dehors des heures d'ouverture de son cabinet ou du dispensaire. Rivée à sa propre lutte, contre la maladie et contre les blessures causées par d'autres gens : *ces autres gens-là,* ceux qui jetaient des grenades lacrymogènes, qui lâchaient des chiens sur les noirs, les expulsaient de leurs maisons pour les parquer dans des bidonvilles d'où on lui amenait des vieillards mourant de pneumonie, et des enfants nanifiés par la malnutrition. Elle avait veillé à se tenir à l'écart de ces gens-là aussi.

Harald la laissait dormir le dimanche matin et allait à la cathédrale pour communier. C'était à l'extrémité est de la ville où le quartier des affaires se délitait au profit des clubs aux devantures aveugles où prospérait le trafic de drogue, et des hôtels nauséabonds qui louaient les chambres à l'heure. Personne dans cette congrégation n'était susceptible de le reconnaître, comme ce serait le cas dans l'église de la paroisse dont sa résidence dépendait, en banlieue ; aucun sourire de sympathie ne l'accueillait. Il était seul avec son Dieu. Rien de tout cela ne regardait Claudia. Il ne pouvait blâmer personne, sinon lui-même, de n'avoir pas su voir, quand ils s'étaient mariés, qu'elle ne changerait jamais, qu'elle ignorait par inculture congénitale cette dimension de la vie qui leur aurait permis de rester unis maintenant devant cette catastrophe imprévisible. Les membres de cette congrégation anonyme rassemblaient toutes les nuances de peau et de traits. Les vieilles dames au teint de papier mâché des maisons de retraite et les jeunes filles aux yeux sombres comme la coquille des moules, aux joues brunes, lisses comme des glands de chêne, les hommes noirs si maigres qu'ils semblaient perdus dans des fripes données par les œuvres de charité, les femmes mamelues, engoncées dans les armatures de leurs robes noires qu'elles ne portaient qu'à l'église, les jeunes de la rue que leur coiffure rasta faisait ressembler à des représentations médiévales du soleil. Phœbus auréolé de cheveux et de barbe emmêlés. Il prit son tour dans la queue derrière un homme de l'âge de son fils, qui sentait encore l'alcool après une nuit de beuverie et qui grattait son crâne à la peau feutrée. Il prit l'hostie humide de vin comme venait de le faire cet homme, qui avait été élu parmi les créatures de Dieu pour porter ce qui, naguère, avait été une affliction, selon cette loi des hommes qui maudissait le mélange des deux races, la souffrance des noirs et l'apostasie des blancs.

La religion d'Harald lui avait certainement permis de se garder du péché de discrimination raciale. C'est vrai, il n'avait jamais rien fait pour contredire ceux qui s'y livraient ; jusqu'au moment où la loi avait changé la société et lui avait permis de le faire légalement et sans courir de risque. Durant toutes ces années, il avait « grimpé les échelons », selon l'expression à la gloire de l'entreprise privée, il avait accepté sans s'interroger le fait que les noirs ne pouvaient obtenir des prêts au logement ; ils n'étaient pas en mesure de régler les mensualités. Le risque était mauvais. C'était un fait. Le gouvernement de l'époque aurait dû pourvoir à leur logement : il vota donc contre ce gouvernement, qui ne faisait pas son devoir. Sa responsabilité se limita à ce vote. Aujourd'hui, une nouvelle législation s'attaquait à bon nombre des facteurs qui avaient fait de la pauvreté la condition habituelle des noirs, comme la couleur de leur peau. Il n'était pas de ceux qui avaient enclenché le processus, mais il l'accompagnait ; il était au premier rang des professionnels de l'assurance et des organismes de crédit immobilier chargés de travailler avec les banques qui étaient elles aussi soumises à l'obligation de prendre le risque de mettre sous un toit des gens dont le besoin était la seule caution. C'était une satisfaction pour lui de penser qu'il pouvait contribuer à améliorer la vie de son prochain, même s'il n'avait pas observé l'enseignement du Christ qui prescrivait la destruction des temples de leur souffrance. Il siégeait dans une commission composée de représentants du nouveau gouvernement et de la finance. Les membres en étaient noirs et blancs, bien entendu ; les mauvais risques étaient maintenant répartis. Au moins, si rien d'autre ne parvenait à les rapprocher, étaient-ils en bons termes quant à leur philosophie en affaires.

C'est très différent avec Motsamaï. Hamilton. Les patrons ne connaissaient d'habitude que le prénom de leurs domestiques, et chacun a conscience désormais qu'il s'agissait d'une attitude intrinsèquement méprisante. *Cet* usage-là du prénom d'un noir est un signe, non pas d'égalité, cette notion n'est pas assez forte—c'est le signe qu'il vous accepte, vous le blanc, qu'il vous permet d'appréhender son pouvoir sans en être intimidé. Dans ces rapports-là, le fait d'être en bons termes, ce qui est normal aujourd'hui, ce qui implique désormais une égalité qui va de soi, une fois que le vocabulaire et les références appropriées sont réciproquement compris, fait renaître une attente longtemps refoulée. Entre ces mains, maintenant. Hamilton. Tout ce qui existe, dans les silences entre Harald et Claudia, c'est la vie de leur fils. Tous les autres aspects de leur vie sont gérés de façon mécanique (sauf pour les prières d'Harald ; un ressentiment d'agnostique envahit Claudia, quand elle sent qu'il est en train de prier).

A cause du conditionnement mental qu'inculquaient les règles anciennes, qui resurgit comme un fantôme venu d'ailleurs, ils réalisent que la situation qui prévalait depuis les premiers jours de leur existence a été renversée : un des ces étrangers tenus à l'écart et maintenus de l'Autre Côté s'est interposé et ils dépendent de lui. *Ils* sont à leur tour devenus ceux qui ne peuvent ni parler ni agir pour eux-mêmes.

La relation entre l'avocat et ses clients ne ressemble à aucune des relations d'affaires qu'Harald ait connues jusqu'ici, bien que ce ténor du barreau soit grassement payé pour ses services. Claudia devrait être mieux à même de le comprendre ; cette relation est plus proche de celle du patient et du médecin quand le premier est menacé d'invalidité. Mais quand Harald lui dit que l'avocat avait suggéré qu'elle et lui viennent à son domicile—pour une simple visite en toute tranquillité, cette invitation la mit mal à l'aise.

Ce qu'Hamilton avait confié à Harald était confidentiel.

—Je ne pense pas que le docteur Lindgard—Claudia—et moi-même nous nous comprenions bien, du moins jusqu'ici. J'ai l'impression qu'elle n'a pas confiance—vous voyez—dans ce que font les avocats. Ah-hêh. Oui. Je voudrais qu'elle me connaisse ailleurs qu'ici, cette pièce lui rappelle ce qui est arrivé à Duncan, cet endroit avec ses relents de tribunal—n'est-ce pas ? Nê ? Je veux lui parler dans une atmosphère détendue, l'amener à me raconter le genre de choses que les femmes savent au sujet de leurs enfants et que nous ne savons pas, mon ami... Je le vois avec mes propres enfants. Ils courent vers leur mère. Nous autres hommes, nous amenons notre travail dans notre tête à la maison, même si nous ne l'amenons pas dans notre serviette, nous n'avons pas l'air de compatir vraiment, vous me suivez. Tout traumatisme d'enfance peut m'être utile dans ce genre de défense où il ne s'agit pas de prouver l'innocence—c'est hors de question—mais de montrer pourquoi l'accusé a été poussé à bout. Oui. Poussé à un acte contraire à sa nature. Ah-hêh... Oui. Tout indice. Tout ce dont sa mère se souvient qui pourrait suggérer, disons, que l'accusé était quelqu'un de très affectueux, de très loyal. Tout ce qui fera ressortir *l'étendue du dommage* que cette Natalie lui a causé. Comment elle a abusé de ses qualités et volontairement détruit ce qui lui permettait de maîtriser naturellement son comportement —pensez à cette scène sur le divan ! Pas même pris la peine d'aller dans une chambre, dites ! Elle savait que n'importe qui pouvait entrer et voir ce qui se passait, elle savait—je le crois—qu'il pouvait revenir la chercher, et qu'il se trouverait nez à nez avec ce tableau !—

Une brève avant-première de la sorte d'éloquence que Motsamaï allait déployer pour ses clients, au tribunal.

Harald ne pouvait qu'acquiescer du geste.

—Claudia a passé ni plus ni moins de temps avec lui que moi-même. En tant que médecin, une femme retrouve aussi ses préoccupations à la maison et n'a même pas d'horaire régulier. Et il était pensionnaire... si on y pense, combien de temps avions-nous pour lui. Je ne crois pas qu'elle en sache plus que moi sur Duncan.—

—Je pense que j'ai raison. Désolé ! Je travaille sur Natalie, je suis satisfait de ce point de vue, et ce que je recherche chez la mère de Duncan, c'est l'autre côté de l'histoire, ce qu'était ce jeune homme avant que cette jeune femme ait exercé son emprise sur lui.—

Harald a appris que, lorsque Motsamaï livre une information de nature à susciter l'émotion et le malaise, il utilise une tactique qui consiste à développer rapidement et soudainement son argumentation, sans prévenir, de façon à ne pas laisser à son interlocuteur le temps de spéculer et d'appréhender ce qui va suivre. C'est ce qu'il fait maintenant sans changer de ton ni le niveau de sa voix. —J'ai fait une demande pour que Duncan soit soumis à un examen psychiatrique. Pour vous dire la vérité, c'est pourquoi je n'ai pas chicané sur le report de la date du procès. Entre autres raisons... j'ai besoin de temps, j'ai besoin d'un rapport psychiatrique complet pour ma plaidoirie. Absolument essentiel. J'ai besoin de savoir tout ce qu'on peut savoir sur Duncan. Comme je vous l'ai dit—de vous, de Claudia. Et j'ai besoin de savoir ce que ni l'un ni l'autre ne savez et que moi-même je n'apprendrai jamais de lui. Il y aura un psychiatre de la fonction publique et un psychiatre privé que nous appointerons. J'ai engagé un type de première classe, votre femme en a sûrement entendu parler. Duncan ira à Sterkfontein—c'est un asile psychiatrique gouvernemental, oui. Ah-hêh. Ne vous alarmez pas. Je sais que vous n'aimez pas l'idée. Il n'y restera que quelques semaines—bon, quatre semaines. Et ce serait mieux si vous ne lui rendiez pas visite. Ne vous laissez pas perturber. C'est une procédure de routine dans un cas comme celui-là. Votre fils n'est pas fou, mon vieux ! Ce n'est certainement pas ma défense, non ! Quelque chose de différent—ce qui a poussé l'accusé à agir comme il l'a fait.—

Duncan, Duncan. De nouveau, le fer rouge qui marque les criminels s'approche. —Il est coupable. En pleine possession de toutes ses facultés.—

—Non, non, Harald, nous plaidons « non coupable ». C'est une question de forme. Tout en admettant les *faits matériels* qui prouvent la culpabilité, nous faisons valoir qu'il a été victime d'une perte momentanée de la capacité de distinguer le bien du mal.—

Votre fils n'est pas fou.

—Il ne restera là que quelques semaines. Et il se trouve que—c'est avantageux du point de vue des délais. Le procès. Oui... Ah-hêh. J'ai mes sources.—

Le blanc étincelant de ses yeux indique qu'il s'agit d'un bref avertissement—un sourire, pour lui-même et non pas pour l'homme en difficulté. —Il est bon de savoir quels juges siègent et à quel moment. C'est un vieux précepte chez nous autres avocats —bon, disons un dicton—on doit s'efforcer d'aller au-devant du juge, sur le terrain de ses conceptions morales. Je veux un juge qui ait des conceptions auxquelles je puisse me fier pour ce cas exceptionnel.—

Votre fils n'est pas fou, a-t-il dit. Elle, Claudia, comprend mieux. Je m'y attendais, dit-elle.

Quelle sorte d'endroit est-ce.

Carrément désagréable, dit-elle.

C'est tout ce qu'elle dira.

En prenant le téléphone, Harald dit à l'avocat que Claudia était surmenée et qu'elle voulait se reposer durant le week-end. Motsamaï répondit comme s'il n'en prenait pas ombrage, mais il demanda à Harald de venir à son cabinet dans l'après-midi à l'heure qui lui conviendrait.

Pour Harald, il restait à montrer qu'il n'avait aucune intention de l'offenser—après tout, l'homme leur avait offert son hospitalité, même si c'était pour raison professionnelle.

—Claudia est devenue inapprochable.—

Mais Motsamaï comprit qu'Harald ne savait pas ce qu'il disait, ne savait pas qu'il lançait un appel à l'aide plein de colère, plutôt qu'un avertissement à l'avocat, pour le prévenir qu'il n'aurait aucun succès avec sa femme. Motsamaï est habitué aux attitudes irrationnelles de ses clients—des gens en difficulté—variant de la confiance à la méfiance, de la dépendance au ressentiment.

—Celui qui est embarqué dans le même bateau que vous n'est pas toujours celui auquel vous pouvez parler. Je ne sais pas pourquoi. Mais c'est ainsi, je le vois souvent. Ne vous inquiétez pas de sa réticence à communiquer avec vous. Ne vous en faites pas, Harald.—

*Ah-hêh*. Dans le silence, on entend résonner son demi-soupir d'apaisement ; parfois, c'est comme un ronronnement humain, parfois comme un gémissement qu'on ne peut pas exprimer soi-même.

Et cela provoqua immédiatement chez Harald un autre sentiment, de colère ; envers lui-même, pour s'être trahi. Trop tard pour rattraper l'image qui aurait dû rester une affaire privée entre lui et sa femme, pour repousser cet intrus auquel on ne doit rien laisser partager du domaine privé parce que cela pourrait être utilisé, mais qui vient de laisser entendre qu'il avait bien compris la situation (l'urbanité prise en défaut, pour une fois). Il n'y a plus de domaine privé pour personne, dans ce qui est arrivé, dans ce qui arrive. Bientôt, les médecins violeront l'intimité absolue du prisonnier, dans ce sanctuaire que lui offrait son isolement. Les notes griffonnées durant la nuit sur la table de chevet sont livrées à des yeux fureteurs qui les déchiffrent.

—De toute manière, j'aurai un bon entretien avec elle. Je vais prévoir un rendez-vous à un moment où vous et moi serons sûrs que vous êtes occupé quelque part. Peut-être je passerai à son cabinet, à la fin de sa journée.—

—Je vous souhaite bonne chance.—

Il ne savait pas que c'était le jour où l'avocat s'était arrangé pour passer la voir. Elle n'avait pas d'heure régulière pour rentrer le soir, les appels d'urgence sur son bip pouvaient la retenir à tout moment ; elle rentra en traînant un sac du supermarché duquel émergeait la tête ébouriffée de piquants d'un ananas. Il se leva à demi pour la décharger de son fardeau, mais elle était déjà arrivée dans la cuisine.

Il lui versa un verre de gin-tonic, en souvenir de leurs soirées où ils aimaient s'asseoir sur leur terrasse, observant les couleurs des vapeurs et de la pollution se dissoudre dans le ciel, et écoutant la plainte rauque des ibis aux plumes de soie chamarrée précairement perchés au sommet des arbres du paysage enclavé.

Tu veux prendre ton verre à l'intérieur ?

Elle revint dans la pièce avec l'ananas à la main et fit un signe de tête pour qu'il pose le verre sur la table. Elle paraissait moins vouloir l'ignorer que suivre le fil de ses pensées ; elle hésita, tenta de repousser les pommes qui étaient dans une coupe pour faire de la place à l'ananas, le reprit et retourna lentement dans la cuisine.

L'une des pommes qu'elle avait déplacées tomba et roula sur le sol ; elle s'arrêta à ses pieds, là où de nouveau il s'était assis.

Qu'est-ce que Claudia allait faire avec ce foutu ananas ? Décider de ne pas le manger ? Tout ce qu'ils mangeaient, buvaient, tout ce qu'ils faisaient, l'air qu'ils respiraient, *il* en était privé, ils en profitaient alors qu'il vivait dans la privation, ils le dépouillaient parce qu'ils en jouissaient, alors que lui, leur fils, Duncan, était sur le point d'être enfermé avec des schizophrènes et des paranoïaques. Elle s'arrangera pour que Motsamaï fasse livrer ce fruit dans cette autre sorte de prison, peut-être autoriseront-ils qu'on lui fasse parvenir. Peut-être l'examineront-ils pour voir si un couteau qui pourrait servir à un suicide ou une lime pour une évasion n'y sont pas dissimulés ; ces trucs minables que les romans policiers utilisent pour entretenir le suspens sont devenus, pour nous, une réalité. Si ce n'est pas un ananas, ce sera une salade enveloppée dans une feuille de plastique, une grappe de raisin, un fromage de chèvre —comprend-elle combien sont irritantes ces tentatives futiles d'introduire notre mode de vie dans le sien ?

Puisse Dieu accorder la patience nécessaire à son égard. Cette nuit pendant qu'elle sera allongée à côté de lui, plongée dans son ignorance.

As-tu demandé à Motsamaï de venir me voir ?

Claudia est revenue et a pris son verre. Elle remue la glace et son regard parcourt la pièce.

Pourquoi l'aurais-je fait ? Non.

A propos de Duncan.

C'était son idée, il jugeait cela indispensable. Je ne pouvais pas dire non à ta place, n'est-ce pas. C'était à toi de dire si tu désirais le voir ou non. Je lui ai simplement dit que tu n'avais pas envie d'aller chez lui ce week-end. J'ai ajouté quelque chose de poli et de plausible.

Pourquoi moi ? Quelle est la différence entre ça et le fait de nous parler à tous les deux ensemble ?

Mais il a parlé aussi avec moi seul, n'est-ce pas ? Les fois où tu n'es pas venue. Et tu n'as jamais dit que tu avais donné ton accord pour qu'il vienne à ton cabinet aujourd'hui—je ne sais pourquoi tu n'en as rien dit, tu dois avoir tes raisons.

Son regard se concentra sur Harald, comme si elle espérait pouvoir détecter un mouvement de sa part.

Claudia, je ne te comprends pas.

Il veut savoir tout, l'enfance de Duncan, son adolescence, tout—par moi. Comme si je l'avais produit par parthénogenèse. Moi seule.

C'est idiot. Ce n'est pas ça du tout. Tu sais pourquoi il veut nous interroger tous les deux, sur tout ce dont nous nous souvenons—notre propre fils, qui d'autre pourrait savoir ! De manière à pouvoir montrer quelles pressions abominables l'ont poussé à faire ce qu'il a fait. A l'encontre de sa nature, de son passé : ce que notre fils dit qu'il a fait. Mais Motsamaï a cette sorte d'attitude un peu condescendante envers les femmes, et toi...

Je ne l'ai pas trouvé condescendant.

Alors qu'est-ce que c'est ?

Enfant, était-il heureux à l'école, à la maison, a-t-il jamais été agressif, se confiait-il à moi. Bien sûr qu'il était heureux ! Pouvait-il en être autrement, aimé comme il l'était. La question ne se pose qu'à quelqu'un dont les enfants sont battus.

Elle fouille dans son vocabulaire. Il essaie de trouver les mots justes pour elle.

Il a l'idée que les femmes, quelque part, en elles-mêmes, sont plus accessibles que les hommes, que les enfants se tournent vers leur mère—cela vient sans aucun doute de la façon dont les choses se passent chez lui. Je parie qu'il veille à faire respecter son autorité en famille. C'est leur genre.

Elle a trouvé quelque chose à dire.

L'enfant a-t-il eu une éducation religieuse. Allait-il à l'église.

Harald sourit. Alors, qu'as-tu dit.

Que tu étais catholique et que tu l'emmenais avec toi, mais autant que je sache, qu'il a cessé de pratiquer quand il a été assez âgé pour décider lui-même. Je n'ai pas essayé de l'influencer dans un sens ou dans l'autre.

Bon, c'est quelque chose dont nous n'allons pas discuter maintenant.

Et croit-il au bien et au mal. Croit-il en Dieu.

Y croit-il ?

Tu sais qu'on n'abordait pas ce genre de questions entre Duncan et moi.

Harald lève ses mains d'un geste raide, et barre de ses mains jointes le bas de son visage, depuis les narines jusqu'au menton. Son souffle régulier chauffe le bout de ses doigts.

Aucun d'eux ne sait si cet homme, Duncan, croit en un

être suprême par lequel il sera jugé, pour finir, au-delà du jugement prononcé par le tribunal.

Il enlève la barrière que faisaient ses mains.

Peut-être Motsamaï nous joue-t-il l'un contre l'autre. Qu'il n'a pas le choix. De manière à obtenir de l'un ce dont l'autre (Harald se censure rapidement lui-même pour ne pas dire « ne veut pas se souvenir ») ne se souvient pas. C'est tout.

La maison est un tribunal, un endroit où il n'y a que des procureurs et des accusés. Elle appuie son dos contre le dossier de sa chaise, les bras écartés sur les accoudoirs, se préparant à se dévoiler.

Qu'est-ce que j'ai fait à Duncan que tu ne lui as pas fait ?

Bien entendu ce que l'avocat essaie de faire—ce qu'il veut—c'est être en mesure de convaincre le juge que le meurtrier qui a avoué le meurtre tient son propre crime en horreur, en raison de la profonde empreinte de son éducation catholique. La confession elle-même est sans nul doute un point fort ; il confesse son péché, au regard de la plus haute loi séculière du pays, au regard de la loi de Dieu. Il s'en remet à la compassion du Seigneur. Jésus-Christ est mort pour tous les autres, tuer son prochain est un acte d'aberration contre la morale chrétienne qui a inspiré l'éducation de cet enfant, et qui subsiste en lui.

Et peut-être que si elle—assise là dans la pièce, dehors à promener le chien, suspendant ses vêtements avant d'aller au lit, couchée à côté de lui avec son bip à portée de main (qu'ils aillent se faire foutre)—si elle avait réussi à dépasser l'intelligence du microscope, à aller au-delà des raisonnements du médecin pour parvenir jusqu'à l'intelligence (dans son sens plein, de connaissance authentique) du fait que tant de choses existent qui ne peuvent être identifiées, ni dans une éprouvette ni par l'analyse comparative avec les résultats d'un placebo—si elle n'avait pas été handicapée dans cette dimension de l'existence, peut-être l'enfant serait-il devenu un homme qui à vingt-sept ans n'aurait pas pu se résoudre à tuer, n'aurait pas cherché à devenir quelqu'un de plus terrifiant que l'eau. « Pas essayé de l'influencer dans un sens ou dans l'autre. » Mais n'affirmait-elle pas par là sa véritable position ? Son pouvoir. Maman savait si bien être une mère affectueuse, tout en faisant le bien et en se préoccupant des autres puisqu'elle guérissait les malades. Elle savait prendre ses responsabilités. Il était clair qu'elle n'avait besoin de rendre compte à personne pour réussir à contrôler toutes les tentations que les enfants, les adolescents connaissent bien : mentir, tricher, agresser pour obtenir ce que l'on désire. « Ils se tournent vers la mère. » Alors, ce qu'il y avait trouvé, c'était que la sphère matérielle pouvait être autosuffisante—avec ce qu'elle implique de soins médicaux, d'attention professionnelle accordée à la chair—mais si ça lui suffisait à elle, ça ne lui avait pas suffi, à lui. Si c'était bien cela qui l'avait décidé d'arrêter d'aller à l'église.

Arrêter ; oh, mais cela ne signifie pas nécessairement qu'il avait cessé de croire en Dieu, qu'il L'avait perdu. C'est quelque chose que son père ne sait pas plus que sa mère. Même s'il se sent lui en communion non seulement avec Dieu, mais aussi avec les inconnus autour de lui dans la cathédrale des mauvais quartiers, et que c'est cette communion avec la vie qui le préserve de la possibilité de nuire à qui que ce soit, quel qu'il puisse être, il sait qu'il y a des hommes et des femmes qui restent proches de Dieu sans partager le rituel devant le prêtre. Son fils croit peut-être encore, malgré elle ; mon fils.

Et puis il y a cette autre sorte d'intelligence, si particulière : celle de l'avocat, le meilleur que l'on puisse trouver. *Il* sait ce qu'il veut, lui, il sait ce qui sera utile. Il se pourrait qu'il veuille évoquer l'existence, sur le plan moral, de *deux* influences : la foi religieuse du père, l'humanisme séculier de la mère. Les deux systèmes de préceptes moraux sur lesquels s'appuie le monde entier—qu'y a-t-il d'autre—pour contenir notre instinct de violence, pour nous empêcher de poser des bombes, de mettre le feu, d'imposer de force notre volonté aux autres, par le viol sous toutes ses formes, non seulement du vagin et de l'anus, mais aussi de l'esprit et des émotions, de prendre un pistolet et de tirer sur un ami, un compagnon, de le viser à la tête. Quel formidable argument pour la défense un dramaturge tel que Motsamaï pourrait en tirer : la puissance de la perversité et de la malignité que devait avoir la femme Natalie pour amener cet accusé à jeter dans un massif de fougères les sains principes dont il était imprégné : un, l'injonction sacrée, Tu Ne Tueras Pas, deux, la loi séculière, la vie humaine est la valeur la plus élevée que l'on doive respecter.

Une visite avant qu'il ne quitte une destination qu'il s'était imposée pour une autre ; de la prison à l'asile d'aliénés.

L'humble piétinement dans les corridors où l'on trouve toujours un prisonnier noir agenouillé en train de frotter, frotter encore, l'endroit, où toute la crasse et la corruption de la vie sont mises en quarantaine, doit être d'une propreté qui confine à l'obsession. Si seulement il y avait des désinfectants pour laver la souffrance des victimes et des criminels détenus ici. Que pense Claudia : qu'il n'aurait pas pu le faire ? En est-elle encore à se raccrocher à cette idée. Vraiment utile ! Vraiment de quoi nous faire du bien à tous !

Dans une maison, dans le bureau du directeur exécutif d'une société, dans le cabinet d'un médecin, rien n'est jamais pareil que la veille. Une fleur dans un vase a perdu ses pétales. Les corbeilles à papier ont été vidées hier, un cendrier a été déplacé. Des spécialistes ont fait parvenir leurs rapports médicaux.

Le parloir, la table et les deux chaises, et les murs qui montent la garde sont toujours exactement les mêmes. Les deux surveillants, un de chaque côté de l'accusé sont toujours aussi inconsistants ; Duncan est le seul élément qui ne soit pas à sa place, qui n'appartienne pas à ce lieu. Duncan est Duncan, son visage, le timbre de sa voix, l'angle même de ses oreilles—l'attention des visiteurs l'entoure d'un nimbe, celui de sa présence ailleurs qu'ici, comme cela doit être s'il y a la moindre continuité dans le fait d'être vivant, dans ces endroits de la ville qui le connaissent, à la maison, viens déjeuner dimanche ; dans ce bungalow. C'est *sa véritable personnalité* que les visiteurs amènent avec eux ; comme ils n'ont jamais fait l'expérience de la prison, ils ne savent pas que c'est ce que le détenu reçoit de ceux qui viennent le voir.

Il va bien, oui ; ils vont bien, oui. Sa mère se passe la main sur la joue pour montrer qu'elle a remarqué sa barbe, qui a poussé rousse et raide comme les filaments d'une ampoule électrique. Le préambule est terminé.

On ne mentionne pas l'endroit où il a été envoyé par Motsamaï pour être observé et pour évaluer sa capacité à comprendre ce qu'il a appris d'eux, distinguer le bien du mal. On tourne autour du sujet.

—L'avocat est venu me voir au cabinet. Un véritable

interrogatoire. Me demandant comment tu étais, dans ton enfance et par la suite.—

—Oui.—

Harald fit mine de vouloir parler. La mère et le fils ignorèrent cette ingérence.

—Duncan, crois-tu que j'ai eu une influence particulière sur toi ? Que j'ai fait quelque chose ?—

—Ma mère ; bien sûr. Mais tous les deux vous avez exercé une influence sur ma vie, comment pourrait-il en être autrement. Ça ne fait aucun doute. Tout ce que vous avez fait pour moi. Et pourquoi vous l'avez fait. Qu'est-ce que vous voulez que je vous dise ? Vous m'avez entouré de votre affection. Vous savez tout ça. Je sais tout ça.—

Ce genre de déclaration ne pouvait être fait nulle part ailleurs que dans cette antichambre disloquée de leurs vies.

Il les regarde tous les deux, chacun attendant une accusation ou un jugement de sa part.

—La lettre.—

C'est tout ce qu'il a dit. Mais comme s'il avait tracé, de son trait sûr d'architecte, maîtrisant le dessin, les lignes qui les confinent tous les trois à l'intérieur d'un triangle.

—Mais alors, tu te souviens encore de quand ton père et moi étions venus te voir au pensionnat après ce qui venait d'arriver.—

—Mais vous m'aviez d'abord écrit une lettre. Je l'ai peut-être encore quelque part.

—Tu te rappelles qui l'avait signée ?—

—Papa... il y a si longtemps.—

—Mais tu t'en souviens.—

Il se montra soudainement gentil avec sa mère. —Tu as répété ce qu'elle contenait—tu as oublié—quand tu es venue l'autre jour.—

—L'avocat—il a demandé si tu croyais en Dieu. — Claudia pose le problème.

Mais il sourit (il est toujours extraordinairement troublant quand il sourit dans cet endroit, comme s'il commettait une indiscrétion en présence des deux gardiens indifférents), et elle peut sourire avec lui..

—Oui. Rien n'est sans importance pour Motsamaï. Il ne néglige aucun détail.—

—J'avais l'impression qu'il fouinait pour trouver

quelque chose. Qu'il espérait trouver auprès de moi. Vraiment, tu es adulte depuis longtemps.—

C'est à son père qu'il dit qu'il n'avait plus de livre à lire, formule rituelle, cette fois comme les autres, qui était sa manière de dire « au revoir ». —Je vais en avoir besoin là-bas.—

—Apparemment, on nous demande de ne pas venir te voir, bien que comme médecin ils ne peuvent pas vraiment m'en empêcher. Souviens-t'en. Si quelque chose—quoi que ce soit—ne va pas, insiste sur ton droit de nous appeler.—

—As-tu jamais lu Thomas Mann ? Je t'apporterai *La Montagne magique*.—

Dans la voiture, Harald parle.

Il ne t'a pas répondu.

A propos de quoi ?

Mais il sait qu'elle sait.

La foi. Dieu.

C'était très clair, tu n'as pas trouvé ? Si « rien n'est sans importance » pour Motsamaï, cette—disons, question—est sans importance pour Duncan, elle ne se pose pas dans sa vie.

C'est ainsi que tu veux interpréter la façon dont il a esquivé ce que tu lui as jeté sans préambule à la figure. La plus intime des questions. Tu l'as jeté dans le box de tes accusés.

Mais Harald, lui non plus, n'a pas répondu à la question qu'elle lui avait posée, ailleurs. Ce qui doit signifier qu'il croit qu'elle a plus de responsabilité que lui dans ce qui est arrivé à Duncan, dans ce que Duncan est devenu. Elle poursuit sa réflexion à haute voix : Ce que Duncan est devenu—quoi que cela puisse être, nous ne voulons ni l'un ni l'autre admettre que ce soit possible. Je veux dire, comment quelqu'un pourrait-il, comment peut-on attendre de nous—

Lui, le grand amateur de lecture, corrige son imprécision avec son vocabulaire châtié.

Trop naïfs dans notre sécurité.

Claudia résiste à la tentation impulsive de dire « merci beaucoup » ; le dénigrement de soi-même n'est pas bon pour la santé, qu'il s'y complaise tout seul si ça lui chante.

Toute leur vie, ils ont dû considérer—définir—la moralité comme le garde-fou des passions. Comme leur contrôleur. Que cette acception inconsciente leur soit venue des enseignements du verbe divin ou d'un principe de maîtrise de soi-même chez les rationalistes. C'est une certitude qui peut rester intacte jusqu'à ce que se produise l'événement qui constitue la forme suprême de transgression, de rébellion : la catastrophe qui survient lorsque se désintègre toute moralité, la passion indicible qui sacrifie la vie. Les critères de moralité qu'ils avaient adoptés—chacun connaît ceux de l'autre—sont risibles : Harald qui se demandait s'il devait permettre à son comptable de déduire de prétendues notes de frais de l'assiette des impôts, le médecin qui hésitait à signer un arrêt de travail pour maladie quand le patient n'avait fait que succomber à la tentation de chaparder des vacances. Mais ce qui paraît banal à première vue, inoffensif, à la limite—où cela s'arrête-t-il. Ni l'un ni l'autre, ils n'avaient eu besoin d'y songer, leur vie durant, parce qu'ils n'avaient jamais eu l'occasion d'éprouver la solidité de leurs critères de moralité à l'aune de cas extrêmes. Mon Dieu (son dieu) non ! Où commencent vraiment les tabous ? A quel endroit leur fils—leur propre fils—avait-il quitté leurs traces pour s'aventurer au-delà de toute limite, au-delà de tout ce qu'ils n'auraient jamais pu imaginer. Oh, ils ont maintenant le sentiment qu'il leur appartient, comme s'il était à nouveau le petit enfant qu'ils formaient en lui enseignant la morale et en lui donnant l'exemple : en étant eux-mêmes. En étant des parents. A partir du moment où ils avaient tous les deux pris part à cette conspiration entre adultes, ni l'un ni l'autre ne pouvait désormais s'absoudre de la transgression par leur fils des limites qu'ils avaient fixées, pas plus qu'ils ne peuvent s'accorder l'absolution pour les reproches qu'ils se font à eux-mêmes. Chacun d'eux, de son côté, a perdu l'intérêt qu'il portait à ses activités et ne parvient plus à s'y concentrer, enchaîné à l'autre, solitaire, en dépit de cette promiscuité inévitable qui l'irrite. Des pensées incongrues les envahissent au beau milieu de conversations avec d'autres gens, qui concernent, bien entendu, le monde normal dans lequel ils se meuvent sans en avoir le droit. Atteints au plus profond, ils transportent en eux ces pensées jusqu'à la maison et, rompant le silence, ils profèrent des propos hors de tout contexte, qui couvrent le bruit de fond des couverts sur les assiettes ou la voix du journaliste qui sort de l'écran de la télévision.

Tu as un bon paquet d'actions de manufactures de tabac, n'est-ce pas ? Tu as connu des gens qui sont morts d'un cancer des poumons. Tu as placardé des affichettes interdisant de fumer partout dans vos bureaux. Mais les dividendes sont confortables.

Il y a bien un contexte ; ils y sont plongés. Il n'aurait jamais cru qu'elle puisse être méchante. Il se prépare, bien qu'il ne sache pas où elle veut en venir, cela doit avoir quelque part un rapport avec leur seul sujet de conversation.

Il rit. D'un rire morne et fatigué. Nous mangeons du poulet et c'est toi qui l'as acheté. Je suppose que c'est un poulet élevé en batterie. En cage.

Ce dernier mot atteint sa cible. Qu'est-ce que cette sollicitude pour des poulets alors que tu parles à ton fils à l'intérieur des murs d'une prison.

Je te le demande, il se trouve que cela m'intéresse, tuer est-il le seul péché que nous reconnaissions.

C'est le péché le plus grave. C'est ce que tu veux dire.

Non, ce n'est pas ça.

Mensonges, vol, faux témoignage, trahison—

Continue. Adultère, blasphème, tu crois au péché. Je ne crois pas que ce soit le cas pour moi. Je crois seulement qu'on peut causer du tort. Ne cause pas de tort. C'est ce qu'on lui a appris, ce qu'il sait—ce qu'il savait. Ainsi, maintenant—tuer est-il le seul péché reconnu par des gens comme moi ? Des agnostiques. Pas comme toi.

Bien sûr que non. J'ai dit : c'est le péché le plus grave. Rien n'est plus terrible.

Devant Dieu. Elle le pousse dans ses retranchements.

Devant Dieu et les hommes.

Je croyais qu'il y avait une échappatoire pour les croyants, la confession, le repentir, le pardon venu de Là-Haut.

Pas pour moi.

Ah, pourquoi ? Elle ne le lâche pas.

Parce que celui dont on a pris la vie ne reçoit rien. Rien ne peut lui être accordé. C'est seulement celui qui a tué qui peut recevoir la grâce.

Dans ce monde. Mais qu'en est-il dans l'autre. Harald, tu n'acceptes pas ta propre foi.

Pas sur ce point, non.

Alors tu commets un péché en doutant. Est-ce seulement maintenant ? Son regard est explicite.

Non, toujours. Tu n'en sais rien parce qu'il n'a jamais été possible de parler de ces choses avec toi.

Désolée ; tout ce que je pouvais faire était de respecter ton besoin de cette sorte de croyance. Je ne peux pas accepter quelque chose dont je suis convaincue qu'elle n'existe pas. De toute manière—tu t'es donné la même latitude que la mienne pour juger de ce qui compte et de ce qui ne compte pas. Même avec ton Dieu derrière toi.

Oh, laisse-moi tranquille. Je suis un tueur parce que tu vois des gens mourir d'un cancer du poumon.

A quel moment ce qu'on laisse passer devient-il sérieux. Harald ? Si Dieu te permet de tant te pardonner en ce qui te concerne, au nom de quoi décides-tu que quelqu'un ne devra pas invoquer l'exemple de ceux qui ne respectent pas les règles qu'ils lui ont enseignées pour faire la même chose de son côté. Évidemment, ils savent où s'arrêter, eux. Parce que rien dans leurs vies ne va plus loin. Ils sont à l'abri. Faire de l'argent avec l'industrie du tabac, ce n'est pas un grand péché pour un bon chrétien.

Claudia ne le regarde pas pendant qu'elle parle. Elle a détourné la tête. S'il s'agissait de contenir ses larmes, cela briserait une tension à la fois hostile et excitante, son cœur à lui bouillonne dans sa poitrine comme un geyser, plein de ressentiment contre elle. Elle n'offre pas de larmes ; elle affirme leur séparation en ne le regardant pas. Ce qui est arrivé a introduit dans l'ordonnancement de la maison quelque chose qu'elle n'était pas construite pour abriter ; là, elle a raison—leur vie en commun n'était pas équipée pour aller aussi loin, jusqu'à ce précipice. Tous les gens ont l'ambition de voir leurs fils les dépasser ; le leur les a exaucés dans l'horreur.

Elle avait dit un jour : Qu'est-ce que je lui ai fait que tu ne lui as pas fait ? Il voulait dire maintenant, de sa voix pondérée à laquelle il pouvait donner la force d'un cri : Et qu'est-ce que *je n'ai pas fait* pour lui que *tu n'as pas fait* non plus ? Pourquoi moi ? *Parce que je suis l'homme*. Ce soudain recours à la tactique féminine. Revêtir la toison de faiblesse de l'agneau quand on trouve cela opportun. Je suis l'homme et donc je suis responsable, j'achète des actions dont tu dépenses les dividendes, de l'argent qui tue, j'en ai fait un meurtrier, un poussin mort et un homme avec une balle dans la tête, tout cela se trouve sur la route qui conduit à l'enfer.

L'hostilité a aspiré dans son vide toute possibilité de communication.

S'il avait ouvert la bouche, Dieu sait ce qui en serait sorti.

Ainsi, Harald est capable de croire que son fils l'a fait et qu'il faut le punir. Impossible d'obtenir un pardon en échange d'une confession (déjà faite), d'un repentir. Voilà pour la compassion du Dieu d'Harald et de son Fils Unique conçu sans pénétration ni sperme (parce que c'est humain et que c'est sale), mais qui a pris sur lui tous les péchés du monde pour en laver tous les autres qui ont péché. Voilà pour la foi religieuse que le père a vécue avec le sentiment de sa supériorité morale, allant prier et confesser (quoi ?) chaque dimanche, emmenant avec lui son petit garçon pour lui inculquer une règle de vie, l'amour du prochain et la compassion décrétés d'en haut, tandis que la mère se retournait dans son lit pour se rendormir. Elle traînait en elle le poids de la misérable apostasie du père comme elle avait porté le fœtus qu'il avait implanté quand elle avait dix-neuf ans.

Le grand œil du soleil était obscurci par une cataracte de nuages : sa lueur diffuse brouillait les pans du visage si bien qu'un instant Harald et Claudia, qui avaient remarqué qu'il s'agissait d'un noir, ne furent pas sûrs de le reconnaître. Ils étaient sur le parking au milieu des fourgonnettes de police, Harald ferma les portes de la voiture par une pression sur la commande électronique, par habitude, et ils firent face à la forteresse. L'expression du visage indiquait que, de son côté, il les reconnaissait ; sa trajectoire et la leur allaient les amener à se croiser sur l'esplanade interminable comprise entre le parking et les portes d'entrée. Khulu. Qui était-ce déjà : Dladla. De la propriété où se trouvait le bungalow. De la maison, du sofa. Il repartait après avoir rendu visite à Duncan. Duncan était revenu de l'asile dans la prison. Ils allaient voir Duncan. Cette rencontre provoqua chez eux un étrange sentiment de chaleur humaine. Harald ne l'avait pas revu depuis qu'il avait dû attendre dans la maison, sous l'œil de cyclope de l'ordinateur, Claudia ne l'avait probablement pas revu du tout depuis la dernière fois où son fils l'avait invitée à la villa, et cela remontait à avant, avant que ça n'arrive. Elle n'avait trouvé aucune raison d'y retourner, elle avait pensé qu'elle n'avait rien à apprendre d'une confrontation avec ce lieu, que ç'aurait été comme être forcé de contempler une tombe où, après une autopsie en bonne et due forme, gisait un homme qui avait été rayé des mémoires. La victime disparaît, celui qui a perpétré le crime reste. Elle n'aurait pu qu'être révulsée par ce que cette pièce pouvait offrir comme témoignage, et elle n'avait pas voulu prendre le risque d'éprouver une telle répugnance envers celui qui avait reconnu être l'auteur de cet acte.

Nkululeko « Khulu » Dladla. Lui aussi avait amené à la prison ce qui manquait, Duncan, le *vrai* Duncan, le Duncan qui existait quelque part hors de ces murs. L'aveuglante clarté du gravier de la prison avait dissipé l'odeur sinistre de la maison qui s'attachait à lui ; ils éprouvèrent une sorte de gratitude. Ils n'avaient personne d'autre ; rien qu'Hamilton.

A l'échancrure de la chemise déboutonnée, sur la poitrine large, pendaient la dent courbe d'un félin enchâssée dans une monture en or et une croix éthiopienne guillochée. Par là-dessus, des boutons de manchette miroitants et une bague ornée d'une pierre rouge—cette recherche au niveau de la parure en association avec une autre, conventionnellement antimatérialiste, jeans effrangés et chaussures de sport—il était dans les normes, une variante de cette banalité contemporaine qui surprenait, une apparition de la liberté dans sa forme la plus élémentaire, dans l'environnement stérile de cet espace aux murs aveugles, comme une marguerite poussant entre les pavés.

—Non, voyez, il est OK. Je le crois. Je le crois vraiment. Je serais venu plus tôt, mais je ne savais pas comment il l'aurait pris. De me voir, tout ça. Il va bien.—

C'était l'un des deux amis qui avaient trouvé le troisième avec sa sandale pendant par la lanière à son pied, tué par la balle d'un pistolet qui appartenait banalement à tous ceux qui habitaient la maison, qu'on se partageait fraternellement au même titre que les paquets de cigarettes qui traînaient et les boissons dans la cuisine. Il était l'un des deux amis qui avaient couru au bungalow pour dire au troisième que quelque chose de terrible était arrivé.

Et soudain, alors qu'ils se tenaient si près les uns des autres, comme s'ils cherchaient à se protéger mutuellement, devant la prison qu'il avait quittée et dans laquelle ils allaient entrer, son visage tout près des leurs lutta contre la tension de ses muscles, et ses yeux, consternés par ce qui le submergeait, se dilatèrent et débordèrent. Il renifla ses larmes avec le sans-gêne d'un enfant.

Claudia mit une main sur son bras.

Mais un homme ne doit pas se laisser dominer ou humilier par le hiatus du silence d'un autre : Harald lui-même avait été victime de la même cécité, un jour, au volant de sa voiture, en revenant de la prison, alors que commençait l'attente du procès. —Je suis sûr qu'il était content de vous voir. C'est gentil d'être venu. Merci.—

Le comportement de Duncan leur interdit toute question relative à la manière dont il avait supporté l'épreuve de son examen au milieu des schizophrènes et des fous. Et il ne leur signala pas qu'un visiteur les avait précédés. Il avait préparé une liste des choses dont il voulait qu'on s'occupe, et il était pressé par le temps, ils le savaient maintenant aussi bien que lui, que les gardiens allaient bientôt commencer à danser d'un pied sur l'autre de leur pas pesant. Il mettait un pragmatisme distant à formuler ses requêtes. Comme si l'examen des médecins l'avait sorti d'une sorte d'hébétude, là, dans cet endroit où l'on expose dans leur complexité toutes les effrayantes distorsions de l'âme. Il fallait qu'ils entrent en contact avec Julian Verster (sauraient-ils comment le faire ? A son domicile, ou alors au bureau, au cabinet d'architectes) et lui demander d'enlever tout ce qui se trouvait encore sur sa table à dessiner, à lui, Duncan. Le travail qu'il était en train de faire. Des plans. —Je peux le faire ici. Ils ne peuvent m'en empêcher. Motsamaï est intervenu. Et dites à Julian d'apporter tout ce dont j'ai besoin, tout, jusqu'au dernier crayon. Motsamaï s'est débrouillé pour obtenir une table.—

Harald prit note de paiements qu'il fallait effectuer, les échéances étaient dépassées. La notion du temps devait avoir été détruite avec tout le reste dans la vie de Duncan, et maintenant, il fallait prendre en compte ce passé, ce qui avait été brutalement interrompu au moment où il avait commis l'acte. L'assurance pour la voiture. Et il fallait la mettre sur cales. Pour préserver les pneus. Débrancher la batterie. A moins qu'elle ne veuille s'en servir—pour un instant le fils prenait conscience de sa présence, se souvenait, comme s'il méritait qu'on le prenne au sérieux, du plaisir désinvolte de sa mère lorsqu'elle avait essayé sa voiture de sport italienne, achetée d'occasion ; un véhicule pour transporter ce qui avait été la vie d'un jeune homme.

—La police d'assurance devrait être dans un tiroir. Dans la chambre. Un dossier avec d'autres papiers.—

Harald n'avait pas besoin d'en prendre note, il y était déjà allé, et avait regardé ce qui ne le regardait pas.

Il y avait des lettres à poster. Le règlement de la prison

permettait qu'elles soient transmises, l'individu conserve quelques droits lorsqu'il est en attente de son procès, et Harald mit les enveloppes dans la poche de sa veste sans les regarder. Son fils les suivit des yeux, comme s'il regardait un navire disparaître derrière la ligne d'horizon ; il n'y a pas de ligne d'horizon à l'intérieur des murs d'une prison. Mais il sait que ces deux-là, une fois qu'ils auront quitté cet endroit, liront les adresses pour savoir à qui il écrit. Et ils voudront savoir, désespérément savoir ce qu'il y a à l'intérieur, ce que quelqu'un comme lui peut avoir à dire à des gens dont ils reconnaîtront ou ne reconnaîtront pas les noms. (Tout le monde veut savoir ce qu'il y a à l'intérieur de lui, tout le monde.) Ils voudront savoir parce que ce qu'il pense est ce qu'il écrit, et ce qu'il pense dans sa cellule est ce qu'il est, le mystère qu'il est pour eux, ma pauvre mère et mon pauvre père.

Ils avaient promis à un garçon de douze ans que quoi qu'il ait fait, vraiment, n'importe quoi, ils seraient toujours là pour lui, indépendamment de ce qu'il serait devenu, vraiment, quel qu'il soit. Et ils sont là, assis en face de lui dans le parloir de la prison.

Un plan.

Le plan que leur fils va continuer à dessiner dans une cellule de prison—un immeuble de bureaux, un hôtel, un hôpital—c'est quoi, au juste—annonce quelque chose qui se concrétisera. Aller de l'avant. Y croire. Du fer, du ciment, du verre, virtuels, certes ; mais c'est quand même faire le pari qu'il y a un avenir.

Des messagers.

La secrétaire de l'avocat faxa le message et la secrétaire d'Harald Lindgard le lui apporta à son bureau. Elle entra avec discrétion et le déposa devant lui de la même manière qu'elle aurait déposé une lettre pour sa signature, mais elle savait bien sûr à quoi avaient trait de tels messages. M. Motsamaï avait réservé « l'après-midi » pour eux, à partir de 15 h 30. Comme d'habitude, le portier du garage du cabinet d'avocat réserverait une place pour leur voiture si la secrétaire de M. Lindgard appelait pour lui donner le numéro d'immatriculation. Même investis d'une mission funeste, les messagers ne sont pas responsables de ce qu'ils ont à dire, ils n'y peuvent rien ; tout ce qu'elle pouvait faire était d'appeler le portier et lui donner l'information nécessaire, que bien entendu elle avait mémorisée parce que cela faisait partie de son travail.

Harald vint chercher Claudia à son cabinet. Bien que le message les ait pris au dépourvu—il entendit les questions de la réceptionniste, Mme February, qui demandait ce qu'elle devait faire pour les rendez-vous des patients, de l'heure à laquelle le docteur serait de retour, évacuées d'un geste. De Claudia cette fois : qu'ils aillent au diable. Mais il observa avec détachement ce comportement, y voyant la marque d'une détérioration de sa personnalité, puisqu'elle n'avait pour la soutenir que l'éthique de sa profession.

De quoi parlèrent-ils dans la voiture ? Aucun ne s'en souvenait. Peut-être n'avaient-ils rien dit du tout, ce qui les arrangeait tous les deux. Ils étaient déjà assis dans la pièce quand Motsamaï—Hamilton—entra, encore sous l'emprise de l'animation d'un long déjeuner, comme un acteur dans les coulisses qui vient de quitter un auditoire chaleureux.

—J'ai été retenu !—

Il se débarrassa de son imperméable, écarta les mains d'un geste large, avec un sourire qui semblait être associé aux plaisanteries et aux mots d'esprit qu'il venait d'échanger à la porte du restaurant. Le vin sans doute.

C'était comme s'il avait oublié pourquoi il les avait appelés tous les deux. Il se calma et les ignora, jetant un œil sur les papiers qui avaient été déposés sur son bureau durant son absence. Et puis il sembla se rendre pleinement compte de leur présence, se retourna vers eux et serra la main d'Harald, enserrant sa main dans les siennes, sa main gauche venant recouvrir son poing, et s'adressa à Claudia. —Du thé. Voulez-vous du thé. Ou préférez-vous un jus de fruit ?—

On avait apporté le plateau et le rituel d'usage se déroula pour préparer—pour préparer quoi ? « L'après-midi. » Une portion importante de son temps qu'il devait consacrer à ce qu'il devait leur dire.

— Vous avez vu votre fils cette semaine, n'est-ce pas ? J'ai l'impression qu'il réagit bien.—

—Cela dépend de ce que l'on entend par là.—

Elle ne le sait peut-être pas, mais lui, Harald, impatient, le sait : pourquoi feindre de l'ignorer. —Il est décidé à terminer le plan sur lequel il travaillait, vous avez organisé l'affaire, j'imagine. Je ne sais pas ce que sa société en pensera.—

—Oh, il est toujours sur la liste des salariés. Dites donc ! J'espère bien que oui. Ils auraient l'air fins s'ils le rayaient des cadres avant qu'il ait répondu à une accusation dans une affaire qui n'a pas encore été entendue. Je ne laisserais pas passer ça, croyez-moi.—

—Si la personne en question n'a pas attendu d'être jugée coupable.—

—Allons, Harald, je vous l'ai dit et répété. Ce n'est pas comme ça que ça marche. Les faits doivent encore être examinés par le tribunal, être vérifiés. Vous devez garder à l'esprit qu'il y a des cas où un accusé peut être puni à la place de quelqu'un d'autre—dans une grosse affaire d'argent, ou même, surtout quand il s'agit d'un crime, par amour, si l'une des parties fait tout ce qu'elle peut pour en protéger une autre.—

—Vous ne pensez pas que cela soit possible dans ce cas, n'est-ce pas.—

Ce n'est pas une question que Claudia pose, elle cherche froidement à s'éviter d'éprouver un espoir qui ne serait pas fondé.

—Je ne crois pas. Non. Je réitère à partir d'un autre point de vue ce que nous savons être la base de notre cas—les circonstances. Des circonstances qui seront révélées devant ce tribunal. Suite à mes discussions avec vous. Suite au rapport du psychiatre que j'ai étudié. Suite à mes entretiens avec les gens que j'avais convoqués cette semaine. Verster. David Baker et ainsi de suite. Des gens de la maison et ceux qui la fréquentaient. Ce qu'on va devoir obtenir d'un contre-interrogatoire, ce qu'il ne faut pas en attendre. Si je pense nécessaire d'appeler tel ou tel comme témoin.—

—Il n'y a que cet homme, le jardinier. Pour autant qu'on puisse le qualifier de témoin, avec ce qu'il dit avoir vu et qu'il n'a pas trouvé.—

Harald contracta les muscles de ses mollets contre sa chaise pour contrôler son irritation envers Claudia. L'avocat était en train de mettre en place les éléments de ce qu'il allait leur dire, ça se voyait à la façon dont il se renversa sur son siège avant de se pencher au-dessus de ce bureau qui le tenait à une distance professionnelle de ses clients, de ses amis en difficulté ; une intimité qui doit leur inspirer confiance sans jamais l'empêcher de garder la tête froide envers eux. Il aurait pu résumer pour eux cet axiome : par définition, le meilleur avocat est celui qui pense pour ceux qui ne savent pas quoi penser.

—Je les ai tous eus ici dans cette pièce, un par un. A l'exception de Baker, l'amant de Jespersen, ils ne semblent pas éprouver un violent ressentiment à l'encontre de Duncan, ce qui m'a surpris, je dois l'admettre. Même s'ils pensaient qu'ils parviendraient à me leurrer—j'ai mes méthodes pour décrypter les simagrées. Après tout, l'un d'entre eux est mort, vous pourriez vous attendre à un rejet total—refuser de jamais revoir Duncan. Ah-hêh....—

—L'un d'eux est allé voir Duncan. Nous sommes tombés sur lui à l'extérieur de la prison.—

Motsamaï inclina sa tête vers Claudia en guise de confirmation ; il devait l'avoir envoyé là-bas.

—Ah-hêh... Il fallait que quelqu'un aille le voir. Quelqu'un de la maison, un des deux amis qui restent de la petite compagnie qui vivait sur la propriété. Une sorte de famille. Quoi qu'il ait pu arriver dans la maison.—

—Il n'a fait aucune allusion à Dladla qui venait pourtant juste de le quitter.—

—Je suppose que cela avait dû être un choc. Mais aussi quelque chose qui lui redonne courage, vous voyez ce que je veux dire. Plus tard. Quand il pourra se résoudre à y repenser, là où il est. Il y a tant de temps, tant d'heures à passer, quand vous êtes enfermé... Bon. Dladla était avec moi la semaine dernière et à nouveau hier. Nous avons parlé. De longues conversations. Il m'a dit ce que Duncan ne m'a pas dit, ce que je n'ai pas pu tirer de la fille. Mlle Natalie James ne m'a pas raconté les détails de sa relation avec Duncan. Dladla dit qu'elle avait essayé de se suicider après l'affaire de la naissance. Je ne sais pas exactement comment, des cachets, une tentative de noyade en mer (c'était à Durban, dit-il), mais Duncan l'a trouvée et l'a emmenée à l'hôpital. Il l'a ramenée à la vie. Littéralement. Elle lui doit la vie ; ou bien elle lui en veut. En fonction de comment c'était pour elle. D'après l'impression qu'elle m'a faite, elle aurait pu vouloir le punir d'avoir fait ça. C'est ce qui pourrait expliquer l'étalage de cet accouplement sur le sofa. Oh, oui. Avec une femme comme elle. Un caractère reconnu comme instable. Je l'ai déjà dit—je suppose qu'elle voulait qu'il la découvre. Et maintenant il se trouve qu'il y a une autre raison pour laquelle elle voulait choisir cette manière particulière de l'atteindre.—

Le discours se ralentit. Tous les trois étaient à bord d'un véhicule qui fonçait à tombeau ouvert et se mettait à freiner en arrivant sur une dangereuse montée sans visibilité après laquelle on pouvait déjà prévoir qu'il ferait une nouvelle embardée.

—Bien. Dladla, hier. Oui. Nous avons beaucoup parlé. En anglais et aussi, hier, dans notre langue, quand il y a des choses difficiles à dire, il vaut mieux utiliser les mots qui sont les plus proches de notre pensée.—

Motsamaï se frappa la poitrine avec la paume de sa main.

—Il m'a dit beaucoup de choses. Je pensais que j'avais déjà tout appris directement lors de mes entretiens avec Duncan—mais cet homme m'a raconté. M'a raconté quelque chose d'autre. Je ne crois pas que vous sachiez... Vous l'auriez dit, vous auriez su que j'avais besoin de le savoir, c'est ça.—

Il les regarde tous les deux avec la compassion condescendante d'un adulte qui soupçonne un enfant de ne pas être tout à fait franc avec lui. Il a baissé la tête, mais ses yeux brillants étincellent sous son front plissé.

Ils ne savaient rien. Rien. C'est tout, c'est comme ça ! Cette accusation, elle n'était pas portée par l'avocat, mais par chacun d'eux contre l'autre, Harald, Claudia, un autre meurtre, celui d'une vie commune transpercée, jetée à bas : toi, le père qui ne savait rien de son fils, tu l'as laissé partager un pistolet comme on se partage un carton de bières ; toi, la mère qui ne savait rien de son fils, tu l'as laissé appuyer sur la détente.

Mais Hamilton, leur Hamilton Motsamaï, n'était pas concerné par cette violente déflagration d'animosité entre eux, mais comme il était tout à la fois médecin-prêtre-confesseur, il était possible qu'il l'ait ressentie, grâce à cette sorte particulière de prescience rattachée à sa langue maternelle, qu'il avait ramenée de l'Autre Côté.

—Khulu sait quelque chose d'autre.— Il les entraîne maintenant tous les trois dans la descente vertigineuse, pas moyen de s'arrêter. Ne rien dire. —Sur le sofa, Natalie n'était pas la seule personne dont il avait été l'amant. Khulu dit que Duncan et Carl Jespersen avaient été amants à une certaine époque.—C'est Jespersen qui avait rompu, pas Duncan. Khulu dit que Duncan en avait souffert. Il n'était pas parti, il n'avait pas quitté le bungalow, bien que l'autre—Jespersen, qui y avait habité avec lui—soit reparti vivre dans la maison. Mais il était blessé, Khulu dit qu'il s'en était rendu compte. Déprimé. Même s'il voulait montrer qu'il n'était pas moins libre que les autres—« pour nous, les gens peuvent changer de partenaires, ce n'est pas un drame, on reste amis », c'est ainsi que ce gars le dit—Duncan, d'une certaine manière, sous les apparences, n'avait pas la même faculté, la même attitude. C'est alors qu'il était allé au bord de la mer et qu'il avait trouvé la fille à sauver. S'était sauvé lui-même. C'est ce que Khulu suggère. Il ne sait pas si Duncan l'avait rencontrée auparavant, il pense que peut-être, quelque part, quand elle était encore avec l'autre homme, le père de l'enfant qu'elle a eu. C'est ainsi qu'il était revenu amoureux d'une femme et qu'il l'avait amenée dans le cercle. Personne n'y avait trouvé à redire, pas de préjugés, il était libre de faire ce qu'il voulait, et tout allait bien dans le meilleur des mondes, Mlle Natalie James s'était intégrée sans problème. Il y avait un couple hétérosexuel dans le bungalow du jardin et le trio homosexuel dans la maison. David Baker et Carl Jespersen sont amants, la passade de Jespersen avec Duncan, c'est du passé, pour Duncan comme pour les autres. Et alors, et alors... Jespersen est celui qui fait l'amour à cette femme. A la maîtresse de Duncan. A sa femme, je dis bien, avec laquelle il vivait comme un couple ordinaire dans ce bungalow. Oh, on nous dit qu'elle avait eu d'autres petites aventures. Mais c'est de Carl Jespersen qu'il s'agit là. D'abord il rejette l'homme et ensuite il fait l'amour avec la propre femme de cet homme. On le trouve sur elle—je suis désolé, Claudia—là, sur ce sofa, dans la pièce où tous se comportent en si bons amis !—

Motsamaï entend les applaudissements, l'excitation agite ses épaules sous le rembourrage de sa veste qui lui donne une carrure si élégante. Une génération plus tôt, vu le côté que la loi lui aurait affecté comme étant le sien, il n'aurait pu exprimer son talent oratoire que de la chaire d'une église. Il les a dominés si complètement qu'ils n'auraient pu l'interrompre ; maintenant, il espère d'eux quelque chose de franc. Mais dans ce cabinet, qui a si souvent entendu s'exprimer les émotions de gens en difficulté, ne résonne que sa rhétorique ; et il n'y a que l'effarement de ses clients, chacun s'efforçant de ne pas laisser l'autre deviner sa réaction.

Finalement, c'est Harald qui a parlé. Ses mots tombent comme des pierres, l'un après l'autre.

—Cela fait-il une différence qu'il ait tué son amant ou celui de sa maîtresse.— L'intensité de leur concentration amplifie chaque détail de son comportement, et tous deux ont vu les muscles de Motsamaï se relâcher sous sa veste et sous le col de sa chemise étroitement cravatée.

— Ah, je suis heureux que vous preniez la chose comme ça. Harald, Claudia (il les invoque et les convoque l'un et l'autre, officiellement). C'est bien ainsi. Vous m'impressionnez. C'est ce dont nous avons besoin pour que je puisse agir dans l'intérêt de mon client, efficacement, rationnellement. Je vais avoir à prendre des décisions difficiles. Parce que cela fait une différence ! Une différence qui pourrait être cruciale ! C'est un facteur décisif. Le procureur—il n'aura aucun motif de convoquer l'un ou l'autre des amis : comme témoins de quoi ? Le réquisitoire s'appuie sur l'aveu. Pour l'accusation, ça suffit. C'est à la défense de décider de citer ou non Dladla comme témoin. Dladla n'aura pas à être interrogé à ce sujet à moins que la défense ne décide de l'évoquer. Ce qui importe, c'est ma décision et celle de mes confrères. C'est de cette manière qu'il faut considérer ce que vous venez d'entendre. C'est tout ce qui importe. Votre réaction est sage ; croyez-moi. Oh, très sage.—

Harald se leva comme si quelqu'un lui avait fait signe, si bien que Claudia se tourna vers la porte. *Où aller. Où aller.* Elle se leva. Motsamaï—Hamilton—vint aimablement vers eux pour les guider.

—Ne discutez de cela avec personne.—

Claudia écarta de son front une mèche de cheveux et l'enroula derrière son oreille, tout en le regardant. —Si vous appelez Dladla au banc des témoins, quel sera l'effet sur le juge ; comment pouvez-vous prévoir son attitude dans cet imbroglio.—

—Oh, juste comme vous deux et comme moi-même, tout le monde est au courant du genre de vie qui régnait apparemment dans cette maison. Des hommes avec des hommes. Rien de spécial à cet égard, rien dont on puisse avoir honte, rien qui puisse entraîner une condamnation, à notre époque—la nouvelle Constitution leur reconnaît le droit de choisir. C'est ainsi. C'est la loi.—

Ils sombraient.

Ils étaient seuls et sombraient dans l'ascenseur qui descendait. Enfermés tous les deux.

Quel gâchis.

Un gâchis qu'ils contemplaient pensivement, comme s'ils venaient de le découvrir par hasard dans la vie de quelqu'un d'autre.

Tu penses vraiment ce que tu as dit, quelle est l'importance de savoir l'amant de qui a été tué.

L'étoffe de sa manche frôlait celle d'Harald.

Oui, c'est ce que je pense. Pourquoi a-t-il été se choisir un genre de vie, des émotions qu'il était incapable d'affronter. Qui pensait-il donc qu'il était.

Harald a la force d'exprimer sa pensée, de la lui dire à elle.

Claudia rentra sa tête dans les épaules ; sur le point de se couvrir de honte en étranglant un rire inconvenant. Hamilton a l'idée—que nous nous préoccuperions plus de son homosexualité que de ce qui est arrivé.

A ses yeux, s'enculer est peut-être un crime.

La boîte à miroirs qui leur renvoyait leur image sous tous les angles, pendant que la caméra les identifiait, s'arrêta avec un tremblement, et Harald s'effaça avec une politesse exagérée pour la laisser le précéder.

Dans la voiture, il déverrouilla le dispositif de fermeture des portes qui la protégeait contre les voleurs ; ils attachèrent leur ceinture de sécurité. C'est ce que j'ai posé comme question à propos du juge. Je pensais à la vieille garde, aux bons chrétiens de l'Église réformée hollandaise, il y en a encore sûrement parmi les juges. Mais, de toute façon, un juge noir peut tout à fait être comme eux, quand il s'agit de ça.

Un vrai gâchis c'est une situation qu'on ne sait par quel bout prendre : quel fragment écarter, lequel saisir en premier, ne rien pouvoir en faire que de le reposer aussitôt, en se trompant peut-être d'endroit. Cette « découverte » qu'avait faite Hamilton ne pouvait pas les assommer alors que le choc impitoyable que ce vendredi leur avait infligé résonnait encore comme un coup d'enclume ; des boxeurs sonnés, ayant survécu au premier coup, au regard duquel tout ce qu'ils continuaient à encaisser n'était plus qu'une retombée. Comme de voir Duncan encadré par deux policiers au tribunal, comme de se rendre pour la première visite au parloir des détenus. Qu'est-ce qui pourrait encore arriver après une chose terrible ; qu'est-ce qui pourrait s'y mesurer. La nuit, ils parlaient à voix basse même si dans la résidence, personne n'aurait pu les entendre ; une construction haut de gamme, avec des murs insonorisés, étanches à la curiosité des voisins. Ils étaient allongés dans l'obscurité, ils n'étaient plus séparés. Fouillant ensemble dans ce gâchis. Ce qu'on ne peut pas faire chacun de son côté.

C'est ce que Motsamaï cherchait quand il est venu me voir à mon cabinet.

Je ne crois pas. Il ne le savait pas à ce moment-là. C'était avant qu'il ait vu Dladla.

Mais il pouvait avoir une idée, après tous les entretiens qu'il avait eus avec Duncan. Il a ses méthodes pour tirer des gens ce qu'ils ne savent pas qu'ils sont en train de révéler. C'est ce qu'il dit. C'est une vantardise, mais il y a une part de vérité, c'est comme le don du diagnostic que certains médecins possèdent et d'autres pas.

Ils pouvaient ensuite reprendre le fil de leur discussion là où ils l'avaient laissé ; pendant le week-end ; la nuit. Harald errait dans le salon, il aurait pu vouloir mettre en route le dispositif d'alarme contre les voleurs avant de se coucher, il s'arrêta devant un tableau, se retrouva devant l'armoire aux liqueurs et se mit à déplacer les bouteilles en les heurtant les unes contre les autres. Il tomba sur un flacon qui s'était trouvé repoussé derrière les autres, au fond duquel restait un doigt d'un alcool indéterminé. Il versa le liquide incolore dans un verre à peine plus grand qu'un gobelet servant à doser les médicaments et le renifla. Il emplit un autre verre avec le reste de la bouteille qu'il retourna pour la vider jusqu'à la dernière goutte ; le lui montra ; mais elle refusa d'un geste de la tête.

Il avait pu en faire l'expérience à l'école. Il est difficile de résister dans les écoles de garçons. Mais j'aurais pensé —certainement nous avons pensé !—que dans une école comme celle-là, c'était avec une fille qu'on faisait la première expérience sexuelle. Il y avait suffisamment de filles... l'éducation sexuelle. En ce temps-là, les filles devaient déjà prendre la pilule, pas vrai ?

Il vint à elle avec le verre à la main, et elle le prit. Ils burent et la force de ce breuvage distillé dans le nord glacé de ses ancêtres les fit grimacer. Désormais, le seul lien qui leur restait avec ce pays était l'état civil de l'homme qui avait été tué sur le sofa.

Tu penses qu'il avait voulu tenter une expérience. C'était ça ?

En fait, il a toujours été attiré par les femmes, pas vrai ? Si nous pouvons en juger par les béguins qu'il avait dès quinze ou seize ans, les heures qu'il passait au téléphone, les petites blondes qu'il pelotait et sur lesquelles je tombais si j'entrais dans sa chambre au mauvais moment.

Claudia chercha le verre d'eau sur la table auprès d'elle et l'avala à grandes gorgées pour se rincer la bouche de l'alcool. « Peloter » faisait partie du vocabulaire de leur jeunesse, la sienne et celle d'Harald ; peut-être le mot évoquait-il les préliminaires amoureux des oiseaux—ces danses avant l'accouplement qu'Harald avait eu la patience d'expliquer à son fils et de lui faire admirer à travers des jumelles.

C'est ce que nous avions vu. Ce que nous étions supposés voir, mais il pouvait y avoir autre chose. Peut-être voulait-il avoir un secret... Devenir un adulte—je m'en souviens—ça consiste en partie à préserver dans sa vie un espace que personne ne peut pénétrer, même pas pour dire—pour le récupérer en disant : si-ça-peut-te-faire-plaisir-mon-chéri-je-n'y-vois-pas-d'inconvénient.

Mais il était follement amoureux d'une femme. De cette femme. On ne peut pas en douter. Verster nous l'a assez dit. Un engagement sérieux. Allant jusqu'à supporter ses incartades avec d'autres, et quoi d'autre encore. Il semble qu'elle le menait par le bout du nez. Il devait y avoir quelque chose de très fort sexuellement entre eux... de destructeur, d'une manière qui, je suppose, peut exister si.... Cette affaire avec un homme, avant elle. N'était-ce pas le résultat de sa fascination pour ce groupe qui vivait dans la maison ? Pour cette mode où baigne sa génération, l'idée que l'homosexualité est la véritable libération, qu'elle confère une supériorité qui vous situe au-dessus de la banalité des vies ordinaires. Pourquoi a-t-il choisi de vivre avec ces hommes ? Il apparaît qu'il n'a pas pris le bungalow à cause de la fille. S'est installé avec eux dans la propriété parce que leur liberté revendique la possibilité de déjouer les vieux pièges entre hommes et femmes, les mariages, les divorces et les enfants qui pleurent.

Avec nous, il n'a pas eu à souffrir d'un divorce ni d'enfants qui pleurent.

Il voulait être l'un des gars. De ces gars. Émancipés. Supérieurs. Libres.

Ou bien il voulait tout essayer. Qui sait. J'ai des patients comme ça, attirés par la drogue, par exemple. Non pas destinés à devenir dépendants par leur nature, par une disposition physiologique ou génétique, qui prennent le risque pour faire une expérience. Et après, quel gâchis.

Une lassitude, cette autre drogue douce, les faisait rester au lit, ralentissait leurs allées et venues autour de la résidence, une sorte de hiatus. Ils se contemplaient eux-mêmes, Harald, Claudia, Duncan, distraitement, comme de loin. Elle allait à son cabinet, il se rendait à la salle des conseils. Duncan était dans sa prison. La découverte ne constitue jamais une fin. Elle ne fait qu'ajouter un nouveau mystère.

Quand ils s'asseyaient dans le parloir des visiteurs, le fait qu'il ne leur disait rien, bien qu'il y ait eu ce pacte, qu'il aurait toujours pu venir à eux... sauf pour un meurtre, ne leur causait pas d'états d'âme ; qu'importe ce qu'il a fait de sa sexualité, mais lorsqu'ils se retrouvèrent assis devant lui et les gardiens, ils éprouvèrent brutalement une véritable répulsion à son égard, à l'encontre de celui qui avait perpétré cet acte : tuer. Le ressentiment passager qui s'était emparé d'eux dans la confusion du début de l'affaire refluait, érodant ce qu'il est convenu d'appeler l'instinct familial.

Une découverte de plus. Chacun la décelait chez l'autre, comme s'ils avaient conspiré ; il ne fallait rien laisser paraître à l'avocat qui était certain de recevoir toutes leurs confidences. Cette répulsion était leur crime, commis contre leur propre enfant, et ils y étaient plongés ensemble. Les sceaux du silence qui s'était établi entre eux étaient brisés ; mais ils s'enfermaient chez eux à la résidence et parlaient, ils partaient pour le veld et ils vagabondaient avec le chien, chacun instillant à l'autre ses doutes sur les tendances qu'ils avaient observées chez lui, enfant, adolescent, puis adulte, dont ils n'avaient pas parlé à l'époque. Le charme que l'enfant exerçait pour dominer ses amis—tous les jeux devaient être les siens, choisis et imposés par lui, une tendance qui ne s'arrêtait pas là ; son manque de courage physique camouflé sous sa vantardise : le seul exutoire pour ceux qui sont faibles est-il de se laisser aller enfin, juste une fois, quand ils sont adultes, à la violence ? Les hésitations du jeune homme quant au choix d'une carrière : *Ce qu'il voulait-il être ?* Qu'est-ce que tu veux être ? Et ce fut l'architecture, une discipline qui brasse les concepts (ce que sa mère médecin accueillit comme un trait hérité de son père cultivé, différent des hommes d'affaires ordinaires), et par chance il se révéla aussi talentueux qu'il avait été charmeur, plus intelligent que son messager, celui qui était son collègue dans la même entreprise, Verster. *Ce qu'il voulait être.* On a tort de considérer, comme on le fait d'habitude, que cela ne concerne que l'aspect professionnel d'une vie.

Apparemment, il ne savait pas ce qu'il voulait être.

Claudia interpréta cette observation de son complice comme une allusion à la sexualité de leur fils. Même dans cette forme d'intimité étrange qui avait remplacé l'autre (et qui la ravivait d'une manière qu'il valait mieux ne pas examiner), Harald ne pouvait lui confier ce qui lui revenait vraiment à la mémoire : « ... l'homme était et restait ce qu'il avait voulu être jusqu'à son dernier souffle. Il avait tué, s'en était délecté... »

Les formules qui semblent avoir perdu tout leur sens à force d'avoir été répétées trop souvent sont celles qui contiennent le plus de vérité. La sagesse populaire est la plus démontrable. La vie continue. La mort ne l'a pas anéantie en cette nuit de vendredi ; ça n'était pas un des termes de l'alternative. Ça ne l'avait jamais été. Ni dans le recours d'Harald à Dieu dans Sa sagesse—il doit accepter cette interdiction sinon comme Sa volonté, du moins comme la condition de l'homme ; ni dans l'expérience rationnelle de Claudia selon laquelle une apparence de vie subsiste alors même que le malade est en phase terminale. Hamilton a dit qu'il était satisfait de l'état d'avancement de son plan d'argumentation et qu'il pouvait passer chez ses clients les informer des derniers développements sur le chemin de son retour du bureau, pourquoi pas, cela ne le dérangeait pas. Alors, ils ont disposé le plateau et les verres, la glace, le soda et les bouteilles. Hamilton aime bien son verre de brandy. Quelques jours plus tôt, Claudia, attendant à un feu rouge, avait fait signe sans réfléchir à un homme qui se dandinait avec un bouquet de lis rouges, et elle avait acheté à nouveau des fleurs, comme elle en avait autrefois l'habitude en revenant de son cabinet. Ils étaient sous la lumière des lampes tamisée par les abat-jour. Hamilton s'intégra à la *mise en scène*[1] de la vie qui continue avec la même aisance qu'il mettait à entrer dans son cabinet au décor tout aussi soigné ; comme s'il était attendu et que, partout où il allait, tout était préparé pour le recevoir. Quelque chose à boire, volontiers ; il

1. En français dans le texte.

goûta le brandy, fit claquer sa langue et se leva de la chaise qu'il avait choisie pour se verser un peu de soda.

—L'information que j'apporte, c'est que la date est fixée. Dans un mois à compter d'aujourd'hui.—

—Cela ne pouvait pas être plus tôt ?—

—Je sais que cela peut paraître long, mais Duncan comprend. Et le juge est celui auquel je pensais. Ainsi.—

—Qu'est-ce que Duncan comprend, Hamilton ?— Harald n'allait pas se laisser endormir par une réponse lénifiante au sujet des délais. —Nous n'avons pas vraiment le moyen de savoir ce qu'il pense. Mais ça, vous le savez, nous en avons discuté ensemble en long et en large. Est-ce qu'il comprend que vous comptez faire admettre à la fille qu'elle a été celle qui l'a mené au bord d'une certaine folie, celle qui lui a fait faire ce qu'il a fait. *Qu'elle* va l'admettre, elle-même, avec ses propres mots. Je veux dire, est-ce qu'il y croit ; que c'est *elle* qui est la cause de tout. Qu'il était—en quelque sorte—possédé. Je ne vois pas comment vous allez pouvoir utiliser la fille pour aider Duncan s'il n'accepte pas cette manœuvre au sujet de ce, de cette—je ne sais comment qualifier ça—de cette justification.—

—Non, non, il ne s'agit pas de l'acte ; mais de l'état d'esprit, l'état d'esprit, Harald. Ce n'était pas prémédité. C'est la notion de point de rupture—et c'est elle qui l'y a poussé, c'est elle ! Là sur le sofa avec Jespersen ! C'était son œuvre à elle !—

Motsamaï avait écarté ses cuisses, penché son corps vers eux pour souligner ses propos, comme quand il se penchait sur son bureau, les efforts de la journée se lisaient sur son visage aux sombres reflets d'obsidienne, cette couleur noire qui incarnait l'autorité dans la pièce. —Il dit qu'il est coupable. C'est tout. Je vais montrer pourquoi. Je vais montrer qui d'autre l'est. Je vais montrer comment.—

—Ainsi, maintenant, il la hait. Qu'il soit prêt ou non à accuser cette fille à sa place et pour ce qu'il a fait. Il la hait à cause de ce qu'il a vu.— Claudia chercha Harald du regard.

Motsamaï leur répondit à tous les deux, mais après s'être concentré intérieurement. —Il ne parle pas d'elle. Il ne veut pas penser à elle, c'est mon impression. Dans cette direction, je ne progresse pas, avec lui. Donc je suppose qu'il s'en remet à moi. Il sait que je vais procéder à son contre-interrogatoire quand elle sera à la barre.—

—Il la hait maintenant. Ou bien il l'aime.—

Motsamaï ignore l'alternative laconiquement offerte par Claudia.

—Bien entendu, il sait aussi que je convoque Dladla. Ah-hêh.—

—Pour son aventure avec Jespersen.—

—Bien sûr. Bien sûr que je vais le faire, Harald. Jespersen joue—a joué un rôle dans l'évolution de l'état d'esprit de Duncan, un trrrrèès grand rôle, certainement. Lui *et* la fille. Une combinaison fatale. N'a-t-on pas de bonnes raisons de croire que, non content d'avoir rejeté son amant masculin, il a trouvé une sorte de supplément de plaisir à coucher avec la femme que son ex-amant fréquentait. Peut-être y avait-il du mépris, ou un sentiment de revanche, l'amant avait en quelque sorte déserté le camp de la bande de la maison, en passant du côté du sexe féminin. Préférer les femmes ! Qui peut vraiment élucider ces variations bisexuelles. Tous les deux étaient des amants de Duncan. Peut-être que chacun avait quelque chose à lui reprocher, vous savez comment ça se passe, même dans les liaisons ordinaires—mon Dieu, si vous saviez sur quels motifs je tombe dans les cas que j'examine. Incroyable. Il se peut que par dépit envers Duncan cette paire sans scrupule ait imaginé de s'amuser ensemble à ses dépens. Incontestablement, ils ne pouvaient pas trouver un meilleur moyen de le blesser, de l'humilier et de le pousser à l'autodestruction. Un aveu de culpabilité peut être une forme de suicide. C'est ce que je décèle ici, et ma tâche est d'en sauver mon client. C'est pourquoi je compte interroger Mlle Natalie James et pourquoi je convoque M. Nkululeko Dladla.—

Suicide. Mais il n'a pas retourné l'arme contre lui dans le bungalow, il l'a jetée.

Claudia et Harald revivent la scène.

Suicide. L'État peut s'en charger si vous êtes déclaré coupable de meurtre. Harald parle pour tous les deux.

—Nous n'avons jamais parlé de la sentence. Dans l'hypothèse où on obtient les circonstances atténuantes. Ou sinon.—

Le visage d'Hamilton Motsamaï, son ah-hêh, la note basse de son incantation profonde, cette plainte, cette mélopée, les enveloppa comme une étreinte ah-hêhhêh... mmhê. —Je sais ce que vous pensez. Mais cette peine n'a pas été prononcée depuis longtemps, il y a eu un moratoire, comme vous savez, depuis 1990, quand il est apparu inévitable d'abroger l'ancienne Constitution. C'est maintenant sur le point d'être soumis à la Cour constitutionnelle. Le premier recours qui y sera examiné est, en fait, le point de savoir si cette peine est illégale au regard de la Constitution provisoire. La peine de mort. Je crois fermement que la Cour décidera qu'elle est inconstitutionnelle. Elle sera abolie. Liquidée et passée à la trappe avant que la sentence ne soit prononcée. Ah-hêh. Mais pour l'instant, elle est toujours en vigueur.—

Comme vous le savez, avait dit l'avocat. Mais à quel titre auraient-ils dû s'en soucier, outre le fait que, comme la plupart des gens cultivés, ils soutenaient dûment une politique sociale éclairée conforme aux droits de l'homme dans un pays où ils avaient été violés dans le passé—tout en n'étant pas persuadés, en leur for intérieur, qu'on pouvait lutter efficacement contre le crime sans recourir à la peine capitale. Tant de cruautés avaient été commises au nom de l'État dans lequel ils avaient vécu, tant de passages à tabac et d'interrogatoires mortels, cet homme mourant transporté sur mille kilomètres, nu, dans un fourgon de police ; ces condamnés à mort de droit commun, chantant toute la nuit avant l'aube de leur exécution, ces pendaisons à Pretoria pendant que la seconde tartine jaillit du grille-pain—on ne se posait pas de questions sur le châtiment subi par des individus anonymes quand l'État lui-même commettait des crimes. Cela ne les concernait pas. Les meurtriers, les violeurs, les tortionnaires qui s'en prenaient aux enfants ; si le docteur Lindgard avait eu une ou deux fois un contact professionnel avec leurs victimes et avait parlé à son mari des sévices infligés, ni elle ni lui ne pouvaient vraisemblablement avoir l'occasion dans leurs cercles respectifs de connaître, même de loin, les auteurs de ces crimes. (Et d'ailleurs, après tout, peut-être qu'il fallait les éliminer pour le bien de tous.)

La peine de mort. Jusqu'à maintenant, on avait eu l'impression qu'elle ne les concernait pas, ni eux ni leur fils. Ils avaient été perturbés jusqu'à l'obsession par l'analyse des raisons qui l'avaient amené à faire ce qu'il avait fait, par l'incongruité du fait que lui, quelqu'un comme eux, leur propre enfant, avait pu commettre un acte horrible—ils n'avaient pas été capables d'aller plus loin dans leur réflexion, seulement de manière abstraite, se demandant confusément de temps à autre quelle sanction pourrait lui être appliquée, à lui. La punition avait semblé être la cellule de la prison qu'ils n'avaient pas vue, ne pouvaient pas voir, et le parloir des visiteurs, qui était le seul lieu où se manifestait son existence physique, pour eux. Même Harald ; lui qui, imprégné de sa foi religieuse, se préoccupait de l'acte en fonction du pardon divin, et commettait l'hérésie de dénier que cette grâce puisse être accordée au criminel. « Pas pour moi. » La peine de mort : distillée au fond de la bouteille repoussée au fond de l'armoire.

Hamilton Motsamaï les avait quittés. La porte refermée derrière lui, ses pas devinrent inaudibles, sa voiture devait avoir franchi les barrières de sécurité de la résidence. Entre eux et la peine de mort, il n'y avait que lui. En plus, il venait de l'Autre Côté ; mais tout ce qui leur était arrivé venait de l'Autre Côté, ce dénuement face au désastre final : l'impuissance, le désarroi, devant la loi. La sensation étrange qu'avait éprouvée Harald en attendant Claudia dans le hall de cette cathédrale laïque qu'était le tribunal, cette sensation qu'il avait eue d'être l'un de ces pères de voleurs et de meurtriers, elle se trouvait maintenant confirmée. Cet instinct qui l'avait amené à la cathédrale pour prier parmi les gens de la rue, qui lui avait semblé être une manière d'éviter la compassion des gens comme lui, vivant dans cette banlieue protégée, lui avait, en fait, permis de prendre la place qui lui revenait, avec ceux que le malheur accablait le plus. La vérité de tout cela était que lui et sa femme se trouvaient, maintenant, de l'autre côté de la barrière des privilégiés. Ni le fait d'être des blancs, ni l'observance des préceptes du Père et du Fils, ni la pieuse respectabilité du libéralisme, ni l'argent, toute cette panoplie qui les avait préservés—toujours la ségrégation, sous une autre forme—ne pouvait changer leur statut. D'une certaine manière, ce statut était aussi irrévocable que les déplacements de population des noirs sous l'ancien régime ; aucune chance de rester là où ils avaient été, de survivre en eux-mêmes *tels qu'ils avaient été*. Même l'argent ; il pouvait seulement leur permettre d'acheter le meilleur avocat sur le marché. Il pouvait acheter Motsamaï. Les circonstances atténuantes de Motsamaï s'interposaient entre eux—Duncan, Harald, Claudia—et la décision d'un autre tribunal, un tribunal qui ne prendrait pas sa décision au vu des circonstances atténuant la gravité de l'acte d'un individu, mais au regard de la morale collective d'une nation qui est la substance d'une constitution—le droit de l'individu à la vie, même si cet individu a pris la vie d'un autre, au regard de la question de savoir si l'État a lui-même le droit de devenir un meurtrier, de s'emparer de la vie de sa victime en la pendant par le cou, à l'aube, à Pretoria.

La peine de mort.

Motsamaï est convaincu qu'elle sera abolie. « Finie et liquidée » (polyglotte comme il l'est, ce qu'il avait sur le bout de la langue et qu'il avait traduit pour eux était probablement l'expression argotique mi-anglaise mi-afrikaans plus percutante, *finished and klaar*). Mais tandis que l'homme tué sur le sofa repose sous terre, sous les fondations de la résidence et de la prison, et que Duncan est dans sa cellule, elle est toujours en vigueur, c'est la loi, le droit de l'État : celui de tuer.

Le vaste problème abstrait de la morale d'une nation civilisée était tout ce qui avait intéressé Harald et Claudia à l'époque où cette question n'aurait jamais pu se poser pour eux et les leurs. Mais cette nuit, au contraire, cette dimension du problème n'avait pas sa place devant l'imminence de ce qui les aveuglait : Duncan dans sa cellule, attendant l'énoncé de la sentence. Ils étaient comme deux créatures éblouies par les projecteurs d'un poids lourd. Rien entre Duncan et le juge, celui qui prononçait la sentence, rien que Motsamaï et sa confiance en lui. L'étreinte dont elle vous enveloppait cette confiance—elle ne provenait pas de l'avocat mais de l'homme, elle était l'expression d'une compassion qui provenait de l'Autre Côté, de l'intérieur, sous la carapace de cette autorité condescendante. Celle-ci protégeait un ego qu'il avait dû polir pour parvenir à se hisser là où il était, considéré comme le meilleur sur le marché pour cette affaire, parmi un choix d'avocats blancs.

Ni l'un ni l'autre ne pouvaient cesser de penser à la répulsion qu'ils avaient éprouvée, irrépressible, à la vue de Duncan, à sa présence entre deux gardiens, lors de cette dernière visite au parloir des détenus, dans ce lieu dépouillé de toute signification hormis celle de leur confrontation. La prison, tout n'y était que confrontation, entre tous—criminel et geôlier, criminel devenu victime du geôlier, fils ayant trahi l'amour prodigué par ses parents, parents ayant trahi le pacte conclu avec lui. Le dégoût qu'ils avaient soudain ressenti cette fois, non ces dernières fois, à sa vue dans le parloir. C'était cette répulsion qui les avait rapprochés. Répulsion envers leur enfant, leur fils, leur homme—qu'importe ce qu'il a fait—à qui la vie avait été donnée dans la passion d'un premier accouplement. Le chagrin de savoir que c'était cette honteuse dégénérescence, le malaise engendré par cette conspiration dans le rejet, qui avait revitalisé leur mariage les jeta dans un abîme de désarroi. Il était allongé l'entourant de ses bras, elle était étendue contre lui, son dos et ses jambes appuyés le long de son corps, leurs pieds se touchant comme des mains, dans ce qu'elle aimait appeler la position de la cuillère et de la fourchette, ils étaient anéantis. Impossible à dire : condamné à mort. Ils restèrent longtemps dans cette position ; finalement, elle sentit qu'il s'était endormi, sa main sur son corps s'agita dans la détresse qui le submergeait, comme les pattes d'un chien qui rêve. Harald ne prie plus. Elle en prenait soudain conscience et c'était terrible. Elle pleura, attentive à ne pas le réveiller, la bouche ouverte dans un hoquet, avalant ses larmes.

Un plan.

Dans sa cellule en prison, Duncan a une table, un té, une équerre réglable, une règle de conversion, un rapporteur et il dessine un plan en attendant son procès et la sentence, dans un mois à partir de maintenant. A-t-il conscience qu'il va peut-être mourir ? Est-ce une bravade—un plan, un avenir—parce que justement il l'a bien compris ? Ou bien se berce-t-il de folles illusions, et a-t-il l'espoir inexprimable, en pleine détresse, qu'il va pouvoir quitter cet endroit et reprendre sa place dans la vie. Qu'il sera affranchi de ce qu'il a reconnu, même s'il le leur a dit, qu'il a tué un homme. Que le temps va faire marche arrière, à la manière de ces cassettes vidéo, quand l'action tressaute à reculons, qu'ils avaient dû regarder, au lit, certains soirs, la fille et lui—les bandes étaient posées sur la table en bambou, avec les magazines et le cahier—et la petite fête de ce jeudi soir finira comme tant d'autres avaient dû finir auparavant.

Harald l'a dit, un homme mort n'est pas présent pour recevoir la grâce ; un homme mort n'a pas de plan.

Tout a changé. De sorte qu'Harald n'est pas étonné de constater que ce vieux bâtiment, donnant sur l'une des crêtes orientée au nord, en contrebas de la ville construite sur le haut plateau, la ville de la savane, a changé de caractère. Sa façade cramoisie, son large porche d'entrée et ses frises de bois décorant les vérandas, tels que les avaient voulus les pères fondateurs, en bons impérialistes, y sont toujours, mais il regarde l'ancien Hôpital des fièvres, et s'approche de ce qui n'est plus aujourd'hui un lieu de réclusion pour ceux qui risquaient de propager les épidémies, en bas, de ce côté-ci de la population ; c'est désormais le siège de la Cour constitutionnelle. Ce que ces murs vont accueillir est l'antithèse de la confusion qui désoriente les esprits enfiévrés : voici l'enceinte où sera mise en œuvre, sous sa forme la plus avancée, la notion de justice équitable qui existe partout ailleurs. Cette cour va permettre à chaque citoyen, à chaque citoyenne, de lui soumettre toute loi qui l'affecte afin qu'elle soit examinée au regard des droits individuels inscrits dans les principes de la nouvelle Constitution. La Cour constitutionnelle, le Jugement dernier, sera l'arbitre suprême de toute conduite humaine, dans cette partie-ci de la ville comme dans tout le pays. La justice qu'il rendra sera fondée sur les valeurs morales de l'État lui-même ; le droit à la terre et au logement, les libertés d'expression, de circulation, du travail—à n'en pas douter ces questions feront l'objet de plus d'un recours, mais elles ne sont que les accessoires de la liberté suprême à laquelle ce genre de cour de justice, plus qu'aucune autre, est dédiée : le droit de vivre. *Le droit à la vie* : il est gravé dans le document fondateur de l'État, il est proclamé par la Nation qui se reconnaît dans cette éthique-là, dans la Constitution.

Cette enceinte est un lieu de santé et non d'infection, de vie et non de mort.

La première saisine de cette cour, sa première session, est faite au nom de deux hommes, deux condamnés en attente d'exécution, au fond de leurs cellules à Pretoria. Leur vie est liée au moratoire. Ils ne savent pas quand ni même si le moratoire sera levé ; la peine de mort est toujours en vigueur. Ils n'ont, ni l'un ni l'autre, commis de crime au nom d'une cause qui les dépasserait, au service d'un éventuel combat politique ; tous deux sont ce qu'il est convenu d'appeler des détenus de droit commun, qui ont été condamnés pour meurtre par un tribunal, à l'issue d'un procès régulier. Aucun d'eux ne conteste sa culpabilité. Chacun conteste à l'État le droit de l'assassiner à son tour. L'argumentation sera que la peine de mort est anticonstitutionnelle. Le droit à la vie.

Harald a suivi tout cela dans les journaux. Il vient à un rendez-vous clandestin, dans ce vieil Hôpital des fièvres. C'est comme une assignation à laquelle il se rendrait incognito ; il monte l'escalier d'un pas vif et, une fois dans le hall, ne sait pas vers quel corridor se diriger, la moquette les rend tous identiques, l'endroit a dû être complètement réaménagé, il s'en dégage une impression d'élégance gouvernementale, pas la moindre odeur de désinfectant, une mosaïque de pierres colorées au pied d'une batterie d'ascenseurs, des palmiers dans des pots. L'atmosphère est moins celle qui entourait la salle d'audience B17 que celle préludant aux séminaires professionnels auxquels il assiste dans les centres de conférences des grands hôtels impersonnels. Des hommes et des femmes, des fonctionnaires subalternes, passent et repassent, l'œil vague, à la manière des serveurs qui cultivent l'art d'ignorer les sollicitations. Mais le charisme d'un membre du conseil d'administration lui colle à la peau, comme un vêtement dont il ne saurait se défaire, qu'importe si, en son for intérieur, lui-même se sent flotter dans cette défroque ; une jeune femme y est sensible et consent à se tourner vers lui, et à le renseigner sur l'étage et la salle.

Arrivé à destination, à l'agitation exubérante et pompeuse qui règne, il constate qu'il est en avance. Ces derniers temps, il est ballotté d'un lieu inconnu à un autre :

voici une sorte de sous-marin cossu, avec des plafonniers bas, suspendus au-dessus d'une estrade ovale, sur laquelle sont alignés, de part et d'autre d'une imposante chaire, les hauts dossiers des chaises officielles, vides pour l'instant. Derrière l'estrade, un rideau de scène semble camoufler une issue interdite au public. Au pied de l'estrade, se trouvent la barre, aux panneaux méticuleusement cirés, et une série de tables équipées de magnétophones, pour les scribes. Cette zone est symboliquement isolée par une barrière en bois (son expérience lui a appris que cet élément était incontournable dans toutes les enceintes de justice), des rangées de chaises réservées au public, à ceux qui sont venus voir comment on rendait la justice en dernier ressort, ou bien, comme lui, poussés par une autre raison.

Les chaises sont toutes vides mais on lui demande de quitter celle qu'il avait choisie, ni trop près ni trop loin du premier rang, parce que quelqu'un dépose des cartes « réservé » sur tous les sièges de cette rangée. Il faut éviter les piliers qui soutiennent le plafond ; il hésite avant de fixer à nouveau son choix, et maintenant il a presque l'impression d'être dans une sorte de théâtre, où il chercherait la meilleure place pour voir la représentation sans être gêné. Un appariteur apporte des carafes d'eau qu'il pose sur les tablettes incurvées devant les chaises officielles ; un microphone réagit aux tests qu'il subit, émet des borborygmes et des hurlements ; entre eux, les appariteurs se donnent des ordres d'un ton jovial, dans un mélange d'anglais et d'afrikaans... L'esprit se met à vagabonder... Alors, ce genre d'administration (comme la caste des gardiens qui encadrent le prisonnier au parloir) est encore la chasse gardée de ces hommes et de ces femmes de race blanche, ceux qui, naguère, considéraient qu'ils étaient les élus, ces vieux qui surveillent au rythme du sifflement de leur respiration, et les plus jeunes, ces hommes et ces femmes qui appartiennent à la dernière génération de ceux pour qui le fait d'être blanc avait garanti, dès la sortie de l'école, une sinécure aux frais de l'État. Ils s'affairaient de droite et de gauche, devant et derrière Harald ; les jeunes femmes paraissaient avoir toutes choisi de porter le même genre de vêtements, une sorte d'uniforme, que seuls faisait varier une certaine fantaisie ou leur souci de mettre leurs charmes en valeur. En blanc et noir, comme ces caricatures d'hommes de loi des lithographies de Daumier dont Claudia et lui avaient acheté des reproductions chez des bouquinistes, lors d'un séjour à Paris. Il faudrait qu'ils les donnent à Hamilton. Elles compléteraient dignement sa collection d'icônes à la gloire de son prestige juridique, dans cette pièce où reluit ce somptueux bureau, et où le cabinet des résurrections permet de servir du brandy, avec tant de gentillesse et d'à-propos, au client qui se noie dans les révélations qui viennent de lui être faites. Harald revoit la scène ; regarde sa montre. Et les gens commencent à arriver et à prendre place autour de lui.

Il n'en connaît aucun, même s'il reconnaît quelques visages aperçus dans les journaux ou les débats télévisés—c'est le genre de public qui est venu pour le principe, des membres d'organisations pour le respect des droits de l'homme ou bien des personnes que leurs engagements politiques amènent à se prononcer pour ou contre, dans les débats de ce type. Sa femme et lui ne se sont jamais engagés dans l'expression de leurs opinions personnelles sur la place publique, dans ce qu'il suppose être le processus de transformation d'une opinion en conviction. De sa droite lui parvient brusquement une odeur de lis, une femme parfumée finit de s'installer et adresse un regard poli à ce voisin dans lequel elle doit pouvoir reconnaître un allié, d'un bord ou de l'autre, sinon pourquoi serait-il ici ? Sa longue chevelure est rousse, et pleinement consciente de son effet, la jeune femme répète le geste de soulever cette toison luxuriante, dans un geste gracieux, à partir de la nuque, tout en continuant à fouiller dans le porte-documents qu'elle a posé sur ses genoux. A la gauche d'Harald, un noir vient s'asseoir pendant quelques minutes, son regard ne parvient pas à se poser, passant de ses bras croisés à la salle, qu'il parcourt de droite à gauche, avant de recommencer son manège. Dès qu'il s'est remis debout, un blanc d'une bonne soixantaine d'années annexe son siège, trop étroit pour contenir l'embonpoint et les vêtements encombrants de ce nouvel occupant. Soit il est pauvre, soit ses immenses jeans, que l'usure a délavés aux genoux et à tous les points de frottement, sa chemise à carreaux, comme celle des ouvriers, et son gilet de cuir râpé sont l'expression de son dédain pour les contingences matérielles. Harald, étranger à ce milieu, n'est pas initié à ses codes vestimentaires, et il ne saurait trancher. Il se recule un peu cependant pour ne pas embarrasser son voisin. Les minutes passent ; ne pas penser, ne pas penser à la raison pour laquelle, lui, Harald, est ici. Il a une conscience aiguë d'être un participant incongru, une présence que ses motifs rendent insolite, parmi tous ces gens, à leur insu.

Il est seul comme jamais dans sa vie il n'a été seul.

Et voilà qu'ils commencent à défiler vers les chaises officielles, derrière cette arène de lumière, ils se sourient les uns aux autres, bavardent gentiment tout en recherchant les places qui leur ont été affectées—les hommes et les femmes qui vont être les juges. Ils ne sont pas tous des juges au sens habituel, appointés auprès d'un tribunal, mais ils ont tous, à un titre ou à un autre, acquis la légitimité de participer aux travaux de cette cour. On ne peut pas s'empêcher, à cause du passé, à cause des changements qui sont opérés actuellement, de remarquer la couleur de leur peau. Une femme noire, dont le visage porte les marques, pommettes saillantes, bouche sévère, de ceux de sa race qui sont parvenus au succès envers et contre tout. Un homme, qui incarne la tradition noire dans toute sa dignité, tête massive émergeant de ses épaules larges, devenue celle d'un universitaire (il n'y a que lui—Hamilton—dont l'image, quand elle s'imprime à l'arrière de la rétine, directement dans le cerveau, ne tient plus compte du fait qu'il est noir ; être à ce point dépendant de lui a privé son personnage des caractéristiques de sa pigmentation). Une femme blanche, aux manières un peu brusques, portant un nom rustique, aux consonances irlandaises, qui pourrait bien être une de ces féministes, cadres supérieurs, qu'on commence à voir apparaître au sein des conseils d'administration ; et un Indien aux yeux calmes, avec ce sourire sardonique qu'on attribue aux esprits critiques. Un vieux juge blanc, empreint de distinction, dont le visage pétri de patience semble avoir entendu tout ce que des gens en difficulté pouvaient avoir à dire ; un autre qui paraît presque poupin, qui lève les sourcils en posant des questions, qui réinstalle le micro et la carafe posés sur la tablette, mais en réalité il doit bien avoir la cinquantaine, être de la même génération qu'Harald (pour autant qu'Harald ait encore des contemporains, désormais). Les autres rejoignent leur siège sans attirer particulièrement l'attention, à l'exception d'un homme au teint basané (un Italien ou un juif ?), la bouche déformée en un rictus par une balafre, et dont un œil brille d'un éclat noir, vif, alors que l'autre est vitreux, crevé, aveugle. Il se dégage de cet homme une impression de vitalité radieuse d'autant plus insolente qu'il gesticule avec le moignon de ce qui lui reste d'un bras. Ils portent tous des robes vertes, ornées d'une écharpe noire et de bandes rouges et noires sur les manches—une sorte de tenue de judo avec un plastron de dentelle blanche destinée à distinguer cette juridiction de toutes les autres. D'une fente dans le rideau émerge bientôt le juge président lui-même, qui arrive en dernier, et il est la seule personne dans cette enceinte qui ait un lien avec une vie antérieure, car Harald l'avait rencontré, ou plutôt s'était trouvé inscrit sur la même liste, éclectique, des invités à une réception donnée par un consulat étranger. C'est un homme dont le visage, il est difficile de ne pas oublier qu'il en existe, n'exprime pas la projection de son ego à la face des autres, à la face du monde, n'affirme pas sa volonté de dominer. Il peut sembler beau, mais, après tout, il ne l'est peut-être pas ; cette impression de beauté vient de la simplicité calme qui harmonise ses traits. Son regard plonge dans le public et il s'y reconnaît. Il est l'un d'eux. Il ne sourit pas mais ses yeux, derrière ses lunettes, expriment ce sourire, et plus encore, une sorte de compassion—mais ce n'est peut-être qu'une impression, l'effet de loupe inversée de ses verres épais qui convainc Harald de l'authenticité de ce sentiment, qui l'émeut si profondément.

D'une certaine façon, c'est une audience étrangement abstraite. Themba Makwanyane et Mvuso Mchunu—ce sont les noms des meurtriers—sont absents. Ils sont dans leur cellule, dans la section des condamnés à mort. Le recours a été introduit à la fois par leurs avocats, et par des associations telles que l'Association des juristes pour les droits de l'homme, la Société pour l'abolition de la peine de mort, mais aussi par le gouvernement lui-même ; qu'un gouvernement en vienne à contester les lois de son propre pays—ce paradoxe est l'une des séquelles que laisse l'ancien régime, dont les statuts n'ont pas encore été abrogés.

Themba Makwanyane, Mvuso Mchunu—qui sont-ils ? Cette cour ne s'y intéresse pas, elle ne s'attarde pas à savoir qui ils sont, ce qu'ils ont fait, eux les meurtriers qui ont tué quatre personnes ; ils ne sont que le prétexte à une étude de cas, à une analyse du précepte le plus fondamental de la vie humaine.

Cet ancien commandement. Tu ne tueras pas.

Au sein de l'assemblée attentive sous le plafond bas, il n'y a qu'un individu pour lequel les débats ne planent pas à un tel niveau d'abstraction, ne relèvent pas d'une notion si désincarnée de la justice. Et pourtant, l'éloquence des orateurs qui exposent brillamment leurs arguments entraîne parfois Harald sur cet autre plan, l'atmosphère est celle d'un débat vif et animé, les avocats défendant la cause des abolitionnistes se fondent sur les sections de la Charte des droits de l'homme intégrée à la Constitution, dont ils citent les titres (nimbée de ses senteurs de lis, la jeune femme prend des notes qu'il déchiffre à la dérobée : *Section 9 garantit le droit à la vie Section 10 protection de la dignité humaine Section 11 proscrit la cruauté, les peines et les traitements inhumains ou humiliants*). L'avocat de cette partie, qu'on ne peut voir que de dos, depuis le cinquième rang, s'adresse aux juges, et porté par la force de sa conviction, il tangue en donnant son interprétation de la section 9 : le premier principe qui en découle est le droit de ne pas être tué par l'État. L'avocat de la partie adverse, les tenants du maintien de la peine de mort, interprète la même section comme l'obligation qui pèse sur l'État de protéger la vie en utilisant l'efficacité d'une mesure comme la peine de mort pour lutter contre la criminalité violente, celle qui cause la mort. On cite avec émotion la lettre d'un des membres du public : « La seule manière de nettoyer le pays est d'appliquer la peine capitale. » Les juges interviennent, posent des questions perspicaces, exposent leur propre point de vue ; la position des partisans de la peine de mort semble devenir intenable lorsque le juge qui a perdu un œil et un bras entre les mains d'un agent de l'ancien régime qui tentait de le tuer déclare qu'il ne soutient pas la thèse œil pour œil, dent pour dent, ni même bras pour bras ; il n'exprime pas le moindre désir de voir pendre son tortionnaire. Seul le juge qui préside s'abstient de toute remarque, absorbé, prêtant une attention sans faille à tout ce qui se dit, résumant un argument perdu dans trop de rhétorique. Il y a une clause dans la section 33 qui prévoit bel et bien la possibilité de réduire les droits constitutionnels—une remise en cause du Jugement dernier (elle prend de nouvelles notes : *uniquement dans des proportions raisonnables et justifiables au sein d'une société démocratique, libre et ouverte, fondée sur les notions de justice et d'égalité*). Le défenseur de la thèse abolitionniste interrompt les circonvolutions de la démonstration sur les pouvoirs discrétionnaires et affirme que même si un courant « majoritaire » se prononce en faveur du maintien de la peine de mort, cela ne signifie pas nécessairement que cette position soit la plus juste : la Cour se voit rappeler avec fermeté que la question qui lui a été posée est celle de la constitutionnalité de la peine de mort, pas celle de sa légitimité aux yeux de l'opinion publique.

La Cour a levé la séance pour la pause du déjeuner. Dès que le président de la Cour s'est glissé derrière le rideau, l'atmosphère se détend. Des groupes se forment et bloquent le passage en s'agglutinant dans les rangs des sièges destinés au public. Un des juges émerge de ce qui semble être le lieu où ils peuvent se retirer, pour prendre des documents qu'un coursier lui remet, il sourit et salue de la main un groupe d'amis, mais lorsqu'ils cherchent à s'approcher de lui, il hoche la tête et disparaît : il serait inconvenant que les juges soient amenés à discuter de l'affaire avec qui que ce soit. Les senteurs de lis se faufilent jusqu'au bout du rang, avec une brève excuse, et, sans attendre d'avoir dépassé Harald, entament une diatribe à l'intention de la personne qui l'attendait, Quelle bande de vampires assoiffés de sang... Les gens cherchent à savoir si on peut prendre un café quelque part dans le bâtiment, une femme, d'une beauté que sa chevelure striée de blanc rend impérieuse, ouvre son grand sac, en sort son pique-nique, eau minérale et fruits pour ceux qui l'accompagnent, et lance une pique pleine d'humour à l'officier qui tente de la convaincre qu'il est interdit de manger ou de boire dans la salle d'audience.

Harald est bercé par ce tourbillon qui l'entoure puis s'éloigne.

Ils sont partis pour chercher à satisfaire des besoins divers—aller aux toilettes, manger, boire—comme à tous les entractes. Il est resté assis, seul au milieu des rangs désertés, il ne passe plus inaperçu ; il est le centre d'attention de cette arène scintillante, du demi-cercle que forment les chaises officielles, vides, auxquelles sont désormais rattachées les caractéristiques des hommes et des femmes qui les occupaient. Il se lève, prend les escaliers plutôt que l'ascenseur pour redescendre et ressortir dans la clarté irréelle du soleil, au son des voix qui tissent un contrepoint autour d'un trou béant, ces ouvriers noirs employés à la réparation d'un réseau quelconque, eau ou électricité. Le soleil et la *main-d'œuvre*[1]—c'est bien ça, ce qui est, ce qui a toujours été le climat de la ville, le temps humain dans ce qu'il a d'éternel au regard de ce qui est éternel. Ils seront toujours là, à chanter et à creuser. Pendant quelques instants, ébloui par le soleil, on peut facilement céder à l'illusion : rien n'a changé. Ces noms, Themba Makwanyane, Mvuso Mchunu, les deux criminels noirs, sont dans leurs cellules ; le jeune architecte, dans son bureau, à l'étude, dessine des plans, quelque part de ce côté-ci de la ville.

La peine de mort est un sujet de conversation qu'on aborde dans les dîners, pour les autres, pour ceux qui vont refluer vers la Cour constitutionnelle, comme Harald. Leur préoccupation est purement objective : qu'ils veuillent que l'État se charge d'un meurtre, ou qu'ils veuillent le lui interdire, ils agissent au nom des responsabilités et des devoirs civiques dont ils se sentent investis. Ils ne visent personne en particulier. La peine de mort donne matière à débat ; cette cour tranchera, la prochaine Constitution prendra le parti contraire, à moins que ça ne soit le prochain gouvernement. Dieu sait, Dieu seul sait combien les hommes ont pu déformer, interpréter, et réinterpréter Ses Paroles : tu ne tueras pas. Ces hommes et ces femmes de retour vers la salle d'audience, ressortant des cafés trouvés aux alentours, ne se préoccupent que du débat lui-même, ce détachement confère à leur démarche une nature supérieure à la sienne ; il le sait, tout comme le sait le Dieu à qui il a rendu des comptes toute sa vie. Comme pour lui, pour Claudia et lui, il est impensable que ce débat puisse faire irruption dans leur vie—lequel d'entre eux pourrait être assez peu civilisé pour tuer en guise de solution à la douleur, la jalousie, le désespoir ? Les partisans de la peine capitale ont la hantise que la mort soit une arme qui n'appartienne qu'aux autres, les abolitionnistes abhorrent le fait de dupliquer le crime en tuant le tueur ; aucun des participants ne s'imagine dans la peau d'un meurtrier.

---

1. En français dans le texte.

Les seules personnes avec lesquelles il pourrait faire cause commune seraient les parents de ces fameux Themba Makwanyane et Mvuso Mchunu, dont on ne sait rien en vérité, des gens pour lesquels ladite controverse n'est pas un objet de débat, mais bien un problème qu'ils vivent de l'intérieur, que leur fils a fait entrer par effraction dans leur vie après avoir tué quatre personnes, comme ce fils qui a abattu d'une balle dans la tête l'homme allongé sur le sofa. Il serait impensable que ces parents soient présents au milieu de cette foule à l'audience, selon toute probabilité ils sont pauvres et illettrés, terrifiés à l'idée qu'ils risqueraient de s'exposer aux foudres de l'autorité dans le déroulement d'un processus auquel ils ne comprennent rien, en dehors du fait qu'il leur permettra de savoir si oui ou non leur fils allait être pendu au petit matin, un jour, à Pretoria.

Il resta quelque temps debout devant le bâtiment dans lequel tout le monde était rentré. Les rayons du soleil rebondissaient sur les carrosseries des voitures et ces fulgurances trahissaient l'intense activité de cette ville sans cesse en mouvement ; ici, en contrebas on ne percevait de sa rumeur que le murmure de toutes ces choses qui ne sont toujours qu'à moitié formulées ; le chant de ce chœur lui parvenait assourdi, par vagues successives, comme des ondes de choc.

La mort est le prix de la vie. Cinquante. Il a cinquante ans ; le chiffre n'est pas difficile à retenir, mais soudain, ici, maintenant, Harald fait l'expérience de ce que cet âge veut dire. Dans vingt ans, il aura atteint la limite de son espérance de vie. Il accepte cette donnée par fidélité à sa foi, même si certains sont prêts à tout tenter, médicaments, implants, tout ce qui appartient au domaine de Claudia, pour jouer les prolongations. C'est une belle plage de temps, vingt ans, pour lui. Cinquante ans, et il se réveille encore avec une érection chaque matin, bien vivant. Que le prix doive être payé à vingt-sept ans—c'est bien ce qu'il voit se dessiner devant lui, argument après argument, sous la forme d'un débat d'idées. Il retourne dans la salle d'audience pour écouter ce que personne d'autre ne peut entendre.

La décision de la Cour a été reportée au lendemain, à la fin du deuxième jour d'audience. Dans les journaux, Harald a découpé, avec une lame de rasoir, les articles qui résumaient les débats, pour les montrer à Claudia en même temps qu'il lui ferait part de ses propres observations. Il n'avait pas besoin d'avouer son escapade juridique ; depuis qu'Hamilton avait admis, avec une désinvolture étudiée, la nature de ce qui figurait encore sur la liste des sanctions possibles, ils avaient tous les deux accepté l'idée que chacun réagirait à sa manière à l'inquiétude, que chacun chercherait à y faire face selon son propre tempérament ; la honte n'était plus la marque de leur conspiration, ils avaient trouvé un autre mobile pour se liguer : il fallait chercher par tous les moyens, à tout prix, n'importe comment, à protéger Duncan du risque de tomber sous le coup de cette sanction qui figurait encore sur la liste des châtiments éventuels. Il fallait s'informer. Un journal publiait une sélection d'enquêtes relatant le parcours de chacun des juges, ses prises de position antérieures ; l'article sous-entendait que la composition de la Cour constitutionnelle l'amènerait sans coup férir à voter l'abolition de la peine de mort ; que le verdict était couru d'avance. Ces suppositions étaient bien sûr fondées sur les antécédents personnels des juges, sur les rumeurs qui étaient probablement aussi la source du pari d'Hamilton, de ce qu'il essayait de leur faire prendre pour des informations rassurantes. Mais Harald avait entendu les témoignages passionnés de ceux qui citaient le texte des pétitions réclamant la remise en vigueur de la peine de mort, des pétitions qui mobilisaient toujours plus de gens chaque jour que siégeait la Cour, amenant sa moisson de nouveaux signataires ; il lisait tous les jours dans les journaux les récits des cambriolages, des viols, des vols de voitures avec agression—des meurtres—qui apporteraient de l'eau au moulin des signataires de ces pétitions—la prison n'est pas dissuasive, les peines d'emprisonnement à vie sont toujours commuées, le système de la « bonne conduite » en milieu carcéral permettait de relâcher les criminels pour qu'ils tuent de nouveau : la seule protection, la seule justice, c'est de prendre une vie pour une vie. Il racontait tout ça à Claudia. Il se tut. Et soudain :

Où vont désormais les gens atteints de maladies contagieuses ?

Elle se mit à sourire, très doucement, pour lui. La plupart de ces épidémies ont disparu. On n'a plus besoin d'un Hôpital des fièvres. Les gens sont vaccinés dès l'enfance. Sur le plan médical, il ne nous reste qu'à nous inquiéter des maladies transmissibles dans l'intimité, comme tu sais ; de sorte qu'il ne serait pas juste d'isoler ces porteurs-là et de les priver des autres types de contacts avec les gens, de la possibilité d'aller et venir parmi nous. Et pourtant, il y a des personnes qui en ont peur.

Il y a un labyrinthe de violence qui n'est pas contradictoire avec la ville mais qui est une forme de communication au sein de la ville elle-même. Derrière leurs grilles de sécurité, ils avaient cessé de l'ignorer. Il ne laissait pas en paix. C'est une épreuve terrible d'être confronté au fait que, malgré les dénégations désespérées qu'on s'évertue à multiplier, Duncan est prisonnier de ce labyrinthe au même titre que les hommes qui ont dévalisé et poignardé un homme avant de jeter son corps du sixième étage—les faits divers du jour ; le lendemain, comme la veille, il y en aurait d'autres, quelqu'un qui étrangle sa femme ou qui fait brûler toute une famille en mettant le feu à la cabane pendant leur sommeil. La violence ; on pourrait prendre la mesure de ses variations d'intensité si on l'enregistrait chaque jour avec un appareil du genre de ceux qui servent à contrôler la pollution de l'air. C'est le contexte dans lequel ils inscrivent leur histoire, Duncan, Harald, Claudia, c'est tout naturel. C'est l'air épais d'un salon à trois heures du matin, les relents de suint de la moquette en laine, l'odeur des fonds de tasses où le café a fini de refroidir, les craquements du bois sous la pression atmosphérique. La différence qui existe entre Harald et Claudia tels qu'ils étaient avant, à regarder le coucher du soleil, et tels qu'ils sont maintenant, est qu'ils sont entrés dans le labyrinthe après avoir eu des contacts intimes avec un porteur, un porteur d'une autre contamination que celle qu'évoquait Claudia. Harald, à nouveau, se retrouve face à son texte. C'est la nuit, il s'est levé sans bruit pour ne pas réveiller Claudia, il a pris un livre qu'il avait déjà lu mais dont il ne se souvenait plus. « ... Toute transition d'un système de valeurs à un autre doit passer par ce degré zéro de dissolution, jusqu'au niveau de l'atome, doit faire son chemin au travers d'une génération privée de repères aussi bien dans l'ancien que dans le nouveau système, une génération dont le détachement, dont l'indifférence à la souffrance des autres frôle la folie, dont le dénuement en matière de valeurs morales est tel qu'il justifie, pendant les révolutions, au plan éthique et donc au plan historique, le rejet impitoyable de tout sentiment humain... Et peut-être qu'il doit en être ainsi, dans la mesure où il n'y a que cette... génération qui puisse supporter la vue de l'Absolu et l'aveuglante clarté de la liberté triomphante, la lumière qui jaillit des ténèbres les plus profondes, et qui ne brille de tout son éclat qu'au-dessus du gouffre le plus noir... »

Sans le rejet de tout sentiment humain, il n'y a pas si longtemps, un individu n'aurait pas pu supporter le caractère inhumain de l'ancien régime, sa féroce agression sur les corps et les esprits, ses bastonnades et ses interrogatoires, ses mutilations et ses assassinats, jusqu'à son besoin de faire exploser des bombes dans les villes et de se livrer à des embuscades meurtrières en pratiquant la guérilla. Est-ce bien ce qu'Harald lit dans ce texte ? Qu'arrive-t-il, après coup, à ce rejet de tout sentiment humain, une fois qu'il a été inoculé au prix de tant de souffrances, d'un désespoir si déchirant, si poignant, une fois qu'on s'est appliqué à cultiver une insensibilité cruelle, soit pour supporter les coups, soit pour frapper soi-même ? C'est ce qui a survécu à cette période, qui rôde et frappe aveuglément ; pas seulement quand on fait flamber des cabanes, pas seulement quand on organise des massacres au nom de rivalités politiques ataviques dans toute une région du pays, mais aussi quand le voleur de voiture arrache au conducteur sa vie en même temps que ses clés, quand les chauffeurs de taxi s'entre-tuent pour charger des clients ? C'est ce qui autorise un jeune homme à prendre l'arme qui est à portée de sa main et à tuer d'une balle dans la tête son amant (l'amant de sa maîtresse, bon Dieu, qui peut dire)—un jeune homme qui ne s'est lui-même jamais trouvé confronté aux terrifiantes exigences de la révolution, qui n'a jamais souffert de violences, qui n'a lui-même jamais dû infliger de violences, puisque, grâce à la complicité de ses parents, il n'avait jamais été impliqué dans le conflit autrement qu'en tirant sur des mannequins dans des camps d'entraînement ? La liberté est profanée par la violence, c'est bien ce que le texte dit. C'est ce que le pays est en train de s'infliger ; il sait qu'il s'inscrit dans ce mouvement ; non pas qu'il veuille s'en réclamer pour justifier ce que son fils blanc a fait ni pour l'excuser au nom d'un phénomène collectif, d'une aberration contagieuse transmise par ceux chez qui la souffrance avait subi cette mutation, mais parce que la violence est l'enfer que partagent tous ceux qui ont commerce avec elle.

Tirez-le du trou.

Ils n'exprimeraient jamais aussi bien leur détermination à atteindre le but qu'ils s'étaient désormais fixé qu'avec ces mots empruntés à la pègre, à l'argot fraternel des criminels. Par tous les moyens, de gré ou de force—eh oui, la vieille expression admet ouvertement la possibilité de recourir à des procédés tortueux. Depuis qu'Harald faisait lecture à Claudia des comptes rendus de procès dont ils n'auraient même pas pris connaissance auparavant, faute de trouver plaisir à ce genre de ragots, ils se rendaient compte, en analysant les termes des jugements, de la façon dont on pouvait utiliser les interstices de la loi, se livrer à d'obscures exégèses des textes pour sauver des accusés, dont la culpabilité était par ailleurs évidente. De la façon dont on les en tirait.

Claudia s'était jusqu'alors rendue de mauvais gré aux rendez-vous chez l'avocat, mais désormais, avec Harald, elle ne cessait d'importuner Hamilton Motsamaï pour qu'il leur consacre son précieux temps. Ce qu'ils attendaient de lui, c'était qu'il fasse preuve de rouerie, d'une habileté à élaborer des ruses inimaginables pour un profane. Ils voulaient qu'il ait le genre de talent que les gens dont ils méprisaient auparavant les préjugés étaient prêts à reconnaître à certains juristes, en fonction de leur race. Les juifs et les Indiens, ceux-là savaient y faire. Un juriste noir saurait-il mettre en œuvre ces mystérieuses ressources ? Était-il possible d'acquérir ce savoir-faire, de le maîtriser par l'exercice de ce métier, par la pratique ? Ou bien l'évolution l'avait-elle inscrit dans les gènes des races obligées d'apprendre à contourner les lois qui les opprimaient ? Si tel était le cas, Hamilton n'était-il pas un des mieux placés pour développer toutes les ruses et toutes les roueries utiles à son instinct de conservation ? Pourquoi devrait-on partir du principe qu'il y avait définitivement renoncé au moment où il avait endossé la robe empesée d'un membre du barreau, comme un de ces aryens, si fiers de sa droiture et de son professionnalisme, mais qui n'avait jamais vécu de l'Autre Côté ? Ce talent était-il bien là, tapi, dans son cabinet, sous l'œil placide des photographies encadrées commémorant sa présence parmi ses éminents confrères de la cour d'assises à Londres ? Harald pensait pouvoir le déceler ; cette façon d'approcher la fille, de s'immiscer dans ce qui avait pu la motiver dans ses relations avec leur fils, cela lui paraissait révélateur. Mais Claudia, contredisant la confiance qu'elle avait fini par placer dans cet homme, se demandait si un des autres, un de ceux dont parlaient ces gens qui admiraient comme ils dénigraient, à double tranchant, ne serait pas le mieux placé pour tout tenter, pour avoir recours à tous les moyens que pouvait justifier une fin comme celle de sauver leur fils. Un juif, un Indien. Elle ne l'exprimait pas, mais son mari le comprenait ; maintenant qu'ils avaient rompu avec les vieilles valeurs de l'ancien temps, ils multipliaient les compromis avec les réactions stéréotypées qu'ils avaient trouvées faciles à rejeter quand leur vie était protégée. Une fois qu'un meurtre a été commis, à quoi attacher de l'importance ? A ce qui pourrait sauver une vie. L'éthique d'un médecin, d'un cadre membre du comité de direction, quand elle est privilégiée et protégée, quand elle ressemble à la résidence où ils vivent, est dérisoire.

Hamilton semblait ravi de leur changement d'attitude à son égard. Cela semblait l'enthousiasmer, comme s'il récoltait là le fruit de ses manœuvres, ah-hêh, ah-hêh, ce couple de blancs bien sous tous rapports, dans leur tour d'ivoire. Il ne remarquait pas ou feignait d'ignorer, le fait qu'ils pensaient, eux, en être arrivés, de façon détournée, à le mettre au défi de faire quelque chose, de faire n'importe quoi (y compris de bafouer ses principes) pour défendre leur fils. On n'a jamais fini de s'étonner de l'ingénuité dont font preuve les gens éduqués, qu'ils soient noirs ou blancs, vis-à-vis des conventions du droit. Elle ferait probablement le même commentaire au sujet de l'ignorance qui entourait la pratique de la médecine dans le grand public. Ils ne parvenaient toujours pas à comprendre l'éventail des stratégies qu'un avocat de renom pouvait invoquer dans sa défense. Comment pourrait-on assurer la défense d'un meurtrier qui a avoué son crime si ce n'était pas le cas ?

—Ne pourriez-vous pas vous servir de... quel est son nom—Julian—celui qui est venu nous dire, celui que Duncan a appelé tout de suite, cette nuit-là ? J'ai l'impression qu'il n'aime pas cette fille, il a assisté à des scènes qu'elle a faites et qui l'ont choqué, quand elle se comportait—je ne sais pas—comme un fauve, de manière provocante vis-à-vis de Duncan, de la manière dont vous avez dit que c'était important.—

—Dans mon plan d'argumentation, oui.— Il encourage Claudia.

—Ce que vous pourriez essayer d'en tirer. Encore que je sois frappée par sa réticence à parler à cause de ses idées sur la confidentialité de ce qui touche à l'amitié et tout ça. Une loyauté vis-à-vis de ce qui se passait dans cette maison, il a peut-être peur que les autres ne lui fassent des reproches...

—Oh, je suis bien d'accord avec vous. J'ai travaillé sur son cas. Un type renfermé. Mais le fait est, ce que vous disiez au sujet de la maison, ceux qui la fréquentent ou qui y vivent—c'est vrai qu'il est fier d'avoir gagné leurs faveurs, mais il est vraiment attaché à Duncan, c'est Duncan qui a le plus d'importance à ses yeux. Mais je doute que ce soit la peine de l'appeler comme témoin.—

Harald reprend la piste de l'autre, Khulu. —N'est-il pas le plus impressionnant ? Si j'étais à la place du juge, j'attacherais plus d'importance à ce qu'il pourrait vouloir dire. Et lui, il est vraiment un des membres de la maisonnée, pas quelqu'un qui se trouve être un collègue de Duncan, qui travaille avec lui à l'extérieur, un ami qui n'était pas toujours là pour observer ce qui se passait. Alors que Khulu.—

—Et Khulu est un homo. Ah-hêh. Il connaît les principes, les codes, comme vous voulez, de ce qui se fait et de ce qui ne se fait pas, dans la façon d'organiser leur vie, de s'arranger entre eux.—

Je veux dire

Pourrait-on

Pas ça
Ah-hêh
Je veux dire
Un moment s'il vous plaît
Mais si
Laissez-moi vous expliquer

La conversation devient animée, c'est une consultation autant qu'une joute. Heureusement pour ses clients en difficulté, Duncan est devenu le thème d'un débat, non pas là-bas, mais présent parmi eux depuis sa cellule de prison, comme à chaque fois que ses parents sont en rendez-vous chez l'avocat.

L'assistant du plombier qui faisait office de jardinier : devrait-on le citer ?

—Dans quel but ? Laissons-le à l'accusation ! Motsamaï devient soudain très séduisant quand il rit, une autre facette de sa personnalité, qu'il veille d'habitude à ne pas dévoiler dans ce type d'occasions, surgit et bouscule le protocole, qu'elle provienne de l'homme de terroir, comme il l'affirme par sa barbiche taillée à l'africaine, à la manière des membres d'une caste aristocratique, ou de celui qui a changé de côté, qui a réussi, maîtrisé la confraternité juridique dans la convivialité des salles à manger réservées aux avocats.

L'expression, dans sa vulgarité, appartient à la rue et n'a pas cours ici : tirez-le du trou. Mais elle est bien comprise de part et d'autre jusque dans ses limites. La demande que les clients adressent à leur avocat, ils le savent parfaitement tous les trois, ne permettra pas à Duncan de retrouver sa liberté ; sa liberté vis-à-vis de ce qu'il dit qu'il a fait, sa liberté par rapport à ce qui désormais l'englobe, comme lorsqu'il existait, invisible, dans le ventre de sa mère. Puni, il le sera, là n'est pas la question, que ce soit par la volonté du Dieu de son père, ou par les lois des hommes qui règlent la vie de sa mère. L'expression ne peut désigner que les moyens, tous les moyens possibles et imaginables de le mettre à l'abri de ce qui est encore en vigueur. Sa vie pour une vie.

—Je vais vous demander de m'aider davantage. Vous vous en rendez compte. Ah-hêh... bien davantage. Dans ce domaine (la main levée se déploie en l'air), nous n'avons pas assez parlé ensemble. Vraiment pas assez. Comment il était, en grandissant. Comment il était vraiment. Tout ce que vous auriez pu remarquer comme problèmes. Ce qui aurait pu influencer ses réactions par la suite, les conflits, et ce genre de choses. Même des choses dont vous ne vous souvenez plus, des histoires pour lesquelles vous aviez tourné la page.

Comme si des stores étaient levés par leur unanimité, des flots de clarté, crue, sans ombre, se déversèrent dans la pièce.

Il n'y en a jamais eu.

C'était un petit garçon heureux.

Mais on ne dit rien.

# DEUXIÈME PARTIE

Pourquoi Duncan est-il absent de l'histoire ? Il est le vortex dont ils sont tous issus, éparpillés, alentour : Harald, Claudia, Motsamaï, Khulu, la fille, le mort.

Son acte avait fait de lui un vide, le vide est l'antithèse de la vie. Si eux ne parviennent pas à comprendre comment il a pu faire ce qu'il a fait, lui non plus, il n'y arrive pas. Il n'y aurait que la fille ; elle pourrait peut-être, elle saurait sûrement. Elle était prête à tuer : à se tuer. C'est ce qui se rapproche le plus de l'acte de tuer quelqu'un d'autre. De l'acte lui-même, pas de sa signification. Il ne se souvient pas de l'avoir commis, l'avocat le croit ou s'efforce de le croire, il a besoin de le croire, mais le procureur, le juge et les assesseurs, tous les autres, tous ceux à qui on le dira ne le croiront pas. Il n'a pas, selon la façon dont l'avocat a formulé la question, « prémédité » son acte. Il est *passé à l'acte* si rapidement, paroxysme aussitôt retombé, réflexe d'une émotion insoutenable, c'était déjà fini. Il peut revoir la forme du pistolet posé là, mais c'était la veille, pendant la soirée, un imbécile disait qu'il voulait en acheter un et avait voulu qu'on lui montre comment s'en servir. L'arme qu'ils gardaient chez eux. Elle traînait toujours à portée de la main, ça n'aurait servi à rien d'en avoir une pour se protéger si, le moment venu, personne n'avait été capable de se souvenir où on l'avait soigneusement rangée. Il la revoit, posée là, abandonnée, sur la table au milieu des bouteilles et des verres, cette nuit-là, la nuit d'avant. Et quand ils avaient fait la vaisselle—tous les deux, Jespersen, Natalie—qu'ils avaient rangée, qu'ils avaient fait l'amour sur le sofa, ils l'avaient laissée là. Puis le moment était venu. Ils la lui avaient laissée à sa portée.

Il ne la revoit pas quand il repense à la façon dont il les avait surpris. Ce qu'il avait vu alors est précis jusqu'au moindre détail. Ils ont gardé leurs vêtements (elle aime ça, c'est son style), leurs parties génitales offertes, elle, jupe tire-bouchonnée et lui, pantalon à moitié baissé, exposant ses fesses pendant qu'il la pilonne avec vigueur. Ils sont encastrés l'un dans l'autre, les bruits qu'ils font, il ne peut pas s'empêcher de les entendre, il les reconnaît, ils lui sont familiers, chez l'un comme chez l'autre, et au moment même où ils se rendent compte qu'ils sont découverts, leur plaisir les emporte, une houle qu'ils ne peuvent pas maîtriser, ça se passe là devant lui, il lui semble que ça doit toujours ressembler à ça, pour ceux qui sont là, à regarder, à une convulsion, à une crise d'épilepsie. Il s'enfuit. Il lui sembla qu'il l'avait entendue rire et pleurer. Il s'assit dans le bungalow et l'attendit, espérant qu'elle rentrerait à tâtons et déclarerait : Voilà, c'est tout, pas la peine d'en faire un plat, ça s'arrête là, et alors ! Mais cette fois-ci, ça ne s'arrête pas là.

Combien de fois, dans les heures terribles, juste après les moments de bonheur, au beau milieu de la nuit, l'avait-elle affronté, dressée au-dessus de lui, la chevelure en bataille, hors d'elle. Elle agitait la tête, une Furie (oui, c'est ça, mets-moi sur un pilier ou un truc dans ce goût-là avec ton architecture genre post-post-moderne, à la grecque classique), elle riait et elle pleurait—elle ne sait pas faire la différence—et elle hurlait penchée sur lui comme s'il était sourd : « Pauvre pédé ! Pourquoi tu ne vas pas retrouver un de tes mecs ! Vas-y, retourne donc à la maison si je ne te plais pas, si tu veux me jeter, monsieur Moijesuistoutpuissant. » Elle, pour qui tout était permis, elle n'hésitait pas à l'insulter à cause de ce qui ne comptait pas à ses yeux. Il avait fait confiance à sa liberté d'émotion, d'expérience, cette liberté qu'elle revendiquait et qu'elle pratiquait, il avait fait ce qu'il n'aurait jamais dû faire, il lui avait parlé de l'incident, non, pour être honnête il s'agissait plutôt de la période où il était avec Jespersen. Il lui avait donné une arme et elle s'en servait : elle la faisait tournoyer au-dessus de sa tête, elle la lui mettait sous la gorge, puis elle la retirait comme une bonne grosse blague, quand elle obtenait de lui la réaction qu'elle attendait.

L'immonde torrent de ses vociférations revint le torturer dans sa cellule. Elle l'avait coincé. Un des êtres les plus intelligents qu'il lui ait été donné de rencontrer, comme une malédiction chez elle. Tu m'as ramenée tu m'as fait recracher l'eau que j'avais dans les poumons tu m'as ressuscitée après l'asile et ses docteurs psychopathes tu as prévu de me sauver dans la position du missionnaire pas seulement sur le dos bon goût marié tes bébés parce que j'ai abandonné le mien comme ces chiennes qui dévorent les chiots qu'elles viennent de mettre bas faire « carrière » comme tu l'entends parce c'est ce à quoi devrait pouvoir prétendre une femme que tu as sauvée tu m'as privée de ma mort pour ça pour décider ce que je dois faire de ma vie dis que je devrais arrêter de me punir mais écoute-moi bien si je reste avec toi c'est parce que j'ai choisi, j'ai choisi ce que j'ai pu me trouver de pire comme punition et j'y prends mon pied tu sais.

Ça n'en finit pas. Elle n'a pas fini de se déverser, la retenue de toutes ces nuits qui les avaient vus se parler jusqu'à trois heures du matin, électrisés par ses mots à elle, ils n'avaient pratiquement pas besoin d'autre chose pour planer. A chaque seconde de ces crises de rage, quand elle s'acharnait à le fustiger—il se souvenait de ce qu'il lui avait lancé, un soir qu'il avait retenu son poing avant qu'il aille s'écraser sur sa bouche, une violence pour une autre : j'aurais dû te laisser crever—son désarroi le vrillait en repensant à ces vers qu'elle avait écrits pour lui dans un de ses poèmes : « Je suis la flamme de la chandelle et tes yeux / ne voient pas le vent où je vacille. / Sois celui qui me garde / et fait brûler ma mèche. » Il n'y était pas arrivé ; il ne serait jamais celui qui y parviendrait.

J'aurais dû te laisser crever.

Cela veut-il dire qu'il avait voulu la tuer. Se retourner, la regarder cette Eurydice ramenée d'entre les Ombres, et elle ne pourrait plus jamais le suivre. Se débarrasser d'elle et l'aimer à ce point ; la choisir par goût du désastre comme elle disait qu'elle l'avait choisi lui.

Mais ça, ç'aurait été de la préméditation. Combien de fois avait-il retenu sa main au moment où il allait la gifler. Elle avait raison de le tourner en ridicule à cause de son éducation bourgeoise ; ce n'est rien d'autre que l'apprentissage de la docilité, se moquait-elle. Tes parents—un couple de vieux tartuffes confits dans leur bonne conscience. Ton père t'emmenait à l'église, c'est un pratiquant mais les vrais chrétiens sont des rebelles ils sont allés en prison pour avoir dénoncé les injustices plutôt que d'aller rapporter leurs minables petits péchés au curé derrière le rideau qui se prend pour Dieu qui est aux cieux. Ta maman, c'est une bonne libérale, ce qui signifie qu'elle déplorait, que oui, ce qui se passait dans le pays auparavant, mais qu'elle laissait les autres prendre les risques quand il s'agissait d'essayer de changer quelque chose.

Et toi, tu te prends pour une anarchiste (si seulement il le lui avait dit), et l'anarchie n'a pas de forme, tu es le chaos, et c'est pour ça que j'ai quitté ma planche à dessin.

Toute la journée dans le bungalow, à attendre qu'elle revienne, en vain. Les autres fois, après une passade, elle s'était cachée quelques jours, et elle était revenue avec le baise-en-ville dont le contenu avait suffi pour un week-end en amoureux, elle ne s'était pas excusée (elle était libre), mais elle était apparue calme, visiblement contente de le revoir. Une fois, elle lui avait même rapporté un petit souvenir, un fragment de fossile qu'elle avait ramassé. Elle s'en sortait toujours avec ce genre de geste imprévisible. Et puis venait une nuit de palabres. Pendant qu'ils parlaient, son désir de la prendre ne le quittait pas, mais il ne voulait pas suivre de trop près le passage d'un autre homme. Au bout d'un ou deux jours, ils refaisaient l'amour, et on avait l'impression que pour elle rien ne s'était passé. Ça s'était arrêté là.

Finalement, dans la soirée il s'était levé, il avait quitté leur lit, où il avait passé la journée couché et il s'était rendu à la maison. Mais avant, les automatismes, de simples tâches quotidiennes à accomplir, il avait ouvert une boîte de nourriture pour le chien, et avait rempli l'écuelle sur le seuil ; la joie simple de l'appétit sur le point d'être rassasié, du sentiment d'exister, faisait gambader l'animal qui bondissait autour de lui. Il est allé jusqu'à la maison. Il n'avait pas envie de parler à quelqu'un mais il se surprit à monologuer intérieurement, et cette fois les mots n'étaient pas destinés à être prononcés au milieu de la nuit, ils ne seraient pas échangés avec elle. Il ne savait pas ce qu'il disait, ce qu'il allait dire. La peine lui nouait la gorge, bloquée juste là, haut dans le pharynx. Si jamais il était venu jusque-là avec une idée en tête, c'était juste pour voir s'il y avait quelqu'un et ce que la personne qui écouterait son silence trouverait à dire. C'était Jespersen. Jespersen était allongé, le sofa était le même.

Voilà qu'il se retrouvait devant lui.

L'homme leva la tête et sourit, écarquilla les yeux, ses sourcils levés et les coins de la bouche tirés vers le bas, sa façon à lui de mimer la culpabilité, dans une expression familière, qui lui permettait de jouer à la fois de son charme et de ses talents consommés d'acteur. Et il dit : Oh, là là. Je suis désolé, *Bra*.

Frangin. Cette apostrophe, empruntée aux noirs qui fréquentaient la maison de la petite communauté, venait à point nommé pour affirmer qu'il existait entre eux, entre frangins, une fraternité assez forte pour absorber toutes les transgressions.

C'était exactement les mêmes mots, la même expression, que ceux que l'homme avait utilisés pour lui annoncer la rupture, après les mois passés ensemble, quand ils avaient été amants.

La stupéfaction le foudroya ; il n'avait eu qu'elle en tête, rien qu'elle, elle le remplissait tout entier, elle était la source de son discours, elle était l'objet de l'accusation qu'il portait à bout de bras, la dépouille de ses émotions. Ces mots répétés, cette expression sur son visage, et c'était le choc de ce premier coup, il le revivait, le revoyait allongé nonchalamment dans un de ses inoubliables peignoirs japonais, la flexion de ses orteils, les muscles puissants de son pied dans ses sandales favorites, le déchirement de ce rejet qu'il avait vécu comme un deuil. Il l'avait depuis longtemps considéré comme un épisode relégué à une phase antérieure de cette évolution permanente qu'est la vie, à la manière dont s'étiolent les passions adolescentes et leur frustration jusqu'à reprendre leur statut d'anecdotes. C'était Jespersen qui avait été perdu ; perdu dans le corps de la fille. Jespersen aussi, c'était la dépouille rejetée de la vie. Cet homme était parvenu à tout détruire, tout, ce qu'il représentait pour lui, ce que la fille représentait, dans le spasme, l'hideuse contorsion de leur accouplement.

Des mots. Jespersen avec son anglais chantant, mâtiné de norvégien, alignait des mots, il égrenait des évidences. On n'est plus des enfants. Personne n'appartient à personne. On veut vivre libres, non. On ne devrait pas brimer les pulsions qui attirent les gens les uns vers les autres, que ça se termine par des relations sexuelles ou par une longue balade, on s'en fiche, hein. La balade est finie, le sexe est fini, c'était bien, c'est tout, non. Dommage qu'on ait été aussi impulsifs. Je veux dire, c'est une fille qui se débrouille pour le faire plus discrètement d'habitude, non. On est tous au courant... Toi aussi tu es au courant, *Bra*, Frangin. Ça n'a jamais rien remis en cause entre vous, avant. Tu vois, ça t'apprendra à suivre les gens, ça ne se fait pas, c'est une erreur, c'est bon pour les gens qui se servent de ce qu'ils ressentent pour en faire une prison et y enfermer quelqu'un. C'est de ta faute si ça s'est terminé de cette façon, sinon, c'est une fille épatante, ta nana, elle n'y aurait même pas repensé, pas plus que moi du reste, pas de lézard, rien que la suite de la soirée sympa qu'on avait passée, des verres qu'on avait bus, des séances de rigolade qu'on avait eues tous les deux pendant qu'on rangeait. Pourquoi tu ne te sers pas un verre.

Des mots.

Et pendant que l'autre parlait, il entendait en bruit de fond les bribes d'autres conversations, comme le bavardage d'un transistor quand on cherche à régler sa fréquence, le murmure haché de ces échos du passé, de la nuit, d'autres nuits, du désespoir, du dégoût de soi, des éclairs de tendresse indicible, de l'écœurement brutal, de la rage insoutenable que rien ne canalisait. Les synapses avaient sauté, comme des fusibles. Il ne parvenait plus à savoir ce qu'il était en train de penser, de ressentir, sous cette avalanche de paroles, des mots, des mots, des mots. C'était le déluge final, l'apocalypse de toutes ces nuits passées à parler jusqu'à trois heures du matin. C'était ce qu'il avait dû essayer d'arrêter quand sa main avait suivi ses yeux qui se posaient sur l'arme, l'arme qu'ils gardaient chez eux, qui était dans son champ de vision, quand il avait tiré sur leur amant à tous les deux, le sien et celui de la fille, tiré dans la tête.

Ça s'arrête là.

Bien sûr, il n'avait jamais voulu faire une chose pareille. C'est pourquoi il n'y avait rien à expliquer à ces deux pauvres vieux quand ils viennent le voir au parloir. Ce qui l'habitait alors, ce qui l'habite encore, lui est totalement inconnu, comment auraient-ils pu, comment peuvent-ils savoir. C'est à l'avocat, lui qui est si intelligent, d'imaginer une explication. Nous sommes entre tes mains, *Bra*, frangin. C'est l'avocat qui lui a dit que l'autopsie avait confirmé la mort de Carl, Carl Jespersen, d'une balle dans la tête. C'est ainsi qu'il avait fini par y croire. Il n'avait pas vu Carl saigner. Il n'avait pas attendu pour voir ce que l'arme qu'ils gardaient pour se défendre avait fait. Il s'était enfui dans le jardin comme il avait fui dans le jardin après avoir renversé une lampe dans la chambre de sa mère lorsqu'il était enfant. Si la peine de mort est appliquée, peut-être que le cerveau devra être examiné en laboratoire ; il y a peut-être une explication utile à trouver de ce côté-là. Utile à la société. La seule chose qu'il puisse espérer pour ses deux visiteurs au parloir, c'est que la société ne leur fera pas trop de publicité au moment où commencera le procès. *Lui*, il occupe une position dans le monde des affaires qui en fait une cible pour les journalistes de ce secteur, *elle*, c'est du côté des œuvres à vocation humanitaire qu'elle joue un rôle qui la rend intéressante pour les journaux ; les gens seront ravis de voir ce que les photographes de presse peuvent montrer de ces gens importants dont le fils a fait ce qu'il n'aurait jamais dû faire. Mais peut-être que ça passera inaperçu, un meurtre dans un lieu clos (banal dans les banlieues), une dispute entre amants qui a mal tourné, une querelle domestique entre homosexuels jaloux, un fait divers dans ce genre-là, ça ne fait pas les gros titres comparé aux flambées spectaculaires de violence en pleine rue, qui donnent l'occasion de filmer ou de photographier les cadavres de ceux qui ont été abattus au cours des fusillades avec les nouveaux commandos. Ces commandos-là, ce sont les chauffeurs de taxis ou les revendeurs de drogue qui les ont appointés, en s'inspirant des tactiques des commandos de l'ancien régime qui savaient s'y prendre pour « éliminer de façon permanente » les membres de l'opposition, en les déchiquetant dans l'explosion de voitures ou de colis piégés, quand ils ne les lardaient pas de coups de couteau pour être certains de les saigner si les balles n'avaient pas atteint leur cible.

Si on pouvait trouver, dans les lobes du cerveau, une explication pour comprendre pourquoi on peut, ils peuvent, il a pu faire ce genre de choses ; continuer à blesser, à saccager, et, stade suprême du crime et de la violence, tuer.

Une arme domestique. Si elle n'avait pas été là comment faire pour se protéger, dans cette ville, contre le risque de perdre sa chaîne hi-fi, son poste de télévision, son ordinateur, ses montres, ses bagues, contre le risque d'être bâillonné, violé, poignardé. Si elle n'avait pas été là, l'homme sur le sofa ne serait pas enterré sous la ville.

C'était un petit garçon heureux. N'est-ce pas. Claudia n'avait pas besoin de poser la question à Harald. Bien sûr qu'il était heureux. De quoi fallait-il donc qu'ils se souviennent, quelle était cette page—ils se l'étaient vu attribuer par l'avocat—qu'ils étaient censés avoir tournée ? Comme s'il y avait eu quelque chose à cacher ; qu'on lui cachait, qu'on leur cachait. Duncan, que voulait-il qu'ils fassent pour lui. De quoi avait-il besoin venant d'eux.

Tu as gardé cette lettre ?

Un des cartons de classement dans la vieille armoire que nous avons emmenée dans le déménagement. Mais il n'y a que la première page.

Oui, il s'en souvenait ; ils y avaient repensé, inévitablement, dans toute cette confusion qui avait suivi le vendredi soir. *Une chose terrible est arrivée,* avait écrit le garçon. Ils s'étaient disputés pour savoir à qui incombait la responsabilité de dire ou de ne pas dire à leur fils *nous serons toujours là pour toi. Toujours.*

Je pensais que ça pourrait intéresser Hamilton. Mais peut-être que non après tout. Elle n'exprimait pas particulièrement un choc, le petit avait l'air d'avoir plutôt bien réagi face à ce qu'avait pu représenter pour lui l'histoire de ce garçon qui s'était pendu. C'est nous qui avions été si perturbés.

Ce n'est pas parce que sa lettre n'en parlait pas qu'il ne l'avait pas ressenti. Un choc, la peur.

Mais il n'avait pas pu se résoudre à nous l'écrire. Oui. Pourquoi.

Les enfants n'expriment pas leurs sentiments de façon

explicite. Ils laissent aux adultes le soin d'interpréter leurs réactions. Je l'ai appris à force de les ausculter.

Il leva la tête et laissa son regard errer dans la pièce, il ne s'en tenait pas là, il cherchait. L'un d'eux—Claudia ou lui, quelle bêtise cette dispute pour essayer de se justifier—ou bien les deux ensemble avaient passé un pacte avec le petit garçon, Il n'y a rien que tu ne puisses nous dire. Rien. Mais il n'avait pas pu se résoudre à leur dire quoi que ce soit de ce qui était en train de lui arriver et qui l'a conduit à ce vendredi soir, lorsque quelque chose de terrible lui est arrivé. Il ne leur avait pas dit qu'il avait aimé un homme, ou du moins qu'il l'avait désiré, qu'il avait été au bout de l'exploration de cette émotion, même si on lui avait appris à laisser libre cours à ses sentiments, c'est une ânerie de décider que les garçons ne doivent pas pleurer. Il ne leur avait pas dit qu'il avait sauvé une jeune femme de la noyade, qu'il vivait avec elle en luttant contre sa fascination pour la mort. Il leur avait présenté des jeunes femmes avec qui ils avaient pris un verre sur la terrasse de leur villa ; une heure passée à bavarder de la vie publique, des vacances, voire de politique, à échanger des anecdotes et à rire, à faire la critique d'un livre que son père et lui avaient lu—et ils ne savaient pas s'ils reverraient jamais la jeune femme en question. Et celle-ci, celle avec qui il semblait s'être installé, ils ne l'avaient pas vue beaucoup plus, il arrivait à l'improviste, un fils est toujours chez lui quand il vient chez ses parents, et il restait dîner avec eux. Et puis leur ancienne intimité revenait, une façon qu'ils avaient de se retrouver tous les trois, pour ainsi dire, et ils évoquaient ensemble, proches comme on l'est pour parler des affaires de famille, leurs expériences au travail, dans des mondes si différents, il disait à sa mère son souci de la voir travailler si tard et discutait avec son père de son projet de quitter la firme pour laquelle il travaillait afin de monter son propre cabinet d'architecture, où il pourrait exprimer ses choix en matière esthétique. Une fois, Harald avait demandé : Tu es amoureux de cette jeune femme, et il avait semblé heureux que ce fait se trouve admis sans qu'il ait eu à le faire. —Je suppose que oui.—

Mais cette réponse était la reconnaissance implicite du fait que leur amour était difficile ; qu'il rencontrait des difficultés. Harald, Claudia auraient dû le lire entre les lignes.

Mais il y avait ce principe de liberté, ce droit qu'il avait d'avoir sa vie privée : leur façon à eux de l'aimer.

Le pacte était vide de sens.

C'était pourtant l'engagement le plus important qu'il ne leur avait jamais été donné de prendre. Sans lui, le fait de soulager tous ces gens, ces vieillards dans leurs vieux jours, de panser ces blessures de toute sorte infligées à ces hommes, ces femmes et ces enfants, n'avait aucun sens. Sans lui, tout l'amour qu'Harald portait à Dieu perdait toute signification. Et s'il avait pu, *lui*, venir à eux, ou plutôt s'il l'avait voulu, auraient-ils pu intervenir à temps pour empêcher ce qui allait arriver ? A quel stade du chaos qui semblait avoir progressivement envahi sa vie cela aurait-il pu se faire ? Qu'est-ce qui avait constitué le point de non-retour, quand avait-il été trop tard ; quand la fille avait été réanimée—la forme la plus primitive du sauvetage—aurait-il été possible de le protéger, d'empêcher qu'il s'attache à la « sauver », au plein sens du terme, pour la réconcilier avec la vie ? Alors même qu'elle mobilisait toute son énergie vitale pour s'autodétruire, et que c'était précisément cette force qu'il avait trouvé si fascinante ?

Ou bien ce point fatidique datait-il d'avant, était-il antérieur à la fille. Ils pensaient—souvent aussi ils en parlaient quand ces réflexions affleuraient entre eux—à l'épisode homosexuel. Pour autant qu'il s'agisse d'un épisode. Était-ce une donnée qui aurait mérité qu'on s'y arrête, qui aurait pu être discernable, aurait-on pu diagnostiquer cette amorce d'une désintégration de la personnalité—en voilà bien une réaction d'hétérosexuels pour qualifier l'homosexualité de « désintégration » ! S'il leur avait parlé de cette attirance, auraient-ils bien fait de chercher à le conseiller de façon pragmatique, de suggérer que c'était l'atmosphère de cette maison qui l'influençait, qu'il s'agissait d'une mode, de la séduction d'une amitié virile, dans une période—celle de son âge adulte—et dans un lieu où les relations sociales traversaient une phase de transition. Dans cette maison, comme dans la chanson : pas de problème, noirs et blancs, frères de lit en harmonie.

C'était peut-être venu de là.

Mais ensuite, Harald y repensa, seul dans le salon, la nuit, puis il retourna se coucher pour la trouver éveillée dans le lit. Peut-être que si nous avions pu avoir cette chance, s'il avait pu venir nous voir—nous aurions eu tort de considérer l'affaire Jespersen comme un épisode. C'était peut-être ça la stabilité pour lui.

Tu veux dire leur façon de vivre dans cette maison. Ce parti pris.

Oui. Sauver la fille avait peut-être été une tentative pour devenir ce qu'il n'était pas. Quelqu'un comme nous. Je ne sais pas ce qu'on ressent quand on désire un homme physiquement. Je ne sais pas si j'aurais éprouvé le besoin de fuir ce que j'étais devenu. Venant d'un milieu comme le nôtre. Peut-être qu'il aurait dû rester avec des hommes. Que c'était sa vraie nature. Si ce n'avait pas été Jespersen, il y aurait eu quelqu'un d'autre et ils auraient pu vivre heureux, ensemble dans le bungalow, bien mieux qu'en s'enferrant dans ce gâchis sordide avec une femme.

Elle se leva.

Que fais-tu ?

Tournée vers la fenêtre, elle écarta les rideaux, la nuit brillait d'un éclat noir comme le charbon humide et les lumières d'un avion, pointant vers l'aéroport, lui faisaient une traîne d'étoiles qui se détachait sur les constellations. Le monde était à l'écoute. Tu crois que c'est ce qu'il aurait voulu que nous fassions ?

Reviens te coucher.

Ils étaient devenus plus proches, à force de se découvrir l'un l'autre, qu'ils ne l'avaient été du temps de leur première rencontre, du temps de leur jeunesse, quand l'exploration des périls de l'intimité était pour eux une nouveauté.

La Cour constitutionnelle a entamé ses délibérations et ni Harald ni Claudia ne disposent d'informations qui permettraient de prévoir leur durée.

A leurs yeux, leur fils est déjà passé en jugement—devant un tribunal qui n'est pas le tribunal où il devra se présenter—et il n'a plus qu'à attendre le Jugement dernier, en dernier ressort, celui qui prévaudra sur toute décision qui serait de la compétence de la juridiction chargée d'entendre son affaire. Motsamaï compatit avec condescendance, multiplie les déclarations rassurantes. —Je sais que vous ne me croyez pas. Ah-hêh... Je sais ce que vous pensez : quel moyen aurais-je d'avoir la moindre visibilité sur la question alors que celle-ci vient d'être débattue devant la plus haute autorité de ce pays, juste après le président et Dieu Lui-même, et que ces juges n'ont même pas pu rendre leur verdict ? Alors que ces délibérations pourraient bien leur prendre plusieurs semaines. Ce n'est pas leur résultat qui me préoccupe pour mon client. Quelle qu'elle soit, leur décision marquera un coup d'arrêt pour la peine de mort. Ce qui me préoccupe, c'est plutôt la façon dont je vais démontrer que les circonstances ont conduit ce jeune homme à agir de façon parfaitement contraire à sa nature profonde. Cette femme ainsi que l'individu qui avait été pour lui plus qu'un ami—ils s'y sont mis à deux pour lui faire perdre la tête en le trahissant !—

Il avait d'autres gens en difficulté à recevoir. Il reconduisit ces deux-là vers la porte de son cabinet. —Écoutez, je voudrais que vous rencontriez ma femme et mon fils—on l'a inscrit en fac de médecine, je ne sais pas s'il en a les capacités, pourriez-vous nous aider en nous faisant part de votre avis, Claudia ? Que pensez-vous de ce vendredi soir ? Le dîner devrait être bon, enfin, je l'espère ! Je rentrerai de Bloemfontein où j'aurai plaidé en appel, disons aux alentours de 20 h 30, quelque chose comme ça.—

Avec quelle aisance il enrobait l'audace d'être sensible aux difficultés de leur situation sous couvert de mondanité ; il savait ce qu'il en était, ils se seraient probablement retirés du monde, coupés de leurs amis pour ne pas voir sur leur visage la marque de cette sympathie qui les frappait d'ostracisme, puisqu'ils ne pouvaient plus les rencontrer sur les anciennes bases, autour du partage des mêmes expériences. Il n'était pas toujours nécessaire ni souhaitable de maintenir avec les clients des relations strictement formelles. Se charger d'une affaire exige qu'on établisse une relation de confiance, une sorte de marché donnant donnant, avec la famille qui a mis la vie d'un de ses membres entre vos mains, même si cela ne doit pas se faire au détriment de l'objectivité professionnelle. Ce couple de blancs n'avait pas la résistance que les difficultés avaient donnée à des générations de noirs opprimés à cause de la couleur de leur peau. Il sait comment s'y prendre avec ces deux-là : il suffit qu'ils aient l'impression de pouvoir faire quelque chose pour lui ; cet aparté pour solliciter un avis sur la carrière d'un fils ambitieux.

Lorsqu'ils se retrouvent au parloir, ni l'un ni l'autre ne laissent transparaître leur inquiétude quant à l'issue des délibérations de la Cour constitutionnelle. Ce n'était pas la première fois qu'ils se voyaient obligés de faire preuve de ce genre de tact ; il y a tant de sujets qu'il vaut mieux ne pas aborder, tant de réactions qu'il vaut mieux occulter en face de quelqu'un dont la vie est devenue si aberrante, de celui qui, pendant une demi-heure, se trouve ainsi livré à votre observation, entre deux gardiens. Le détenu est un étranger, et il ne devrait pas se trouver confronté aux réalités dont l'accès est réservé au clan de ceux qui jouissent ensemble de leur liberté. Duncan avait certainement entendu parler de ce qui occupait la Cour constitutionnelle pour sa première session ; il avait accès aux journaux mais lui non plus—sans doute aussi par discrétion, cette réserve doit être symétrique afin que ces visites puissent avoir lieu—il n'en parlait pas. A moins qu'il ne parte du principe qu'il leur était impossible d'avoir le moindre commencement d'idée de ce que représentaient pour lui ces délibérations quand il lisait les comptes rendus. Un homme qui déclare qu'il est coupable déclare-t-il du même coup qu'il est prêt à mourir ? Ou bien est-il conscient, comme lui seul peut l'être, qu'il se trouve dans une cellule identique à celles de Makwanyane et de Mchunu, dans la section des condamnés à mort, et revendique-t-il le droit de vivre, quoi qu'il ait pu faire ?

Ils lui demandent plutôt s'il peut avancer sur le plan qu'il est train de dessiner, et il répond que oui, ça va, ça avance bien.

—Je suis impressionné que tu arrives à gérer tout ça.— Harald est admiratif ; l'admiration est une forme de soutien qui est considérée comme acceptable.

—Mon seul problème, c'est que je n'ai personne avec qui discuter des difficultés que je rencontre. Avec les autres, au bureau, c'est ce qu'on fait d'habitude. Mais comme ça, ce sera vraiment intégralement de moi... peut-être jusqu'à l'excentricité, qui sait.

—Il serait peut-être possible que quelqu'un de la firme passe pour en parler avec toi. Pourquoi pas.— Harald est prêt à demander cette faveur aux associés du cabinet (si ce jeune collègue, Verster, avait été à la hauteur, Duncan l'aurait mentionné), après tout, la prison n'est pas une maladie, rien de contagieux ne risque de contaminer les visiteurs dans ce parloir.

—Pas la peine. Quand j'aurai fini le premier projet, Motsamaï le prendra et quelqu'un le regardera.—

Ce qui sous-tend cet échange, le véritable message, c'est qu'il a compris que même si le Jugement dernier lui était favorable, s'il lui garantissait que sa vie ne s'arrêterait pas là, il allait lui falloir supporter la suite : se remettre à la planche à dessin. Mais le sens que cela peut vraiment avoir pour lui, lui qui a sacrifié sa vie bien réglée au profit du chaos, n'est pas de l'ordre des sentiments exprimables.

Lorsqu'ils battent en retraite le long de ces couloirs, guidés par le chaloupé de la croupe de leur gardien habituel, Claudia—et même peut-être Harald—se met à envier une femme qui suit le même parcours, et s'efforce de cacher son visage dans un foulard, humble comme une bête de somme, braillant sa douleur entre ses sanglots.

Claudia se dit qu'ils auraient du mal à refuser. Ils préféraient rester chez eux tous les deux ces temps-ci. On est mieux comme ça. Il n'y avait pas si longtemps, Harald avait pris des billets pour un concert de musique de chambre, avec du César Franck, son compositeur préféré, au programme, mais la musique n'offre pas la même distraction qu'un film ou une pièce de théâtre, qui vous entraîne dans un faisceau de perceptions, elle touche directement au plus vulnérable, si bien qu'ils avaient sombré encore plus profond dans leur isolement.

Il est plein de bonnes intentions. Harald était coutumier de ce genre d'invitations qui naissent de la coïncidence entre des intérêts professionnels et une dose de sympathie personnelle, bien sûr.

Harald et Claudia n'avaient jamais eu l'occasion de se rendre chez un noir auparavant. Cette double démarche—le noir invitant, le blanc acceptant—était pratiquée dans les milieux de gauche auxquels ils n'avaient jamais appartenu sous l'ancien régime, et les coteries des nouveaux libéraux que leur conversion hâtive rendait peu crédibles à leurs yeux. Si par le passé, eux-mêmes n'avaient jamais eu le courage de s'élever contre l'horreur au quotidien, ce que faisaient les militants de gauche, qui allaient bien au-delà des invitations à dîner, et choisissaient de risquer leur carrière et leur vie pour cette cause, au moins, ils n'avaient jamais cherché à compenser cette abstention (cette défaillance : Harald se l'avouait maintenant, tout comme il reconnaissait la lâcheté d'un certain nombre d'autres options molles qu'il avait prises en matière de morale) par un semblant de vie sociale. Les noirs qui figuraient sur la liste des membres du conseil d'administration ; eh bien ils ne se contentaient plus d'y figurer sur l'en-tête du papier à lettres ; ils posaient des questions et influençaient les décisions ; cette reconnaissance—est-ce que ça au moins c'était du concret ? Et Claudia—elle avait fait l'expérience de quelque chose qu'il ignorait complètement, elle connaissait le grain et le toucher de la peau noire, elle savait la chair noire identique à la sienne, elle l'avait toujours su—moins excusable pour tout ce qu'elle n'avait pas fait, toutes les conséquences qu'elle n'en avait pas tirées, par le passé, mais mieux préparée, désormais ; elle n'avait pas besoin de réapprendre les gestes quotidiens.

La maison, d'après l'adresse que la secrétaire de Motsamaï leur avait fait passer sur une de ses cartes de visite professionnelles, se trouvait dans un des faubourgs résidentiels construits dans les années trente ou quarante par des hommes d'affaires blancs, les héritiers de la première génération d'entrepreneurs. Leur père avait immigré dans les années où l'exploitation des mines d'or évoluait et passait du stade de l'aventure individuelle à celui d'une véritable industrie, capable de produire des bénéfices pour ses actionnaires, et d'accompagner la croissance d'une ville ; à l'origine, il était colporteur ou boutiquier, et il avait vite créé les minoteries qui transformaient le maïs indispensable aux millions de noirs spoliés des terres qui les avaient nourris, ou bien les usines qui fabriquaient les matériaux de construction, les vêtements, les meubles, dont avaient besoin les habitants de cette ville, à moins qu'il ne soit devenu importateur de cigares, de radios, de bijoux, voire de tapis. Les fils avaient reçu une bonne éducation et disposaient de la fortune que leur avait léguée leur père : ils se lancèrent dans la construction de maisons qui leur paraissaient symboliser la respectabilité des vieilles fortunes ; des demeures comme celles que leur père avait dû admirer du fond de son isba, ou de sa chaumière, dans son pays d'origine : les élégants châteaux des comtes, les riches gentilhommières des hobereaux. Les architectes qu'ils employaient adaptèrent leurs directives à leurs propres conceptions en matière de prestige et d'opulence, colonnades des maisons de planteurs du Sud profond, en Amérique, lourds balcons des villas italiennes, propices aux harangues des orateurs fascistes de l'époque. Dans les jardins, la piscine et le court de tennis étaient considérés comme des équipements de base.

Certaines fortunes avaient connu des revers, des terrains avaient du être fractionnés, des fils avaient dû émigrer de nouveau, cette fois-ci vers le Canada ou l'Australie. Et certains des petits-fils, privilège de la troisième génération, avaient réagi contre les excès du matérialisme en quittant ce faubourg pour vivre et travailler en conformité avec leur conscience sociale toute neuve. Le quartier connut une période de désaffection et les maisons ne correspondirent plus au goût de l'époque ; elles furent considérées comme des reliques léguées par les nouveaux riches, alors que les fortunes plus récentes préféraient s'éloigner de la ville sur de grandes propriétés, avec des écuries : les belles demeures allaient être livrées aux démolisseurs et le quartier accueillerait les installations des multinationales.

Mais on avait désormais l'impression qu'il allait pouvoir être sauvé grâce à l'imprévisible processus qui accompagnait la déségrégation. Une nouvelle génération de gens fortunés venait d'apparaître, sans qu'il s'agisse d'immigrants venus de l'étranger. Ceux-là étaient bel et bien des gens d'ici, qui, jusqu'à présent, avaient dû se contenter d'admirer les colonnades et les balcons depuis les bidonvilles et les taudis où ils étaient cantonnés dans les townships. C'était l'une de ces maisons que Motsamaï avait achetée. Qu'il l'ait ou non choisie pour ses qualités architecturales (les parents ne disposaient pas des références de leur fils pour juger de la sûreté du goût de quelqu'un), cette maison fournissait un cadre de vie spacieux et confortable à un homme qui avait réussi et à sa famille. Elle avait été dotée de ce qui constituait désormais l'équipement de base, des grilles électroniques chargées de la protéger contre ceux qui étaient restés dans les townships et les bidonvilles.

Le bavardage enjoué du poste de télévision se mêlait à la conversation, les changements d'intensité lumineuse de l'écran étaient une présence de plus dans la pièce. L'immensité de la salle de séjour les avait amenés à se regrouper dans un coin autour d'un des archipels de fauteuils entourant un frêle guéridon dont la pièce était parsemée. Motsamaï avait tombé la veste et s'était du même coup débarrassé du personnage qui avait passé sa journée à aller et venir en avion pour plaider en appel à Bloemfontein. —Faites comme chez vous, Harald !—

Le bar devait faire partie des installations d'origine, et il était pourvu des alcools des meilleures marques. Escamoté par l'exubérante assurance de son père, un jeune homme s'y affairait pour servir à boire aux invités. Motsamaï lui rappelait ses devoirs d'hôte tout en faisant les présentations : un beau-frère, la sœur de quelqu'un, l'ami d'un autre ; sans qu'on puisse savoir si ces gens étaient des invités ou s'ils faisaient plus ou moins partie de la maisonnée. Motsamaï passa à sa langue maternelle pour tancer plusieurs gamins allongés à plat ventre sur la moquette, les mollets rythmant avec entrain la chanson du groupe pop qui passait à la télévision, et qui avaient négligé de se lever pour saluer les invités.

Sa femme et une de ses filles—tant de présentations en si peu de temps—venaient d'entrer en portant des bols garnis de chips et de cacahuètes. Selon les critères d'une époque révolue, la femme de Motsamaï était une beauté, la poitrine généreuse, les cheveux défrisés et coiffés à la mode européenne dans une mise en plis impeccable, mais sa fille était grande et mince. Chez elle, une mutation avait oblitéré ce que la nature avait longtemps veillé à considérer comme le gage d'une nourriture abondante, sous ses vêtements amples on ne pouvait pas deviner ses seins, et ses longs cheveux tressés à l'africaine étaient retenus pour mieux dégager son profil de Néfertiti. Elle avait les yeux de son père et, sous ses paupières effilées qu'elle avait fardées, on voyait poindre le même regard fait d'assurance et de lucidité. La courbe délicate de sa mâchoire réfutait tout ce qui, avant, aurait déterminé sa vie.

La femme de Motsamaï—Lenali, c'est ça—exprimait avec animation son embarras vis-à-vis de l'attitude des enfants.

—Ce n'est pas grave, ils s'amusent, pourquoi les interrompre.— N'avait-elle pas, en tant que mère, elle, Claudia—oh il y avait si longtemps—eu la même réaction quand son fils avait dédaigné de se plier aux assommantes conventions des adultes.

—Ces mômes sont terribles. Vous pouvez me croire. Je ne sais pas ce qu'on leur apprend à l'école. Aucun respect. Si vous avez eu un garçon, bien sûr, vous savez de quoi je parle, la mère n'a aucun pouvoir sur eux et le père—eh bien, il est absorbé par ses problèmes importants, n'est-ce pas,... toujours ! Hamilton ne m'adresse que des reproches ! Je ne sais pas si vous en êtes passée par là !—

Cette femme ne sait pas ce qui est arrivé au fils pour qui Claudia « avait dû en passer par là » ; ou plutôt, si elle sait quelque chose (Hamilton a dû lui parler de l'histoire de ces clients qu'il invitait), elle ne fait pas comme leurs vieux amis, elle ne monte pas leur épreuve en épingle en prétendant que leur fils n'existe pas, en faisant comme si ce qu'il dit qu'il a fait avait annihilé tout ce qu'il avait été. Duncan n'est pas un sujet tabou ici, ce soir. —Je m'étais faite à l'idée que c'était parce qu'il était fils unique, qu'il vivait entouré de trop d'adultes. Il l'exprimait à sa façon, en les ignorant. Il refusait d'embrasser ses tantes quand elles lui caressaient la tête en lui demandant ce qu'il voulait faire quand il serait grand... Il disparaissait dans sa chambre.—

—Oh, moi je trouve que l'adolescence est la pire période ! Dans notre culture, vous voyez, on n'embrasse pas sa tante, mais il y a des règles à respecter pour la saluer d'une certaine façon, conformément aux usages.—

Harald avait suivi l'échange, tout en poursuivant sa conversation avec d'autres interlocuteurs ; Claudia riait, parlait de Duncan.

—Alors, vous faites dans le juridique avec Hamilton ?— C'était le beau-frère ou bien un des autres parents.

—Non, non, je suis dans les assurances.—

—C'est un bon filon, ça aussi. On paie, on paie toute sa vie et si on vit longtemps avant de mourir les gars des assurances ont finalement empoché plus d'argent que ce qu'ils vont avoir à payer, c'est ça, non ?—

Un rire à gorge déployée fusa.

—C'est la loi des rendements décroissants.—

Les convenances qui avaient réglé la vie sociale d'Harald ne prévoyaient pas qu'on puisse associer, lors d'une même soirée, des convives de niveaux d'éducation et de raffinement très inégaux, comme ici cela semblait pouvoir se faire tout naturellement. Ces règles disaient que si vous aviez un beau-frère qui emballait la viande chez un grossiste (l'homme avait fait l'annonce de son métier) vous ne deviez pas l'inviter, surtout le soir où vous comptiez sympathiser avec un des gros clients de votre entreprise, en même temps qu'un intellectuel, présenté comme étant le professeur Seakhoa, qui se permettait de corriger d'un axiome ironique la naïveté de son humour. Hamilton posa une main sur l'épaule d'Harald et l'autre sur celle de l'emballeur de viande. —Beki, mon ami là, il ne fait pas du porte-à-porte pour vendre des assurances pour couvrir les frais d'obsèques, c'est un directeur qui a son bureau tout en haut, au quinzième étage, au siège d'une de ces entreprises où se négocient des contrats qui pèsent des millions, qui concernent des industries entières et tous les logements ici-bas—le développement à grande échelle.—

—Ouais, ça doit être encore plus juteux, nê. Encore plus de fric en jeu. Parce qu'il va bien falloir que le gouvernement finisse par payer.—

De nouveaux visages firent leur apparition dans l'incessant mouvement des allées et venues dans la pièce. Des adolescents, venus voir les jeunes, leur voix haut perchée, vers lesquels se tourna pour les taquiner l'intellectuel dont la bedaine tressautait dès qu'il riait de ses bons mots. Claudia—où était Claudia—Harald veillait à ne pas la perdre de vue—elle parlait avec le fils, que le père avait capturé pour le lui livrer, de ses projets de carrière dans la médecine, certainement. L'expression de son visage au moment où son attention avait été distraite par quelqu'un qui lui offrait des *samoosas* : Claudia pleine de cette énergie généreuse qui lui faisait froncer les sourcils, qui devait être sur le point de suggérer que le jeune homme vienne à son cabinet, enfile une blouse blanche et leur donne un coup de main, quand c'était possible, pour qu'il se rende compte, par lui-même, de ce que voulait dire la pratique de la médecine au service des gens et du pays. Elle riait de nouveau, elle semblait encourager ainsi ce que disait le garçon.

Un tout petit homme, très clair de peau, avait déjà flairé l'arrivée du dîner proprement dit et s'était assis, posant son assiette pleine à ras bord sur ses genoux ; il avait commencé à manger une cuisse de poulet avec des mines de chat qui sait qu'il a volé dans le plat. Les invités se mirent en branle, tout en continuant à parler, et se bousculant affectueusement, se dirigèrent vers la pièce attenante, tout aussi vaste que la précédente, où des plats de viande, de poulet aux pommes de terre, du *putu*, la semoule de maïs, et des salades étaient disposés à côté des desserts, des bols de crème décorés d'arabesques de chantilly. Harald la rejoignit. —Nous ne nous attendions pas à une fête.— Mais elle se contenta de lui sourire comme si elle était toujours en conversation avec un autre invité. —Oh, je ne pense pas qu'il s'agisse d'une fête. C'est juste leur façon de se retrouver en famille avant le week-end.—

Il avait la curieuse impression qu'elle cherchait à l'éviter, à se fondre parmi ceux qui se servaient au buffet, ces étrangers, non seulement de cette nuit mais de toute sa vie, en dehors des rencontres qu'exigeait sa profession, où elle disséquait leur existence. Ici, au milieu de ces vies qu'on sentait étroitement soudées, ces vies qui n'avaient aucun lien avec la leur—même le lien qu'Hamilton avait avec eux s'était dissous en passant de son cabinet à sa vie privée—si elle se perdait parmi ces inconnus, elle échappait à ce qui les unissait plus étroitement que l'amour, que le mariage, à ce garrot qui les empêchait de respirer autre chose que l'air vicié de cet autre vendredi soir, quand cette chose terrible était arrivée. Le bruit des canettes de bière qu'on ouvrait autour de lui crépitait aux oreilles d'Harald, mais Hamilton, qui avait déjà servi plusieurs verres de gin-tonic à ses clients, apporta le vin. Son verre à la main, il passait faire le service, une bouteille après l'autre ; Harald ne refusa pas, comme il l'aurait fait d'habitude, de mélanger les vins et les alcools—tout ce qui permettait de prolonger ce climat de sérénité était le bienvenu. Un homme, tenant son assiette comme une offrande, se lança dans un pas de danse élaboré ; ce n'était pas la nourriture qu'il célébrait, mais une invitation muette au partage—cette soirée, la compagnie des autres, les consolations éphémères. Quelqu'un avait entendu que le métier d'Harald le rendait compétent en matière de financements de prêts, il en profita pour le coincer dans un coin afin de lui soutirer des avis, malgré les interruptions intempestives des autres convives.

—C'est pas gagné, mon vieux, sans garantie tu n'as pas accès à des montants pareils. Demande-lui. Demande-lui. Je n'ai pas raison ? Si tu veux te construire ta petite maison quelque part, le problème est différent, tu vas dans une de ces agences gouvernementales, machin-chose pour le logement, et tu as droit à ton petit pécule pour t'acheter des briques et des fenêtres—

—Un casino ! Mais comment allez-vous faire pour l'autorisation—

—Oh, le problème, ce n'est pas l'autorisation. Vous n'avez pas entendu parler des nouvelles lois sur le jeu ? La licence, il l'aura. Mais dès qu'il trouvera l'emplacement, le terrain et peut-être qu'il voudra convertir les bâtiments existants à moins que la parcelle ne soit nue—c'est là que les ennuis commenceront. Tu verras, mon vieux. Les tracasseries. Les voisins qui s'opposent, les formalités à la mairie—ça te tombe dessus de partout, ça dure des mois. Et à la fin, tu n'es même pas sûr de gagner. Je sais, je sais. La liberté, liberté d'objecter, de tout bloquer.—

—C'est bien la façon de faire des blancs, ça, vivez où vous voulez mais pas à côté de chez moi.—

—Laisse-le répondre à Matsepa—

—On n'a pas de capital. Cette histoire de « garantie » c'est un problème de capital. Pendant des générations, on n'a pas pu avoir la possibilité de se constituer un capital, aujourd'hui on est vendredi, tous les vendredis les gens recevaient leur paye et ils devaient manger avec cet argent jusqu'au vendredi suivant. Il ne leur restait rien. Pas un sou. Une garantie c'est un bien immobilier, une bonne *situation*, pas seulement un boulot. On ne pouvait pas y avoir accès—ni nos grands-pères, ni nos pères, et maintenant, au bout de deux ans de notre gouvernement, on est censé disposer de ces *garanties*. Deux ans !—

—Mais laisse donc Matsepa poser sa question, voyons !—

—Les gens à qui votre compagnie prête de l'argent pour réaliser des projets, quelles sont leurs garanties ? D'où les tiennent-ils ?—

—Écoutez—la solution c'est de se constituer en association. C'est comme ça que ça marche. Nous parlons de projets importants qui ont besoin de fonds pour les investissements ; n'est-ce pas— Harald s'entend débiter les formules qu'il emploie dans ses conseils d'administration comme si une télécommande s'était déclenchée par erreur : qui est-ce qui pérore ainsi ? —Le rôle de l'individu qui a la vision, l'idée... le projet... trouver d'autres gens qui participent... la plupart ont étudié... le projet nécessite... les critères établis... notre collaboration avec le Conseil national du développement... la viabilité économique... l'intérêt de la population... l'emploi... la production de biens... Celui qui est intelligent—et qui n'a pas un sou vaillant ; il faut qu'il s'associe avec des gens qui occupent une position influente...— un jeune homme, un fils, dans une cellule, l'écoutait en regardant les barreaux qui condamnaient sa fenêtre.

—Alors il faut que je cherche un autre docteur Motlana ou un Don Ncube ?—

—Tu parles, ils ont déjà toutes les idées, ils n'ont pas besoin de toi, Matsepa.—

—De toute façon, je passe vous voir, monsieur... Lindgard, c'est ça ? J'appellerai votre secrétaire, ou elle m'appelle quand vous avez un moment, je bouge beaucoup mais j'ai un téléphone cellulaire, c'est ça ma garantie.—

Hamilton passait. —Messieurs, pas de consultation gratuite. Nous sommes là pour nous détendre. Voilà bien mes gens, Harald... Je ne peux pas descendre de voiture en ville sans que quelqu'un m'accoste pour me demander ce qu'il doit faire au sujet des meubles que le magasin a fait saisir pour non-paiement des traites ou de sa femme qui est partie en emportant toutes leurs économies.— Le voisin d'Harald se pencha vers son oreille pour être entendu malgré le bruit des rires et de la musique. —Mais vous ne savez pas comme il les prend à cœur, les problèmes de tous ces gens, il n'oublie rien. Je vous dis la vérité. Même si c'est devenu quelqu'un d'important. Il aide plein de malheureux qui ne paient pas. On a grandi ensemble à Alexandra.—

Le professeur tenait la belle jeune fille par le coude, la fille de Motsamaï. —Avez-vous rencontré cette nièce que j'ai, Motshiditsi ?—

Elle s'esclaffa avec une lassitude indulgente. —*Ntate*, mais c'est imprononçable. Je suis Tshidi, simplement. Et M. Lindgard et moi, nous nous sommes déjà rencontrés.—

—C'est ma protégée. J'avais déjà repéré son potentiel quand elle était haute comme trois pommes et qu'elle n'arrêtait pas de poser des questions qui nous laissaient cois, nous les grosses têtes de la famille.—

Il dit comme il se doit : —Et elle a comblé vos attentes.—

—Eh bien laissez-moi vous dire qu'elle a d'abord été assez maligne pour naître au bon moment, pour grandir quand il fallait. C'est une donnée aléatoire qui a une importance capitale pour la plupart d'entre nous ! Son père et moi appartenons à la génération qui a été éduquée à l'école des missionnaires, St. Peter, rien de moins... Fort Hare. Nous avons donc reçu une formation en avance sur notre époque pour nous permettre de prendre finalement notre place dans cette nouvelle Afrique du Sud qui a besoin de gens comme nous. La génération d'après a connu le système de l'éducation qualifiée de « bantoue », un euphémisme, et ils ont été formés pour être des coursiers, des femmes de ménage, des gardes d'enfants. Sa génération à elle est venue après—certains d'entre eux ont pu être admis dans des écoles privées, à l'université, aller étudier à l'étranger ; ils ont reçu une vraie éducation et ils ont été formés juste à temps pour prendre en main la planification et l'administration du pays. Voilà l'histoire. Elle va réussir encore mieux que son père.—

—Vous êtes juriste, vous aussi.—

—Je suis économiste à la Banque du développement rural.—

—Oh, ça m'intéresse... il y a des choses que je continue de trouver peu claires, dans le processus d'attribution des prêts au logement—même si notre domaine est strictement urbain, bien sûr, mais en principe vous devez rencontrer le même genre de problèmes dans la mesure où j'ai cru comprendre que la banque était en pleine mutation.—

La jeune femme a assez de confiance en elle pour ne pas devoir le laisser davantage établir le fait qu'il l'a reconnue comme un interlocuteur capable de lui répondre, il a passé le test, il s'est positionné comme un égal dans cet échange.

—En principe oui. Cependant, non seulement le secteur agricole était largement aux mains des grands acteurs financiers, institutionnels ou non, au travers de structures de distribution très marquées par le principe d'apartheid, l'Office du maïs par exemple—mais en fait il pouvait même se permettre de s'en affranchir presque complètement—la Banque du développement rural était là pour ce faire, pour accorder des fonds, sur des critères politiques, dès qu'il fallait soutenir des fermiers blancs. Par l'intermédiaire de la banque, le gouvernement accordait des prêts qui n'étaient pas destinés à être remboursés. Comme ce secteur était, par définition, exclusivement composé de blancs puisque les noirs n'avaient pas le droit de posséder des terres, on ne s'encombrait même pas de statistiques—le seul retour sur investissement qu'on attendait des fermiers blancs, c'était que cette partie importante du corps électoral fasse preuve de loyauté politique.—

—Mais c'est en train de changer.—

—Changer !—

—Comment pensez-vous que les choses vont pouvoir changer ?—

Pendant un instant, il n'a plus qu'une partie de son attention—elle a aperçu quelqu'un à l'autre bout de la pièce, à qui elle fait un signe discret du bout de ses doigts aux ongles vermillon, sa main légère comme une aile.

—En les faisant changer. Une nouvelle politique d'attribution des prêts. Des montants moins importants pour élargir la base du secteur, plutôt que de prêter beaucoup à peu d'élus : tous ceux qui n'avaient pas vraiment à se soucier de savoir si leurs récoltes seraient bonnes. Ils étaient sûrs de se faire renflouer par la Banque du développement rural.—

—Plus de compensation automatique en cas de mauvaise récolte ?—

—Mauvaise ? Si c'est le cas, c'est que le fermier était mauvais.—

—Mais les catastrophes naturelles ? Les inondations, la sécheresse ?—

—Ah, on peut tenir compte des échecs, pas les encourager.— Elle rit avec lui de sa propre brusquerie.

—Veuillez m'excuser s'il vous plaît, quelqu'un m'appelle. Il faudrait que nous reparlions de tout ça, monsieur Lindgard. Les aides au logement, de votre côté....— Elle a le charme ensorcelant de son père quand elle est chaleureuse ; une goulée de brandy.

Les enfants de Motsamaï—ils ont tous enfin un métier ; économiste, futurs médecins, ou juristes et architectes, Dieu seul sait, dans cette pièce, il a d'autres enfants. Si leurs grands-pères et leur père ont réussi à survivre jusque-là, cela signifie-t-il qu'ils sont à l'abri ; qu'ils ne vont pas s'attirer les foudres de quelque chose de terrible.

Et où était Claudia ?

Claudia dansait. Quelqu'un avait remplacé le rock et le rap des enfants par de la musique des années soixante, ce qui avait modifié le rythme de la pièce, et Harald suivait du regard les déhanchements et les poses du corps de Claudia, il les avait oubliés, c'était pourtant si familier, cette façon si précise qu'elle avait de répondre aux déplacements de son partenaire en changeant la position de ses pieds, il avait l'impression que les bras, les cuisses, les pieds de l'autre homme étaient les siens. Qu'a-t-on fait du passé ? Oblitéré par le présent ; capable aussi de l'oblitérer. Qu'est-ce qui avait pu entraîner Claudia parmi les danseurs, était-ce cette lourde matrone qui était restée assise à l'écart, l'air abattu, et qui maintenant dansait seule, dans une transe à décrocher les fardeaux qui l'habitaient, ses jambes enflées martelant le sol ? Ou bien était-ce la musique, celle qui avait servi de métronome à ses années d'étudiante, à ces jours où, ravie et bravache, elle se vantait de sa grossesse auprès de ses amies, après qu'il lui eut fait l'amour si sauvagement et si pleinement qu'il avait eu raison de ses précautions, ses précautions de futur médecin rempli de certitudes. Ou bien était-ce les libations d'Hamilton. Ou tout ça à la fois. Claudia avait été invitée par un homme qui avait de la vie une expérience diamétralement opposée à la sienne, sauf sur un point, la musique des sixties, et la façon dont le corps et les pieds pouvaient l'exprimer ; le fait qu'il s'y soit initié dans les bars louches et les taudis alors qu'elle l'avait fait dans les bals du club des étudiants n'avait aucune importance, ils se comportaient tous les deux comme s'ils cherchaient à affirmer la force vitale enfouie en eux. La parade improvisée des danseurs tissait entre eux des relations faites des affinités inconscientes que partageaient leurs atomes ; elle disparut avec son partenaire, réapparut avec lui—à moins que ce ne soit avec quelqu'un d'autre—et passant à la hauteur d'Harald, elle leva la main pour le saluer en agitant les doigts. Dans la voiture, en rentrant chez eux, elle ne lui dit pas : Pourquoi n'as-tu pas dansé avec moi, bien que cette question se soit imposée à lui. Il n'aurait eu qu'à s'approcher et à lui prendre la main, son corps aussi reconnaissait cette musique, qui ne l'atteignait pas au plus vulnérable, comme celle de César Franck. Ils échangèrent quelques remarques—les liens de parenté d'Hamilton, qui était qui ?—des impressions sur la maison, sur ceux qui avaient dû la faire construire ; ils pouffaient en imaginant la tête de ces premiers propriétaires s'ils avaient pu voir comment leur belle demeure était sortie du patrimoine de la dynastie ; arrivés chez eux, ils se dépouillèrent de leurs vêtements et s'endormirent au beau milieu d'une phrase.

Le lendemain matin, Claudia, déjà habillée, se tenait debout dans l'embrasure de la porte. Tu sais, j'étais ivre la nuit dernière.

Je sais. Béni soit Hamilton.

Ce qui, venant d'Harald, n'était pas qu'une manière de parler.

Après deux rendez-vous auxquels la jeune femme avait omis de se présenter, lorsque sa secrétaire essaya d'en organiser un troisième, maître Motsamaï, le *Senior Counsel,* prit le téléphone et fit bien comprendre à Mlle Natalie James que sa présence était impérativement requise. Cette fois, elle vint, et s'assit sans attendre que l'avocat l'y invite formellement sur une des chaises qui faisaient face à l'immensité de cet infranchissable bureau. C'est moi qui décide, lisait-il dans son attitude. Il ne la trouvait pas belle, du moins selon son goût, mais il ne pouvait s'empêcher de constater que son comportement, cette forme de confrontation qui passait sans cesse de l'appel au rejet—ses yeux marbrés de jaune avaient la fixité de ceux des prédateurs qui vous épinglent sans daigner vous voir—exerçait un fort pouvoir d'attraction, et conduisait tout homme à répondre : *Je suis là.*

Donc il était là, mais c'était lui qui décidait, dans l'antichambre du droit. Il avait ses notes devant lui. Il passa en revue, de nouveau, avec elle, les événements de ce jeudi soir en janvier. Elle était capable, chose rare d'après l'expérience qu'il avait des témoins, de répéter mot pour mot les réponses qu'elle avait données auparavant. Elle s'était édité un texte pour son témoignage et il ne comportait pas de faille qui aurait permis de la prendre en défaut. Elle et Duncan ne s'étaient pas disputés ce jour-là, même si ça leur arrivait souvent.

—De sorte qu'il n'y avait pas eu de provocation qui peut-être aurait pu vous conduire à agir comme vous l'avez fait cette nuit-là ?—

Elle marqua une pause, petits mouvements de la tête

pour chercher à comprendre, moue dubitative, l'innocence même. Ses mimiques, spontanées ou non, étaient inexplicablement contredites par ses mots, comme si quelqu'un d'autre parlait par sa bouche. —Je ne réagis pas à des provocations, j'agis.—

Ils continuèrent ainsi, il enchaînait les questions, elle répondait, il était d'une patience insondable, professionnelle, certain qu'il finirait bien par avoir le dessus, finalement, et c'est là qu'elle lâcha quelques mots, en marge de la conversation comme si quelque chose lui était soudain revenu à la mémoire, quelque chose d'anodin, qui ne l'intéresserait probablement pas.

—Au fait, je suis enceinte.—

Si elle avait espéré provoquer une réaction immédiate, elle en était pour ses frais. Les avocats n'avouent jamais leur irritation ou leur colère quand il sont à la barre—c'est une discipline salutaire qui leur permet de tout entendre sans broncher. Tout l'art est d'être le plus rapide possible pour déterminer l'usage qu'on peut faire d'une information. Il se cala contre son dossier. Ah-hêh. Et il se contenta de poser une question.

—L'enfant est de Duncan ?—

Elle sourit à l'accusation sous-jacente.

—Ça n'a pas d'importance.—

—Natalie... pourquoi est-ce que ça n'a pas d'importance ?— Il essaie l'approche paternaliste.

—Parce qu'ils vont renoncer à le réclamer. Il pourrait être de cette nuit-là, pas vrai ? Ils ne vont pas le réclamer.—

—Qu'est-ce que vous entendez par là, ils ne vont pas le réclamer ?—

—Ils vont vouloir essayer de garder quelque chose qui soit de lui. Si quelque chose de terrible lui arrive.—

—La peine de mort va être abolie, ma chère. Duncan va aller en prison et il va en ressortir un jour. Je suis sûr que c'est important pour vous de savoir de qui est l'enfant que vous portez. Vous devez bien avoir une idée, non ? En fait, vous le savez très bien.—

—Nous avons fait l'amour, Duncan et moi, ce matin-là, avant d'aller au travail, dans les mêmes vingt-quatre heures, donc. Qui peut savoir. C'est sans importance.

—Vraiment ? Ça ne vous fait rien ?—

Oh, c'est elle qui décide, oui, c'est bien elle. —Si, ça me

fait que cet enfant est de moi, que ça va être mon enfant, à moi.—

Il incombait à l'avocat—tout lui incombait, pas étonnant que sa femme se plaigne du peu d'attention qu'il avait à consacrer à son foyer, dans cette belle maison qu'il leur avait choisie—d'annoncer à son client et aux parents de celui-ci cette nouvelle, qui allait peut-être apporter une nouvelle dimension à leur vie déjà pleine de difficultés.

Lors de leur visite suivante au parloir, Harald en parla de façon factuelle, sans mentionner les détails que la fille avait donnés, au sujet des circonstances. —Hamilton nous a dit que Natalie James attendait un enfant.—

Le regard que Duncan posa sur eux était plein de douceur, comme s'il faisait le point sur un souvenir lointain. —C'est bon pour elle.—

*Tu es amoureux de cette jeune femme.*

*Je suppose que oui.*

Et voilà que maintenant.

Change de sujet.

Claudia lui parle d'autre chose, elle lui dit que Sechaba Motsamaï est un gentil garçon et qu'elle aime bien la façon dont il les aide à la clinique, le mercredi, Claudia est capable de se sentir proche de son fils, durant ces derniers jours, juste avant le procès, elle attend le parloir avec impatience, maintenant qu'ils se sont rendu compte qu'elle était là, à portée de leur main, depuis le début, cette forme de communication qui consiste à se voir entre les barreaux dressés par tout ce qu'on ne peut pas se dire.

Harald entend leur voix mais ne suit pas leur conversation.

*Je suppose que oui.*

Claudia et lui ne parviendront jamais à savoir quelle est cette chose qui est arrivée. Ce qui est arrivé à leur fils.

Claudia voulait lui rendre visite au parloir la veille du début du procès. Durant la matinée, Harald quitta précipitamment son bureau, ignoré par sa secrétaire, soigneusement rivée à son écran (elle sait, elle sait, quelque chose doit émaner des gens qui gèrent leurs tracas personnels et permettre de les repérer) ; dans l'ascenseur, salué par des employés conscients du fait que ce membre de la direction ignore leur nom, mais soucieux d'exprimer leur loyauté à l'entreprise qui les nourrit, salué encore dans le parking, au sous-sol, par le gardien en uniforme paramilitaire, pour la sécurité, et sans être annoncé il arrive au cabinet de l'avocat. Hamilton Motsamaï est en rendez-vous avec un autre client mais quand sa secrétaire—elle sait, elle sait que le procès commence demain—le prévient à l'interphone, il prie cet autre client de l'excuser et vient rejoindre Harald. Personne n'a autant besoin d'aide ; Motsamaï arrive avec la main tendue, sa bouche n'a pas eu le temps de se refermer sur les mots qu'il prononçait en sortant de son bureau, son attention se concentre successivement sur les difficultés des uns puis des autres, et son visage est comme un projecteur dont le déclic chasse une diapositive pour la remplacer par une autre. Le visage de Motsamaï est fait de cette succession ; inutile de chercher à savoir quelle est l'importance de ses honoraires, ou pour quels services le paient ses clients ; leurs affaires se gravent sur lui comme des initiales sur l'écorce d'un arbre, leurs angoisses se déposent comme des sédiments sur son expression ; sa force, son assurance, sa fierté sont le palimpseste où elles sont inscrites. Harald et lui entrent dans une petite pièce pleine de classeurs et de boîtes. Pendant qu'il écoute Harald, Motsamaï passe et repasse sa langue sur ses dents, sous sa lèvre inférieure, ce qui fait bouger sa barbiche : non, non. —Il vaut beaucoup mieux ne pas y aller. Je vais le voir, je serai avec lui cet après-midi. Il s'est préparé, nous devons faire en sorte que rien ne vienne le perturber. Sa mère, non—vous savez, ça risque seulement de l'amener à se demander comment il va pouvoir faire face à votre regard quand il sera de nouveau dans le box des accusés, demain. Ça ira, il est bien, il contrôle la situation.

Harald s'assied au volant. Il s'apprête à tourner la clé de contact. Un mendiant affalé devant la devanture d'un magasin dépèce la moitié d'un pain et l'enfourne voracement. Des marchandes échangent des harangues et des invectives au milieu de leurs tas de tomates et d'oignons. Les feuilles de choux pourrissent dans le caniveau ; la vie pullule sous toutes ses formes. Les gens passent devant son pare-brise comme l'obscurité gagne sur la lumière. Est-ce que Duncan a peur, alors que son procès commence demain ?

Duncan n'a pas peur. Rien ne peut être aussi terrifiant que la nuit de ce vendredi.

Un visage se colle à la portière. C'est un petit visage familier, le visage que la ville donne à un enfant des rues : le petit avait sifflé et lui avait signalé cette place libre quand Harald avait voulu se garer en arrivant et il allait oublier de lui donner son obole. Il baisse sa vitre. Une bouteille en plastique, de celles qui servent à renifler la colle, dépasse de son col, le garçon est comme une plante malade, avec sa peau noire qui vire au jaune. Ce qui lui reste d'intelligence se focalise sur la pièce, il sait que sa survie dépend de sa rapidité à déterminer si c'est assez.

L'exaltation de mettre un visage sur tout ce qui m'était refusé.

Par eux deux, sur le sofa, accouplés comme des chiens en rut. L'exaltation—alors c'est ça la violence, la violence des rues. Je sais enfin ce que c'est, *j'en suis*, maintenant. Comment elle vient parce qu'en fait il n'y a rien d'autre.

Ça me revient pendant ces heures passées avec les deux psychiatres affublés de leur visage patiemment inexpressif—c'est si difficile pour nous, humains, de nous composer une expression dépourvue de tout jugement : il faut être frappé d'idiotie, ou bien arrogant, ou bien un surhomme—mais ils n'ont pas réussi à me le faire dire. Comprendre. Motsamaï non plus. Et le tribunal n'y arrivera pas davantage. Personne.

Ce visage. Son visage. *Bra,* frangin.

Il n'y a qu'*elle* qui sache pourquoi j'ai pu le faire. C'est quelque chose qu'elle avait rendu possible en moi.

Le présent est si intense dans la salle d'audience qu'il semble éternel, il condense tout ce qui s'est passé depuis cette nuit de vendredi, il rend inconcevable le fait qu'il puisse y avoir une suite.

Les témoins sont nombreux. Pas dans l'arène, vide, au centre de la salle, mais tout autour d'Harald et de Claudia. Un procès pour meurtre, impliquant quelqu'un qui n'appartient pas à la classe qui produit habituellement des criminels, mais un fils de famille, qui exerce une profession libérale ; cela a permis aux tabloïdes de titrer sur une histoire de « couple à trois » pour titiller la concupiscence de leurs lecteurs, tout en allant déterrer les vieux préjugés si prompts à refaire surface : le milieu est qualifié de « quelconque », une « baraque » où vivaient des blancs et des noirs, des homo et des hétérosexuels, et le tout est illustré de photographies tirées d'on ne sait où : de grands portraits de Natalie James et la reproduction d'un de ces clichés de photographes itinérants sur lequel Carl Jespersen apparaissait en compagnie de Khulu dans une boîte de nuit. Tout autour : les curieux, qui tâchaient peut-être d'identifier les parents. Dans le brouhaha, les chuchotements, les craquements, ils ne sont pas faciles à repérer ; quant à eux, ils sont unis dans une symbiose que leurs années de mariage ne leur avaient jamais permis d'atteindre. Il n'y a plus que ce tribunal, ce moment, cette vie, mère / père.

Il n'y a pas que des voyeurs parmi le public. On y trouve aussi des amis de Duncan. Certains sont surprenants, ils ne les connaissent pas ; c'était un jeune homme si secret, avec eux, ses parents. Une femme et sa fille—dotées toutes deux d'une abondante chevelure, deux versions de la même femme à une génération d'intervalle. Juives, probablement. Duncan avait des amis juifs, des amis noirs, alors que Claudia et Harald n'en avaient pas ; il avait évolué. Les deux femmes vinrent et se présentèrent. La plus jeune disait : Pour moi, c'est comme si ça arrivait à mon frère, mais la voix de l'aînée prit le dessus et bouscula la sienne, elle dit en français *Nous sommes tous des créatures mêlées d'amour et de mal. Tous.*

Claudia les remercia d'être venues. Il y a une formule pour toutes les circonstances, on y a recours spontanément.

C'était quoi au juste.

Claudia fouilla distraitement dans ce que l'école lui avait appris de français. Quelque chose du genre nous sommes des créatures mêlées d'amour et de mal, tous. Je ne vois pas bien où elle a voulu en venir.

Mais Harald voyait, lui.

D'autres s'approchèrent, serrèrent la main des parents, mais aucun ne sut quoi dire comme cette femme étrangère avait su le faire : elle avait été porteuse d'un message. L'autre messager était là lui aussi. Il resta debout, désemparé, et il semblait condamné à se sentir à tout jamais coupable, à cause de cette nouvelle qu'il avait apportée, une malédiction dont il n'avait pas pu se défaire en chemin, comme on se débarrasse d'une arme, de cette nouvelle concernant la chose terrible qui était arrivée ce vendredi soir.

Maintenant, ce à quoi Hamilton les avait préparés était en train de se dérouler. Duncan était au centre du tribunal, il portait une chemise à larges rayures et une cravate rouge, un pantalon gris, ainsi qu'une veste de lin trop grande pour lui, à la manière décontractée des jeunes d'aujourd'hui—le fruit des efforts que Motsamaï aura dû faire pour le convaincre de porter un semblant de costume, à défaut de parvenir à lui en trouver un aussi élégant que les siens ; il était peu probable que Duncan possède un vrai costume. Une apparence vestimentaire conforme aux valeurs morales qu'incarnent le juge et ses assesseurs—le père et la mère de l'accusé sont sensibles à ce choix de vêtements et à ce qu'il révèle de l'homme émacié qui trône au tribunal. Un juge qui a du savoir-vivre—Hamilton l'avait précisé sur un ton qui laissait supposer qu'il n'en était pas mécontent. Là-haut, le seul trait susceptible de caractériser la physionomie de l'homme en robe écarlate était une paire d'oreilles toutes rondes, saillantes, qui lui donnaient un air de vigilance alerte. La concession de Duncan aux codes vestimentaires serait-elle appréciée par ce juge pragmatique qui était du genre à ne pas prendre l'habit pour le moine ; quelle importance attacher à ce que peuvent révéler sur sa personnalité les vêtements d'un homme quand on sait par ailleurs qu'il a tué. La voix d'un huissier—le greffier du juge—confirme l'identité de Duncan en ce lieu, pour ce motif.

—Êtes-vous Duncan Peter Lindgard ?—

—Oui.—

—Vous êtes accusé de meurtre pour avoir prémédité et causé la mort de Carl Jespersen le 19 janvier 1996 sans que la légitime défense puisse être invoquée. L'accusé plaide-t-il coupable ou non coupable ?—

Comme durant la nuit de ce vendredi où le messager s'était présenté chez eux pour annoncer la nouvelle, tout s'arrête ; tout est suspendu au profil de Duncan, à sa présence. Mais Hamilton Motsamaï, l'avocat, le *Senior Counsel*, chargé de la défense, fait irruption. Il s'est dressé. —Monsieur le président, eu égard à la nature de la défense présentée par l'accusé, monsieur le président m'autoriserez-vous à répondre au nom de mon client ? Nous plaidons non coupable. La nature de la défense vous sera exposée, monsieur le président, au cours du contre-interrogatoire du premier témoin à charge, dont mon éminent confrère du ministère public a bien voulu me révéler l'identité.—

Le juge donne son assentiment d'un hochement de tête.

Partout autour d'eux, les gens se serrent pour faire de la place aux nouveaux arrivants, mais tout le monde a repéré le couple des parents et personne ne vient s'asseoir près d'eux dans leur rang.

La fille est soudain là, physiquement ; celle-là. Celle qui était sur le sofa avec sa culotte sur les chevilles, celle qu'on peut voir : l'autre protagoniste est loin, aucun regard ne peut l'atteindre, il est sous terre en compagnie de tous ceux qui ont été tués, poignardés ou étranglés dans la violence qui est celle de la ville, la façon d'y mourir. Trois autres personnes ont été tuées ce matin au cours d'une rixe entre taxis, les propriétaires des minibus se sont entretués à une borne, au coin de la rue. Mais Duncan se trompait lorsqu'il pensait, en attendant son procès, que ce qui lui arrivait, perdu au milieu de la violence aveugle, n'intéresserait personne. C'est la violence de la rue qui est monnaie courante.

La voici. C'est elle. Certaines femmes ont des jours sans et des jours avec, parfois laides, parfois belles. C'est peut-être lié à tout un tas de facteurs : leur digestion, la phase de leur cycle biologique, et leur humeur en fonction du jour sous lequel elles veulent apparaître. Elle était dans un jour avec, elle était belle. Claudia ne s'en étonna pas ; elle savait, son métier le lui avait appris, combien les personnalités névrotiques aiment avoir un public, n'importe lequel, même si c'est pour donner de soi une image comme celle de l'épisode du sofa, cuisses ouvertes. Harald la voyait enfin comme Duncan avait toujours dû la voir, même dans ses mauvais jours ; sa peau douce et lumineuse où se découpaient des lèvres de statue, ourlées mais finement ciselées, son front haut, velouté comme un abricot sous les mèches éparses de sa frange, ses pupilles intenses, lascives malgré cette expression enfantine que leur donnait la forme de ses yeux, légèrement étirés vers les tempes, là où s'emmêlaient ses cils épais. Mais il y avait aussi ses vêtements, qui cachaient autant qu'ils suggéraient son corps, une ample blouse de cosaque qui s'évasait à partir de ses épaules à la Modigliani et sous laquelle pointaient ses seins menus, une jupe sage en apparence mais dont la fluidité collait à son corps de sorte que lorsqu'elle marcha jusqu'à la barre des témoins, on pouvait deviner la fente de ses fesses, sous l'étoffe qui allait et venait. Ce n'est pas une beauté mais elle sait être belle. Et en la regardant bien, on peut imaginer que son visage puisse devenir une menace. Ses jours sans, ses jours laids. Alors qu'elle s'approchait de la barre, il était difficile de savoir si elle évitait intentionnellement de voir Duncan ; mais soudain—Harald saisit cet instant-là, debout à la barre, elle regardait Duncan droit dans les yeux, parfaitement calme, concentrée ; Duncan voudrait répondre pour elle, comme elle le lui avait extorqué : *Je suis là.* Il le voulait ! Harald ne pouvait pas voir, pas voir les yeux de Duncan, il ne tenait pas en place, il se mettait dans la peau de son fils et ne savait pas comment contenir cet élan qu'il pensait partager avec lui, en tant qu'homme.

Dès qu'il vit le procureur se lever, Harald éprouva envers cet homme une profonde antipathie. C'était une sensation physique, comme une répulsion. Le procureur avait les sourcils lugubres, en accent circonflexe, et la large bouche étirée d'un masque de comédien qui pouvait aussi devenir celui d'un samouraï dans la rage du combat. Il prit une expression suave pour entamer l'accusation.

—Vous viviez avec Duncan Lindgard et il était votre amant ?—

—Oui.—

—Depuis combien de temps cette relation durait-elle ?—

—Un an et demi, environ.—

—Étiez-vous heureux tous les deux ?—

Elle sourit, avança les lèvres, et fit un geste étrange, elle porta sa main, doigts repliés comme des griffes vers sa gorge, mais lorsqu'elle atteignit son cou, elle le caressa doucement, de haut en bas ; c'était le seul signe de sa nervosité. —Pas vraiment. Enfin, par moments. Quand il ne se passait rien d'autre.—

—Pourquoi n'étiez-vous pas heureux alors que vous aviez décidé de vivre ensemble ?—

—Décidé. Je n'avais pas décidé.—

—C'est à dire.—

—Il s'était approprié ma vie parce qu'il m'avait conduite à l'hôpital.—

—Pourriez-vous expliquer au tribunal ce que vous entendez par là ?—

—Je me serais noyée et je serais morte s'il ne l'avait pas fait.—

—Vous aviez eu des problèmes en nageant au large ?—

—J'étais entrée dans l'eau et j'avais cherché à aller le plus loin possible.—

—Vous aviez l'intention de vous noyer.—

—C'est ça.—

Un frisson parcourt le public devant le panache de cette laconique indifférence vis-à-vis de la vie même. Harald et Claudia sentent que les gens autour sont tombés amoureux de cette fille, les visages se tournent vers elle, ils capitulent : *Je suis là.*

—N'étiez-vous pas contente d'être toujours en vie ?—

—Il voulait que je le sois. C'était agréable.—

—Alors pourquoi n'étiez-vous pas heureuse, reconnaissante ?—

—Il voulait que je sois contente mais à sa façon, que j'oublie pourquoi j'avais pris cette décision à ce moment-là, tout ce que je n'avais pas été capable de gérer, comme si ça avait disparu. Aspiré avec l'eau salée quand ils ont vidé mes poumons avec une pompe, et hop, une nouvelle Natalie. Conforme à son plan. C'est un architecte. Il passe sa vie à ça, à faire des plans, à tirer des plans pour organiser la vie des autres à son idée. Pas à mon idée. Il avait trouvé des carrières pour moi, même des attitudes que j'aurais dû adopter. Je n'avais plus rien à moi.—

—Comment avez-vous réagi ?—

—J'ai voulu me libérer de son emprise et redevenir moi-même.—

—Il vous a sauvée et ensuite il a entrepris de vous fragiliser, c'est ça ? Il a sapé vos efforts pour reprendre confiance en vous ? Pourquoi avez-vous continué de vivre avec lui dans ce bungalow ?—

Comment est-il possible que cette femme vulnérable, cette créature à la chair si tendre, avec ses yeux d'enfant, leur innocence préservée par cette forme qui n'avait pas suivi l'évolution de son corps vers l'âge adulte, soit là à dire des choses pareilles : —Je pensais—j'étais fascinée—que si je réussissais à continuer à vivre comme ça avec lui—alors j'aurais atteint le fond. C'était comme une expérience qu'il fallait que je mène jusqu'au bout, et si je survivais... en fait c'était comme un défi. J'ai connu tant d'échecs.—

—Vous étiez désespérée. Vous aviez déjà fait une tentative de suicide et vous vous retrouviez de nouveau dans une situation désespérée.—

—Je suppose qu'on peut dire ça comme ça.—

—Comprenait-il votre désespoir ?—

—Oh, oui. C'est pour ça qu'il n'arrêtait pas de vouloir m'imposer *ses* solutions. Ce qu'il n'arrivera jamais à comprendre, ce qu'il ne veut pas comprendre, c'est qu'une solution qui m'est imposée par quelqu'un d'autre, ça ne me sert à rien, c'est juste comme une chaîne qu'on me passerait autour du cou. Il n'arrivait qu'à m'étrangler.—

—Certains pourraient y voir la manifestation de sa volonté de vous aider, mais ce faisant, diriez-vous qu'il était possessif ? Jaloux ?—

—Possessif... je ne pouvais pas penser, je ne pouvais rien faire, même les choses les plus banales, sans qu'il s'en mêle et qu'il dissèque tout.—

—Jaloux des autres hommes—de l'intérêt qu'ils vous portaient ?—

—Il était jaloux de l'air que je respirais.—

—Quelles étaient vos relations avec les hommes de la maison ?—

—C'étaient ses amis et ils sont devenus les miens. Dieu soit loué, parce que eux au moins ne prenaient pas la vie trop au sérieux, pas comme lui et moi, on pouvait se laisser aller et bien s'amuser avec eux. Il m'empêchait de voir mes amis, ceux que je pouvais rencontrer moi-même. C'étaient toujours des gens qui n'étaient pas mon genre—d'après lui. A la fin, ça ne valait même plus la peine qu'on se dispute à cause de ça.—

—Vous saviez qu'il avait eu une relation homosexuelle avec un des hommes vivant dans la maison ?—

—Oh oui, il m'avait raconté tout ce qui le concernait. Mais tout le monde avait oublié cette histoire.—

—La nuit du 18 janvier, avez-vous eu des relations sexuelles avec l'un d'eux ? Carl Jespersen ?—

—Oui, effectivement.—

—Comment cela est-il arrivé ?—

—Carl était quelqu'un avec qui on pouvait parler de tout. Et il savait comment était Duncan. J'allais le trouver quand nous nous étions disputés, Duncan et moi, et il savait, disons, remettre les choses en perspective. Ce n'est pas la fin du monde.—

—Aviez-vous eu d'autres relations intimes avec Carl Jespersen auparavant ?—

—Mon Dieu, non. C'était un homo ; David et lui étaient ensemble. Il m'avait trouvé ce job, là où il travaillait, et c'était une *solution* qui avait reçu l'aval de Duncan, pour moi. Ça rassurait Duncan de savoir que Carl gardait un œil sur moi pour être certain qu'il ne se passerait rien avec les autres hommes, là-bas. Duncan avait peur que je le quitte. Ça lui était déjà arrivé avant ; il a une telle poigne quand il veut quelque chose qu'il la tue.—

Le procureur marqua une pause pour permettre à cette figure de style de trouver son plein écho, dans ce tribunal qui statuait sur un meurtre.

—De sorte que l'accusé n'avait aucune raison d'être jaloux de Carl Jespersen ?—

—Aucune. Mais c'est-à-dire—il est jaloux de tout, il rumine sur tout ce qui me touche, même quand c'est lui qui a trouvé la solution. Carl et moi, on s'entendait bien, on travaillait ensemble tous les jours, il a peut-être été s'imaginer des choses malgré le fait que c'était précisément Carl qui arrangeait souvent les choses entre nous, entre Duncan et moi. Qui nous réconciliait tous les deux. Je veux dire, par rapport à ce qu'est Duncan, à ce qu'il me faisait.—

—Pourquoi votre relation amicale avec Carl Jespersen a-t-elle évolué cette nuit-là ?—

—On avait improvisé une fête à la villa et je m'amusais vraiment bien. Mais, une fois de plus, Duncan n'a rien voulu entendre, il était sûr que je n'arriverais pas à me lever pour être à l'heure au travail le lendemain. Je n'étais pas certaine d'être tout à fait à ma place dans une agence de publicité mais Duncan craignait toujours que je ne prenne pas ce travail assez au sérieux. Il voulait que je rentre avec lui au bungalow. Devant les autres, il a commencé à se disputer avec moi, à me faire la leçon—à m'humilier. J'avais eu ma dose ce jour-là.—

—Que s'était-il passé qui vous avait perturbée ?—

—Nous avions passé la moitié de la nuit précédente à parler, à recommencer, et le matin, au réveil, nous nous étions encore disputés, pour finir toujours de la même manière. J'en avais marre.—

—Est-ce pour cette raison que vous n'êtes pas retournée rejoindre l'accusé au bungalow, après la fin de la soirée ?—

—Oui.—

—Vous craigniez que l'hostilité de l'accusé ne vous soumette à une nouvelle nuit d'insultes.—

—Je suis restée pour aider Carl à ranger et pour vider mon sac, pour lui parler de cette scène et me soulager. Je ne pouvais pas supporter l'idée de rentrer au bungalow pour essuyer des reproches encore et encore, *pour mon bien*. J'aurais dû prendre ma voiture et partir sur-le-champ, n'importe où—comme je l'avais déjà fait souvent.—

—L'accusé utilisait-il la violence quand il avait des reproches à vous faire ? Vous frappait-il ?—

—Non, on n'en est jamais arrivé là.—

—Mais il vous menaçait ?—

—Souvent, je le sentais. Pas dans ce qu'il disait. Mais dans son attitude ; dans son regard. Il avait envie de me tuer. Parfois, c'était comme un éclair.—

—Vous aviez acquis la certitude qu'il était capable de violence. Aviez-vous peur ?—

—Je savais qu'il ne pourrait pas me tuer moi parce qu'il m'avait tirée de l'eau.—

—Mais vous avez dû chercher à vous réfugier hors de sa portée cette nuit-là ?—

—J'avais juste besoin de ne pas me sentir enchaînée. Carl m'a fait rire au lieu de me faire pleurer et il m'a réconfortée. La suite est venue tout naturellement. En partie. Je n'ai jamais reçu aucun réconfort de Duncan. Je ne sais pas pourquoi il m'a ramenée à la vie.—

Cette question de nouveau, pourquoi Duncan est-il absent de l'histoire ?

Il est le centre du vortex d'où se déploie, tout autour, le tribunal. S'il ne parvient pas à comprendre pourquoi il a fait ce qu'il a fait, les autres vont apporter leurs explications. Leurs versions. Et voilà aussi cette version de ce qu'il a vu quand il était sur le pas de la porte ; la première fois qu'il était entré. C'est elle qu'on juge, pas lui. C'est bien comme ça qu'elle l'avait vécu, elle, comme quelque chose de tout naturel. Une parade amoureuse à trois, d'abord lui avec l'un puis avec l'autre, et pour finir les deux autres ensemble. Elle « s'amusait vraiment bien », c'était cette sauvagerie qu'il connaissait si bien, cette façon qu'elle avait trouvée de faire exploser son moi quand elle ne supportait plus les tourments qu'il lui infligeait, ce qui l'avait poussée dans l'eau, ce qui lui permettait de séduire les médecins et les pharmaciens pour leur soutirer des comprimés. Quand elle avait dit qu'il l'avait conduite à l'hôpital, elle n'avait pas précisé combien de fois. Elle s'amusait et, résultat, il se retrouvait à jouer les pompiers de service, il était obligé de la ramener au bungalow et de lui donner de l'amour (qu'existe-t-il d'autre pour réconforter ?). Elle n'était pas ivre, non. Elle n'a pas besoin d'alcool comme stimulant, il lui suffit de partir à l'assaut avec des mots pour être stimulée, ça peut la maintenir en état d'excitation pendant des nuits entières. Donc cette fois-ci, elle ne veut pas « être sauvée », a-t-elle dit à l'avance. C'est son tour à lui d'être la victime.

S'il pouvait se libérer (ses policiers de compagnie sont

tout près de lui) et franchir la distance qui les sépare, au centre du tribunal, que souhaiterait-il lui dire ?

Comment avez-vous pu, tous les deux, manigancer quelque chose d'aussi raffiné (l'expression est de Motsamaï) pour me détruire ? Vous deux ; si malins, si certains de bien me connaître.

Tu leur as raconté ça à ta façon : tu ne leur as pas dit que c'était toi qui en étais porteuse, que c'était dans ta tête, que c'était toi qui me l'avais inoculé au point que c'était devenu ce que tu voyais en moi : combien de fois m'as-tu dit, à trois, quatre heures du matin—les oiseaux chantaient déjà, là, dans ce jardin où j'ai laissé tomber ce truc—m'as-tu dit comme ça, un jour tu vas vouloir me tuer, c'est ce que tu désires le plus, me tuer pour réussir à faire ce que tu as toujours voulu faire, me sauver et te sauver.

Mais elle s'est sauvée toute seule. Elle a pris sa voiture et elle est partie, elle nous a laissés derrière, Carl et moi. Le mort et l'accusé. Et la voilà à cette barre, et on ne pourra plus jamais se parler, pas avant de pouvoir les réentendre, les oiseaux.

—Mademoiselle James, êtes-vous enceinte ?—

Immédiatement, le juge interrompt Motsamaï ; mais l'ouverture en fanfare de son contre-interrogatoire a fait mouche.

—Monsieur Motsamaï, comment cette affaire peut-elle justifier une telle incursion dans la vie privée du témoin ? J'exige que vous retiriez cette question.—

—Avec tout le respect que je vous dois, monsieur le président, il se trouve que c'est une question tout à fait pertinente au regard des relations entre le témoin et l'accusé et de leurs conséquences tragiques. Puis-je vous demander l'autorisation de poursuivre ?—

—Votre affirmation ferait bien d'être fondée, maître Motsamaï, et j'espère que vous saurez m'en convaincre sans tarder.—

Ils se comprennent tous les deux ; tous deux savent que le juge se devait de soulever cette objection, tout comme ils savaient pertinemment qu'il serait obligé de la retirer. Maître Motsamaï ne pose pas de questions pour le plaisir de créer un effet, encore que celle-ci ait provoqué dans le public une véritable sensation. La température de la salle monte, accompagnée de murmures outrés et d'exclamations étouffées. *Shame*. Non pas honte sur ses galipettes sur le sofa, que tout le monde trouve finalement assez savoureuses et se remémore au passage, mais quelle honte de voir cette jolie jeune femme livrée à un de ces avocats sans vergogne qui ne peuvent s'empêcher de commettre des indiscrétions dès qu'ils ont devant eux une personne du sexe faible, et aussi—une de ces vieilles réactions, officiellement proscrites—voir une blanche, interrogée de la sorte par ce noir, avec ses rides, ses traits tirés, son expression farouche, ce visage marqué par toutes les années où ceux de sa race n'auraient jamais osé poser la moindre question à quelqu'un comme elle, une blanche.

Dès que la question lui avait été adressée, à elle, autant qu'au tribunal et au public, son étonnement avait vite fait place à une sorte de reconnaissance, réticente et sardonique, comme un hommage rendu à l'esprit de cet ennemi retors : elle n'aurait jamais dû le lui dire, en passant, pour ainsi dire, à seule fin de se donner plus d'intensité dramatique, dans son cabinet !

Motsamaï répète doucement la question ; elle l'a déjà bien comprise.

—Oui.—

Rien qu'en la regardant, Harald comprit que la fille n'avait pas fait part de cette information au procureur quand ils avaient préparé son intervention en tant que témoin à charge. Et Hamilton—sa ruse avait été d'en faire le pari ; le procureur avait des attentes, sur le plan de la morale, et elle savait que pour s'y conformer, elle devrait lui apparaître irréprochable.

—Duncan Lindgard est-il le père de l'enfant que vous portez ?—

Elle répondit clairement, pas la peine de chuchoter. —Je ne peux pas l'affirmer.—

—Le père pourrait-il être Carl Jespersen ?—

—C'est possible.—

—Vous n'aviez pris aucune précaution pour écarter ce risque, tant votre désir avait été impulsif cette nuit-là, après la fête ?—

—C'est exact.—

—Est-ce pour cette raison que vous ne pouvez savoir si l'enfant est de Duncan Lindgard, votre compagnon, l'homme avec lequel vous habitiez, ou bien de Carl Jespersen, celui avec lequel vous avez eu un rapport cette nuit-là ?—

—Oui.—

—Mais la date de la conception, que votre médecin a dû pouvoir vous indiquer avec plus ou moins de précision en vous confirmant votre grossesse, ne permet-elle pas d'exclure la paternité de l'un des deux hommes ?—

—Elle ne le permet pas.—

—Comment est-ce possible ?—

—Vous le savez bien. Je vous l'ai dit quand vous m'avez posé la question, l'autre fois, dans votre bureau. Duncan m'a fait l'amour, très tôt, ce matin-là, c'était toujours comme ça que ça finissait quand on avait eu une nuit difficile.—

—Vous faites-vous du souci, êtes-vous gênée de ne pas savoir qui est le père de l'enfant que vous allez mettre au monde ?—

Natalie détourne la tête, elle regarde à droite puis à gauche, elle cherche à les fuir, tous autant qu'ils sont, elle fuit le tribunal que soutient le consensus du public : *shame*. Et puis elle fait face, elle répond à tous ceux qui sont là. —C'est mon enfant.—

Duncan veut se débarrasser des policiers, les plaquer au mur, et se précipiter vers elle, prendre dans ses mains sa pauvre tête, son visage, sa bouche et ses torrents d'insultes, et la réduire au silence dans ses bras, appuyée contre sa poitrine, la berçant pour son enfant abandonné, Natalie / Nastassia, pour sa noyade et sa mort perdue— mais on ne peut pas faire taire Motsamaï, le processus ne peut être arrêté. Depuis que lui, Duncan, avait franchi le seuil de cette porte, quelque chose avait été mis en branle que rien ne parviendrait à interrompre.

—Vous n'êtes pas préoccupée par la peine que cette nouvelle va causer à l'accusé, lui qui vous a donné sa fidélité, son soutien, preuves d'amour que vous avez acceptées de sa part, en dépit des accusations que vous portez contre lui, et ce depuis plusieurs années ?—

—Ça ne regarde que moi.—

—Est-ce là votre réponse à la question de savoir quelle pourrait être sa réaction, sa peine face à cette nouvelle ?—

On a l'impression que Motsamaï et la traque qu'il avait lancée contre elle n'existent pas. Elle répète—Ça ne regarde que moi.—

—Ça vous est égal. Très bien. Mademoiselle James, je crois que vous écrivez, parfois, des poèmes et des choses dans ce genre-là, et que vous avez un large vocabulaire. Connaissez-vous le sens de l'expression *in flagrante delicto* ?—

—Je n'ai pas besoin qu'on me l'explique.—

—Vous n'en avez pas besoin. Avez-vous été surprise en flagrant délit avec Carl Jespersen sur le sofa du salon où avait eu lieu cette soirée entre amis, toutes lumières allumées et toutes portes ouvertes, au vu et au su de quiconque pouvait entrer dans la pièce, dans la nuit du jeudi 18 janvier ? La personne qui est entrée dans cette pièce et qui vous a surpris, était-elle l'accusé, l'homme qui vous a sauvé la vie, et avec qui vous viviez en concubinage ?—

—Oui.— Et la monosyllabe se répercute dans le public attentif : oui oui oui.

—Vous reconnaissez que vous avez eu, sous ses yeux, des relations sexuelles avec son ami intime. Ne vous êtes-vous pas interrogée sur l'impact aggravé que cette dernière information pouvait avoir sur lui alors qu'il avait déjà subi un premier choc affectif violent quand il s'était trouvé confronté au tableau que vous formiez avec Jespersen cette nuit-là ? Vous reconnaissez avoir eu des rapports sexuels avec deux hommes en vingt-quatre heures. *C'est votre enfant.* Qu'est-ce que ça veut dire ? Il n'y a pas d'enfant qui n'ait été engendré par un père. Invoquez-vous un miracle, mademoiselle James ? Votre immaculée conception ?—

Objection du procureur, acceptée ; Motsamaï retire la question et poursuit avec un signe de la main.

—Vous disposez pour votre enfant de deux pères putatifs. *Ça ne vous fait rien.* Monsieur le président, j'en appelle à la cour : toute personne responsable, qui considère à juste titre que les sentiments des autres méritent qu'on s'en soucie, ne peut que juger odieuse cette attitude brutale, insouciante, oui, *insensible.* Comment peut-on demander à l'accusé d'accepter que la femme qu'il aime ne se soucie pas de savoir si l'enfant qu'elle porte est de lui ou non ? Ce cynisme cruel n'est-il pas l'ultime rebondissement de ce ballet impitoyable où elle l'avait entraîné, faisant de sa vie un véritable enfer, comme nous aurons l'occasion de le démontrer devant la cour. Pour finir, il y a eu la suprême, l'insoutenable provocation, à laquelle elle le soumit, durant la nuit du 18 janvier, au point que, le lendemain, lorsque son partenaire eut à faire face à l'accusé, la désinvolture avec laquelle, sur le sofa même qui avait servi à leurs ébats, il évoqua cette séance d'exhibitionnisme sexuel ébranla cet homme, jusqu'à provoquer chez lui une absence, et, à son paroxysme, l'amener à commettre son acte tragique. Le témoin vient juste de *confirmer elle-même* la part de responsabilité qui lui incombe dans cette tragédie. Elle vient d'en apporter la preuve définitive en exprimant devant nous, ouvertement, des sentiments qui démontrent sa totale indifférence face à l'insulte subie par l'accusé. Qui plus est, elle la lui inflige *de nouveau,* en ne tenant aucun compte de ce qu'il ressent face au fait qu'elle porte peut-être son enfant.—

—Est-ce là votre conclusion, maître Motsamaï ?—

Oui, comme un chanteur d'opéra interrompt son aria sur la note la plus haute, il sait s'arrêter sur une envolée. Le public est volage, il suit celui qui sait le charmer, à moins que ce ne soit qu'un ramassis de voyeurs, si bien qu'il y a maintenant des factions qui se développent parmi les auditeurs. Le juge lève la séance pour la pause du thé, et lorsque Claudia et Harald accompagnent le mouvement vers la sortie, quelqu'un se faufile jusqu'à eux et dit, dans un murmure qui se veut complice, C'est *elle* qu'on devrait faire payer. Khulu les a rejoints et il joue des coudes pour leur ouvrir un passage dans la foule, les protégeant de sa large carrure.

Le psychiatre de l'accusation est une femme, celui de la défense est un homme. Cette situation semble ravir l'avocat, allez savoir pourquoi ; Hamilton explique : une femme, même aux yeux d'un juge qui a du savoir-vivre, même en fonction de ses conceptions morales avancées, sera probablement perçue comme ayant une tendance à l'indulgence vis-à-vis du personnage féminin impliqué dans l'affaire, en ce qui concerne la question de la provocation, et un homme sera considéré comme plus objectif, plus professionnel. Claudia se cache derrière son poing pour sourire.

—Il faut regarder les choses en face, mon cher docteur.— Dans un de ces couloirs pleins d'échos, Hamilton leur explique rapidement où ils en sont, avant la reprise de l'audience. Les voix, les conversations d'autres gens en difficulté se répercutent sous les hauts plafonds, mais Harald et Claudia n'entendent que leur dialogue avec celui qui a leur vie entre les mains. Sa confiance en lui est comme le brandy qu'il offre dans son cabinet, une goulée réchauffe le sang mais son effet s'évapore aussitôt.

Le procureur poursuit son analyse, en appelant à la barre la psychiatre du ministère public et présentant ses conclusions. Avec ses seins curieusement serrés l'un contre l'autre, comme deux cuisses mal placées dans son décolleté et sa peau mouchetée de taches de rousseur, elle déborde de compétence lorsqu'elle affirme que l'accusé est d'une intelligence supérieure à la moyenne, et que son jugement est sain.

—Selon vous, la combinaison de ce degré d'intelligence et des caractéristiques de ce jugement assure-t-elle une pleine conscience de ses responsabilités, même dans le cas d'actes commis dans des situations nerveusement éprouvantes ?—

—Oui. L'accusé n'a pas été entièrement pris au dépourvu par ce qu'il a vu durant cette nuit après la fête. Je pense, à l'issue de mes entretiens avec lui, qu'il avait des soupçons sur la nature de leur relation avant qu'il ne voie le couple engagé dans l'acte sexuel. Le fait qu'il se soit érigé en gardien de la moralité de sa compagne donnait lieu à de multiples querelles et était une source de conflits constants entre eux. Ses sentiments passionnément possessifs vis-à-vis d'elle n'excluent pas la présence de pulsions profondément hostiles, au niveau inconscient. Il refusait d'accepter la réalité de sa personnalité, bien qu'elle ait toujours été franche avec lui. Par ailleurs, il se vante d'être un ardent défenseur de la liberté de l'individu, y compris sur le plan sexuel. Il la soupçonnait constamment de lui être infidèle, que ce soit à juste titre comme cela avait été le cas à plusieurs occasions, ou non. Son attachement envers elle, son prosélytisme, avait un caractère obsessionnel, ce qui l'amenait à régir, de façon précise et rationnelle, tous les aspects de la vie de sa compagne.

—La journée qu'il a passée dans l'inaction après avoir découvert le couple vous paraît-elle s'intégrer dans une démarche rationnelle ?—

—A mon avis, oui.—

—Une journée d'inaction, de méditation, suivie d'un passage à l'action—cela dénote-t-il le caractère intentionnel d'un comportement ?—

—Sa personnalité est clairement celle de quelqu'un qui ressasse les problèmes. Il n'agit pas sans réfléchir. Il planifie. Il avait planifié la vie de cette jeune femme de A à Z sans se soucier d'obtenir son consentement.—

—Croyez-vous, de ce fait, qu'il aurait pu tirer sur Jespersen quelque *vingt-quatre heures* après avoir surpris le couple, et le faire « sans réfléchir » ?—

—Non. S'il avait dû agir sous le coup d'un choc, dans un élan irrationnel, en étant incapable de juger du caractère criminel de son acte, il aurait attaqué Jespersen immédiatement, en constatant que ses soupçons étaient fondés.—

—Comment décririez-vous, alors, son état d'esprit, les

intentions qui l'animaient lorsqu'il se rendit à la villa le lendemain ?—

—Il s'y rendit avec des résolutions conscientes, nées de la jalousie qu'il avait ressassée durant sa journée de solitude.—

—Il était en pleine possession de ses facultés de raisonnement ?—

—Oui.—

—Il s'est rendu à la villa dans l'intention de tuer Jespersen ?—

Elle ne pouvait pas dire à quelles extrémités ses intentions pouvaient le porter. Mais elle n'était pas convaincue que l'accusé souffrait réellement d'amnésie en ce qui concernait les faits qui s'étaient déroulés dans la maison après que Jespersen l'eut invité à se servir un verre.

—Le fait est qu'après avoir échafaudé ces résolutions au cours des heures passées dans le bungalow, il a assassiné Jespersen. Était-il pleinement conscient de ce qu'il faisait ?—

—Il s'agit d'un individu qui a dû, dès l'enfance, apprendre à se maîtriser. C'est un des fondements de l'éducation bourgeoise dans laquelle il a été élevé. Ce n'est pas quelqu'un qui se laisse mener par ses émotions, il n'agit pas de façon impulsive, il sait ce qu'il fait quand il le fait, quelles qu'en soient les conséquences.—

Le geste du procureur exprimait son entière satisfaction ; le témoignage de son expert pouvait être conclu, plus besoin de questions.

Motsamaï se leva, bras écartés du corps, coudes et mains repliés vers lui comme s'il prenait quelque chose qui lui aurait été offert. —Docteur, qu'est-ce qu'un état de choc ?

—C'est un phénomène mental qui s'exprime de façon très variée en fonction des gens. Certains pleurent, d'autres entrent dans des colères violentes, ou courent.—

—Mais en général—pas la diversité des réactions, mais les répercussions sur les facultés cognitives, la soudaine désorganisation des facultés de raisonnement.—

—Cet état s'accompagne effectivement d'une confusion mentale. Oui. Et comme je l'ai déjà dit, les manifestations en sont variées.—

—Parmi lesquelles on peut compter le réflexe de fuir pour se cacher ?—

—Oui.—

—D'après votre expérience, docteur, un choc émotionnel violent est-il un phénomène passager, l'individu qui en est la victime s'en remet-il rapidement, retrouve-t-il facilement son équilibre psychique, avec tout ce que cela implique de maîtrise de soi ? En fait, parmi vos patients, il doit bien y en avoir chez qui ce genre de choc a laissé des séquelles durables—d'après ce que je sais, cela les hante parfois à tel point qu'ils doivent avoir recours à vos services pour retrouver leur équilibre psychique...—

Harald perçoit un mouvement de désapprobation sous la robe du juge, mais la raillerie passe sans objection.

—N'est-il pas possible que lorsque l'accusé s'est enfui, en état de choc, après qu'il lui eut été donné d'assister à la performance sexuelle de Mlle James et de Jespersen, et qu'il s'est réfugié dans le bungalow, il ait passé les heures durant lesquelles il y est resté caché, non pas à délibérer sur ses intentions, après avoir immédiatement recouvré ses facultés de raisonnement, mais dans l'état de confusion mentale que vous avez décrit comme résultant d'un choc ?—

—C'est possible.—

—Vous êtes d'accord pour dire qu'il avait été profondément choqué ?—

—Oui.—

—Dans le cas d'un choc profond, diriez-vous que le phénomène de ressassement que vous décrivez aggrave plutôt qu'il ne diminue l'état de confusion mentale et émotionnelle ? (Votre diagnostic vous a permis d'établir que la personnalité de l'accusé le prédisposait à cette tendance.) N'est-il pas avéré que l'impact de ce qui a provoqué le choc se renforce sous l'effet d'un accroissement de la confusion mentale et émotionnelle généré par la prise en compte de toutes les implications de la situation dans ce qu'elle a de douloureux ? De sorte que l'individu en vient à perdre la tête, comme on dit, à ne plus pouvoir penser correctement, ne plus pouvoir penser tout court.—

—Un choc est susceptible de provoquer un état de confusion mentale durable. Encore une fois, cela dépend de la personnalité de l'individu. Mon opinion est que M. Lindgard est quelqu'un qui, par nature, peut récupérer rapidement son équilibre mental et ses facultés de raisonnement, et cette tendance n'a pu être que confortée par sa longue expérience des situations nerveusement éprouvantes.—

—Donc, vous confirmez qu'il avait une longue expérience des situations nerveusement éprouvantes dans ses rapports avec Natalie James.—

—Oui. C'était une situation qu'il s'était imposée.—

—Vous-même et votre éminent confrère, le docteur Basil Reed, un psychiatre disposant de vingt-trois années d'expérience professionnelle, avez eu l'occasion d'étudier la personnalité et l'état mental de l'accusé durant vingt-huit jours ?—

—Oui.—

—De combien d'années d'expérience en tant que psychiatre disposez-vous, docteur Albrecht ?—

—Sept ans.—

—Votre confrère, le docteur Reed, a exposé son opinion dans son rapport à la cour. Il pense que la longue expérience des situations éprouvantes dont avait fini par disposer l'accusé, *ainsi que vous l'avez vous-même attesté,* était d'une nature qui non seulement invalidait toute démarche rationnelle de réflexion et d'analyse visant à lui trouver des solutions, mais avait débouché sur une tension insoutenable sur le plan émotionnel l'avait précipité dans un état de dissociation du moi altérant ses facultés de raisonnement et son sens de la réalité. Est-il exact que ce type d'état, résultat d'une tension prolongée, aggravée par un choc profond, est reconnu en tant que tel par votre profession ?—

—Il l'est. En tant qu'un des modes possibles de réaction aux traumatismes.

—Il est reconnu.— Lentement, posément, les paumes de Motsamaï se rejoignent. —Je n'ai pas d'autres questions, monsieur le président.—

Son geste affirme que le dossier de l'accusation est refermé, même si c'est au ministère public de le déclarer ; Harald et Claudia regardent le procureur intensément et l'entendent parler sans saisir le sens de ses paroles ; où est leur fils, qu'est-il arrivé à leur fils dans toutes ces déclarations qui le définissent comme s'il était un objet, il est comme ci, non, il est comme ça ? Motsamaï disposera de l'herméneutique, il saura décoder en fonction du contexte juridique et moral ; il leur expliquera.

Le procureur a tourné les coins de sa bouche vers le bas

et arbore son visage de samouraï, les sourcils froncés ; il n'a pas besoin de recourir à une autre forme de véhémence et il ne dispose pas de la palette de Motsamaï ; un procureur sait qu'il n'est pas l'étoile dont le barreau avait besoin, son diamant noir. —La conclusion de ce rapport d'expert est que l'accusé est un homme d'une intelligence supérieure, en pleine possession de ses facultés, qui a tué de sang-froid, d'une balle dans la tête, un homme sans défense, allongé sur un sofa. La question posée au tribunal est simple : elle concerne sa responsabilité. Sa responsabilité criminelle : l'accusé est-il responsable ou doit-il être déclaré irresponsable. D'autres experts peuvent bien être appelés pour exprimer des opinions divergentes, il est clair qu'il n'a pas agi quand cela aurait pu paraître naturel, voire excusable. Il ne s'en est pas pris à sa future victime immédiatement, au moment où il a découvert que cet homme l'avait évincé en accomplissant à sa place l'acte sexuel avec la personne que l'accusé pensait posséder, corps et âme. S'il avait agi à ce moment-là, il aurait été superflu de recourir à des experts pour déterminer qu'il avait commis cette agression alors qu'il avait, pour ainsi dire, perdu la tête, alors qu'il était submergé par les émotions. Mais non ; il s'est détourné, il est parti passer toute une journée à analyser ses sentiments et les options qui s'offraient à lui pour satisfaire son besoin de revanche ; sa défaite sur le plan sexuel, son orgueil de mâle bafoué, l'orgueil d'un mâle extrêmement autoritaire (trait dont les témoignages nous ont appris que sa personnalité était malheureusement empreinte). Il aurait pu chasser sa compagne, décider de couper les ponts avec celle qu'il considérait comme sa création—il l'avait ramenée à la vie, rappelez-vous—mais qui venait de faire la démonstration de son ingratitude. Il aurait pu répudier les liens qu'il avait avec elle, avec Jespersen, et avec la maison où de telles choses avaient pu survenir. Toutes ces options étaient offertes. Mais, en pleine possession de ses facultés intellectuelles, après avoir passé un temps considérable à réfléchir à ce qu'il allait faire, il s'est rendu jusqu'à la villa, sachant que Jespersen y serait à cette heure-là de la soirée, et il a utilisé l'arme qu'il savait appartenir à cette maison, le pistolet qui y était gardé, pour tuer Jespersen. Voici les faits dans tout ce qu'ils ont d'incontestable. Sur le plan criminel, l'accusé est responsable du meurtre qu'il a commis et je propose, monsieur le président, que ce tribunal en tienne compte au moment de rendre sa décision, afin que justice soit rendue à sa victime et à ce code moral qui sert de fondement à notre société : Tu ne tueras pas.—

Sans donner d'explication, on annonce, au début de ce qui aurait dû être la pause déjeuner, que le tribunal ne siégerait pas l'après-midi et que l'audience reprendrait à neuf heures le lendemain matin. Le juge n'est pas tenu de rendre des comptes s'il a d'autres engagements urgents ; ou bien si une rage de dent l'oblige à considérer qu'une visite chez le dentiste est sa priorité. Des gens invoquent leurs petits bobos alors qu'il est question de vie et de mort. Qu'ils aillent au diable. Mais personne ne peut contraindre un juge à siéger, pas plus Harald qu'un autre.

Leurs deux visages, rivés au sien, renvoient à Hamilton Motsamaï une tension qui ne peut manquer de l'irriter. Non, il est fermé mais pas indifférent ; il a préparé pour eux ses commentaires sur l'avancement du procès. Tout se déroule comme prévu, dit-il. Pas de mauvaises surprises. Pas de raison de s'inquiéter.

Et demain ?

On ne peut pas lui demander de parler du lendemain. Demain, il fera témoigner Duncan. Il ne veut pas, même pas à Harald ni à Claudia, dévoiler sa stratégie, on peut juste s'en faire une idée, par la façon qu'il a eue d'aborder les témoins de l'accusation aujourd'hui. La façon dont il va conduire cette affaire : Duncan dans ces mains-là.

Ils ont tous raison. Tous autant qu'ils sont. C'est comme ça : ni lui ni elle ne parviennent à savoir qui décrit le vrai Duncan, le procureur, le psychiatre, Motsamaï. Peut-être que lui, de retour dans sa cellule, il le sait. Peut-être que demain, eux aussi, ils sauront.

—Bien que Natalie James, votre compagne, travaille dans la même agence de publicité que Carl Jespersen, qui lui avait trouvé cet emploi, bien que chaque jour, ils partent au travail et en reviennent ensemble, qu'ils déjeunent ensemble, l'éventualité qu'ils s'attachent l'un à l'autre ne vous inquiétait pas ?

Enfin, Duncan va parler. Parler pour lui.

—Non.—

—Pourquoi ?—

La question de Motsamaï est une réplique inscrite dans un dialogue qu'il a rédigé lui-même, qu'il a répété. Mais les réponses de Duncan n'ont pas été préparées. Harald et Claudia entendent sa voix comme s'il se parlait à lui-même. Eux, ils ont l'impression de surprendre ce monologue.

—Parce que Carl ne s'intéressait pas aux femmes. Autrement que comme amies.—

—Comment pouviez-vous en être certain ?—

—C'était un homo. Il était homosexuel.—

—Comment le saviez-vous ?—

Ah, une question banale qui cache une arrière-pensée d'avocat, Motsamaï a un don pour construire une scène autour de son client.

—Il vivait comme un homosexuel. Tous ceux qui vivaient dans la maison étaient homosexuels.—

—Vous viviez sur cette propriété. Partagiez-vous ces inclinations ?

—A une époque, j'ai eu une relation—avec un homme.

– Un des hommes de la maison ?—

—Oui.—

—Avec qui ?—
—Avec Carl.—
—Avec Carl Jespersen. Et c'était cette expérience qui vous a conduit à penser qu'il ne pourrait jamais rien y avoir entre Natalie James et Jespersen. Étiez-vous amoureux de Natalie James ?—
A cette question, dès qu'elle l'atteint, dès que ses nerfs l'ont reçue, Harald et Claudia se rétractent avec lui.
—Nous étions proches.—
—Était-ce une relation amoureuse, une relation impliquant des rapports sexuels entre un homme et une femme ?—
—Oui.—
—Ah-hêh. Si vous aviez pu passer d'une relation homosexuelle à une histoire d'amour avec une femme, et prendre du plaisir à cette relation hétérosexuelle, comment pouviez-vous être certain que Carl Jespersen ne serait pas sexuellement attiré par votre partenaire ?
On a du mal à faire confiance à Hamilton, vu sous ce jour-là. Harald se rend compte que Motsamaï prend du plaisir à jouer avec la vie de Duncan comme s'il s'agissait d'un accessoire pour un numéro à la gloire de ses talents d'avocat. L'homme qui amenait de l'Autre Côté sa compréhension des gens en difficulté, qui tenait dans ses mains le verre de brandy réparateur, est loin, il est resté loin derrière, dans son cabinet.
—Parce qu'il n'était pas attiré par les femmes. Sexuellement. Leur anatomie, il me l'avait souvent répété, lui paraissait répugnante. Je ne peux pas entrer—répéter—les détails qu'il aimait citer. Je peux seulement—leurs organes sexuels—il trouvait les femmes répugnantes.—
—Vous disait-il cela dans le but de vous dissuader d'avoir des relations hétérosexuelles ?—
—Je suppose. A une époque.—
—De sorte que vous étiez vraiment certain qu'il ne pourrait pas être tenté d'éprouver du désir vis-à-vis de votre maîtresse ?—
—Oui, tout à fait certain.—
—Même si vous-même aviez pu avoir avec lui des rapports homosexuels, avant de tomber amoureux d'une femme et de vivre avec elle, vous n'avez pas pensé qu'il pourrait éprouver les mêmes pulsions ?—
—Non, c'était hors de question. Je ne suis pas un homo-

sexuel, pas plus que la plupart des adultes qui portent en eux une certaine forme d'ambivalence sexuelle, que cette ambivalence trouve ou non l'occasion de s'exprimer, en fonction des circonstances. Je n'ai jamais eu que cette seule liaison. Lui était un homosexuel convaincu, il avait été actif sur ce plan, m'avait-il dit, depuis l'âge de douze ans.—

—De sorte que vous n'aviez aucun soupçon sur le fait qu'il puisse avoir une liaison—que Natalie puisse avoir une liaison avec Jespersen ?—

Dans l'arène de ce tribunal, dans ce silence tendu et lubrique, la cible de tous les regards, à la barre des témoins, un petit bruit sec fut perçu, le son de la langue de Duncan claquant contre son palais. L'air frémit autour des spectateurs ; ils attendaient devant une cage que la bête lâche son cri : —Il n'y a jamais eu de liaison.—

—Vous en êtes absolument certain ?—

—Je le sais. Carl était l'amant de David, Carl était très impliqué avec lui.—

—Pourriez-vous décrire ce qui est arrivé la nuit du 18 janvier : il y avait une fête à la maison ?—

—Ce n'était pas vraiment une fête. C'est un lieu de rencontre où les gens viennent à l'improviste. Et souvent, Natalie et moi rejoignions les gars de la maison pour dîner le soir. Je suppose qu'on était un peu comme une famille. Mieux qu'une famille nucléaire, on avait de forts liens d'amitié et de confiance.—

—Ce soir-là, vous avez dîné tous ensemble.—

—Des amis de David et de Khulu étaient passés prendre un verre et, comme il était tard, ils sont restés manger avec nous. On peut dire que c'était une sorte de fête improvisée. David avait pas mal bu et il est allé se coucher après le départ des autres. Khulu était parti aussi avec l'un d'eux—un rendez-vous qu'il avait de son côté. Natalie avait mis de l'ambiance pendant le dîner en racontant des anecdotes de l'époque où elle était hôtesse sur des croisières, elle est redoutable comme imitatrice, et comme elle n'avait pas beaucoup aidé à la cuisine, elle a proposé de rester et de ranger avec Carl. Elle peut faire ce genre de geste. Quand elle a été particulièrement flamboyante. Juste comme ça, parce qu'elle a horreur de tout ce qui est tâches ménagères—elle n'y touche pas d'habitude. Je sais qu'elle en a besoin, pour l'image qu'elle a d'elle-même, alors je l'ai laissée à son rangement et je suis rentré chez nous, au bungalow—pour me coucher.—

Le juge leva la tête comme s'il venait enfin de trouver quelque chose qui l'intriguait. —Natalie James, au cours de son témoignage, hier, nous a donné des faits une version sensiblement différente. N'y a-t-il pas eu une dispute entre vous, n'avez-vous pas essayé de la faire rentrer avec vous au bungalow ?—

—Personne ne parviendra à convaincre Natalie quand elle est dans cet état-là.—

—Vous dites qu'il n'y a pas eu de dispute avec elle, en présence des autres ?—

—Elle était complètement prise par l'ambiance. Alors si elle ne voulait pas rentrer pour se reposer, il valait mieux que je parte, moi.—

Le regard du juge signifie à Motsamaï de continuer.

—A quelle heure ?—

—Vers une heure du matin.—

—Vous vous attendiez à ce qu'elle vous suive ?—

—Naturellement.—

—C'est ce qu'elle a fait ?—

—Non.—

Motsamaï est patient quand on lui résiste ; Harald et Claudia sentent que Duncan fuit, fuit la cellule où il a été prisonnier, l'enfermement de l'asile d'aliénés, le tribunal, ces rangées de visages qui l'épient comme une proie—il se fuit.

Motsamaï est à sa poursuite.

—Que s'est-il passé alors ?—

—Je me suis réveillé. Elle n'était pas là. J'ai vu qu'il était deux heures et demie. Je me suis inquiété. Traverser le jardin si tard dans la nuit, avec tous ces rôdeurs partout dans le quartier.—

—Et après ?—

Maintenant, il récite un texte, un texte appris par cœur ; c'est quelque chose qui lui est arrivé, lui a-t-on dit. A un autre lui-même ; l'avocat devient cet autre pour l'accusé, quand il a absorbé, digéré les faits.

—Je suis sorti, j'ai traversé le jardin, jusqu'à la maison. La porte de la véranda était ouverte. Je suis entré dans le salon et il était sur elle, sur le sofa. Carl.—

—Ils faisaient l'amour ?—

—Ils allaient finir. Ils n'ont pas pu s'arrêter. Alors, j'ai tout vu.—

Dans les esprits, dans les mémoires de tous ces étrangers, dans ces corps assis côte à côte dans l'assemblée, il y a cet instant partagé d'avant l'orgasme. Ils sont un collectif de la chair. Ils savent. Et le juge, y prend-il part, se rappelle-t-il, connaît-il lui aussi cet instant, avait-il fait l'amour la nuit précédente de façon à vraiment bien comprendre cette chose, ce que l'accusé a vu, ce qui ne pouvait pas s'arrêter ? Même pas pour celui qui était debout sur le seuil.

Qu'ont-ils fait, ceux qui avaient été découverts, qu'a-t-il fait lui, demande Motsamaï. La réponse est que Duncan ne sait pas, il s'est détourné quand Natalie s'est rendu compte de sa présence, le visage de Carl est apparu un moment entre ces spasmes de leurs corps qui se soulevaient et s'affaissaient, il est retourné vers l'obscurité.

Duncan a fui, la fuite était alors possible, mais plus maintenant.

Parce que Motsamaï déroule la suite de l'histoire, la partie qui est facile à comprendre : de son côté, Natalie James est partie en voiture, et elle n'est pas revenue au bungalow, ni cette nuit-là ni le lendemain. Duncan ne s'est pas rendormi de la nuit. Il ne s'est pas rendu à son travail le lendemain matin. C'était un vendredi. Le vendredi 19 janvier.

—Qu'avez-vous fait ? Vous êtes resté au bungalow toute la journée ?—

—Je réfléchissais, c'est tout.—

—Vous réfléchissiez à ce que vous pourriez faire.—

—Non. Non. Je cherchais une explication. Une raison. J'essayais de comprendre pourquoi.—

—Pourquoi une telle chose avait pu se produire ?—

—Oui. Ou plutôt ce que j'avais vu.—

—Pensiez-vous que vous alliez avoir une explication avec Natalie ? Ou que vous iriez trouver votre ami Carl, pour avoir une explication avec lui ?—

—Je ne voulais pas les voir. *Je les avais déjà vus*. Je voulais trouver une explication, tout seul. Je n'ai pensé à rien d'autre, toute la journée. J'ai l'habitude de traverser toutes sortes de crises avec elle ; je sais que je peux y faire face tout seul.—

—Y êtes-vous parvenu avec succès, c'est-à-dire sans conséquences fâcheuses, auparavant ?—

—Souvent.—

—De sorte que vous ne pensiez pas à vous venger, ni de l'un ni de l'autre ?—

—Me venger de quoi ? Ils ne m'appartiennent pas, ils sont libres de faire ce qu'ils veulent.—

—Vous n'avez pas pensé à quoi que ce soit qui s'apparente à une vengeance, qu'elle soit verbale, sous forme de reproches ou physique, pour les punir de la façon dont leur liberté « de faire ce qu'ils veulent » vous affectait ? Affectait votre vie ? Vos relations avec Natalie ?—

—Non.—

—Vos anciennes relations avec Carl Jespersen ?—

A n'en pas douter, ce qu'il déclara alors ne figurait pas dans le texte qu'avait répété Motsamaï. —Non. Tout ce dont je pouvais me souvenir—en repensant à eux, là, comme ça—c'était du dégoût, l'impression que tout se désintégrait, dégoût de moi, de tout le monde.—

—Oui.— Motsamaï est un chef d'orchestre, il lance son geste depuis son pupitre.

—C'était ce que j'essayais de m'expliquer, pour remettre—les choses—en ordre, recoller les morceaux, pour y voir clair en moi.—

—Pensiez-vous à ce qu'allait devenir votre relation avec Natalie ? Pensiez-vous qu'elle avait un avenir, après ce que vous aviez vu—cette façon qu'elle avait d'utiliser sa liberté, de récompenser votre amour et votre affection ?—

—Comment savoir ? Nous avions déjà traversé tant de crises qui auraient pu y mettre fin.—

—Vous êtes resté au bungalow, couché toute la journée ? Seul ?—

—Oui. Avec le chien.—

—Quand vous vous êtes levé, qu'est-ce qui vous y a poussé ?—

—Le chien, il avait faim, il avait besoin de bouger. Je me suis habillé et je lui ai donné sa pâtée.—

Motsamaï prit une longue inspiration, son torse souleva sa robe noire, il prit son temps, pour eux deux, pour Duncan et lui. —Et après ?—

—Dehors. Il mange dehors. Alors je me suis retrouvé dans le jardin.—

—Quelle heure était-il ?—

—Je n'ai pas regardé, pas sur une montre, il devait être l'heure à laquelle on lui donnait habituellement à manger, aux alentours de dix-huit heures trente, dix-neuf heures.—

—Vous étiez dans le jardin ; êtes-vous retourné dans votre bungalow ?—

—Non.—

—Pourquoi ?—

—J'ai juste (le geste retomba à mi-chemin ; c'était la première fois qu'il se servait de ses mains, ces instruments de défense qu'il avait abandonnés au moment de l'aveu) j'ai juste marché jusqu'à la maison.—

—Dans quel but ?—

—J'étais dans le jardin. Au lieu de rentrer au bungalow, j'ai continué à marcher.—

—Espériez-vous voir quelqu'un, parler à quelqu'un de la maison ? Un de vos autres amis ?—

—Je ne voulais parler à personne.—

—Donc, vous voulez dire au tribunal que vous n'aviez aucune raison de vous y rendre ?— Lequel des deux assesseurs soigneusement sélectionnés, un blanc, un autre suffisamment foncé pour passer pour un noir, avait pris la parole—ils étaient assis de chaque côté du juge, silencieux acolytes. Le phrasé était lent et maladroit. Harald eut l'étrange impression que le public, les gens qui remplissaient le tribunal avaient parlé par cette voix.

—Je me suis retrouvé dans le jardin, je pense que j'ai dû alors vouloir retourner sur le seuil de cette porte où je m'étais arrêté.—

Motsamaï ne laisse pas le silence retomber et affirme : —Ainsi, vous avez traversé le jardin jusqu'à la maison pour revenir à l'endroit d'où vous aviez vu le couple que formaient votre ancien amant et votre maîtresse, copulant sur le sofa. Et lorsque vous êtes arrivé sur ce seuil, que s'est-il passé ?—

Claudia était consciente de l'odeur de sa propre sueur, aucun cosmétique ne peut éradiquer l'angoisse que, dans son mutisme primitif, le corps seul parvient à exprimer, l'hygiène est une politesse qui sert à camoufler les instincts animaux dans les quartiers résidentiels. Harald est-il en train de prier—est-ce une émanation d'un autre genre qui se dégage de lui ; que se mêlent force brute et force spirituelle, si elles parviennent à produire cette solidarité indéfectible qui avait été la promesse du pacte passé avec leur fils.

Duncan se remet à réciter. Comme si on avait coupé le courant, déconnecté une partie de son cerveau.

—Jespersen était allongé sur le sofa.—

—Quelle a été sa réaction en vous voyant ?—

—Il a souri.—

—Souri. A-t-il parlé ?—

—Carl a dit, *Oh, là là. Je suis désolé, Bra.*—

Le juge pose sa question de façon à permettre à l'accusé ou à son avocat de répondre. —« *Bra* », que veut-il dire par « *Bra* » ?

—C'est un diminutif, dérivé de « *Brother*, frère, frangin », que, nous les noirs, utilisons entre nous, monsieur le président, et que nous employons aussi pour nous adresser à des blancs avec qui nous avons développé des liens de fraternité, comme cela est désormais possible, dans ce pays libre. Cela signifie que vous considérez la personne ainsi dénommée comme votre frère.— Et avec un sens parfait du tempo, Motsamaï passa du juge à l'accusé : —Donc—il vous considérait toujours comme un frère.—

—En effet.—

—Quelle a été votre réponse ?—

—J'ai pensé alors que c'était à lui que j'étais venu.—

—Avez-vous exigé qu'il vous donne des explications sur sa conduite, avez-vous pensé qu'un simple « je suis désolé », l'expression qu'on emploie quand on bouscule quelqu'un par inadvertance dans la rue, était approprié ?—

—Il s'est mis à parler. On n'est plus des enfants, on avait bien le même credo, personne n'appartient à personne, on veut vivre libres, non, que ce soit pour faire une longue promenade ou avoir des relations sexuelles. Il a dit, on s'en fiche, la balade est finie, le sexe est fini, c'était bien, c'est tout, non. Est-ce que ça n'avait pas toujours été compris comme ça entre lui et moi. Il a dit dommage qu'on ait été un peu trop impulsif, c'est d'habitude une fille qui sait s'arranger plus discrètement, qui prend des précautions. Il riait de bon cœur. Il m'a dit, on est tous au courant—il a dit—que j'étais au courant aussi et que ça n'avait jamais rien changé entre Natalie et moi avant. Il m'a dit : il m'a dit que je ne devrais pas suivre les gens, venir fouiller dans leur vie, que c'était bon pour les gens qui se servent de ce qu'ils ressentent pour faire une prison et y enfermer quelqu'un. Il a dit que c'était une fille épatante et qu'elle n'y aurait même pas repensé. Et je connaissais ses penchants—pas de lézard, oh non—il a dit que c'était juste une toquade, comme un dernier verre, c'est l'expression qu'il a employée, rien que la suite de la soirée sympa qu'on avait tous passée, et des verres qu'ils avaient pris, des rigolades qu'ils avaient eues tous les deux pendant qu'ils rangeaient.—

—Que lui avez-vous dit ?—

—Je ne sais pas. Il parlait, parlait, il riait, c'était comme ces fois où on était resté à se raconter les aventures qu'on avait eues—c'était ça. Il ne pouvait pas s'arrêter, je ne pouvais pas l'arrêter.—

—Et qu'est-il arrivé alors ?—

—Il a voulu que je prenne un verre avec lui comme nous en avions l'habitude.—

—Et ensuite ?—

Le besoin de citer la phrase exacte.

—« Pourquoi tu ne te sers pas un verre. » J'ai entendu ces mots au milieu, noyés dans un baratin que je n'arrivais plus à suivre. La dernière chose que je l'ai entendu me dire. Tout d'un coup, j'ai pris le pistolet sur la table. Et il s'est tu. Le bruit s'était arrêté. Je l'avais tué.—

Duncan renverse lentement sa tête. Il ferme les yeux pour ne plus les voir, eux tous, Motsamaï, le juge, les assesseurs, le procureur, les greffiers, le public où une femme hoquette un sanglot théâtral, père et mère. Harald et Claudia ne peuvent pas être là pour lui, là où il est, seul avec l'homme qu'il a tué d'une balle dans la tête, une balle tirée avec un pistolet qui se trouvait à portée de sa main.

Ce n'était pas de la peur, pour Harald c'était une certitude. Cet homme, le procureur, va essayer de piéger leur fils pour lui faire avouer qu'il avait voulu agresser Carl Jespersen et qu'il s'était rendu dans cette intention jusqu'à la maison. Et peut-être que pour arrêter ces questions, pour faire cesser ce bruit, pour interrompre cette voix qui ne visait que lui au milieu de tous ces gens enfermés dans cet espace clos, peut-être que Duncan dirait oui, oui—il a déjà avoué le meurtre, que lui veulent-ils encore ? Et cet homme-là, le procureur, il ne fait que son travail, ça lui est égal à lui que Jespersen soit mort, que Duncan se soit détruit lui-même ; c'est son tour maintenant de faire son numéro. Pour bien faire son travail, il doit obtenir la peine qu'il demande, c'est tout, c'est la mesure de sa performance, une des étapes quotidiennes de sa carrière. C'est comme de grimper les échelons dans une entreprise.

—Vous avez passé la journée du 19 janvier dans le bungalow et vous êtes resté couché à ressasser les événements de la nuit précédente ?—

—A réfléchir.—

—Est-ce que ce n'est pas la même chose, se repasser encore et encore le film de la blessure qu'on vient de se voir infliger. De la façon dont on compte bien y faire quelque chose. Ce n'est pas ça ?—

—Non, pas ça. Parce qu'on ne pouvait plus rien y faire.—

—Et pourtant, plus tard, dans la journée, vous êtes retourné à la maison. N'était-ce pas quand même y faire quelque chose ? Il était entre dix-huit et dix-neuf heures, il y avait de grandes chances que Jespersen soit rentré du travail. Vous le saviez, n'est-ce pas ?—

—Je me suis retrouvé dans le jardin, je n'ai pas réfléchi à qui pourrait être dans la maison.—

—Vous « vous êtes retrouvé dans le jardin » et moi je vous dis que c'est à ce moment-là que vous vous êtes aperçu qu'il était temps de mettre à exécution ce que vous aviez décidé de faire, ce que vous aviez planifié durant la journée—d'aller trouver Jespersen, de vous venger des torts que vous pensiez avoir subis par sa faute, même s'il n'était pas le premier homme avec lequel vous trompait votre concubine. Je vous dis, moi, que toute la journée vos réflexions vous ont amené à ressasser votre jalousie, et que vous étiez dans un état d'agressivité certaine lorsque vous vous êtes rendu à la maison, avec la ferme intention d'avoir une altercation avec Jespersen.—

Le rôle du procureur est de prétendre qu'un accusé est un menteur : c'est ainsi qu'Harald et Claudia voient son intervention. Claudia ne tient pas en place sur son siège, comme si elle ne pouvait pas rester assise plus longtemps, Harald a pris ses mains dans les siennes et serre ses phalanges, un geste de réconfort tiré de sa propre colère.

Mais s'ils savaient—peut-être le savent-ils en partie. Duncan n'est pas certain de ce qu'ils ont appris sur lui, de ce qu'ils en apprennent encore—s'ils savaient que c'est un menteur. Un menteur par omission. Parce que le procureur ne peut pas savoir, personne ne lui dit—personne ne peut dire la puissance du conflit né de la déflagration de ses sentiments vis-à-vis de Carl Jespersen, vis-à-vis de Natalie, la confusion où le plongeaient leurs trahisons, cette douleur atroce ; c'était ça l'objet de ses réflexions, dans le bungalow. Vengeance : si Natalie était revenue ce jour-là, pourquoi n'aurait-il pas pensé à la tuer ? Mais elle—oh Natalie—elle s'est assez vengée d'elle-même en étant ce qu'elle est.

Le pistolet est dans le tribunal. Il est devenu la pièce à conviction numéro un. La curiosité pousse les membres de cette confrérie qu'est le public à se pencher pour essayer de l'apercevoir.

Ce n'est rien d'autre qu'un objet en métal ; Harald et Claudia n'ont pas besoin de le voir. Les empreintes de la main gauche de l'accusé ont été retrouvées lors de l'examen médico-légal, ses empreintes qui le rendent unique au monde comme il est unique parce qu'il est leur fils.

—Reconnaissez-vous cette arme ?—

—Oui.—

—En êtes-vous le propriétaire ?—

—Non.—

—A qui appartient-elle ?—

—Je ne sais pas sous quel nom elle a été enregistrée. C'est l'arme qu'on gardait à la maison, pour qu'en cas d'agression, de cambriolage par des rôdeurs, la personne qui en avait besoin puisse se défendre. Tout le monde.—

—Saviez-vous où elle était rangée ?—

—Oui, d'habitude elle était dans un tiroir dans la chambre de David et de Carl.—

—Vous viviez dans le bungalow, pas dans la maison, comment étiez-vous au courant ?—

—On était tous au courant. On vit—on vivait tous sur la même propriété. Si les autres étaient sortis et que j'entende un bruit suspect, j'aurais été celui qui en aurait eu besoin.—

—Vous saviez vous servir d'un pistolet ?—

—De celui-ci. C'est le seul que j'aie jamais eu entre les mains. A l'armée, les soldats étaient formés sur des fusils. David nous avait fait une démonstration, au moment où celui-là a été acheté.—

—Durant la soirée du 18 janvier, le pistolet a été apporté dans le salon et montré à un des invités qui était sur le point d'en acquérir un. Est-ce vous qui lui avez montré, avez-vous manipulé l'arme ?—

—Non. Je ne me rappelle plus qui c'était—sans doute David.—

—Vous étiez-vous rendu compte que l'arme n'avait pas été rangée—dans le tiroir de cette chambre où elle était d'habitude ?—

—Non. Je suis parti pendant que les autres étaient en train de ranger.—

—Mais vous aviez remarqué avant de partir qu'on avait laissé traîner le pistolet ? Sur la table près du sofa.—

—Je ne l'ai pas remarqué.—

—Comment est-ce possible ?—

—Il y avait des verres et des assiettes un peu partout, je suppose qu'il devait être quelque part au milieu de tout ça.—

—Si bien que lorsque vous êtes entré dans la pièce le lendemain soir, vous avez pour la première fois remarqué que le pistolet était resté sorti, posé sur la table ?—

—Je ne l'ai pas remarqué.—

—Comment l'expliquez-vous ?—

—Je ne regardais pas autour de moi, je ne voyais que Carl.—

—A quel moment avez-vous vu le pistolet ?—

—Je ne peux pas dire quand.—

—Était-ce avant qu'il ait dit « Pourquoi tu ne te sers pas un verre », comme si vous vous retrouviez comme deux copains prêts à passer la soirée à boire ensemble ?—

—Je pense. Je ne sais pas.—

—Saviez-vous que l'arme était chargée ?—

—Je l'ignorais.—

—Mais n'étiez-vous pas présent quand son fonctionnement a été expliqué à l'un des invités ? Et ne s'est-il pas fait expliquer comment—n'a-t-elle pas été chargée pour lui ?—

—Je n'ai rien vu, je suppose. Je parlais avec d'autres gens.—

—Ainsi, lorsque vous êtes entré dans le salon le soir suivant, que vous avez vu le pistolet posé là, vous aviez toutes les raisons de croire qu'il était chargé, et vous avez pris la décision d'en profiter pour, peut-être, menacer Carl Jespersen ?—

—Je ne l'ai pas menacé. Je n'ai pas pris de décision.—

—Vous ne lui avez donc laissé aucune chance ? Donné aucun avertissement ?—

—Je l'entendais qui parlait, je ne l'ai pas menacé.—

—Non, en effet. Vous avez pris l'arme et vous lui avez tiré dans la tête. Une balle qui, vous le saviez parce que vous savez vous servir d'une arme à feu, avait toutes les chances d'être mortelle. De cette façon, vous avez assouvi le désir de vengeance qui vous avait travaillé toute la journée, et que vous aviez bien l'intention de satisfaire, d'une façon ou d'une autre, en vous rendant à la maison. L'arme à portée de la main était une opportunité qui vous était offerte, de sorte que vous n'avez pas eu à en venir aux mains avec cet homme, à vous battre avec lui, vous n'avez pas eu besoin d'élaborer un autre plan pour l'éliminer de votre vie en tant que rival, votre désir d'y parvenir a comblé vos intentions.—

Motsamaï faisait signe ; il y a une procédure pour chaque chose dans ce genre de rituel : Objection, monsieur le président. Mais le juge a du savoir-vivre et c'est un partisan de la démocratie, il laisse chacun libre d'exprimer ce qu'il pense. Objection rejetée.

Un mouvement dans le rang, les gens laissent passer quelqu'un, une apparition à la barre est une façon de se singulariser qui fonctionne comme la célébrité. Khulu Dladla vint s'asseoir auprès d'eux après avoir été appelé à témoigner pour la défense.

Khulu ; des postérieurs se poussent pour lui faire de la place à côté de Claudia. Elle leva une main, mais elle la laissa retomber sur ses genoux, avant de la tendre à nouveau, comme une antenne timide, pour trouver son poing, large et chaud, et le serrer, pendant un moment.

Oui, je peux dire que je le connais bien, très bien même, avait-il dit quand Motsamaï l'avait interrogé comme témoin. Et la jeune femme ? Oui, Natalie aussi. Depuis qu'elle est venue habiter chez nous. Mais Duncan, bien avant ça. Au centre du tribunal, où on n'échange pas de signes de reconnaissance, Khulu avait souri à Duncan, en le regardant en face, comme s'il le rencontrait dans une pièce tout à fait ordinaire, dans un endroit quelconque. Salut, Duncan. C'était pour ça que Claudia avait voulu le toucher.

—Avant que Natalie ne rejoigne votre groupe—quelles étaient les relations entre les gens qui vivaient sur la propriété ?—

—Oh, très bonnes. On s'entendait bien, c'est pour ça qu'on s'était mis ensemble, nê ?—

—Vous-même, David Baker, Carl Jespersen, et Duncan Lindgard. Vous étiez tous homosexuels ?—

—A vrai dire, pour Duncan, je ne sais pas. Il ne vivait pas dans la maison. De toute façon, après, il a ramené une femme... mais nous autres, oui, on est entre hommes. Homo.—

—Certains d'entre vous avaient des liaisons au sein du groupe ?—

—Oui.—

—Étiez-vous au courant du fait que Duncan avait eu une liaison de cette nature ?—

—Oui.—

—Avec qui ?—

—Jespersen. Carl était du genre à ne pas lâcher prise quand il avait quelqu'un dans l'œil, on ne pouvait pas lui échapper. On avait l'impression que l'idée de le faire avec Duncan le bottait particulièrement, je ne pense pas que Duncan avait eu notre genre d'expérience avant, je veux dire, de faire cet effet-là à un homme, Jespersen pouvait être un charmeur tellement irrésistible. Il pouvait vous convaincre que vous étiez en train de rater quelque chose de génial dans la vie, si vous laissiez passer votre chance avec lui. Il venait de l'étranger, de loin, et tout ça, il pensait qu'il sortait de l'ordinaire. Comme un truc à manger ou à boire qu'on ne trouve que là-bas. Quelque chose qu'il fallait goûter.—

—Vous avez donc vu que Jespersen avait une liaison avec Duncan. Il n'y avait sans doute rien d'étonnant à ça, vu la manière dont le groupe fonctionnait ?—

—Si, ça l'était. Parce que Duncan était un hétéro, et que tout le monde le savait. On a plein d'amis hétéro. Il avait pris le bungalow et partageait la maison avec nous, pas parce que c'était un homo, comme nous, mais parce qu'on s'entendait bien avec lui sur les autres plans. C'est un gars vraiment intéressant. Je dirais que c'est un véritable artiste pour ce qui est de dessiner ses bâtiments. On peut parler de tout avec lui, politique, arts, musique, bon sang—pas de limite.—

—Natalie James a-t-elle été à l'origine de leur rupture ?—

—Certainement pas. C'est arrivé bien avant qu'elle ne fasse son apparition. Jespersen en a eu marre. Vite. Il était comme ça pour tout. C'est pourquoi il avait changé de pays si souvent. Il a rompu avec Duncan.—

—Quelle a été la réaction de Duncan ? A-t-il paru prendre la chose de façon aussi détachée ?—

—Pas du tout. Il était dans tous ses états. Il n'arrivait

pas à comprendre comment il avait pu s'impliquer autant, sur le plan émotionnel, pour finalement se faire larguer comme ça.—

—Comment étiez-vous au courant ? Juste l'observation ?—

Khulu avait à nouveau regardé Duncan, comme si Duncan allait confirmer ce qu'il disait. —Il me parlait. Je ne savais pas comment lui faire comprendre... il filait un mauvais coton... ses idées, certaines étaient très différentes des nôtres, en tout cas de celles de Carl.—

—Êtes-vous parvenu à le réconforter ?—

—Je pense que j'ai dû réussir à lui faire comprendre que sa réaction était, comment dire, un peu—déplacée, c'est ça, d'en faire un plat, un drame, comme ça, ça gâchait tout, tous les bons côtés de notre façon de vivre sur la propriété, alors qu'il y était tellement attaché.—

—Si bien qu'il vous a semblé que l'incident était clos ?—

—Oh, il s'est calmé.—

—Carl Jespersen et lui ont continué à vivre au sein du groupe, en toute amitié ?—

—Tout à fait. Et quand il a installé la fille avec lui dans le bungalow, ça paraissait idéal, c'était juste ce qu'il lui fallait. Au début.—

—Pourquoi « au début » ? Que s'est-il passé après ? Les hommes de la maison ne l'aimaient pas ?—

—On s'entendait tous bien avec Natalie. Même si Carl, quand il était mal luné, y allait de son couplet habituel sur les femmes—il se moquait de Duncan derrière son dos, par moments, de ce qui se passait dans le bungalow entre Duncan et elle—des remarques sur les femmes en général, mais qui les concernaient aussi, lui, elle et Duncan, enfin ils s'entendaient bien, ils étaient amis. On avait vraiment fini par oublier cette histoire entre Duncan et lui. C'était lui qui avait trouvé un boulot à Natalie dans son agence de pub et Duncan était très content qu'elle ait enfin un travail qui puisse l'intéresser, quelque chose qui lui aille bien, elle écrit, vous savez.—

—Alors pourquoi ça n'a plus eu l'air de marcher aussi bien pour Duncan ?—

—Elle est un peu bizarre. Bon, il était au courant—sa tentative de suicide, et cette histoire avec son bébé—dans la même soirée, elle était capable d'être un boute-en-train de première, de le coller à ne pas pouvoir le lâcher d'une semelle, et puis brutalement de se retourner contre lui, de l'insulter, de l'attaquer en lui reprochant de « l'obliger à être ce qu'elle n'était pas ».—

—Être quoi exactement ?—

—Être heureuse. « Être condamnée à vivre selon son scénario à lui »—c'est mot pour mot ce qu'elle répétait à qui voulait l'entendre. C'est pourquoi je m'en souviens.—

—Était-ce quelque chose qu'il vous racontait ou bien était-ce le genre de scène qui se déroulait dans la maison, devant vous tous ?

—Oh, on était tous là, on était aux premières loges, l'image et le son.—

—Quelle était la réaction de Duncan quand elle s'en prenait à lui devant les amis qu'ils avaient en commun ?—

—Il était si patient avec elle. Comme avec quelqu'un de malade. Et pourtant elle lui en faisait voir ! Un enfer, c'était visible que c'était l'enfer. Après ça, le lendemain, il avait toujours l'air très déprimé. Mais il ne venait pas m'en parler, ni aux autres du reste—pas comme quand il me parlait de son histoire avec Jespersen, par exemple.—

—Les relations entre Natalie James et Duncan n'étaient donc pas heureuses ?—

—Elle le torturait. Vraiment. Elle avait même fait une autre tentative de suicide, avec des comprimés, et il semblait penser que c'était de sa faute. Mais ça se voyait, il essayait toujours de la remettre en selle. On n'arrivait pas à comprendre comment il faisait pour continuer.—

—Il l'aimait ?—

A ce moment-là, le témoin avait levé les yeux vers le juge, indifférent à ce regard posé sur lui. Khulu en appelait à lui, à tous ceux qui jugent, qu'ils soient des hommes ou des dieux. —Qui d'entre nous peut expliquer ce qu'aimer veut dire.—

Sous son masque de samouraï, le procureur s'était tourné vers le public avec ce regard, lorsqu'il le sollicitait, pendant qu'il procédait au contre-interrogatoire de Dladla.

—« Qui peut expliquer ce qu'aimer veut dire. » En vérité, nous pouvons dire qu'il est généralement admis qu'aimer rend jaloux. La jalousie est une passion qui naît de l'amour et qui est plus forte que l'amour lui-même, au point de dénier tout respect à la vie de celui qui est la cause de la jalousie, l'homme qui a pris la place de l'amant dans les bras de l'être aimé. Vous décrivez la façon dont l'accusé était dévoué à Natalie James, dont il la surprotégeait au point qu'elle avait fini, comme elle l'a dit dans son témoignage, par ressentir cette attitude comme une atteinte à sa dignité, vous avez rappelé son attachement servile. Ne pensez-vous pas, au vu de ce contexte, que d'avoir surpris Carl Jespersen en train de posséder celle qu'il aimait a inévitablement provoqué chez lui une réaction de jalousie ? De jalousie violente. Le choc dont il fait état—n'était-ce pas une manifestation extrême de jalousie ? Lorsqu'il est retourné au bungalow, cette nuit-là, lorsqu'il a attendu en vain son retour, lorsqu'il a passé toute la journée enfermé, ce n'était pas la jalousie qui l'obnubilait ?—

—Je ne sais pas.—

—Vous ne diriez pas qu'il était extrêmement possessif vis-à-vis d'elle, à voir son comportement à son égard ?—

—Il s'en sentait responsable.—

—C'est peut-être une autre façon de le dire. Pourquoi pensez-vous que votre ami aurait tué Carl Jespersen s'il ne l'avait pas prémédité, par jalousie, pour se venger du fait que Carl avait fait l'amour à Natalie ?—

—Tuer quelqu'un.—

Partout dans la salle, le public était suspendu à ses lèvres. Qu'allait-il dire ? Le public était électrisé par ce spectacle, gratuit, par le fait que le samouraï avait poussé sa victime dans ses derniers retranchements.

—Je connais Duncan ; je le connais si bien. Il ne possède pas d'arme. Rien. Il n'est pas resté là à tirer des plans pour savoir comment il tuerait Jespersen. Ce n'est pas dans sa nature. Ça ne l'a jamais été. Je peux le jurer sur ma vie. Jamais ça n'aurait pu se passer comme ça : qu'il parte à la recherche de Carl pour le tuer. Je ne sais pas comment c'est arrivé—mais pas comme ça. Dieu seul le sait. Moi, je ne comprends pas qu'on tue.—

L'homme de Motsamaï, le psychiatre de la défense— dans la succession confuse des arrivées et des départs à cette barre des témoins, il n'y a que les détails futiles qui retiennent l'attention—portait une montre très sophistiquée, un peu comme une arme, l'éclair d'un boîtier à son poignet atteignit Harald et Claudia quand il leva la main. Il s'adressait directement au juge, plutôt qu'à l'avocat de l'accusé. Pour renforcer l'impression d'objectivité ? Ou parce que leur autorité était équivalente : le juge décide qui est coupable, le psychiatre décide qui est fou. Motsamaï venait de lui demander son opinion sur l'état mental de l'accusé en relation avec les événements survenus dans la maison, les 18 et 19 janvier.

—En psychiatrie, nous recherchons les « événements charnière », au sens où certains faits sont susceptibles de déclencher des transgressions, mais nous considérons par ailleurs que ceux-ci sont le reflet, conscient ou inconscient, d'une distorsion du sens des normes sur le plan social. Dans une société où la violence est omniprésente, les interdits censés la contenir moralement sont dévalorisés. Lorsque la violence est devenue, pour des raisons historiques quelconques, l'exutoire naturel des sentiments de frustration, de désespoir, ou de la douleur physique, l'aversion naturelle pour la violence se trouve suspendue. On s'habitue à l'idée que l'on puisse recourir à la violence, que ce soit parce qu'on la subit, qu'on la commet, ou qu'on l'observe. On vit avec. Lorsqu'on se penche sur un comportement anormal, on ne doit pas omettre de la replacer dans le climat général qui lui a servi de contexte.—

Son interlocuteur c'est le juge, et celui-ci répond.

—C'est passionnant, docteur, mais c'est sur l'état mental de l'accusé que le tribunal souhaite entendre un rapport, pas sur celui de la ville.—

—Avec tout le respect que je vous dois, l'acte que l'accusé a reconnu avoir commis n'est pas survenu au beau milieu du néant. De la même façon qu'un climat moral peut favoriser un phénomène inconscient d'intériorisation de l'interdit, l'usage généralisé de la violence peut inconsciemment consacrer le recours à la violence. Ce phénomène peut circonvenir les inhibitions protectrices qui constituent la structure de la moralité dans le conscient d'un individu, au regard de laquelle un tel acte lui apparaîtrait odieux. Il est indispensable de garder présent à l'esprit ce contexte qui entoure non seulement les circonstances ayant conduit à l'acte, mais aussi l'acte lui-même.—

—Suggérez-vous, docteur, que les vols de voitures avec violences et autres agressions consacrent le recours au meurtre comme solution à des problèmes personnels ?—

Les sarcasmes du juge n'atteignent pas le psychiatre ; Motsamaï n'aurait pas choisi quelqu'un susceptible de se laisser démonter dans une joute courtoise.

—Loin de moi cette suggestion subversive, monsieur le président... Je ne fais que mon devoir en informant la cour de la méthodologie utilisée dans un examen psychiatrique.—

L'attention du public se fait plus aiguë, on voit même un des policiers changer l'appui de ses pieds sur le sol comme un cheval de trait impatient. Le public se réjouit de l'échange entre ces deux hommes si sûrs de leur supériorité respective. Ce spectacle gratuit est de plus en plus passionnant, c'est aussi bon qu'un débat à la télévision. Mais Harald et Claudia sont absorbés d'une autre manière, ils analysent chaque mot qui vient d'être prononcé. Cet homme-là est de leur côté, ils n'en doutent pas. Ce qu'il va avoir trouvé chez leur fils ne peut être que son salut.

Il a trouvé que l'accusé avait été précipité dans un état de dissociation par rapport à ces actes, une crise qui l'avait rendu étranger à ce qu'il faisait le vendredi 19 janvier, incapable de se contrôler, et qui avait culminé avec la mort de Carl Jespersen.

Motsamaï retient son attention. —Docteur, quand diriez-vous que cette crise a commencé ?—

D'après le médecin, l'accusé en souffrait déjà avant de

sortir du bungalow et de rejoindre la maison. L'examen psychiatrique n'apporte pas la preuve que l'accusé ne dit pas la vérité quand il déclare s'être rendu à la maison pour retourner à l'endroit où il s'était tenu la veille au soir ; son incrédulité par rapport à ce qu'il avait vu relève déjà de ce phénomène de dissociation. De la même façon, on ne disposait d'aucune indication permettant de croire qu'il mentait en évoquant sa confusion, son incapacité à se souvenir de la séquence précise de ses actions lorsqu'il s'est retrouvé dans la maison en face de Jespersen allongé sur le sofa. L'accusé souffre d'une véritable amnésie au regard de certains événements survenus ce soir-là.

Le juge attire l'attention par un mouvement de ses épaules. Chaque fois qu'il lançait ce signal, le tribunal retenait son souffle, suspendu entre ce qui venait d'être dit et ce qui n'allait pas tarder à le contredire. Cette fois-ci, il renversa la tête en pointant le menton. —L'accusé a donné un compte rendu détaillé et cohérent de ce que le défunt lui a dit. Comment se fait-il qu'il s'en souvienne ?—

—Un choc émotionnel extrêmement violent a autant de puissance qu'un coup porté à la tête. Lorsque Jespersen a dit « Pourquoi tu ne te sers pas un verre », l'indifférence brutale de cette attitude a provoqué un deuxième choc de même nature. Il était déjà dans un état de grande confusion ; il ne parvient pas à se rappeler ce qu'il a pu dire, ni même s'il a parlé à Jespersen. L'impact de ces derniers mots, tels qu'il se souvient que Jespersen les a prononcés, l'aura fait plonger dans un état d'automatisme provoquant une désintégration de ses inhibitions.—

—Comment aurait-il pu se servir du pistolet ? S'il était dans cet état de dissociation, de diminution des facultés ? Il a déclaré durant son témoignage qu'il ne pouvait pas savoir si l'arme était chargée ou non. Est-ce qu'il n'aurait pas fallu qu'il retire le cran de sécurité si l'arme était chargée—et elle l'était—et cela n'aurait-il pas été un acte pleinement conscient, un acte rationnel ?—

—Il s'agirait plutôt d'une réaction automatique, sans utilisation des facultés cognitives, chez quelqu'un qui a déjà eu l'occasion de se servir d'une arme de poing. Comme de faire de la bicyclette quand on en a déjà fait.—

Avec la permission de M. le président, Motsamaï a encore quelques questions.

—Docteur, selon votre expérience de ces états d'altération plus ou moins aiguë des facultés, qu'est-ce qui a fait que l'accusé a pris cette arme et s'en est servi, qu'est-ce qui l'en a rendu *capable* ?—

—Le paroxysme d'une accumulation de provocations aboutissant chez le sujet à une perte totale de contrôle.

—Pourriez-vous expliquer la morphologie, les antécédents, pour ainsi dire, de cette accumulation ?—

—Lindgard est un homme doté d'une nature bisexuelle. C'est en soi une source de conflit au sein d'une personnalité. Il a connu une situation de désarroi affectif lorsqu'il a suivi ses penchants homosexuels et a eu une liaison que son partenaire, Jespersen, n'a pas prise au sérieux et a rompue sans ménagement. Il a surmonté la peine que lui a causée ce rejet et s'est tourné vers ses autres tendances, probablement prédominantes dans sa personnalité, pour une relation hétérosexuelle dans laquelle, à nouveau, il s'est senti investi de sérieuses responsabilités. Et ce d'autant plus que cette relation impliquait une femme indubitablement névrosée, poussée par des tendances complexes à l'autodestruction, qui le punissait en l'humiliant et en l'agressant mentalement lorsqu'elle se sentait contrariée dans ce qu'elle percevait comme son droit à exercer ces tendances. Le fait d'assister à l'accouplement de cette femme avec son ancien amant a provoqué chez lui le sentiment qu'ils l'émasculaient tous les deux.—

Voici le modèle de leur fils reconstitué, comme quelqu'un est résumé par des radiographies et des clichés suspendus à un tableau lumineux, à l'issue de la démarche dialectique d'un tribunal, et grâce à la science de spécialistes dans l'art de décortiquer un modèle dans ce qu'il ressent, ce qu'il pense, ce qu'il fait. Duncan, emmené pour permettre au juge de prendre sa pause déjeuner, en est le sosie. Comment peuvent-ils lui demander, c'est vraiment toi, mon fils ?

Lorsqu'ils quittèrent le tribunal, un homme se livrait à des acrobaties devant eux en marchant à reculons sur ses talons, on aurait dit un singe dressé dardant un appareil photo. Le cliché qui parut dans un des journaux du soir était aussi quelque chose qui les rapprochait tous les deux, à partir d'images toutes faites : le père et la mère d'un meurtrier.

Les questions posées par le procureur à l'homme de Motsamaï, leur homme, le psychiatre cité par la défense, devinrent celles qu'ils se posaient eux-mêmes. Ses commentaires s'enchaînaient comme la trame de leur propre récit désespéré. Le tribunal allait-il croire que la journée d'inaction dans le bungalow était un vide ? L'accusé assure qu'il n'avait fait que « réfléchir ». Peut-on réfléchir à *rien* ? N'était-il pas clair que la seule interprétation plausible de cette journée dans le bungalow était qu'elle avait servi à préméditer, de façon construite et rationnelle, un affrontement inspiré par la jalousie, dans l'intention de se venger de la victime—une intention dûment menée à bien ? L'accusé « s'était retrouvé dans le jardin » ; n'aurait-il pas pu se rendre dans la maison, à n'importe quel moment de cette journée, pour regarder à nouveau le sofa, contempler le théâtre des événements de la nuit précédente ? Pourquoi avait-il choisi précisément de le faire à l'heure où la victime devait être revenue de son travail ? En ce qui concerne l'usage du pistolet, l'accusé a dit à la barre qu'il n'était pas familiarisé avec les armes de poing ; c'était la seule qu'il ait jamais manipulée. Alors, comment avait-il pu s'en servir avec une telle efficacité, s'assurant qu'elle était chargée et prête à tirer, s'il était dans un tel état d'automatisme ? N'avait-il pas agi délibérément et rationnellement pour tirer parti de la proximité d'une arme et en faire l'instrument de sa volonté meurtrière ?

Que disait cet homme, que se disaient-ils eux-mêmes, vers quelle conclusion amenait-on le tribunal ? Que la défense s'était condamnée elle-même par la bouche de son propre psychiatre ?

Ils ne pouvaient interroger Motsamaï pour qu'il interprète ce raisonnement — un signe de mauvais augure ou une défaite déguisée ; il était assis à la place qui était la sienne, dans l'enceinte du tribunal, en train de préparer la fin de sa plaidoirie.

Quand Motsamaï se leva pour s'adresser au tribunal, Claudia vit la main d'Harald se glisser dans la poche de sa veste et en extraire un carnet. C'était un petit cahier à la couverture en carton comme en utilisent les écoliers, pas comme celui qu'il avait à sa disposition lors des conseils d'administration, en cuir gaufré et agrémenté d'un stylo à bille doré. Celui-ci correspondait à cet autre style de vie humble et rétréci, qui était désormais le leur ; il devait l'avoir acheté lui-même dans une papeterie : une course que sa secrétaire se serait vu confier, en temps normal. Claudia eut la délicatesse de ne pas se laisser distraire en jetant un regard indiscret sur ce qu'il écrivait pendant que Motsamaï parlait ; elle éprouva pour lui un élan affectueux, qui monta et s'apaisa en elle comme une douce marée, tandis qu'elle se concentrait sur chacune des syllabes du discours de Motsamaï. Ce n'était pas seulement le fait que son tour de requérir l'attention était venu ; Motsamaï était, il s'imposait comme le point de mire du tribunal. Sa seule présence affirmait que le tribunal était réuni pour lui, le petit homme dont le visage taraudé de rides comme le cuir d'un vieux gant noir semblait à peine pouvoir contenir des yeux aussi durs que le verre, qui brillaient sur le fond sombre de sa peau ; au nom de toutes les années d'exclusion passées de l'Autre Côté aux termes de la législation d'alors, il revendiquait le droit d'être arrogant dans la dignité que confère la loi.

—Un individu est réputé criminellement responsable, c'est-à-dire qu'on le reconnaît responsable d'avoir commis un crime, quand il est en mesure d'apprécier le mal que cause son acte au moment où il l'accomplit. Pour juger de cette responsabilité criminelle, on doit avoir une parfaite connaissance des événements et de l'état d'esprit de cet individu avant qu'il ne perpètre son acte. De quels événements et de quel état d'esprit parlons-nous dans le cas de Duncan Lindgard ?

La nuit précédente, aux premières heures de la matinée,

il s'inquiète de la sécurité de la femme qu'il aime parce qu'elle n'est pas revenue dans le bungalow où elle vit avec lui comme sa compagne. Je veux maintenant revenir sur certains aspects de leur relation parce qu'ils sont significatifs du tempérament, du constant souci de protéger, du sens des responsabilités humaines qui caractérisent Lindgard. Natalie James avait tenté de se suicider, d'attenter à sa propre vie, et Duncan Lindgard l'avait sauvée. C'était grâce à ses efforts désespérés qu'elle était revenue à la vie. Il n'avait alors aucun attachement sentimental envers elle, il n'y avait pas relation sexuelle entre eux à ce moment-là ; il la connaissait à peine. Une liaison s'ensuivit et il fit emménager cette jeune femme chez lui. Ils habitaient ensemble dans le bungalow construit sur une propriété où se trouvait également une maison, occupée par trois amis de Lindgard qui y vivaient en famille, selon la description faite par l'accusé devant le tribunal—pas une relation familiale, mère, père, enfants, etc., mais une amitié loyale entre des adultes vivant en complète harmonie, les trois amis homosexuels, et le couple hétérosexuel. Lindgard n'avait pas seulement ramené Natalie James à la vie ; comme un des membres de cette sorte de famille en a témoigné, il s'était spontanément investi, par amour pour elle, de la mission de la réconcilier avec son passé tumultueux—l'enfant qu'elle avait porté et fait adopter, et ses autres problèmes psychologiques—et il s'était consacré à essayer de l'aider à développer son côté positif, les potentialités qu'il décelait en elle, et qui étaient constamment menacées par ses tendances autodestructrices et son irresponsabilité. Durant les deux années environ qu'a duré leur vie commune, aucun témoignage ne suggère qu'il a répondu à l'agressivité mentale et aux écarts de conduite qui menaçaient leur relation autrement que par une patience stoïque et par le désir de l'aider. Pendant toute cette période, aucune des provocations de sa compagne ne l'a amené à se comporter brutalement à son égard.—
Une seconde, Motsamaï jeta un regard sur le public, pour le tenir en haleine, puis se tourna à nouveau vers le juge.
—Avec votre respect, monsieur le président, je ne suis pas en train de noircir le caractère de cette jeune femme, je souhaite seulement situer le contexte dans lequel l'inquiétude a saisi l'accusé quand il s'est aperçu de son absence aux premières heures de la matinée.—

Il s'avère difficile pour Claudia, et pour Harald, qui écrit en s'abritant derrière son poing, de rester conscients de la présence du juge. Il est là, omniprésent comme le Dieu que Claudia sait être celui d'Harald, même si personne ne peut s'en rendre compte.

Le rappel des faits par Motsamaï ne lui a pas fait perdre son emprise sur le public. —Duncan Lindgard traverse le jardin dans l'obscurité craignant qu'elle n'y ait été attaquée par un rôdeur et se rend jusqu'à la maison. Que trouve-t-il ? La porte ouverte, les lumières allumées, et sur le sofa, Natalie James et Carl Jespersen au beau milieu de leur accouplement. Avec votre respect, monsieur le président, ils sont si occupés qu'ils ne se dégagent même pas de leur étreinte en voyant Lindgard. Ah-hêh. Que fait Lindgard ? Le coup est si terrible, si incroyable, qu'il s'enfuit. Maintenant, pourquoi ce qu'il a découvert est-il si dévastateur ? Pour tout homme, pour toute femme, la vue de son ou de sa partenaire faisant l'amour avec un autre est un choc pénible. Cela va sans dire. Mais ce qui vient de frapper Duncan est une double trahison proprement épouvantable. Car ce qu'il a vu sur le sofa, ce n'est pas seulement l'infidélité de la femme qu'il aimait, mais le fait que *l'homme qui faisait l'amour avec elle était l'homme avec lequel il avait eu lui-même une brève liaison homosexuelle,* un homme qui l'avait fait souffrir, dans le passé, en rompant brutalement avec lui. Il ne savait que trop que Jespersen n'était pas attiré par les femmes — il a dit au tribunal comment Jespersen parlait de manière grossière, voire répugnante, de leurs caractéristiques anatomiques, de leurs organes génitaux. Le fait que Jespersen soit précisément parvenu à *surmonter* sa répulsion pour accomplir l'acte sexuel avec la compagne de Lindgard ne pouvait signifier que l'une ou l'autre de ces deux horreurs : soit Jespersen prenait plaisir à l'idée d'humilier une nouvelle fois l'homme qu'il avait précédemment rejeté, soit Natalie, aidée par lui qui y trouvait un plaisir supplémentaire, saisissait, en cédant à cette impulsion, l'occasion de blesser, d'humilier son amant de manière cruelle—*raffinée*— afin de se venger de celui auquel elle en voulait parce qu'elle lui devait tant : sa vie. Ce que Duncan a vu était un acte dont les implications étaient tellement écœurantes qu'on ne pouvait plus rien y faire, ainsi qu'il l'a dit à la barre lorsqu'il expliquait comment il avait passé la journée à réfléchir dans le bungalow. Aucune approche rationnelle ne parviendrait à déterminer une réaction adéquate.

Il a passé la journée du lendemain seul, dans le bungalow, dans un état de choc incompatible avec tout processus de prise de décision. Il était dans l'incapacité de formuler ce qu'il ressentait aussi bien à l'égard de Natalie James que de Carl Jespersen. Comme le dit dans son rapport un psychiatre expérimenté, une crise d'amnésie le coupait du réel pour tout ce qui les concernait. Il était incapable, contrairement à ce qu'a suggéré mon éminent confrère, de songer à se venger. Comme il l'a dit lui-même en réponse à la question de cet éminent confrère, le procureur : se venger de quoi ? De sa trahison à elle ? De la trahison de Carl Jespersen ? De leur complicité dans cette trahison ?

Il est resté couché dans le bungalow toute la journée, prostré. Si le chien ne l'avait pas tiré de sa léthargie en réclamant sa pitance, s'il ne s'était pas machinalement levé pour lui donner à manger sur le seuil, ne serait-il pas resté enfermé dans son isolement jusqu'à ce que, peut-être, quelqu'un soit venu le chercher ? Se serait-il retrouvé dans le jardin, qu'il avait traversé plein d'angoisse la nuit précédente, s'il n'était pas sorti pour nourrir le chien ? Il s'est retrouvé dans le jardin, oui ; et là se dressait la maison où l'incroyable s'était produit. Il est retourné à l'emplacement d'où il avait tout vu, pour rendre cette scène crédible à son esprit perturbé.—

Les rides du visage de Motsamaï se creusèrent comme de profonds sillons. Il inspira profondément pour justifier une pause calculée. Il semblait assister à la scène qu'il était sur le point de décrire.

—Que voit-il ? L'homme, Carl Jespersen, est en train de se prélasser là, sur ce sofa. Il s'est préparé sa boisson favorite. Il sourit. Il salue Duncan Lindgard, l'ami, l'ancien amant, celui dont il a séduit la femme sous ses yeux—il l'interpelle, *Bra*, frangin. Puis il se lance dans un monologue, le ton est taquin, le propos sophistiqué, on parle en frères. C'est dans ce contexte, assure-t-il, que Lindgard doit accepter et partager « l'incident », l'accouplement qu'ils n'ont pas pu interrompre, qu'ils ont impudemment mené jusqu'au bout en sa présence. Sers-toi un verre, dit-il. Oui, buvons à cette affaire, mon frère. Toute l'histoire de la nuit dernière, ce n'est *rien*. Une grotesque plaisanterie !

Le choc qui en résulte est-il moins fort que celui de l'accouplement lui-même ?

Le spectacle auquel est confronté Lindgard porte à son comble sa tension émotionnelle. Il y a un pistolet sur la table. Offert pour ainsi dire. Il ne sait pas s'il est chargé ou non. Il le prend et fait feu sur la source d'où continue à provenir la tirade dirigée contre lui. Cesse alors ce qu'il a décrit comme « le bruit » C'est ainsi qu'il se rend compte qu'il a tiré sur Carl Jespersen.

Avec votre permission, monsieur le président, je reprends la définition de la responsabilité criminelle. On dit qu'un individu est criminellement responsable, qu'il a la capacité de commettre un acte criminel, lorsqu'il est capable d'apprécier le mal que cause son acte au moment où il le commet. L'absence de responsabilité criminelle, quand elle ne résulte ni d'une incapacité liée à la folie ni de l'immaturité d'un mineur, est reconnue dans son principe par notre législation quand elle provient, entre autres, d'une provocation—Je cite à ce propos l'arrêt Campher, 1987, dans mon argumentation écrite—et d'une extrême tension émotionnelle—je renvoie le tribunal à l'arrêt Arnold, 1985.

Tout atteste, dans la façon dont il se comporte à l'âge adulte, que l'accusé est opposé à tout acte de violence qui irait à l'encontre de son sens des responsabilités morales, chrétiennes et humanistes, inculqué par ses parents depuis son enfance. N'avait-il pas été provoqué au-delà de toute patience, jusqu'à perdre tout contrôle de lui-même, quand il a vu un pistolet à portée de sa main et s'en est saisi ? En un mot, l'accusé savait-il ce qu'il faisait ? Duncan Lindgard était-il criminellement responsable ?

Je prétends, monsieur le président, qu'il ne l'était, ne pouvait pas l'être.—

La voix du juge, comme une réflexion qu'on se fait à voix haute, parvient à suspendre le cours de la démonstration de Motsamaï, sans toutefois l'interrompre. —Maître Motsamaï, plaidez-vous la démence ?—

—Non, monsieur le président, ce n'est pas le cas.—

—Démence passagère ?—

—Non. L'accusé est un homme sain d'esprit, qui a subi un choc psychique majeur, et ce déferlement de tension émotionnelle l'a privé de sa capacité à se rendre compte du mal qu'il perpétrait, ce qui correspond bien à la notion d'absence de responsabilité criminelle.—

—Quelle est la différence entre cet état et un accès de démence passagère ?—

*Votre fils n'est pas fou.*

Mais pour Harald et Claudia, le juge pourrait avoir raison ; la folie, peut-être le chagrin, pourrait être l'explication que leur fils ne leur a jamais donnée. Même ce qu'il a dit au tribunal ne leur a pas apporté ce qu'ils voulaient—c'est comme si l'on repassait l'enregistrement de la démonstration de Motsamaï avec les emphases de son phrasé africain : elle est interrompue par la présence de Duncan, *ce n'était pas ça, ce n'était pas exactement comme ça.* Ici, personne n'en sait rien. Peut-être émet-il réellement une fréquence radio, de là où il est assis, dans l'enceinte du tribunal, et qui n'est pas dirigée vers eux.

—Perte du contrôle de soi-même qui provoque une incapacité à percevoir ce qui est mal, monsieur le président, qui diffère de la confusion entre le bien et le mal provoquée par des illusions. Voilà la différence.—

Harald sentit que Claudia avait modifié d'un mouvement de tête l'espace qui les séparait, un geste de déni ; en effet, cette réponse semblait loin d'être du meilleur Motsamaï. Et s'il avait tort ; un accès de démence passagère, quelque chose qui toujours aurait été là, à l'état latent dans le cerveau de Duncan, le mystère d'un individu autre que soi, même si c'est celui que vous avez créé avec votre propre chair ? Claudia sembla vouloir murmurer quelque chose, mais Harald leva la main qui tenait son stylo ; il n'y avait pas de mots pour le désarroi, c'était comme si le réchauffement de l'air dans la salle comble provenait d'Harald, de Claudia et de leur fils, et suffoquait toute l'assistance.

—Duncan Lindgard n'avait nulle intention de tuer Jespersen. Il n'y a pas eu préméditation. Il est, il était incapable sur le plan criminel d'un tel acte. En situation de sévère tension émotionnelle, il a été soumis à une provocation qui a altéré ses facultés et donc sa responsabilité. Son aveu, son passé, son témoignage en sont la preuve irréfutable.—

—Avez-vous terminé, maître Motsamaï ?—

—Merci, monsieur le président, la défense considère la cause entendue.—

Le juge se dressa, l'audience était levée. La vie reprit ses droits dans l'assistance comme à la fin d'un acte dans une pièce de théâtre ; ils allaient revenir. Dans les couloirs, Motsamaï redevenu Hamilton posa sa main sur les avant-bras d'Harald et de Claudia, et les emmena avec lui. Il avait l'animation distraite qu'il manifestait dans son cabinet lorsqu'il revenait d'un déjeuner. Cela ne s'est pas trop mal passé, dit-il à ses confidents, laissant debout son avoué, le bon ami Philip, les bras chargés d'une pile de dossiers. Ils ne l'interrogèrent pas sur le problème de la folie, la question de—quel terme employer ?

C'est entre ses mains.

Nous n'appellerons pas d'autres témoins, ni eux ni moi, leur dit-il, une pause et un haussement d'épaules signifiaient que cela lui convenait. Nous ? Il avait hâte de parler avec son avoué. Alors qu'il les quittait, ils le virent saluer son adversaire, le procureur ; les deux hommes en robe s'arrêtèrent, Motsamaï posa brièvement sa main sur l'épaule de l'autre, ils hochèrent la tête au sujet de quelque chose, rirent ensemble, et s'effacèrent pour se laisser passer.

Alors ce n'était qu'une performance, pour eux, pour le juge, les assesseurs, le procureur, même pour Motsamaï. La justice est un spectacle.

Alors qu'Harald et Claudia cheminaient dans les couloirs, Harald remit quelque chose dans sa poche. C'était le carnet de notes qu'il avait trouvé et pris sur la table près du lit dans le bungalow.

Demain, ce sera fini. Le verdict sera rendu.

*Nous*. Motsamaï et le procureur—chacun a décidé de ne plus appeler personne à la barre, ni pour témoigner en faveur de l'accusé ni contre lui. D'un commun accord, autour d'une tasse de thé : Harald est prêt à y croire. Il lui fallait refouler ce genre de pensée au plus profond de lui-même.

Pour lui, une autre évidence s'impose : l'absence totale d'intégrité, chez ces deux hommes de loi, ces adversaires devant le tribunal, dans leurs joutes oratoires si bien argumentées. Claudia ne trouve pas surprenante leur camaraderie professionnelle hors de la présence arbitrale du juge ; elle sait que pour bien faire son travail il faut se concentrer sur le cas, et faire abstraction de ses sentiments personnels. Attablés dans un café avec Khulu, ils en parlent à voix basse, entre de longs silences, tandis que le jeune noir est parti acheter un journal.

Je crois qu'un juge serait irrité par un avocat qui manifesterait un attachement émotionnel envers un client. Il pourrait même se montrer sceptique vis-à-vis des arguments de quelqu'un qu'il soupçonnerait d'aller au-delà de son engagement professionnel en tant que défenseur d'une cause. Après tout, ils sont vraiment obligés de défendre n'importe qui. Nous le savons bien.

Donc Hamilton se moque de ce qui arrivera à Duncan. Tout ce qui lui importe, c'est de gagner son procès. Demain, le procureur et lui se serreront la main au-dessus du filet, quel que soit le résultat du match.

Elle remplit à nouveau sa tasse, eux aussi profitent d'une parenthèse pour parler du sort de Duncan autour d'une théière. Un moment plus tard, voyant revenir Khulu, elle parle rapidement.

Il ne s'en moque pas, Hamilton ne s'en moque pas, pas du tout. Tu dois y croire ? Harald ? Il l'a montré sans aucun doute. A nous. Mais le tribunal n'est pas l'endroit pour le manifester, pas là.

Khulu brandit le journal pour signaler son retour. Elle l'observait se frayant un chemin entre les rangées de tables.

Lui non plus ne s'en moque pas. Qui aurait pu prévoir qu'il serait celui qui devinerait notre besoin d'avoir tous les jours quelqu'un à nos côtés, et il se trouve que nous ne voulions personne d'autre que lui.

Claudia décida de se prescrire un somnifère et d'aller se coucher.

Seul dans le salon, Harald prit le carnet et y ajouta pensivement quelques détails du procès. Il ne savait pas à quoi pourraient servir ces notes. Il se posait la question tandis que son regard vagabondait pour finir par se poser sur des fleurs mortes dans un vase ; la seule réponse, c'était celle de cet homme, Khulu. *Je ne comprends pas qu'on tue.* Il tenta de trouver une utilité pratique à ces notes ; si l'on devait faire appel de la sentence (Duncan n'a pas attendu le jugement, le problème est celui du degré de culpabilité, ce jeu sur les mots sur lequel compte Hamilton Motsamaï), il serait en mesure de se reporter à ses impressions sur la manière dont les témoignages qui avaient conduit au verdict avaient été accueillis par le juge laconique, les assesseurs silencieux, les avocats, et même les greffières, ces jeunes filles afrikaners et indiennes, introduites dans ce domaine réservé aux hommes, et par ces mannequins de la loi, les policiers en faction plantés là, sans vie. Jusqu'aux corps qui se pressaient autour de lui et de Claudia—leurs réactions. Parce que tous ceux qui sont là sont des habitués, ils savent comment les choses progressent dans un procès et doivent reconnaître les signes que ni Claudia ni lui ne remarquent, ou ne savent déchiffrer.

Ou bien, peut-être que ce qu'il note n'est que la suite de ce que Duncan y a écrit et que lui, Harald, a lu en transgressant son propre code de comportement. Probablement le tout ira dans l'armoire, dans le carton où la lettre que le jeune garçon avait écrite de son école était si longtemps restée.

Le mot *spectacle* ne cesse de lui revenir. Il voit qu'il l'a consigné alors qu'il touchait au nadir : la justice est un spectacle. Griffonné ce qu'il a décrit comme le « spectacle » de promotion d'Hamilton Motsamaï par lui-même ; et puis les propos de la fille rapportés par Khulu Dladla—que Duncan l'avait « condamnée à vivre selon son scénario à lui ». Il alluma la télévision pour ne pas avoir à aller se coucher en sachant qu'il ne pourrait pas s'endormir (il refuse le conseil de Claudia de prendre un calmant ou un somnifère, elle pense—sans le lui dire—qu'il est une de ces personnes heureusement disciplinées qui savent d'instinct qu'ils sont prédisposés à l'accoutumance), mais ce qui lui était offert là n'était qu'un spectacle de plus, un concours de groupes de rock sur une chaîne et, sur une autre, un feuilleton comique dans une langue qu'il ne comprenait pas.

Il resta assis, le carnet sous la main, et mit la radio. Il était tombé au milieu d'un de ces programmes où l'antenne est ouverte sur des sujets d'intérêt général, depuis l'avortement jusqu'aux prix dans les supermarchés en passant par la réduction des troupeaux d'éléphants. Spectacles de cirque organisés par la démocratie pour que ceux qui mangent à leur faim, mais qui savent qu'il n'est pas vrai que tout le monde aura la possibilité (et non pas « le droit ») de devenir président, aient au moins l'occasion et la satisfaction de s'entendre formuler à haute voix leurs opinions et leurs frustrations pour le bénéfice de la populace. Mais les auditeurs, même si leurs mots ou leurs raisonnements sont maladroits (d'habitude, il éteint aussitôt), expriment parfois cependant des émotions viscérales, qui sont tapies sous le vernis d'éthique des conventions morales de leur époque. La peine de mort : tel était cette nuit le sujet du débat que la démocratie-spectacle offrait à ces citoyens ardents. Mais la peine de mort allait être abolie ! Motsamaï, qui est bien placé pour le savoir, en est certain. Il sera prouvé qu'elle viole la Constitution ; il n'est plus possible, maintenant—Dieu nous en garde, et il y a veillé—que Duncan soit condamné à mort pour ce qu'il a commis, quelle qu'ait été la raison de son geste.

Nous sommes maintenant dans un pays civilisé, et l'État ne commet plus de meurtre. Mais Harald, assis, le regard fixé sur ces fleurs qui auraient dû être jetées, les entend, ceux qui réclamaient le maintien de la section des condamnés à mort et de la corde au cou, des exécutions à l'aube par le bourreau à Pretoria. Ils veulent, ils veulent toujours, ils sont prêts à l'exiger haut et fort, auprès de tout un chacun, du président, du ministre de la Justice, de la Cour constitutionnelle, pour être entendus — ils veulent un cadavre pour un cadavre, un meurtrier pour un meurtrier. Et ils bafouillent avec indignation pour éructer ce qui est indéniable : la satisfaction qu'ils éprouvent, la seule consolation qui leur reste, réside dans la mort de celui qui leur a enlevé un des leurs, ou dont l'exemple menace d'autres vies. Leurs voix relayées par le téléphone jusqu'au studio, le présentateur qui modère avec condescendance leur verbosité—pour eux la peine de mort ne peut pas être abolie. Ceux-là—les gens qui crient par-delà le complexe résidentiel et la prison où Duncan attend son verdict—ils le condamneront à mort en leur for intérieur quelle que soit la sentence que prononcera le juge à son égard, quelles que soient les circonstances atténuantes que Motsamaï assure qu'il obtiendra, grâce à son savoir, à son expérience, à son intelligence. Sur les ondes, dans tout le pays, ils réclament un référendum ; ce sont eux, et non la Cour constitutionnelle, qui rendront le Jugement dernier pour les meurtriers comme Duncan. Et, avec ou sans référendum, Harald entend, Harald sait que son fils et celui de Claudia endormie devra affronter, aussi longtemps qu'il vivra, partout autour de lui, cette volonté de lui donner la mort. La malédiction est sur lui, même si elle n'est pas inscrite dans la loi.

Ça n'a rien d'un spectacle, c'est la réalité.

Elle se retourna dans son sommeil et se réveilla avec le sentiment d'un vide à côté d'elle ; elle chercha sa montre. Le message lumineux : deux heures passées. Elle se leva comme Duncan l'avait fait et partit à la recherche de l'absent. La porte de la salle de bains, dont la brochure qui vantait les installations du complexe résidentiel disait qu'elle était *en suite* avec la chambre, était entrouverte ; il n'y avait personne. Le salon était plongé dans l'obscurité et silencieux. Elle avança avec précaution dans le couloir comme si elle s'attendait à tomber sur un intrus. Dans la seconde salle de bains, Harald endormi était allongé dans la baignoire, sa tête reposant sur le rebord, mais son corps, pour Claudia, était celui d'un noyé.

Motsamaï l'avait également assuré à son client, l'accusé : ce serait terminé demain. Tout s'est passé de manière très encourageante : il est confiant. Les confrères qui ont suivi l'affaire disent dix ans, mais naturellement, il y a toujours des remises de peine. Mais lui, Motsamaï, pense qu'il a réussi de telle manière qu'il y a une bonne chance que ce soit sept ans... La meilleure méthode avec Duncan, il le sait, est de lui parler comme s'il était un confrère et comme s'ils discutaient d'une autre affaire à laquelle tous deux se seraient intéressés. C'est ainsi, il le pressent, que ce jeune homme profondément troublé pourra le mieux encaisser le choc ; mais il ne peut résister à la tentation de répéter, en fait, comme à un confrère—Extrêmement bien, en particulier le contre-interrogatoire de la fille.—

Ils sont tous partis pour attendre le lendemain, quand ce serait terminé pour eux aussi : sa mère, son père, Khulu leur fils par procuration qu'il voit assis à leurs côtés, là où lui ne peut être, Motsamaï, le juge, les greffières avec leurs cheveux longs qui frôlent leurs bras lorsqu'elles tapent sur leur traitement de texte, les visages de ceux qui prennent sa vie pour un spectacle ; rentrés chez eux. Seul. Ses parents, son ami Khulu (il n'avait pas réalisé jusqu'à maintenant combien celui-là, parmi ceux qui habitaient la maison, était réellement l'ami entre les amis) ont des remords de le laisser, en particulier à ce moment-là, il le sait, mais il est soulagé qu'ils soient partis.

Ainsi Motsamaï, qui joue les pères quand le vrai père ne le peut pas, l'a sauvé aux dépens d'elle. Natalie / Nastassia. Il l'a démasquée et l'a exposée, il a disséqué ses entrailles avec l'enfant qu'elles contiennent, il l'a exhibée devant tout le monde, dévoilé son esprit, ses mobiles, et son corps dont son amant ne connaissait que trop bien la force et les contradictions. Qui remettra à nouveau Natalie sur pied ; personne. Motsamaï a confiance ; cette fois, c'est elle qui l'a sauvé.

Cette nuit, dans sa cellule, il n'a pas rêvé, mais il a vécu, éveillé, une vision. Dix ans, sans remise de peine, quel qu'ait été le temps qui s'est écoulé, il sort en clignant des yeux à la lumière du soleil, la ville est devant lui. Quelqu'un montre du doigt un enfant. C'est une fille, elle ressemble à Natalie / Nastassia. Non, c'est un garçon, il nous ressemble à tous les deux, Carl et Duncan.

Motsamaï porte un costume particulièrement bien coupé et la brosse que forment ses cheveux a été taillée, la barbichette à la mode des chefs africains du siècle passé a été peignée pour souligner la volubilité de ses envolées lorsqu'il prend la parole ; c'est le soin de leur apparence que prennent les collègues d'Harald le jour où une importante réunion est prévue.

Motsamaï les attendait dans les couloirs où sont emprisonnés sous les hauts plafonds les échos de tout ce qui a été dit au tribunal ces jours derniers. Il les conduisit d'un pas calme au travers du va-et-vient des employés et des messagers et au milieu des gens errant à la recherche de leur salle d'audience. Lorsqu'il trouva un petit espace libre pour eux, il s'arrêta. —Vous vous sentez bien, Claudia ? J'espère, Harald, que vous vous êtes reposé cette nuit. Moi ? Oh, je dors toujours, quand je finis par me coucher si je me prépare... Ah-hêh. Aujourd'hui. Bon, maintenant, j'ai convaincu le procureur de vous laisser voir Duncan durant la pause du déjeuner. Vous savez—ce sera après que tout sera terminé ce matin, je n'attends pas le verdict et la suite avant cet après-midi. Donc vous le verrez. Avant que la sentence ne soit prononcée.—

Quand vous vous trouvez face à la justice—sans pouvoir détourner les yeux, sans les échappatoires fournies par les privilèges, la fortune ou l'éducation—vous comprenez : les défenseurs et les procureurs parviennent à s'entendre, pour un meurtre, sur un prix raisonnable. Pour Harald—c'est bien le marché qui vient d'être conclu. L'éminent confrère de Motsamaï, au nom de l'État, est convaincu qu'il a obtenu tout ce qu'il pouvait obtenir.

Quant à Motsamaï—il fait un geste suggérant un équilibre, ses deux mains figurant les plateaux de la balance : c'est aussi bien ainsi. —Les juges sont des gens susceptibles. Ah-hêh. Vous le savez ? Ils se fatiguent comme nous—quand vous continuez à argumenter après qu'ils ont pris leur décision. Il y a un moment où... Vous me suivez ? Il siège avec ses assesseurs et le verdict est déjà formulé. D'autres témoignages—cela n'y changera rien. Nous avons fait notre impression avec nos témoins, nos contre-interrogatoires. Je ne veux pas tout bousculer, le mieux est l'ennemi du bien. En ce qui concerne la sentence—c'est autre chose. (Il prononce ces mots, comme une de ces expressions à double sens qu'il affectionne, la mode est à un style sophistiqué, pour sous-entendre qu'il s'agit effectivement de quelque chose de différent, mais aussi d'exceptionnel.) Je m'y emploierai cet après-midi.—

Ils sont assis aux côtés de Khulu pour écouter les conclusions. Le procureur et l'avocat de la défense résument, avec une concision tout en force et en conviction, ce qu'ils ont déjà exposé lors de leur plaidoirie, ce qu'ils ont, chacun selon ses objectifs et son talent propres, obtenu de l'accusé et des témoins au cours de leurs dépositions et des contre-interrogatoires.

Duncan est un individu fanatique, possessif à l'extrême, qui a, par jalousie, prémédité sa vengeance, et s'en est pris à Carl Jespersen parce que celui-ci avait eu une relation sexuelle avec sa maîtresse, Natalie James. Il a, en toute connaissance de cause, en pleine possession de ses moyens, dans un acte réfléchi qui engage sa responsabilité, tiré parti de la présence fortuite d'un pistolet et délibérément tiré sur l'homme là où il savait que le coup serait fatal, à la tête.

Harald et Claudia et Khulu ne suivent qu'à travers les mots-clés qu'ils comprennent tous les trois le discours que prononce le visage de samouraï que s'est composé le procureur : la responsabilité criminelle, l'intention délibérée, la pleine connaissance de cause. La combinaison des phrases prend feu comme les mots d'un journal dévoré par les flammes. Ils ne font qu'un dans leur effort d'attention, mais ne saisissent qu'avec peine l'enchaînement du raisonnement, le sens du long discours du procureur. Ces termes, avec leur formalisme juridique, sont consignés dans les recueils de droit que l'avocat et le procureur ont sur leur table, et sont ceux en vertu desquels Duncan sera jugé. Quand arrive le tour d'Hamilton, de Motsamaï, ils se dissocient et redeviennent trois attentions séparées, chacun accompagnant d'un silence qui lui est propre, chaque mot, chaque détail, chaque nuance du discours de Motsamaï, en fonction des idées différentes qu'ils se font de Duncan.

Duncan est un homme totalement dépourvu de tout instinct de violence, comme l'attestent son comportement et le soin qu'il prenait d'une partenaire psychologiquement agressive. Comme il le savait pertinemment, il ne pouvait y avoir de liaison amoureuse entre son ancien amant homosexuel et la femme à laquelle il vouait amour et protection. C'est pourquoi il n'a rien pu préméditer à son encontre, que ce soit un acte de violence inspiré par la jalousie ou une autre forme de vengeance. Ce à quoi il s'est brutalement trouvé confronté, dans la nuit du 18 janvier, était le spectacle effronté de ces deux personnes engagées dans une grossière séance d'exhibitionnisme sexuel. Un homme violent n'aurait-il pas agressé immédiatement Jespersen ? Sans aucun doute. Duncan Lindgard n'a pas agressé Jespersen sur-le-champ, comme il l'aurait sans doute fait s'il avait été porteur d'instincts violents. Le lendemain la peine et le choc l'ont cloué chez lui ; prostré, il n'a pu se rendre à son travail. Pouvant à peine croire qu'il avait bien vu ce qu'il avait vu, il est retourné jusqu'à la maison, dans la seule intention de revoir l'endroit où la scène s'était déroulée. La présence inattendue de Jespersen sur le sofa même où s'était joué ce spectacle dégradant, l'incroyable absence de honte affichée par Jespersen, sa façon de vouloir considérer que l'incident pouvait être évacué autour d'un verre entre hommes, entre deux hommes qui étaient des frères, qui avaient même été des amants — tout cela a provoqué un second choc, terrible, qui s'est ajouté au premier. Comparable en force, à un coup sur la tête, un tel choc a eu pour effet de provoquer un blanc, un vide.

Une voix en provenance des deux présences, le chœur tragique des assesseurs oubliés, siégeant aux côtés du juge comme autour d'une divinité grecque, interrompt le discours de Motsamaï : celui des deux qui est blanc demande, De quoi s'agit-il ? Vous avez déjà utilisé cette expression. Vous voulez dire un trou noir ?

—Qu'est-ce qu'un blanc ? Un blanc n'est pas le trou noir où l'individu perd conscience. Un blanc, un vide amnésique, c'est l'état dans lequel un individu perd le contrôle de lui-même, une perte qui entraîne son incapacité à appréhender le caractère criminel d'une action, un état d'irresponsabilité criminelle. C'est dans cet état que Duncan Lindgard, à la suite d'une provocation et en proie à une grave tension émotionnelle, a pris le pistolet qui se trouvait là et, d'un coup de feu, a réduit son tourmenteur au silence.—

Personne—ni Harald, ni Claudia, ni Khulu—ni Duncan ?—que recherchait-il en lui ?—personne ne pouvait se faire une idée des réactions du juge en scrutant son visage légèrement incliné sur les documents qui semblent être rangés par ses mains sûres. Peut-être (c'est ce que croit Harald) a-t-il, comme Motsamaï le suggère, pris depuis longtemps sa décision quant au verdict ; ou peut-être va-t-il décider avec ses deux assesseurs qui s'agitent derrière lui, comme de bons chiens de compagnie, avant la pause du déjeuner, décider de la nature de l'acte qu'a commis Duncan quand il a tiré dans la tête d'un homme. Car ceux qui assistent à un procès comprennent qu'il n'existe aucun exemple de meurtre qu'on puisse décrire comme un simple acte isolé. Tuer n'est que l'acte final qui découle de tous ceux qui l'entourent, de mots malheureux, d'attitudes désinvoltes, de rapports sexuels, et, tout autour, de rixes dans les rues.

Motsamaï ne fait aucun commentaire sur ce qu'il a pu déduire en observateur avisé de l'accueil que le juge a réservé à ses derniers propos et à ceux du procureur, et Harald et Claudia ne croient pas qu'ils soient en droit de l'interroger. Ce serait comme mettre en question son efficacité ; lui faire sentir le poids dont, pour finir, ils pèsent entre ses mains. Son comportement est plutôt celui de l'éminent avocat Motsamaï que celui d'Hamilton quand il les conduit, enfin, vers ce qu'ils n'ont jamais vu, la cellule d'une prison. Ce n'est pas comme la cellule où Duncan était ramené quand ils le quittaient après l'entretien au parloir, mais une cellule sous l'enceinte du tribunal où sont détenus les prisonniers durant les pauses de leur procès.

Des couloirs, des marches et des portes pour lesquelles les gardiens ont des grappes de clés. Cela ressemble à une cave, avec dans un coin une cuvette, derrière une cloison basse. Des chaises en bois avec des numéros marqués à la craie. Il y a une assiette de nourriture sur une des chaises. Duncan, leur fils, se tient debout avec un verre d'eau à la main, il cherche à le poser quelque part, il heurte l'assiette. Il embrasse sa mère, une étreinte, comme il le faisait toujours quand il venait déjeuner, et il serre son père contre lui, les deux hommes n'ont pas l'habitude du contact de sa barbe sur la joue et l'oreille.

Motsamaï les a laissés seuls ; la présence des gardiens, des policiers, a depuis longtemps cessé de compter pour eux. —Il a confiance pour cet après-midi.— Claudia est la première à parler. Mais qu'est-ce que ça veut dire, avoir confiance ? Duncan sourit gentiment : un sourire qui dit qu'il n'a pas besoin du juge pour savoir ce qu'il a fait.

—Les circonstances.— Harald n'est toujours pas tout à fait capable d'évoquer sans ambages tout ce qu'on a fait à Duncan et tout ce que Duncan a fait, mais il veut les conduire tous les trois sous l'abri des concessions consenties par la justice—les circonstances atténuantes. Le salut, sous la forme pratique de ce compromis, est venu de sa place, de Là-Haut.

—De toute manière. Je suis heureux que ce soit bientôt fini pour vous. Il est temps que vous retourniez à votre travail, je suis sûr. Que vous repreniez les choses en main.—

Harald n'a pas envie qu'on l'imagine dans la salle de réunion d'un conseil d'administration, il est dans la cellule d'une prison, pour son fils. —Qu'est-ce que tu as pensé de Motsamaï, de la manière dont il a mené l'affaire, était-ce ce que tu attendais ? Je ne pouvais pas me rendre compte de ce qu'il en était pour toi.—

—Je lui avais donné carte blanche. Sauf quand j'étais moi-même à la barre. J'ai dit ce que j'avais à dire, c'est tout. Le reste, c'est lui qui a décidé, c'est son travail.—

—Tu as eu raison d'avoir confiance en lui. Il y a tant de choses difficiles à comprendre pour des gens comme nous—je veux dire, à propos de la procédure.—

Il ne peut se résoudre à interroger leur fils sur le vrai sujet qu'ils n'arrivent pas à écarter de leur pensée, le contre-interrogatoire de la fille par Motsamaï. Ce qui peut être décisif pour le verdict, ce que Motsamaï a infligé à cette fille—que lui inspire la manière dont Motsamaï a utilisé cette Natalie qu'il aimait—qu'il aime ? Elle est restée avec lui parce qu'il était « plus terrifiant que l'eau », c'est écrit dans le carnet—seuls Harald et son fils le savent, de temps à autre, lorsqu'il était dans le cabinet de Motsamaï, Harald a pensé qu'il devrait montrer le carnet à l'avocat, mais comme son fils ne savait pas qu'il l'avait volé, c'est resté entre son fils et lui. Alors, son fils a dû comparaître entre des gardiens et assister à la destruction de cette jeune femme par un avocat parce qu'il avait fait, oui, fait quelque chose de plus terrifiant, quelque chose de bien pire que de vouloir se noyer, parce qu'il avait pris une vie qui n'était pas la sienne. A cause de ce qui s'était passé sur le sofa cette nuit-là, s'est-il réjoui de la voir subir les manœuvres de Motsamaï ? *Je lui ai laissé carte blanche.* N'est-il pas maintenant en proie à une nouvelle solitude, une nouvelle souffrance ajoutée à toutes celles qui l'avaient déjà assailli, il est désormais plein d'amertume envers l'homme qui a détruit Natalie / Nastassia, il se retourne contre l'homme entre les mains duquel il s'était remis, plus personne ne peut rien pour lui, pas même les parents qui avaient fait la promesse d'être toujours là pour lui ? Harald sent une colère contre son Dieu monter en lui, la souffrance de mon fils ne prendra-t-elle donc jamais fin ?

—Est-ce que Motsamaï t'a dit quelque chose sur ce à quoi tu peux t'attendre ?— Claudia pose cette question parce qu'elle ne peut pas croire que le verdict sera réellement rendu cet après-midi et qu'une peine sera prononcée le lendemain, que le juge et ses assesseurs siégeront à nouveau et qu'elle les écoutera.

—Oui, nous en avons parlé. J'espère qu'il vous en a parlé aussi, à toi et à papa.—

C'est Harald qui répond —Oui, il l'a fait. Mais, bien sûr, ce n'est que ce qu'il pense, je veux dire en fonction des précédents. Mais jamais le juge n'a donné le moindre indice de son opinion sur quoi que ce soit, même quand il interrompait quelqu'un, quand il demandait quelque chose ou qu'il faisait une objection—j'ai essayé de déceler s'il était impressionné, sceptique, je ne sais pas moi. Mais ils sont passés maîtres dans l'art de parler d'une voix neutre et de se composer un visage impénétrable.—

—Comme le visage figé d'un de ces âpres négociateurs

dont tu as l'habitude dans les conseils d'administration, papa.—

Il les force à sourire.

—Khulu t'envoie ses amitiés—un message. Tu l'as, Harald ?—

Harald l'a consigné, sous la dictée de Khulu, sur une page arrachée à la fin du carnet : UNGEKE UDLIWE UMZWANGEDWA SISEKHONA. Il donne le papier à Duncan.

—Tu comprends ?—

—Le sens. J'ai appris un peu de zoulou avec lui.—

—Qu'est-ce que ça veut dire ? Tu sais qu'il est resté avec nous presque tout le temps.—

Il ne répond pas tout de suite à sa mère, non pas qu'il ne soit pas sûr de la traduction, mais parce que c'est difficile à exprimer en ce moment précis, entre eux trois.

—Quelque chose comme, tu ne seras jamais seul parce que nous sommes seuls sans toi.—

On l'a dit à leur place à eux, les parents, il n'y avait rien à ajouter. Ils tâchèrent de s'accrocher à chaque minute du temps précieux qui leur était alloué avec leur fils, en abordant des sujets superficiels, qui n'avaient d'intérêt pour aucun d'entre eux, mais qui leur permettaient au moins de ne pas sombrer.

Quand arriva le moment pour le juge de convoquer le tribunal pour la séance de l'après-midi, un des gardiens, un jeune Afrikaner, les dirigea vers la porte et se retourna pour regarder Duncan. —Il faudrait qu'il mange quelque chose, madame. C'est pas bon de rester l'estomac vide. Votre maman veut que vous mangiez quelque chose, mon vieux.—

Il n'y a jamais eu, il n'y a pas de silence comparable à celui qui règne dans un tribunal quand le juge lève la tête pour rendre le verdict. Toute autre communication, à l'intérieur ou avec l'extérieur, est coupée ; tout s'arrête.

C'est le dernier mot.

Elle est assise, ses mains emprisonnées sous ses cuisses. Comme pour admettre qu'ici, ces derniers jours, elle a dû l'irriter avec son tic de passer sans arrêt l'ongle de son pouce sous celui de chacun de ses autres doigts. Khulu est avec eux. Khulu est assis à côté d'elle, de l'autre côté, par rapport à Harald.

Et l'obscurité tomba sur la terre.

Chacun des trois est dans cet état supérieur de concentration dont lui, son mari, a essayé un jour de lui expliquer qu'il recoupait la définition que Simone Weil donnait de la prière. Il ne sait pas s'il est en train de prier ; le doute qui l'envahit n'épargne rien. A quoi rime désormais cette façon de prier par habitude—douze ans seraient le maximum, dix vraisemblables, Hamilton dit que sept, huit ans, correspondraient à l'indulgence attendue, ce qui constituerait—c'est implicite—un triomphe pour la défense.

Lui / elle. Ils ne regardent pas leur fils en ce moment. Aucun regard ne peut l'atteindre ; l'arène au centre du tribunal n'est pas seulement ce qui permet de mesurer son isolement, dans ce lieu clos, à l'intérieur duquel tous les autres peuvent faire leur expérience du monde—parmi eux, ses géniteurs, ses amis, Verster le messager, la femme qui sait que nous sommes tous des créatures mêlées d'amour et de mal. Même Motsamaï en a terminé avec lui ; quel qu'ait été leur lien, quelle qu'ait été l'aide que personne, personne d'autre ne pouvait procurer, tout cela sera bientôt dévolu au prochain client.

Un juge prend son temps. Rien ne doit être précipité en matière de droit. Douze ans, si ce doit être douze ans, il n'y a aucune urgence pour décider d'une peine qui sera si longue à purger.

La peine commence-t-elle au moment où le verdict est rendu, comme le carillon d'une horloge signale le début d'une autre heure—Seigneur Jésus !—comme il a été humiliant, tout ce temps, de se résigner à n'être qu'un ignorant, d'apparaître comme quelqu'un qui avait réussi à s'exonérer de tout contact avec les procédures séculières du crime et du châtiment ! Humiliant d'avoir compris seulement les péchés que peuvent absoudre Vos serviteurs, le matin à confesse. Avec un grand effort, il touche le bras de sa femme et sa main réapparaît en se dégageant du poids de son corps pour qu'il puisse la prendre. Elle a retiré son autre main de dessous sa cuisse. Il a conscience que Khulu les regarde, lui et elle, à la dérobée. Il voit la main de Khulu lui prendre l'autre main.

Le juge cherche quelque chose dans les plis de sa robe ; c'était un mouchoir. Le juge se mouche, en enfonçant le tissu dans une de ses narines, s'essuie les commissures des lèvres, remet le mouchoir à sa place.

Il jette un regard sur le public, et commence ensuite à parler comme en s'adressant à lui-même.

— L'accusé, Duncan Peter Lindgard, est inculpé de meurtre pour avoir tué Carl Jespersen, un des résidants d'une propriété habitée en commun. L'accusé plaide non coupable et base sa défense sur son irresponsabilité criminelle, définie comme une incapacité temporaire non pathologique.—

Notre fils n'est pas fou.

—Un accusé qui pour sa défense fait état de causes non pathologiques pour étayer la thèse de son irresponsabilité criminelle doit fournir des éléments factuels suffisamment convaincants pour permettre au tribunal de trancher la question de sa responsabilité criminelle dans ses agissements, au regard de l'avis des experts et en considérant tous les aspects de l'affaire, y compris la nature des agissements de l'accusé pendant la période relative au crime dont il est inculpé.

La défense allègue, qu'étant donné l'extrême tension et

la provocation auxquelles il avait été soumis, il n'avait pas été en mesure de concevoir l'intention nécessaire à l'accomplissement du crime en question ; qu'il avait été incapable d'apprécier le mal que causeraient ses agissements ou de conformer ses actions à cette appréciation, et incapable de se conduire de manière cohérente.—

Il y a quelque chose de salutaire, de nécessaire, pour Harald et Claudia, et peut-être pour leur fils lui-même, dans ce simple exposé des faits qui, dans leur esprit, ont été tellement grossis par l'émotion et rendus incompréhensibles par leur désarroi.

—Les principaux événements de la nuit du jeudi 18 janvier 1996 ont été établis par des témoignages concordants ou qui ne diffèrent pas sérieusement. Une soirée fut improvisée à l'arrivée d'amis des résidants de l'habitation principale de la propriété, David Baker, Nkululeko Dladla, Carl Jespersen et des occupants du bungalow situé sur la propriété, Natalie James et l'accusé. L'accusé et Natalie vivaient ensemble et formaient un couple hétérosexuel, les trois hommes dans la maison principale étaient homosexuels, Baker et Jespersen vivant en couple. Avant sa liaison avec Natalie, l'accusé avait eu une liaison homosexuelle avec Jespersen, mais ceci ne semble pas avoir affecté l'étroite amitié, l'amitié de cette communauté de cinq personnes qui cohabitaient, peut-on dire au même foyer.—

Et, avant de poursuivre son exposé, le juge lève la tête et regarde le public, pour la première fois.

—Ils possédaient même en commun un pistolet et savaient s'en servir.—

C'est aussi la première fois qu'il laisse percer une attitude personnelle concernant l'affaire. Le contexte de l'affaire. Il s'est permis de faire brièvement montre d'ironie pour ceux qui, comme le père de l'accusé, seront assez subtils pour l'interpréter comme un signe de désapprobation face à cette communauté qu'il a décrite de façon impartiale et sans préjugés quant à ses mœurs. Harald est frappé par cette présentation du partage de l'arme (« même en commun ») comme un symbole des relations interchangeables existant dans la communauté. C'est une chose qu'il aurait dû approfondir, qu'il avait voulu examiner depuis le début, mais ce n'est pas le moment de s'y attacher maintenant, non, non, parce que chaque phrase qui vient de cet homme marque une étape programmée dans le discours qui aboutit au jugement, il faut le suivre pas à pas, lire entre les lignes (lire sur ses lèvres, deviner l'intention), sans manquer un seul mot. Harald voudrait faire saisir à Claudia et Khulu ce que le juge vient de laisser volontairement échapper, mais il n'a même pas le temps de les avertir d'un regard.

—Quand le dîner fut terminé cette nuit-là et les invités partis, accompagnés par Nkululeko Dladla, David Baker alla se coucher dans la maison, et l'accusé rentra au bungalow après une dispute avec Natalie, qui resta dans la maison pour aider Jespersen à ranger et à laver la vaisselle.—

Il tient son auditoire. Pour les autres, ceux qui entourent les parents et Khulu, leur fils par intérim, c'est l'histoire d'un drame qui s'adresse directement à eux. Ils ont vu quelques-uns des personnages en chair et en os ; là, à la barre des témoins. Ils sont invités à partager la familiarité que le juge se permet, appelant l'un des protagonistes, non pas par son nom comme il le fait pour les hommes, mais simplement « Natalie », parce qu'elle n'est qu'une femme. Si Claudia cherche réellement à décoder ce que dit l'homme qui siège au prétoire, soit cette condescendance n'est qu'un détail sans importance pour elle aujourd'hui ; soit, à ses yeux, c'est tout que ce que mérite cette salope.

—Environ deux heures plus tard, l'accusé se réveilla dans le bungalow et s'aperçut que Natalie n'était pas revenue. S'inquiétant à la pensée qu'elle avait dû traverser le jardin à cette heure tardive, il se rendit à la maison, où il tomba sur Natalie et Jespersen in *flagrante delicto,* en train de copuler sur le sofa de la salle de séjour. Ils s'aperçurent qu'il était présent, mais il évita la confrontation. Il retourna au bungalow. Natalie n'y revint pas ; elle prit sa voiture et partit.—

Absorbé par l'audacieuse objectivité de son récit, il a délaissé son public. Ses yeux sont fixés sur son texte ; aux spectateurs d'imaginer la scène salace qu'il vient de brosser.

—L'accusé, qui est architecte, ne se rendit pas à son travail le vendredi 19 janvier. Il resta dans le bungalow, seul, toute la journée. Entre 18 h 30 et 19 heures environ—il ne se souvient pas avoir regardé sa montre, et le jardinier, le seul témoin à pouvoir dire qu'il est allé à la maison parce qu'il l'a vu en revenir, n'avait pas de montre—durant ce temps, l'accusé sortit du bungalow, nourrit le chien et traversa le jardin vers la maison. Là, avec la porte ouverte donnant sur le jardin, comme la nuit précédente, Jespersen était étendu sur le sofa en train de boire un apéritif. Il évoqua l'incident de la nuit précédente, assurant qu'il fallait le replacer dans le contexte confraternel des mœurs de leur communauté sur le plan sexuel, et invita l'accusé à boire un verre avec lui.—

Non, non, il n'a pas nourri le chien *en se rendant à la maison*, dit comme ça, c'est ce que ça laisse entendre, mais c'était pour donner à manger au chien, et non pour aller à la maison qu'il était sorti du bungalow ! Ce n'est pas qu'un simple détail ! Cela peut être vital ! Le juge les a laissés tomber, il a trahi la confiance qu'ils avaient eu tant de réticence à lui accorder. Claudia et Khulu ont senti qu'Harald était en proie à une agitation soudaine mais ils en ignorent la cause précise. Claudia se tourne vers Khulu, et il essaie de se composer un visage exprimant une assurance à peine perturbée : il se peut qu'Harald soit momentanément ébranlé sous le choc global de tout ce qui les entoure, de ce qui est en train de se produire aujourd'hui. Le pistolet, voilà où le juge en est arrivé. Lui, Khulu, a tenu ce pistolet, et l'a fait tournoyer dans sa main, une fois ou deux.

—Le pistolet de la maison, qu'on avait exhibé la veille au cours d'une démonstration à l'intention de l'un des invités qui voulait en acheter un, avait été laissé sur une table. Avec cette arme, l'accusé tira sur Jespersen, qui était resté étendu, et l'atteignit à la tête. La balle fut mortelle. En revenant au bungalow, l'accusé laissa tomber l'arme dans le jardin, où il fut aperçu par Petrus Ntuli, un aide-plombier qui travaillait à temps partiel comme jardinier sur la propriété en échange d'un logement dans un appentis. David Baker et Nkululeko Dladla arrivèrent peu de temps après et trouvèrent le cadavre. Ils coururent vers le bungalow pour le dire à l'accusé, mais ne recevant aucune réponse à leurs appels ni aux coups frappés à sa porte, ils en conclurent qu'il n'était pas là. Ils appelèrent la police qui, en fouillant le jardin, tomba sur Petrus Ntuli, lequel informa les inspecteurs que Duncan était bien dans le bungalow, et que lui, Ntuli, l'avait vu jeter quelque chose en revenant de la maison vers le bungalow. La police trouva l'arme, pénétra dans le bungalow, arrêta l'accusé et l'emmena au commissariat pour l'interroger. Le pistolet, la pièce à conviction numéro un, porte ses empreintes digitales.—

Ce sont bien les faits—mais quelles raisons l'ont poussé à sortir du bungalow, quelle était son *intention,* le chien ! Le chien !

—Aucun de ces faits n'a été réfuté par la défense. Ceci étant, ce dont les assesseurs et moi-même avons à décider pour rendre notre jugement, c'est de la validité de l'argument avancé par la défense, au nom de l'accusé, de son irresponsabilité criminelle passagère d'origine non pathologique. Je précise, « au nom de », bien qu'il aille de soi que toute ligne de défense choisie par un avocat est par procuration celle de l'accusé, puisque dans cette affaire, ce dernier n'a pas fait usage du droit qu'il avait de se défendre avec vigueur.—

Il nie avoir passé le vendredi dans le bungalow à ressasser une vengeance contre le défunt. Il a dit à la barre « —Me venger de quoi ? Ils ne m'appartiennent pas, ils sont libres de faire ce qu'ils veulent »—se défendant ainsi *indirectement* d'avoir prémédité son crime, mais il ne souligne pas la responsabilité du couple qui a si grossièrement bafoué ses sentiments ; il décrit les réactions qu'il a eues cette nuit-là comme quelque chose qui surgissait en lui, par lui, sans les accuser d'en être responsables. A la question de savoir s'il songeait, pour se venger, à une confrontation verbale, voire physique contre ce couple, il a répondu « Tout ce dont je pouvais me souvenir—en repensant à eux, là, comme ça—c'était du dégoût, l'impression que tout se désintégrait, dégoût de moi, de tout le monde... »

De la même façon, il n'apporte aucun démenti *catégorique,* il ne s'élève pas avec force contre l'hypothèse qu'il avait l'intention, en traversant le jardin vers la maison ce vendredi soir, d'avoir une explication avec Jespersen. Tout ce qu'il a pu dire au tribunal tient dans une déclaration ambiguë « je me suis trouvé dans le jardin... je ne voulais parler à personne... je pense que j'ai dû alors vouloir retourner sur le seuil de cette porte où je m'étais arrêté ». Il fait référence à la nuit précédente, à la façon dont il avait découvert le couple. La défense a interprété cette déclaration comme l'expression de son incrédulité — c'est-à-dire qu'il pensait que ce qu'il avait vu n'avait pu se produire ; il lui fallait revenir sur les lieux, comme pour vérifier les éléments de la *mise en scène*[1]. A l'unanimité, nous avons estimé valable cette interprétation. La thèse du ministère public qui dit que l'accusé a passé la journée du 19 janvier à préméditer sa vengeance contre le défunt n'est étayée ni par la substance de ses déclarations, ni par sa manière de les présenter. Cette manière, pour ceux qui, comme mes assesseurs et moi-même, ont l'habitude de démasquer les menteurs au timbre de leur voix et à la teneur de leurs discours, porte la marque de la vérité.—

Une nouvelle tension—l'espoir—s'empare d'eux trois. Harald et Claudia se raidissent, ils craignent inconsidérément que le moindre contact ne les amène à se laisser aller. C'est tellement inattendu, cette manifestation de compréhension de la part de celui qui juge Duncan, aucun démenti ne peut être discerné sur ses lèvres—est-il d'usage d'exprimer une telle sympathie envers un accusé dans le déroulement d'un procès ? Comment pourraient-ils le savoir ? Ils ne peuvent interroger celui qui pourrait le leur dire : Motsamaï, il est hors d'atteinte dans l'arène, au centre du tribunal, auprès de son client. Harald perçoit l'accélération de la respiration de Claudia et des battements de son cœur. Leur fils n'est pas fou et ce n'est pas un menteur. Ce qu'il dit (et sa gestuelle ne le dément pas) porte la marque de la vérité. Si seulement Motsamaï, Hamilton, pouvait leur faire passer une réponse ?—est-ce que la vérité compte ? La vérité peut-elle vous sauver ?

Alors que ces questions se déploient, les voilà qui s'effondrent de nouveau. De quoi le juge se défait-il maintenant ? Motsamaï, Hamilton !—un jugement est-il un jeu solitaire où le joueur s'affronte lui-même, se complaît à faire varier le poids de ses conclusions, les déplaçant alternativement de l'une à l'autre de ces fameuses balances de la justice ?

—L'absence de préméditation, cependant, n'implique pas subséquemment l'irresponsabilité criminelle dans la perpétration factuelle d'un crime, dans la série d'actes qui concourent à l'accomplissement d'un crime *durant la période considérée.* Si l'on accepte que l'accusé est allé du bungalow à la maison pour se convaincre que ce qu'il

1. En français dans le texte.

avait vu sur le sofa de la salle de séjour, la nuit précédente, était vraiment arrivé, seulement pour revoir le théâtre du drame (le juge semble se déconcentrer un moment, las, préoccupé, un problème de sa propre vie qui refait surface, à moins qu'il ne fasse une pause pour l'effet, c'est un pro, ce sont tous des professionnels, ses assesseurs, les membres de l'équipe de la défense et du procureur)... ce qu'il a vu en réalité, c'est cet homme, Jespersen, sur ce même sofa. Ont suivi les témoignages convaincants, confirmés par les opinions des experts psychiatres de la défense et de l'accusation, de l'existence d'un second choc, profond, en l'espèce l'outrage que représentait le cynisme de l'attitude de Jespersen qui affectait de considérer que ce qui s'était passé la nuit précédente sous les yeux de l'accusé était anodin, destiné à être évacué autour d'un verre entre hommes.—

Comme dans les couloirs, le bras sur l'épaule, entre procureur et avocat, effaçant l'affrontement devant le tribunal où l'un avait accusé un homme et l'autre l'avait défendu. Mais Harald sait qu'il devrait être le dernier à perdre ses illusions sur la déontologie ; leur remise en cause, ces jours-ci, là où il se trouvait, a fini par ébranler sa propre éthique.

—La décision consciente et rationnelle de se venger, quand elle est prise sous le coup d'une telle provocation, n'implique pas nécessairement une préméditation, dans ce qu'elle suppose de préparation. La manière de se venger dans pareilles circonstances prendra très vraisemblablement la forme d'une agression physique quelconque, à mains nues ou à l'aide de tout objet susceptible de servir d'arme. Il est regrettable qu'une arme mortelle, un pistolet, ait été imprudemment considéré comme faisant partie du mobilier de cette pièce et qu'il se soit trouvé sur la table.—

Comment suivre ces contorsions et ces détours, ces volte-face fulgurantes dans le discours de cet homme qui avance et qui recule, tantôt penché sur son texte, tantôt dressé pour regagner leur confiance ; il est désespérant de saisir à demi la direction que prend son raisonnement, pour la perdre l'instant d'après comme si votre attention s'était désastreusement relâchée pendant quelques précieuses secondes—que voulait-il dire, quel indice, camouflé dans l'ordre de ses mots, permettra-t-il d'anticiper l'énoncé du verdict ? Chacun s'y perd et se laisse submerger par l'impatiente anxiété de savoir si l'autre a compris ce qui manque, sans pour autant prendre le risque de le distraire en murmurant une question.

—L'accusé aurait pu choisir une agression à mains nues, mais il a choisi de prendre le pistolet et de tirer dans la tête de Jespersen. Il a dit à la barre : « Le bruit a cessé. » Les mots qu'il ne voulait plus entendre Jespersen dire ont été réduits au silence par la forme suprême de la vengeance, priver un être humain de sa vie.—

Pas un menteur, mais un meurtrier.

Claudia se rend compte que toute sa vie était en train de converger vers ce moment. Toutes les ambitions qu'elle avait naïvement décidé de réaliser quand elle était jeune fille, toutes les intentions de se vouer à soigner les autres qu'elle avait réitérées quand elle était adulte—allaient y trouver leur aboutissement. La fin est impossible à imaginer ; si nous la savions dès le début, nous ne prendrions jamais le départ.

—Le rapport du médecin légiste indique que le tir a été dirigé avec précision sur une partie vitale du corps, le front, ce qui est cohérent avec une action délibérée. Que cela signifie qu'il a fallu accomplir, *consciemment*, une série d'actes préparatoires avant de viser et de tirer comme l'accusation le soutient, ou que, comme l'affirme la défense, l'acte de tirer, chez toute personne sachant manipuler une arme à feu, relève d'automatismes qui s'enchaînent sans que le sujet ait à faire appel à sa volonté consciente, constitue maintenant le point crucial qu'il nous faut élucider afin de savoir si l'accusé doit être déclaré criminellement responsable, comme le soutient l'accusation, ou si son acte relève d'une irresponsabilité temporaire de nature non pathologique, comme le prétend la défense. A cette fin, nous devons prendre en considération les rapports des experts et tous les faits relatifs à l'affaire, y compris non seulement la nature des agissements de l'accusé durant la période ayant un lien direct avec le crime, mais aussi les circonstances qui l'ont précédée dans le contexte de l'histoire personnelle de l'accusé.—

Ce labyrinthe sonore de formules alambiquées les abasourdit. Même la concentration portée à ses limites extrêmes qu'est la prière les mène dans l'impasse, elle s'enferre autour des prémisses qu'elle semblait juste avoir abandonnées. Pendant de telles tirades, les spectateurs s'agitent dans les rangées. Ils n'ont rien à faire de tous ces arguments pour ou contre, ils attendent que la narration reprenne, un procès est ce qui reste des veillées de la tradition orale ; ils sont venus écouter une histoire palpitante.

La narration a repris, bon, c'est à propos du jeune homme qu'ils ont pu observer à la barre des témoins, son visage, ses gestes (ce que le juge appelle ses « manières »). C'est une histoire de meurtrier.

—Les psychiatres de la défense et de l'accusation estiment l'un et l'autre que l'intelligence de l'accusé est d'un niveau élevé, que son jugement est sain. C'est un jeune homme de bonne famille, apparemment promis à une brillante carrière dans sa profession. Rien ne permet de mettre en doute l'affirmation de la défense quand elle déclare que le comportement de l'accusé à l'âge adulte révèle que celui-ci a toujours été opposé à l'usage de la violence. Un des membres de la communauté vivant dans cette maison en a témoigné en assurant, à propos de l'accusé, que l'idée de tuer « n'est pas dans sa nature ».—

Et il est là, Dladla, bien là, assis à côté des parents du meurtrier. Les gens se retournent pour le regarder ; c'est comme s'il avait parlé lui-même, ce solide gaillard noir qui arbore comme des médailles militaires les insignes des homosexuels, ses bagues de rendez-vous et ses colliers. Harald et Claudia sont émus que le juge ait cité les propos de Khulu et comme honorés d'être identifiés par ceux qui ont tourné leur attention vers lui ; sous ce regard, Khulu se frotte la mâchoire avec le poing, dans un mouvement de va-et-vient qui lui est familier, ils l'ont remarqué, quand il veut souligner ce qu'il a dit, tranquillement, à sa manière.

Ah, mais écoute ça, Harald et Claudia, en même temps, d'un regard se disent l'un à l'autre, quand le récit du juge prend une autre direction, inattendue, écoute ça !

—En fait, preuve à l'appui, on peut dire que sa nature le porte à venir en aide. L'accusé a rencontré Natalie alors qu'elle venait de tenter de se suicider, et, comme elle l'a dit elle-même, il l'a ramenée à la vie. Après qu'ils ont commencé à vivre en couple, il l'a sauvée à nouveau du suicide. Bien qu'il ait été passionnément amoureux d'elle, le fait que leur relation n'était pas heureuse est confirmé non seulement par Natalie elle-même, mais aussi par

Dladla. Il semble qu'elle n'était pas reconnaissante à l'accusé de lui avoir sauvé la vie. A la question de savoir pourquoi la liaison dans laquelle ils avaient, de leur plein gré, décidé de s'engager n'était pas heureuse, elle a répondu à la barre « Il s'était approprié ma vie parce qu'il m'avait conduite à l'hôpital. » Son attitude envers lui, comme l'a révélé le contre-interrogatoire de la défense, était rancunière, ce qui confirme la déclaration de Dladla selon lequel l'accusé « était si patient avec elle... comme avec quelqu'un de malade... pourtant elle lui en faisait voir ». Elle se gaussait de lui en présence des autres membres de la communauté. L'air d'indifférence, sinon de défi, avec lequel elle a dit au tribunal que l'enfant qu'elle attendait pouvait être soit celui du défunt soit celui de l'accusé, fournit un exemple particulièrement malsain de sa manière de tourner en dérision l'homme qui l'aime, et qui se trouve sous le coup d'une inculpation pour un *crime passionnel*[1] dont elle est, par son comportement, la cause au moins nécessaire, voire suffisante.—

Un juge sait tout. Il est le vicaire du dieu de la justice comme le prêtre est le vicaire de Dieu le père, il est dans le secret du confessionnal du tribunal, où témoins et experts, ainsi que l'accusé, disent ce que Claudia et Harald n'auraient jamais pu apprendre. Cette omniscience, c'est bien la base de la justice, n'est-ce pas ? Tout savoir est-ce aussi tout pardonner ?—Non, c'est fallacieux. L'homme est mort, une balle dans la tête. Il repose ici dans le sol de cette ville où ce tribunal rend justice. Mais tout savoir : le juge ne va pas, n'est-ce pas, céder à la pression de la société qui dans sa colère réclame un châtiment, la société qui est représentée par le procureur ; il est également concerné par le destin des individus. Motsamaï doit penser—doit penser quoi ? L'espoir : on ne peut s'en défendre. Duncan ; mais c'est une sorte d'intrusion de se demander ce qu'il pense, ce qu'il ressent. Comme la victime sacrificielle sanctifiée avant de mourir est préservée de la contagion de tout contact humain, de ce contact qu'il a poussé jusqu'à sa terrible finalité, prendre la vie d'un autre. Mais l'espoir. Peuvent-ils, eux, le faire parvenir jusqu'à leur fils ?

—Malheureusement, il n'entre pas dans la compétence

1. En français dans le texte.

de ce tribunal de soumettre un témoin à un examen psychiatrique.— Voilà que maintenant le juge se laisse aller au sarcasme, un autre aparté à l'adresse de ceux qui peuvent en apprécier la saveur.

Quelqu'un étouffe un rire grossier. C'est inconvenant, mais probablement ce que le juge attendait du public.

—C'est pourquoi il s'avère difficile d'apprécier la validité de l'argument de la défense quand elle soutient que le *degré* de tension auquel cette jeune femme était capable de soumettre son amant, si patient, si dévoué, avait été suffisant pour le pousser à bout et lui faire commettre un crime dans un état d'irresponsabilité sur le plan criminel. On sait que Natalie avait eu d'autres aventures sexuelles de courte durée pendant qu'elle était la maîtresse de l'accusé, qu'il les avait pardonnées ou à tout le moins tolérées. Pourquoi alors, s'il n'avait pas été réduit, par elle, à un état d'esprit où il n'était plus responsable de ses actes, ne lui aurait-il pas à nouveau pardonné, n'aurait-il pas toléré cette nouvelle trahison ?

Nous devons maintenant nous tourner vers les circonstances qui font la particularité de *cette* aventure sexuelle. Le tribunal a appris, de la bouche même de l'accusé, que ce n'est pas seulement sa maîtresse qu'il a surprise, ce soir-là après le dîner, en train de faire l'amour avec un autre homme, mais que cet homme était Carl Jespersen, un homosexuel qui avait pris l'accusé comme amant, puis l'avait rejeté, et qui s'était déclaré à satiété révulsé par la sexualité des femmes. L'accusé n'a confié au tribunal ni ses sentiments envers ses partenaires, ancien amant et maîtresse actuelle, ni son interprétation du rôle, apparemment inimaginable pour lui, que tenait Jespersen dans ce spectacle. L'opinion du psychiatre de la défense, est que « lorsque (l'accusé) a assisté à l'accouplement de cette femme avec son ancien amant, il s'est senti émasculé pour tous les deux ».

Un silence tombe comme une main énorme sur le tribunal.

Tout d'un coup, les gens qui sont assis sur les bancs réservés au public ne sont plus des étrangers, la lubricité de leur attention est comme leur rire, contenue, leur présence est devenue protectrice autour des parents de cet homme.

—Le tribunal est en mesure d'accepter que ce « n'était

pas dans sa nature de tuer ». Mais ce que l'accusé a vu dans cet acte, ainsi que ce qu'il a perçu dans l'attitude du défunt le soir suivant n'entre certainement pas dans la nature des relations humaines normales, même dans le contexte d'une liberté de mœurs des plus radicales. Le caractère exceptionnel des circonstances de ce qui, autrement, n'aurait été qu'un incident regrettable de plus, dans une relation difficile, amène la psychiatre du ministère public à soutenir que, si l'accusé avait agi alors que ses facultés étaient altérées, alors qu'il était incapable de juger du caractère criminel de son comportement, il aurait agressé le défunt sur-le-champ, la nuit où il avait découvert le couple. L'opinion de cette psychiatre est que l'accusé s'est rendu à la maison le soir suivant dans l'intention, délibérée, de se venger, en amant jaloux, après l'avoir prémédité au cours de sa journée solitaire dans le bungalow. A la question de savoir si elle croyait que l'accusé projetait de tuer Jespersen, elle a répondu qu'elle n'était pas en mesure de dire à quelles extrémités les intentions de l'accusé pouvaient le porter.

Ceci attire l'attention du tribunal sur le problème du pistolet gardé à disposition dans la maison : l'accusé avait-il réfléchi à la possibilité de se servir de l'arme, dont il admet qu'elle avait été exhibée dans la salle de séjour la nuit précédente ?—

Le juge lève la tête, comme pris par la conversation, mais son auditoire est pétrifié.

—Le psychiatre de la défense estime que l'accusé a été pour ainsi dire précipité dans un état de dissociation par rapport à ses actes, quand il s'est trouvé confronté à la présence de Jespersen le soir du 19 janvier. Il soutient que lorsque le défunt a dit « Pourquoi tu ne te sers pas un verre », cette attitude a constitué un second choc, analogue à celui infligé la nuit précédente. Son opinion, en tant que professionnel, est qu'« un choc émotionnel extrêmement violent a autant de puissance qu'un coup porté à la tête ». Il ajoute : « l'impact de ces derniers mots, tels qu'il se souvient que Jespersen les a prononcés, l'aura fait plonger (l'accusé) dans un état d'automatisme provoquant une désintégration de ses inhibitions... le paroxysme d'une accumulation de provocations aboutissant chez le sujet à une perte totale de contrôle sur lui-même ».

Ceci soulève à nouveau la question de la nature et de la

force qu'une accumulation de provocations doit revêtir pour correspondre à la notion de tension extrême, présentée par la défense à l'appui de la thèse de l'irresponsabilité criminelle temporaire d'origine non pathologique. Le psychiatre atteste que—je cite—l'accusé est « un homme doté d'une nature bisexuelle. C'est en soi une source de conflit au sein d'une personnalité. Il avait connu une situation de désarroi affectif lorsqu'il avait suivi ses penchants homosexuels et avait eu une liaison que son partenaire, Jespersen, n'avait pas prise au sérieux et avait rompue sans ménagement. Il avait surmonté le chagrin que lui avait causé ce rejet et s'était tourné vers ses autres tendances, probablement prédominantes dans sa personnalité, pour une relation hétérosexuelle dans laquelle, à nouveau, il s'était senti investi de sérieuses responsabilités. Et ce d'autant plus que cette relation impliquait une femme indubitablement névrosée, poussée par des tendances complexes à l'autodestruction, qui le punissait en l'humiliant et en l'agressant mentalement lorsqu'elle se sentait contrariée dans ce qu'elle percevait comme son droit à exercer ces tendances ». La conclusion de cette expertise, que j'ai déjà eu l'occasion de citer, est que lorsque l'accusé l'avait vue en train de copuler avec son ancien amant, il s'est senti émasculé par tous les deux.—

Claudia perçoit que Khulu lève les bras et les laisse retomber. De l'autre côté, le profil d'Harald reproduit celui de Duncan, l'ordre des ressemblances est inversé ; la confusion l'envahit. Le visage d'un patient qu'elle a convoqué aujourd'hui pour une opération lui revient en mémoire ; c'est un extrait des archives médicales qui constituent la trame de sa vie, projeté dans son esprit. *Mes assesseurs et moi-même,* que dit la voix —

—Mes assesseurs et moi-même, bien sûr, devons examiner avec soin les rapports des psychiatres, et leur accorder le poids qu'ils méritent. Toutefois, comme l'a dit la plus haute instance judiciaire de ce pays, leur science n'est pas absolue, elle n'est qu'empirique. Les psychiatres s'appuient sur ce que les accusés leur ont dit, souvent sans analyser de manière critique leurs déclarations pour déterminer si elles n'ont pas pour objectif de se présenter sous un jour favorable. Mes assesseurs et moi-même sommes tout aussi capables d'interpréter l'ensemble des témoignages produits devant nous, pour décider s'il y a ou non responsabilité criminelle. En dépit de l'opinion exposée par le psychiatre de la défense qui estime qu'il n'y a pas eu de responsabilité criminelle, et bien que la psychiatre du ministère public ait fait, certes avec réticence, quelques concessions dans ce sens en termes de droit, nous sommes fondés à tirer nos propres conclusions. Nous considérons comme un fait avéré que la vie de l'accusé a été marquée par une tension émotionnelle prolongée ; mais est-ce suffisant ?—

Une telle assurance dans le contrôle de leur vie, celle de Claudia et la sienne. Ils ont d'abord été remis entre les mains de Motsamaï ; maintenant, ils dépendent du pouvoir de cet homme qui pose la question : mais est-ce suffisant ? Un pouvoir omnipotent. Seul Duncan pourrait répondre.

—Nous avons identifié les aspects déterminants de l'affaire.

En premier lieu : l'accusé a-t-il passé son temps à préméditer sa vengeance durant la journée passée seul dans le bungalow, et, en conséquence, s'est-il rendu à la maison pour affronter Jespersen et l'agresser physiquement ?

En second lieu : que cette intention de nuire ait été préméditée ou non, l'accusé se trouvait-il dans un état d'automatisme ayant provoqué la désintégration de ses inhibitions et avait-il perdu tout contrôle de lui-même, quand il s'est saisi du pistolet et a abattu Jespersen ?

Sur le point numéro un, mon éminent assesseur, M. Abrahamse, qui est membre du barreau, et moi-même estimons qu'il n'y a pas eu volonté préméditée de se venger par une agression corporelle, cela étant fondé sur l'absence de dissimulation dans le témoignage de l'accusé et sur le fait que, premièrement, il est établi qu'il n'avait aucune arme de quelque sorte que ce soit quand il a quitté le bungalow ; deuxièmement, bien que le pistolet n'ait pas été mis sous clé, par mesure de sécurité, mais simplement rangé dans un tiroir dans une chambre, il est raisonnable de supposer que, lorsque la pièce aurait été nettoyée après le dîner, on ne l'aurait pas laissé sur la table. Mon éminent assesseur, M. Conroy, un magistrat expérimenté de haut rang, s'est rangé à l'opinion minoritaire selon laquelle il y a eu préméditation, cela étant fondé sur l'hypothèse raisonnable qu'impliquait son autoincarcération dans la solitude du bungalow.

Sur le point numéro deux, le tribunal a longuement et soigneusement délibéré sur les contradictions entre les preuves du *crime même*—la déposition de l'accusé et la présence d'un cadavre—et les interprétations multiples présentées au tribunal au sujet de cet acte. L'accusé a déclaré sous serment qu'il n'avait pas aperçu le pistolet quand il est entré dans la pièce principale, et qu'il ne pouvait dire à quel moment il l'avait vu. Il admet cependant qu'il pouvait s'en saisir et qu'il l'a fait. Il dit qu'il n'a « pas pris de décision » ; mais, pourtant, il a tiré.—

Son regard se lève, il les accuse, la mère, le père et l'ami du meurtrier, bien que le juge ne sache probablement même pas où ils se trouvent au milieu de tous ces visages ; ils prennent ce regard pour eux.

—Un doute subsiste sur un point : savait-il si le pistolet était chargé ou non ? S'il l'ignorait—bien qu'il soit raisonnable de supposer qu'il le savait, puisqu'il avait pu assister à la démonstration de son maniement lors du dîner—et qu'il avait dû s'en assurer en ouvrant le magasin, le défunt aurait alors certainement eu le temps de se rendre compte des intentions de l'accusé et aurait pu faire un geste, sauter sur ses pieds pour se défendre. Ainsi, l'affirmation selon laquelle quelqu'un peut vérifier si une arme est chargée, si le cran de sûreté est mis, puis viser avec précision la tête de la victime, sans être un tireur expérimenté et tout en se trouvant dans l'incapacité d'agir de manière délibérée, ce qui est une des définitions de l'absence de responsabilité criminelle, demeure sujette à caution. L'accusé a admis que le pistolet, qu'il savait utiliser, était néanmoins « le seul que j'aie jamais eu entre les mains ». En général, une utilisation qui n'est pas habituelle requiert assez d'attention pour exiger qu'elle soit consciente, si simple que puisse être la manipulation.—

La protection dont ils étaient entourés leur a été retirée ; la foule qui assiste à l'audience est redevenue une assemblée de spectateurs, impatients et gagnés par l'ennui provoqué par tous ces oui et non, ces peut-être et ces néanmoins de juristes. La teneur des propos suivants, que le juge livre avec précaution, sans avoir recours au cabotinage qu'il avait utilisé pour alerter l'attention de son public dans certaines de ses déclarations antérieures, ne satisfait aucune attente.

—En conséquence, l'opinion des assesseurs et la mienne

est que, bien que commis sous l'empire d'une tension exceptionnelle, le crime était un acte commis consciemment dont l'accusé est criminellement responsable.—

Un même effarement s'empare d'Harald et de Claudia, qui ont été ballottés par leur intense concentration, au gré des oui et des non de ce discours tortueux—oh, si l'on pouvait prendre assez de distance, se sentir suffisamment à l'abri pour s'ennuyer—avant de percevoir sous la sécheresse de cette déclaration motivée le coup de marteau du verdict. Pourquoi continuer, pourquoi continue-t-il, il a déjà choisi *son* arme, pour frapper en plein dans la poitrine. Responsabilité criminelle. Notre fils n'est pas fou. Duncan, entends-tu, as-tu accusé le coup ?

Mais l'homme continue. Il ne peut s'empêcher de se payer leur tête, il ne peut en rester là, il doit recommencer. Faire miroiter un espoir.

—Le tribunal tient pleinement compte de certaines circonstances atténuantes, bien que l'accusé n'ait exprimé aucun remords de son crime. Premièrement, il ne portait aucune arme quand il s'est rendu jusqu'à la maison. Deuxièmement, il ne pouvait savoir que le défunt serait allongé sur ce même sofa où l'acte sexuel avait eu lieu sous ses yeux la nuit précédente. Troisièmement, *il se trouvait que le pistolet était là,* sur la table. S'il n'y avait pas été, l'accusé aurait pu agresser verbalement le défunt, peut-être le frapper comme le font pour se venger les amants trompés d'un genre... ou des deux.—

Il semble maintenant délaisser son texte, accuser l'assistance et lui-même, les rues et les banlieues et les camps de squatters à l'extérieur du tribunal et de ses couloirs, la populace dont à ses yeux ils sont tous partie intégrante, tout près de ce palais de justice où une brèche a été ouverte. —Mais ceci est la tragédie de notre temps, une tragédie qui se répète tous les jours, toutes les nuits, dans cette ville. Qu'elles fassent partie du mobilier, qu'elles soient enfouies dans les poches avec les clés de la voiture, et même dans les sacs des écoliers, toujours prêtes à être utilisées dans des situations qui débouchent sur des tragédies, *il se trouve que les armes sont toujours là.*—

Khulu secoue la tête avec véhémence contre les règles de bienséance qui l'obligent à se maîtriser, mais pour Harald, le pouvoir judiciaire a eu droit à sa petite homélie, d'accord. Cela a-t-il une incidence quelconque sur ce qui doit être fait de mon fils qui, tout le monde en est là, a inhalé la violence à chaque bouffée de cigarette ?

Le juge se reprend :

—Le pistolet était là. L'accusé avait la volonté de s'en servir pour tuer.

Le verdict unanime du tribunal est que Duncan Peter Lindgard est jugé coupable, avec des circonstances atténuantes, du meurtre de Carl Jespersen.

Je propose d'ajourner le prononcé de la peine à demain matin dix heures.

Les gens ont vu la justice en marche. Ils ont honte, maintenant, d'être les observateurs indiscrets de ce couple auquel quelque chose de terrible est arrivé ; ils se tiennent en retrait, ils se poussent du coude, pour laisser sortir Harald et Claudia, et ce pédé noir—le témoin. Le regard de Claudia croise celui d'un étranger ; il baisse les yeux.

Un choc émotionnel a la puissance d'un coup sur la tête. Mais le verdict n'est pas un choc ; c'est l'avènement de l'épouvante tenue à distance—tant bien que mal—depuis des semaines et qui avait commencé à les encercler, toujours plus proche, ces jours derniers, pour les rejoindre dans ce lieu, plus proche que les étrangers qui les entourent ; attendant le signal pour fondre sur eux, Harald et Claudia. Dans cette agitation des policiers, des hommes de loi, des employés rassemblant les documents qui avaient permis de rendre la justice, il est difficile de trouver Duncan. Il n'est pas là ? Duncan n'a jamais été ici. Rien de tout cela ne pourrait être arrivé à leur fils.

A dix heures du matin, le tribunal se lève pour l'entrée de son président. Des papiers glissent les uns sur les autres ; la lumière du soleil venant des fenêtres orientées à l'est rend translucides les pavillons de ses oreilles décollées. Il est une icône qui remplace celles auxquelles Harald adressait ses prières dans le passé.

Il semble que la procédure habituelle veuille que l'avocat et le procureur s'affrontent brièvement dans une dernière joute sur la question de la peine à infliger, comme si elle n'avait pas déjà trouvé sa réponse dans les documents que le juge a sous ses mains, entrouvertes comme des bouches prêtes à dire ce que ses lèvres verrouillées retiennent encore. Le procureur répète gravement ce qu'il a tiré des déclarations de l'accusé durant son contre-interrogatoire ; il ne peut y avoir aucune ambiguïté quand un accusé a établi les faits en prononçant sa propre condamnation. —Vous avez noté dans votre jugement, monsieur le président, qu'il n'a manifesté aucun remords ; or, je dirais plus, qu'il ait perpétré son crime consciemment ou non, un homme qui ne manifeste aucun remords fait également la preuve qu'il a accompli un acte qu'il *aurait souhaité voir aboutir*. Il n'éprouve aucun regret parce que la mort de l'homme qui l'a rejeté en tant qu'amant, et qui ensuite a été l'amant de sa femme, était ce qu'il voulait et ce qui *est fait*. L'accusé qui ne se défend pas est donc quelqu'un qui accepte le crime comme le sien, il n'y a pas à plaider l'indulgence. S'attendre à une indulgence qui irait plus loin que les circonstances atténuantes déjà accordées par le tribunal serait remettre en question l'exemple, le message que nos instances judiciaires entendent adresser à la société. Vous avez fait allusion, monsieur le président, au climat de violence qui règne dans notre pays comme un motif de sérieuse inquiétude. Si un crime résultant de la cohabitation de gens tels que l'accusé et ses compagnons, ses amis, sur une propriété où les bonnes mœurs sont bafouées, que ce soit dans les relations sexuelles ou dans la façon dont il convient de garder une arme, si on devait considérer un tel crime avec indulgence, avec légèreté, quel signe donnerait-on d'une dangereuse tolérance vis-à-vis de ce qui menace la sécurité et la décence des relations humaines sur lesquelles se fonde le nouvel ordre instauré dans notre pays ? Certes, le pistolet était là ; le crime de la jalousie et de la vengeance qui en a fait son instrument n'*est pas excusé* par les attaques, les enlèvements, les viols, les vols mais s'inscrit en droite ligne dans leur logique, celle qui résulte du mauvais usage de la liberté où chacun érige ses propres règles de comportement. C'est là que tout commence—en défiant les principes moraux et en revendiquant une totale permissivité, comme l'accusé et ses amis l'ont fait, ce qui conduit à *permettre* le meurtre de l'un d'eux, un de ces *camarades de lit*, par un autre—l'accusé. Je n'ai pas à rappeler au tribunal que justice doit être rendue tant à la société qu'à l'accusé en prononçant une peine proportionnelle au dommage que celui-ci a causé à un être humain en lui prenant la vie, *et* à la société—lui, un jeune homme très privilégié, exerçant une profession libérale, à qui cette société avait offert tous les avantages—en prenant part à ce dévergondage moral qui la mine et la menace.—

Hamilton Motsamaï sourit quand il se lève. La légère inclinaison de son corps esquisse ce qui pourrait passer pour une courbette à l'intention du procureur. —Monsieur le président, l'accusé ne comparaît pas devant une quelconque commission sur la moralité publique, mais devant votre tribunal sous une inculpation de meurtre.

Avec votre permission, aucun chef d'inculpation n'a été retenu contre lui en tant que représentant d'une catégorie sociale.

On ne peut lui demander de rendre des comptes pour incitation aux vols, aux attaques, aux enlèvements et aux viols dont on regrette effectivement qu'ils soient si fréquents en ces temps de transition pour sortir des longues années de répression durant lesquelles la brutalité de l'État a enseigné la violence à des générations de nos concitoyens, avant qu'ils n'aient accès aux options que donne la liberté pour résoudre les problèmes de leur vie. Je demande votre indulgence, monsieur le président, pour cette digression...

En ce qui concerne l'acte que l'accusé a commis, une sérieuse part de responsabilité pèse bien sur le climat de violence ambiant, oui, vraiment ; c'est en raison de ce climat que le pistolet se trouvait là. Le pistolet traînait dans la salle de séjour, comme le chat de la maison ; sur la table, comme un cendrier. Mais l'accusé, lui, n'a aucune sorte de responsabilité dans la violence qui *règne* actuellement ; le tribunal a admis comme un fait indéniable qu'il n'a jamais manifesté le moindre penchant à la violence, et Dieu sait qu'on peut supposer que sa liaison avec cette jeune femme lui aura fourni plus d'une fois l'occasion d'y avoir recours. Il était, en fait, un citoyen qui—pour reprendre un terme utilisé par mon éminent confrère—respectait « les bonnes mœurs » en matière d'ordre social. Son comportement n'encourageait ni les attaques à main armée, ni les vols ni les viols.

Nous n'avons d'autre choix que de conclure que mon éminent confrère porte un jugement moral sur des attirances sexuelles, des pratiques sexuelles, en particulier des pratiques homosexuelles quand il évoque la cohabitation de l'accusé « dans une maison où les bonnes mœurs sont bafouées ». Il met ainsi sur le même plan des relations sexuelles et le manque de prudence nécessaire à la garde d'une arme dangereuse, mortelle, comme deux transgressions équivalentes des bonnes mœurs.

Monsieur le président, l'accusé n'a pas comparu devant vous sous l'inculpation d'activité homosexuelle avec un adulte consentant ; au demeurant, cela ne pourrait être un chef d'inculpation, aux termes de la nouvelle Constitution, selon laquelle ce type de relations est reconnu comme relevant du droit de chaque individu à choisir. Les rapports homosexuels, tels que ceux entretenus dans la communauté de cette maison, sont des « mœurs acceptables » dans notre pays.

Le tribunal a jugé à la majorité que le meurtre avoué par l'accusé n'était pas prémédité. Le tribunal a usé du privilège que lui avait permis d'acquérir son expérience pour examiner avec un scepticisme averti les rapports contradictoires des psychiatres, et il a formé sa propre opinion selon laquelle le crime avait néanmoins été commis dans un état de responsabilité criminelle, et a fait état de cette opinion dans son jugement. Il demeure que durant le procès on a beaucoup débattu de cette question cruciale, et qu'un tel débat, force est de l'admettre, implique qu'un doute, un point d'interrogation, continue, dans une certaine mesure, à subsister. L'importance relative de ce doute mérite d'être soigneusement examinée dans la mesure où il donne plus de poids aux circonstances atténuantes accordées dans le jugement.

*Ah-hêh*... Pour terminer—quand il requiert une peine proportionnelle au dommage que l'individu a causé, le ministère public doit garder à l'esprit la philosophie de la sanction pénale sous l'angle de la réhabilitation de l'individu, et non pas comme la condamnation d'un éventuel bouc émissaire, censé incarner les maux dont souffre actuellement notre société, qui réclamerait de ce fait un châtiment assez sévère et assez dur pour punir la faute collective. Notre justice a suspendu l'application de la peine de mort ; nous ne devons pas chercher à la remplacer par des préjugés qui infligent à tout accusé un châtiment exorbitant, excessif par rapport à son crime, et aux circonstances dans lesquelles il l'a commis. Les principes de moralité de notre société sont énoncés dans notre Constitution, et notre Constitution est la loi suprême de la Nation. Mon éminent confrère du ministère public parle avec la voix du passé.—

C'est alors que le juge se lance dans un préambule dont on ne se souviendra pas avec précision parce que le sens en est assourdi par l'attente de ce qui sortira de sa bouche : le dernier mot.

—J'ai écouté avec attention les représentants du ministère public et de la défense. Il aurait dû être clair pour chacun d'eux que la juste sentence que doit prononcer le tribunal dans cette affaire ne pourrait pas dépendre des mœurs de la personne condamnée, sur le plan sexuel comme sur le plan social. Mon devoir est de rendre un jugement équitable pour la victime et pour l'accusé. Une vie a été perdue. Et pour exprimer ma désapprobation quant à la façon dont l'arme en question a été détenue sans précaution, je déclare que cette arme est confisquée.

En dépit des circonstances inhabituelles et exceptionnelles qui entourent ce cas, la peine doit revêtir un effet dissuasif. La valeur de la vie humaine est proclamée solennellement dans notre Constitution. La question de la peine est particulièrement délicate ; la sanction ne doit pas seulement être dissuasive, elle doit aussi inclure une notion de pardon. Après mûre réflexion, je vous condamne, Duncan Peter Lindgard, à sept ans de prison.

La séance est levée.—

Le dernier mot. Adressé au fils, à ses parents, aux représentants assemblés de ces autres juges, le peuple de la cité.

Terminé.

Un relâchement de tous les muscles, un épuisement des nerfs, une profonde expiration—comme celle qui avait fait le vide dans l'esprit d'Harald quand le messager lui avait annoncé que *quelque chose de terrible était arrivé* : mais cette fois, comme si elle bouclait la boucle, elle exprime un soupir de soulagement. Terminé.

Cet étrange sentiment persiste, même durant le moment passé avec lui, Duncan, dans cette cellule sous le prétoire, après que tous ceux qui les avaient entourés et qui avaient entendu le prononcé du jugement, la sentence, sept ans, s'étaient rassemblés pour sortir du tribunal, et avaient défilé respectueusement devant eux, Verster, le messager, s'arrêtant un instant comme s'il allait parler, mais sans le faire, un autre—une femme—s'inclinant rapidement pour dire, Dieu merci (quelqu'un qui avait réalisé que cela aurait pu être douze ans), même quand ils sont avec leur fils ce sentiment de rémission perdure. Tous les trois échangent timidement et aimablement les banalités qui expriment leur sollicitude réciproque. Maman tu vas bien, papa pourquoi ne t'assieds-tu pas. Motsamaï était là—il était de nouveau Hamilton, il avait guidé les pas des parents, comment auraient-ils pu faire sans lui, en cet ultime moment. En parcourant les couloirs, il avait dit gravement en baissant la voix comme il le faisait habituellement pour aborder, pour se ruer à l'assaut des sujets périlleux, et les surmonter —il faut que je vous dise que nous avons beaucoup, beaucoup de chance. Vous ne pouvez pas vous imaginer. C'est la peine la plus clémente possible. De toute mon expérience. Le minimum dans un cas comme celui de Duncan. Sept ans.

Nous ne pouvions pas nous en tirer à moins ; c'était mon objectif le plus ambitieux, mais on ne sait jamais, même avec le bon juge, il y a les assesseurs. Ces types, quelquefois ! Ah-hêh. Incroyable ! S'ils se mettent d'accord entre eux sur des points cruciaux contre l'opinion du juge ! Il doit en tenir compte... Bon, cette fois, c'étaient des agneaux, des petits moutons qui le suivaient, à peine un bêlement, nê.— Puis il dut faire un effort pour tempérer son enthousiasme et se mettre au diapason de leur retenue un peu morne, bien qu'il soit habitué à la manière dont les gens assommés par l'épreuve d'un procès ont faussement l'impression d'avoir atteint une sorte de paix intérieure que personne ne souhaite troubler. C'est l'état d'esprit dans lequel il a vu d'autres meurtriers proclamer leur conversion à la foi. —Duncan ne purgera pas toute sa peine. Certainement pas. Bonne conduite, études, et ainsi de suite—je suppose que vous pouvez encore obtenir d'autres diplômes dans votre profession, Duncan, naturellement c'est possible. Il sera sorti de prison quand il aura—quel âge avez-vous déjà, Duncan, vingt-sept ans ?—trente-deux ans. C'est encore jeune, pas vrai ? Il refera sa vie.—

Hamilton aussi a des projets. Pour eux, il n'y a que le soulagement, Duncan n'est plus la cible, planté seul, debout dans le box des accusés, il n'y a plus d'étrangers se pressant autour d'eux et faisant intrusion dans l'événement le plus privé de leur vie ; ils ne ressentent rien d'autre que ce soulagement, durant les vingt minutes, peut-être une demi-heure, passées avec lui, aucune perception de ce qu'il a de limité et de ce qui les attend ensuite.

L'avocat connaît les émotions bouleversantes qu'éprouvent les parents et celui qui vient d'être condamné quand ils se retrouvent ensemble pour la première fois après le jugement, un moment qui marque une époque, celle qui commence quand tout est terminé. Hamilton doit contrôler son effusion de sympathie, qui est aussi sincère que sa satisfaction professionnelle, dans cette affaire difficile bien défendue par l'un des meilleurs avocats sur la place. Il est là pour les soutenir, pour les aider à accepter entre eux, en eux-mêmes, et vis-à-vis de lui, l'expression naturelle des émotions. Chez les siens (il dirait : dans notre culture) une mère se mettrait à gémir. Et comment. Pourquoi pas. Mais ces pauvres gens—cette petite salope avait raison en l'espèce—ces bourgeois blancs si certains de disposer de codes de comportement authentiquement libres et civilisés, *ce sont eux* qui sont capables de tout assumer dans la vie, sans piper, comme il le faut, par respect pour tout un chacun ! Leur fils, pauvre garçon, s'est mis dans un pétrin qui n'était pas prévu par ces codes. Et eux-mêmes ne savent pas comment réagir à ce qui leur arrive maintenant. Ils ne manifestent pas d'émotion, seulement une gentillesse mesurée l'un envers l'autre.

La mère ne gémit pas. C'est le père—de manière inattendue—qui se lève soudainement de la chaise qui lui a été avancée avec sollicitude et prend son fils par les épaules. Il émet un son bizarre et rauque, entre le toussotement et le pleur, comme s'il s'étranglait ; sa femme, le médecin, paraît ne pas pouvoir faire un geste. Hamilton abandonne le père à ce moment d'émotion, ce moment qui appartient à lui seul. C'est seulement quand Harald se détourne, le visage tordu par un rictus sévère, qu'Hamilton va vers lui et l'entoure de son bras.

Harald avait regardé Duncan perdu dans sa veste de sport volontairement trop large et son pantalon gris avachi, les conventions du non-conformisme, qui ne l'avaient pas desservi auprès d'un juge qui connaissait son monde, et il avait réalisé que c'était la dernière fois qu'il porterait ces vêtements. La prochaine fois (et pour sept ans), il porterait la tenue des détenus.

Terminé.

C'est le commencement.

Khulu les attendait sur les marches du tribunal. Il les accompagna en silence vers le parking. Ils déambulent comme des prisonniers, chaque pas est grinçant. Motsamaï—Hamilton—a bien rempli sa tâche, il serait désormais l'intermédiaire entre Duncan et l'administration pénitentiaire, mais il n'aura guère à contacter ou recevoir les parents, un avocat qui a réussi est un homme occupé. Arrivés près de leur voiture, ils restent debout un instant, à cet endroit où on les avait reconduits. Claudia s'adressa à Khulu et parla pour eux deux —Ne nous perdons pas de vue.

La prison c'est l'obscurité. Dedans. Au-dedans de soi. C'est une nuit qui n'en finit pas, même sous la lumière crue que déversent sans concession les néons vissés au plafond de la cellule. Obscurité même quand on aperçoit, debout sur le lit pour atteindre les barreaux de la fenêtre, le scintillement de la ville. Trop tôt pour l'avenir. Trop tard pour le passé. Rien ne vous appelle, rien à attendre.

Je suis une loque sur des barbelés. Tu aurais dû m'y laisser.

Une lettre de Natalie,

Je suis une loque
sur des barbelés
Tu
aurais dû m'y laisser

Non—non rien qui ressemble à une lettre d'elle ; quelque chose qu'elle avait écrit un jour. Un de ces messages griffonnés qu'elle semait à son intention, n'importe où, au-dessus de la boîte à gants dans la voiture, à côté de la baignoire dans la salle de bains. Son afféterie ; sa manière de communiquer.

Elle aurait pu être écrivain. La flamme de la chandelle. Elle aurait pu être écrivain, avec lui l'architecte, le couple « créatif ». Les quatre membres d'une famille, quelle satisfaction : avec la doctoresse et le fournisseur de prêts au logement pour les sans-abri. *Abordable*—c'est le mot qui convient à notre époque, pour tout ce que l'on peut en tirer sans prendre trop de risque, côté sécurité, la bonne vieille méthode de Khulu pour se faire accepter : les mâles blancs le trouvent abordable, dans leurs lits.

Elle aurait pu être écrivain. La mettre à travailler dans

une agence de publicité, à inventer des mensonges qui sonnent comme des slogans à la mode, pour faire acheter aux gens des choses qu'il faut les persuader de vouloir, des choses dont ils auront besoin après un bon lavage de cerveau—c'était trahir cette possible vocation. Elle avait exprimé son mépris envers ce choix que je lui avais imposé en se comportant de façon scandaleuse plutôt qu'en m'agressant par des mots, parce que, pour elle, j'avais fini par avilir ces *mots*. Je l'avais obligée à se taire.

Ce n'est pas elle, finalement, c'est lui que j'ai fini par faire taire.

Toujours en train d'essayer de se gagner ses bonnes grâces en fortifiant sa confiance en elle-même (c'était ça), en m'imaginant qu'en faisant son éloge, en lui répétant sans celle qu'elle était si intelligente—

Elle riait : Comment mesures-tu l'intelligence de ton chien ? A la manière dont il obéit aux ordres !

L'odeur de l'urine et des étals de fleurs dans les rues de la ville. Ce n'est pas encore l'hiver. Vu de la fenêtre, l'automne n'est même pas encore fini.

Une fin déchiquetée.

Qu'est-ce que c'est ? Pas quelque chose d'elle, à nouveau. Non.

La fin déchiquetée d'un continent.

Le cap Agulhas.

C'était avec Carl, là. La mer chatoyante sur les bas-fonds à marée montante ; les rochers (Agulhas, « les aiguilles » en portugais, explique-t-il, lui, l'homme du Nord qui s'amuse en apprenant à celui du Sud ce qu'il doit savoir sur son propre pays). Les rochers rouges du sang des lichens. C'était excitant, tous les deux avec le poids et l'étendue du continent derrière eux, assis là, au bord de l'existence. Ils sont tout juste hors de portée de la colère tumultueuse des deux océans, l'Indien et l'Atlantique, à l'endroit où s'affrontent leurs courants antagonistes. Avec elle—oh, c'était un autre endroit, sur un seul océan, tirée de l'océan Indien pour être ranimée. Sur l'Atlantique, c'était avec lui. Là où les deux océans se rencontrent, le danger est mortel. Avec Carl, viens voir la fin de tout. Quand c'est arrivé, quelqu'un a pris le pistolet et lui a tiré dans la tête.

Une fin déchiquetée !

Ceux qui veulent œil pour œil, meurtrier pour meurtrier, ils ne tourneront pas la page. Harald ne sait pas, dans cette conjoncture, que par bonheur Claudia n'imagine probablement pas, s'il faut lui suggérer de partir, peut-être, exercer sa pratique dans un autre pays.

Quelque chose de neuf naît de quelque chose de terrible, une vie différente, sans aucun doute, de celle vécue avant ? Ceci est leur pays à eux, ici et maintenant. Pour Harald, une nouvelle relation avec son Dieu, le Dieu de ceux qui souffrent auquel il ne pouvait avoir accès, avant. Claudia—elle en est sortie avec quelque chose qui lui a révélé le désarroi qu'elle éprouve, et qu'il n'avait pas réalisé avant de s'y trouver plongé.

Peut-être devrions-nous essayer d'avoir un autre enfant.

Qu'elle puisse se laisser bercer par cette illusion, elle, un médecin, à quarante-sept ans... quel espoir peut-il y avoir de faire, dans son corps, un autre Duncan ?

Je ne suis pas encore ménopausée.

Le désarroi de Claudia provoquait son désir, sa turgescence, il lui faisait l'amour, de toute façon pour ce qui était impossible. C'était la première fois depuis que le messager était entré dans la résidence, et c'était, à la différence de tout ce qu'ils avaient connu en faisant l'amour depuis qu'ils avaient vécu ensemble, un rituel auquel ni l'un ni l'autre ne croyaient, accompli avec une passion frustrée.

Les premiers mois s'étirèrent. Les vieilles habitudes les reprirent, par résurgence : les contacts quotidiens d'antan, l'environnement fait de responsabilités, de visages, de documents, de décisions concernant les autres, s'il faut prescrire tel ou tel antidote pour soulager quelqu'un qui souffre d'une autre sorte de douleur, si la hausse des taux bancaires peut être contenue sans augmenter les mensualités des emprunts immobiliers, des décisions sans lien aucun avec un homme mort sur un sofa, un procès, sept ou cinq ans. Plus rien à faire, rien d'autre à faire. Seule différence, à la place de leurs loisirs habituels, le trajet en voiture hors de la ville vers une autre ville, où l'on purge les longues peines.

Un homme d'affaires, un collègue d'Harald, l'invite à déjeuner. Il vient juste de se rétablir après un double pontage parce que son cœur avait été bloqué par son sang trop épais, et il choisit les plats les plus riches du menu. Cela ressemble à une sorte de démonstration ; il dit, en souriant, pour Harald : —Il faut bien mourir un jour.—C'est une façon délicate de faire allusion à un désastre et d'offrir une consolation, tout le monde souffre, d'une manière ou d'une autre, nous sommes tous des gens en difficulté.

Harald et Claudia sont réintégrés dans leur cercle d'amis, aucune raison de maintenir un contact avec la communauté de cette maison, ce bungalow sans aucun doute occupé par d'autres locataires. On ne pouvait guère imaginer Baker, qui occupait la chambre où le pistolet aurait dû être hors de portée, face à face avec les parents du meurtrier de son amant, même si c'étaient eux qui s'étaient contraints à venir dans cette salle de séjour. Claudia n'était d'ailleurs jamais retournée au bungalow après que le messager lui eut dit ce qu'il avait à dire. Une entreprise de déménagement avait rapporté au complexe résidentiel les objets personnels du précédent locataire. Apparemment par souci de les ménager, les habitants de la résidence ne se sont pas plaints qu'Harald et Claudia aient gardé le chien contrairement aux règlements de la copropriété.

Ils ont perdu Khulu de vue. Malheureusement. Tout comme on perd le contact avec quelqu'un qui est exclu du cours bien tracé de sa vie, on n'a pas besoin, une fois qu'on est revenu à la routine familière d'une vie normale, de maintenir des contacts avec ceux que les circonstances entourant une période de crise avaient rendus étrangement intimes. Ils n'ont pas revu Motsamaï. Khulu rend visite à Duncan—Duncan le dit, ou plutôt il l'évoque en passant, dans la conversation entre ses parents et lui lors de leurs visites, où par un accord tacite ils évitent certaines allusions et certaines questions. Échange d'informations de nature personnelle ; car Duncan a maintenant son propre lot de nouvelles à communiquer, il a terminé le plan sur lequel il travaillait, ses collègues architectes lui ont fait parvenir en retour (grâce aux relations de copinage qu'entretient Motsamaï avec le chef de la prison) un rapport détaillé favorable. A la prochaine visite, il peut annoncer avoir obtenu la permission de commencer à préparer un diplôme d'études approfondies d'urbanisme. Et le mois d'après, la nouvelle est—oui—qu'il prend soin de sa santé en faisant de l'exercice matin et soir. Il les fait rire un peu à l'idée de ce semblant de gymnastique.

Il a l'air bien.

Bien que plutôt différent de l'image qu'ils gardent de lui, comme on garde une photographie dans son portefeuille en signe d'attachement ; les traits de son visage se sont affirmés, sont plus rudes, et les tendons qui apparaissent au ras du cou de sa tenue de prisonnier sont ceux d'un homme de plus de vingt-sept ans. C'est comme quand il était pensionnaire, on avait en mémoire un visage, un profil qui n'était pas tout à fait ceux du garçon qu'ils allaient voir à son école ; qu'ils emmenaient déjeuner, quand il fallait lui parler sérieusement de quelque chose.

Harald réalise que chaque fois qu'ils quittent la prison, c'est comme lorsqu'ils le laissaient à l'école. Le temps qui reste, ces cinq ou sept ans inimaginables, s'est télescopé en quelque chose de possible à comprendre.

Il sait que reste sans réponse la question qu'ils se posent à son sujet chaque fois qu'ils vont le voir ; guettant une réaction. Le juge l'a établi comme un fait, pas comme une question. « Il n'a exprimé aucun remords. » Comment pourraient-ils, les uns et les autres, connaître ce qu'ils désignent par ce mot. Comment pourraient-ils connaître ce à quoi ils pensent, ce dont ils parlent. Harald et Claudia, mes pauvres parents, voulez-vous que votre petit garçon vienne en pleurant dire je vous demande pardon ? Est-ce qu'on peut tout réparer, la vitre que j'ai cassée avec mon ballon ? Après, pour elle, est-ce que je pourrai redevenir un homme civilisé, et, pour lui, Dieu me pardonnera-t-il et me lavera-t-il de ma faute. Est-ce qu'ils pensent que c'est ça, cette chose, le remords.

*Il* m'avait apporté un livre pendant que j'attendais le procès, je crois que c'était quand *il* était tellement en colère, si horrifié qu'*il* voulait m'accuser, me punir, mais il y avait dans ce livre quelque chose qu'il ne savait pas, qu'il ne sait pas, ne pourra jamais savoir. Le passage à propos de celui qui l'a fait et celui auquel cela a été fait. « Il est absurde que l'assassin survive à sa victime. Tous les deux auront participé, isolés comme deux êtres qui ne font qu'un—en cette autre circonstance unique et analogue, l'un agissant, l'autre subissant—à un mystère qui les lie pour toujours. Ils s'appartiennent l'un à l'autre. »

Les écrivains sont des gens dangereux. Comment se fait-il qu'un écrivain connaisse ces choses ? Sauf que cette fois, ils sont trois, isolés, à ne faire qu'un. Dans la « relation humaine »—l'accouplement et tout le reste, Carl agissait, je le subissais, j'agissais, Natalie me subissait, et cette nuit-là sur le sofa, ils ont agi et je les ai subis tous les deux. Nous nous appartenons tous les trois.

J'ai copié et recopié cette citation, je ne sais combien de fois, au milieu de la nuit, de mémoire je l'ai écrite sur un bout de papier comme elle avait l'habitude de griffonner un vers pour un poème, je me suis arrêté au milieu du plan sur lequel je me concentrais, et j'ai dû la copier sur une autre feuille de papier. Il est mort, et lui et elle et moi partageons un mystère qui nous lie pour toujours. Vous ne pourriez pas le dire mieux que ça ; il est mort, j'ai pris le pistolet, je ne sais pas comment, et je lui ai tiré dans la tête. Il y a un autre passage dans ce livre ; à propos de celui qui le fait : il a accompli « ce qui lui avait apporté son plus profond désir ». Quand je les ai trouvés comme ça, mon plus profond désir—ç'aurait été quoi ? Si seulement j'avais su ce que je voulais en les voyant commettre leur trahison, ou bien leur consécration de nous trois. Si c'était parce que je ne pouvais pas satisfaire ce que je ne savais pas que je voulais, alors j'ai éprouvé ma plus profonde jouissance quand j'ai tué mon amant et son amant. Il est mort, je suis vivant, et je me réjouis avec eux tous—mes parents, Motsamaï—que la peine de mort ait été abolie. L'assassin a survécu à sa victime. Essayez voir de le dire à mes juges, celui du tribunal et ceux de la résidence. Ça ne se raconte pas, ça se vit, dans cet espace fait pour ça, entre quatre murs. Ce qui est dehors, ce que je peux voir de la fenêtre quand je me mets debout sur mon lit pour ce supplice de Tantale : là-bas, au-dehors, après sept ans (Motsamaï en promet cinq), aurai-je tourné la page, ne continuerons-nous pas à nous appartenir, celui qui est mort et moi. Je devrais le demander à un récidiviste ; nous ne fréquentions pas de criminels, ni dans la maison ni dans le bungalow. Il y avait tant de choses que nous ne savions pas, que nous n'aurions jamais dû avoir besoin de savoir. Nous trois, Carl, mort, Natalie et moi vivants, Nastassia ma victime, et, comme le dit Khulu, Natalie ma tortionnaire, où qu'elle soit ; nous sommes liés par ce que j'ai fait, qu'elle le sache ou non, que le fœtus qui est dans son utérus soit ou non un autre secret.

La platine laser est rangée à la résidence avec d'autres objets. Pas de musique durant ces nuits entre les jours de mes sept ans d'emprisonnement. L'étroite ouverture de la fenêtre continue à me surveiller tandis que le judas de la porte est fermé ; quel adepte de l'architecture fonctionnelle a bien pu concevoir les dimensions de cette fenêtre en losange qui se divise si parfaitement en sections découpées par les verticales des barreaux. La nuit découpée en cinq morceaux.

Il n'y a pas de platine laser, mais il y a des morceaux de musique que je ne cesse d'entendre, l'adagio de la *Tempête* de Beethoven et l'allégretto d'un impromptu de Schubert. Lui et moi avions l'habitude d'aller à des concerts en ce temps-là, le temps du cap Agulhas. Chez lui, il y avait mieux que Brubeck, et quel était cet autre musicien de jazz. Le défunt avait une collection d'enregistrements, Penderecki et Stockhausen y compris. A écouter durant des heures la musique que l'on joue dans sa tête, qui s'y déploie sans avoir eu besoin d'être enregistrée—comment ? comment ?—on finit par comprendre ce qu'elle est vraiment. C'est une des manières—pas la seule—d'opérer une sélection, de mettre de l'ordre dans le chaos originel. Avec elle, j'écoutais ces morceaux de Beethoven et de Schubert avec un casque, pour moi seul ; c'est un peu comme ça maintenant. Elle ne voulait pas écouter ; je comprends que ce n'était pas parce qu'elle avait besoin d'être guidée par moi pour apprécier, etc. C'était parce qu'elle se rebellait contre tout principe d'ordre ; en toute chose, dans n'importe quel domaine, c'était pour ça qu'elle ne finissait jamais ses poèmes.

Il doit bien y avoir un moyen.

Bien entendu, si je pouvais « confesser » tout cela à Motsamaï, il se mettrait à travailler sur cette notion de remords et il arriverait peut-être—c'est un magicien dans sa dévotion à ses clients—à obtenir une remise de peine anticipée, par rapport à celle qu'il m'a fait miroiter. Mais alors tout ce que je vis maintenant me serait enlevé ; je ne pourrais pas survivre, si je ne l'avais plus, cet espace fait pour ça.

Le Jugement dernier prononcé en dernier ressort par la Cour constitutionnelle a déclaré que la peine de mort était contraire à la Constitution. Le ton ferme et aimable du président, quand il l'annonce, reflète la confiance d'un homme touché par la grâce en transmettant une décision qui est l'aboutissement de plusieurs mois consacrés à l'analyse scrupuleuse des conclusions d'un groupe d'experts indépendants. La justice est sereine.

Si la décision avait redonné à l'État le droit de prendre une vie pour une vie, il aurait été trop tard pour décréter que Duncan devrait être pendu à l'aube à Pretoria. Sa peine de sept ans de prison l'avait déjà mis à l'abri. Néanmoins, l'annonce de la décision la secoue visiblement, elle tremble ; il prend ses deux mains pour la réconforter ; et se réconforter. La suprême sanction, la peine capitale, même suspendue par un moratoire, avait continué de représenter une menace ; toujours en vigueur, même Motsamaï l'avait dit. Et tant qu'elle subsistait, elle aurait pu être requise et exécutée pour ce que leur fils avait fait un vendredi soir. Aussi bien, c'est une délivrance, un soulagement, un sentiment curieux, une sorte de bonheur ; comme il est étrange qu'il soit possible de ressentir quelque chose de semblable. Duncan est toujours là-bas.

Harald et Claudia décidèrent de partir. En vacances. C'est délicat de l'avouer à Duncan, au parloir. Il est temps que vous vous reposiez, dit-il. Ça fait combien de temps ?

Mais évitons le sujet ; les dernières vacances, c'était avant, quand alternaient les systoles et diastoles entre travail et récompense. De nombreux mois se sont écoulés pour lui là où il est et pour eux, à l'extérieur.

Nous allons au Cap.—N'es-tu pas allé une fois au cap d'Agulhas. Penses-tu que ça nous plairait ?—

—C'est la fin du continent—dit-il, en hommage.

—Ou peut-être Hermanus. Mais nous voudrions plutôt un endroit que nous ne connaissons pas.

Quel que fût l'endroit où ils allèrent, en avion, ou en voiture, le monde autour d'eux qui les accueillait était magnifique. Il était dans sa cellule et, dans les rues du Cap, un gamin dormait, protégeant sa tête de ses bras, au pied de la montagne éternelle qui sait si bien vous donner l'envie de vivre, de vivre pour toujours. Ce qui, vu d'une voiture, ressemblait à la décharge publique d'une grande ville était un vaste espace encaissé, encombré de cartons, de tôle ondulée, de chiffons de plastique et de gens réduits à l'état de détritus sous un ciel glorieusement emplumé, comme un oiseau cosmique, paré de cirrus dorés par une lumière située à des milliards de kilomètres. Une nuit splendide frémissait sous l'orage dont les éclairs fuyaient dans toutes les directions. L'océan serein recouvrait les épaves pourrissantes d'anciens naufrages et la pollution d'aujourd'hui dans un même chatoiement irisé, sur lequel se reposaient les mouettes. On aurait pu marcher sur cette eau, pas étonnant qu'Harald puisse croire que c'était arrivé.

Des signes de vie, partout, malgré tout. L'ombre d'un grand papillon passe, comme celle d'un avion, au-dessus de l'herbe, des champs d'épis, un désert mauve. Vues d'une fenêtre, les lumières de la vallée, tremblotantes dans la nuit comme pour vous attirer, vous attirer encore. Claudia se mit à avoir le sentiment qu'elle et Harald attendaient une sorte de signal, le signal qui ferait que leur vie irait de l'avant, qu'elle les sortirait de la régression dans laquelle ils s'étaient réfugiés, réduits à faire des gestes mécaniques, leurs voix se renvoyant un écho dépourvu de sens. Elle essaya d'y penser en termes pratiques ; peut-être devaient-ils quitter ce complexe résidentiel qui était déjà, pour eux, vidé de leur vie. Peut-être devaient-ils déménager.

Une équipe de professionnels avec leurs caisses et leurs fourgons pourrait-elle se charger de l'opération ; parce que, en fin de compte, ce qu'il y avait chez eux, les affaires entassées provenant du bungalow de Duncan et tout le reste, leur serait livré, et une fois déchargé, ne finirait-il pas par les encercler de nouveau, Harald et elle, où qu'ils aillent habiter ?

Motsamaï s'assurait que le cabinet d'architectes envoie à Duncan des parties de projets pour qu'il les dessine. Il ne voyait jamais l'ensemble des plans pour lesquels il traçait des projections horizontales, verticales et latérales, les perspectives nord et sud, est et ouest. Mais il songeait parfois que son propre travail était déjà terminé : la structure de sa cellule était son œuvre, conçue selon les spécifications de son existence.

Claudia et Harald ne déménagèrent pas. Au début de l'été, Harald, rentré à la résidence avant Claudia comme c'était souvent le cas, trouva un message sur le répondeur téléphonique. La voix lui fut immédiatement familière : l'accent africain, la voix de basse, et le ton familier de Khulu. Comment ça va, vous autres ? Je n'arrête pas d'avoir l'intention de passer chez vous. Mais vous savez comme le temps file, de toute manière, j'ai des nouvelles de vous par Duncan.

Claudia ne voulut pas répondre à ce message en téléphonant chez Khulu, dans cette maison. Harald le comprit : ce pourrait être Baker qui répondrait. Il se souvenait du journal pour lequel Khulu avait dit, dans la conversation qu'il avait entretenue quand tous les trois étaient allés dans un café durant les intersessions du tribunal, qu'il faisait la plupart de ses reportages. Harald fit appeler plusieurs fois le journal par sa secrétaire, mais en vain, et il ne put que laisser un message.

Lui / elle. Un signal sur l'interphone de sécurité, une nuit où ils n'attendaient personne. Ce fut Claudia qui cette fois répondit. Khulu s'annonça. Quand il arriva à leur porte, ils étaient tous les deux à l'attendre, avec le sentiment de s'être privés du plaisir de n'avoir pas cherché eux-mêmes à le joindre depuis des mois. Il les serra l'un après l'autre dans ses bras puissants. La pièce fut remplie d'animation, pendant qu'Harald allait chercher des verres, et Khulu demanda—Claudia, avez-vous du pain, quelque chose à manger, des fruits, j'étais sur un reportage, rien dans l'estomac toute la journée !

Claudia avait un jeune homme pour qui improviser un

repas. Elle partit et revint avec de la viande froide, du fromage, de la chutney et du pain, et Harald apporta le plateau de fruits. Khulu mangea avec appétit tout en parlant du changement de propriétaires du journal qui avait été inclus dans l'achat d'un groupe de presse par des noirs. Il en était fier ; et sceptique quant aux chances d'avancement dont Claudia suggérait qu'il pourrait bénéficier ; Harald leva la main dans un geste puisé dans son expérience en matière de pouvoir financier, des rivalités qui se déchaînent dans les conseils d'administration quand on a expulsé un lot d'arrière-trains pour attribuer leur siège à d'autres. Les rires fusèrent à cette expression d'une complicité sans complexe que la bonne humeur accompagnant leur visiteur avait rendue possible.

Mais Khulu était aussi un messager. Quand il eut repoussé l'assiette remplie de peaux de bananes et se fut tourné sur sa chaise le verre de bière à la main, il délivra son message.

—Duncan veut que vous fassiez quelque chose pour l'enfant. S'il n'est pas de lui, il est de Carl. Donc Duncan—

Duncan a pénétré dans la pièce, dans la résidence. Le chien, qui dormait à côté de la chaise d'Harald, aurait pu se lever pour l'accueillir à la porte d'entrée vide.

Personne ne parle, et Khulu avale une gorgée de bière. Il déplace le plateau de fruits pour poser le verre. —Donc Duncan veut.—

Lui / elle.

—Qu'est-ce qu'on pourrait faire.—

Harald s'en souvient bien. —Cette fille n'admettra pas que quelqu'un réclame l'enfant ! C'est ce qu'elle a dit au tribunal. C'est le *sien*.—

—Duncan n'est pas d'accord.—

—Qu'est-ce qu'il veut au juste—des tests sanguins, que Motsamaï entame la procédure pour tout ça ? Et dans quel but ? Prouver que l'enfant est de lui et le prendre à sa mère ? Pour le mettre où ? Le donner à qui ? S'il réussit, qui va prendre en charge un enfant pendant sept ans. Il aura sept ans, cinq peut-être, avant qu'il puisse s'en occuper lui-même.—

—Je ne crois pas que ce soit ce que Duncan veut dire.—

—Alors, je ne comprends pas du tout. D'où vient toute cette idée. Perd-il tout sens de la réalité, enfermé là-bas.

Après tout ce qui lui est arrivé, tout ce qu'il a subi, fouiller dans ce bourbier, y entraîner une autre génération.—

—Harald, attends.—

— Qu'est-ce que je peux dire—je ne pense pas qu'il veut qu'on enlève l'enfant à sa mère. Pas du tout ! Les tests sanguins et tout le reste. Le genre d'histoires qui font la une des journaux du dimanche. Vous savez que Duncan c'est quelqu'un qui réfléchit ; il a ses idées à lui sur, qu'est-ce que c'est déjà, la paternité.—

—Qui sait si l'enfant est déjà né. Ou s'il y a jamais eu un enfant à naître. J'ai eu des patientes avec son genre d'antécédents qui ont fait des grossesses nerveuses. Il se peut que Duncan se tourmente pour rien.—

—Le bébé est là, il a environ un mois.—

Harald est assis regardant Claudia jusqu'au moment où elle dit comme si elle le savait déjà : —C'est quoi ?—

—Un garçon.—

—Bon, que pensez-vous que Duncan veut dire.— Harald s'efforce de penser qu'il s'agit d'une proposition qu'on peut mettre sur la table entre le plateau de fruits et le verre avec ses restes de bière. —De l'argent ?—

—Pas tellement, mais si, il faut des choses pour les bébés, je suppose. Un soutien, s'assurer qu'elle peut prendre soin de lui.—

—Nous ne savons même pas où elle est.—

—Je sais comment la trouver.—

Peut-être la fille est-elle nichée quelque part avec son enfant, coupée du monde, et ne sait pas que deux hommes, Duncan et Khulu, sont à sa recherche ; Claudia, qui a assisté à tant de naissances, a elle-même éprouvé, après avoir accouché, un sentiment de possession exclusive comme celui-là, qu'elle pensait avoir oublié depuis longtemps. —Peut-être Duncan devrait-il la laisser tranquille.—

Les deux hommes se méprennent sur ce que vient de dire Claudia ; ce qu'ils perçoivent, c'est une hostilité amère à tout soutien financier, moral, à tout contact avec cette fille et à sa douteuse progéniture.

Khulu réitère aimablement la volonté que Duncan a exprimée. —Je sais où la trouver.—

Dans la famille.

C'est une affaire entre eux, eux trois dans la résidence.

Ils se séparent cette nuit-là dans l'intimité retrouvée des journées passées ensemble au tribunal.

Khulu Dladla sait intuitivement que ce couple, pour qui le fait qu'il soit noir et homosexuel n'empêche pas qu'ils le considèrent comme un fils—que ce couple, bon, ils sont blancs, s'ils s'affolent c'est parce qu'ils craignent qu'on attende d'eux qu'ils se comportent en parents de leur propre fils en prenant eux-mêmes l'enfant. Comme si—chez les siens—cela méritait qu'on y réfléchisse ! Les enfants appartiennent, qu'importent les doutes quant à leur origine, à la famille.

La femme de quarante-sept ans n'a pas conçu. Mais il y a un enfant.

Cela s'est arrangé grâce aux bons offices de maître Hamilton Motsamaï ; la seule condition sur laquelle Harald et Claudia ont eu le courage d'insister, vis-à-vis de Duncan, est que les arrangements soient faits par l'intermédiaire d'Hamilton, et non personnellement avec eux. Duncan ne fait aucune difficulté, qu'il soit fait comme ils le souhaitent, il sourit comme s'il s'agissait de laisser son père, un compagnon de lecture, choisir des livres pour lui, et il ne fait pas montre non plus de gratitude. Tout est soudainement devenu très simple entre eux ; pourquoi ? Harald se demande s'il l'a vue, Natalie/Nastassia, a-t-elle ses jours de visite à la prison ? Ou lui a-t-elle écrit des lettres, des poèmes. On ne peut poser de questions. Mais il a pu venir à eux, ses parents, avec quelque chose, ne serait-ce que cette affaire de l'enfant. Ils sont là pour lui.

Peut-être avec le temps—même cinq ans, c'est long—verront-ils l'enfant ; Hamilton est confiant, comme toujours : il la circonviendra exactement comme il l'a amenée à se condamner elle-même, de sa propre bouche, pendant son contre-interrogatoire, il arrangera ce qu'il appelle un droit de visite. Il faut que vous connaissiez le petit. Prenez-le à la résidence, regardez-le jouer avec le chien.

Et Duncan ?

Duncan a été autorisé à travailler à la bibliothèque de la prison et à poursuivre ses études dans sa cellule. Ce n'est pas une très bonne bibliothèque, pour le genre de livres que lui-même et Harald ressentent le besoin de lire ; les œuvres dangereuses et indispensables qui vous révèlent ce que vous êtes. Elle n'est pas très fréquentée. Les condamnés à de longues peines qui occupent les cellules voisines de la sienne sont pour la plupart des hommes pour lesquels la vie a été consacrée à l'action, pas à la contemplation ; la violence, la sienne et la leur, est un moyen d'échapper à son moi. Quand vous tuez l'autre, vous essayez de tuer le moi qui tourmente votre existence. Seule alors la brute continue à vivre, encagée ; la majorité d'entre eux sont terribles, remplis de haine rentrée, balançant des poings prêts à frapper de nouveau, de telles mains ne peuvent manier ces objets fragiles, reliure et papier, qui pourraient leur offrir la seule liberté possible derrière ces murs.

Qui peut bien décider de ce qui est bon et de ce qui n'est pas bon à lire pour des criminels, vraisemblablement selon le critère qu'on ne doit rien trouver dans les livres qui puisse raviver les passions qui ont déjà ravagé et détruit ? Réhabiliter. Un tas de trucs religieux ; comme si la religion n'avait jamais avivé des passions meurtrières, et ne continuait pas à le faire, à l'extérieur de ces murs. Des manuels pour s'améliorer qui sont rarement demandés : Comment apprendre seul la comptabilité, des recettes pour une existence qui ignore le chaos. Mais dans le tas des romans policiers en édition de poche (pourquoi devrait-on considérer que des détenus peuvent être intéressés par la lecture de meurtres imaginaires alors qu'ils en ont commis de réels ?)—parmi ces livres au dos fendu, comme si ce que l'on peut y trouver devait être d'abord cassé comme une noix de coco ou séparé comme les coquilles d'une huître, on trouve de vrais livres, Dieu sait comment ils sont arrivés ici. Peut-être est-il d'usage, quand on est libéré, quand on a fait son temps, comme nous disons ici, de faire don de ses livres pour quelqu'un qui, certainement, viendra après vous. Je trouve parfois quelque chose pour moi. Il y a une traduction de l'*Odyssée* mangée par les mites qui ont laissé leur empreinte fantomatique entre les pages. Je ne connaissais pas ce livre, d'un niveau de pensée à l'égal de celui de la Bible, sauf au travers de quelques citations glanées dans d'autres livres ; si Harald l'a lu, il n'a apparemment pas réussi à m'y intéresser. L'architecture de la Grèce ancienne—oui bien sûr, c'était davantage mon domaine comme étudiant, et j'ai les repères habituels pour la mythologie, glanés ici et là. Œdipe qui s'est crevé les yeux pour expier son crime. Ça doit s'arrêter là. Mais là, j'ai trouvé quelque chose fait pour moi, qui m'attendait, moi, ici, à mon heure. Où j'ai le temps de lire et relire. « Il dit et, sur Antinoos, il décocha la flèche d'amertume. L'autre allait soulever sa belle coupe en or ; déjà, de ses deux mains, il en tenait les anses ; il s'apprêtait à boire ; c'est de vin, non de mort, que son âme rêvait !... Qui donc aurait pensé que seul, en plein festin et parmi cette foule, un homme, si vaillant qu'il pût être, vienne jeter la male mort et l'ombre de la Parque. Ulysse avait tiré ; la flèche avait frappé Antinoos au col : la pointe traversa la gorge délicate et sortit par la nuque. L'homme frappé à mort tomba à la renverse ; sa main lâcha la coupe (...). » Et voilà Ulysse qui crie à ces hommes qui entourent Pénélope : « Ah ! chiens, vous faisiez la cour, moi vivant, à ma femme[1]. »

Le moment où on lève la main pour le faire—l'homme de l'asile psychiatrique avait raison, je ne me souviens pas de ce moment, je le reconstitue, il avait fallu que je le refasse ; je me suis rendu compte qu'on a l'impression que c'est comme une *découverte*, c'est quelque chose qui vient à soi et qu'on n'a jamais éprouvé auparavant. Mais cette chose

1. D'après la traduction de Victor Bérard dans La Pléiade.

a toujours été là, on l'a redécouverte encore une fois, pour toujours. Encore et encore, ce qu'Ulysse a fait, ce qu'Homère, quelle qu'ait été son identité, savait. La violence est une répétition que nous ne paraissons pas capables de briser ; oh, regardez-les, mes frères—*Bra*—ils ont le droit de me revendiquer, nous la foule de ceux qui festoient en dévorant notre propre charogne dans cet endroit construit pour nous seuls, pour nous mettre en sûreté. Je les regarde quand nous sommes dans la cour pour faire de l'exercice, et qu'ils se traînent en rondes interminables, encore et encore et encore. Je ne suis pas arrivé à la fin du livre, je ne sais pas comment Ulysse a reconstitué ce qu'il avait fait, quelle voie il s'est trouvée. On se crève les yeux. On se braque le pistolet sur la tempe.

Ou bien on jette le pistolet dans le jardin. C'était un choix. Peut-on briser la répétition en se contentant de s'abstenir de toute violence sur soi-même. J'ai cette vie, enfermé ici. Je ne l'ai pas donnée en échange de la sienne. Je sortirai même d'ici vivant, une année ou l'autre. L'assassin n'a pas été assassiné. J'ai eu de la chance, c'était aboli de mon temps. Mais il faut bien que je trouve un moyen. La mort de Carl et l'enfant de Natalie, je pense à l'un, puis à l'autre, à l'un et à l'autre. Ils deviennent un pour moi. Aucune importance si personne n'arrive à comprendre. Carl, Natalie / Nastassia et moi, nous trois. J'ai dû trouver un moyen de réunir la mort et la vie.

Si vous désirez être régulièrement tenu au courant de nos publications, merci de bien vouloir remplir ce questionnaire et nous le retourner :

**Éditions 10/18**
**c/o 10 Mailing**
**35, rue du Sergent Bauchat**
**75012 Paris**

NOM : ________________________

PRENOM : ________________________

ADRESSE : ________________________

________________________

CODE POSTAL : ________________________

VILLE : ________________________

PAYS : ________________________

AGE : ________________________

PROFESSION : ________________________

TITRE de l'ouvrage dans lequel est insérée cette page :

L'ARME DOMESTIQUE, n° 3244
________________________

*Imprimé en France sur Presse Offset par*

BRODARD & TAUPIN

GROUPE CPI

La Flèche (Sarthe), 4705

N° d'édition : 3193
Dépôt légal : novembre 2000

ϕ75